新譯人間詞話

馬自毅 注譯
高桂惠 校閱

三民書局

國家圖書館出版品預行編目資料

新譯人間詞話／馬自毅注譯;高桂惠校閱.——三版五刷.——臺北市：三民，2022
冊；　公分.——(古籍今注新譯叢書)

978-957-14-3153-6（平裝）
1.詞—歷史與批評

823.88

古籍今注新譯叢書

新譯人間詞話

注譯者　馬自毅
校閱者　高桂惠

發行人　劉振強
出版者　三民書局股份有限公司
地　址　臺北市復興北路 386 號 (復北門市)
　　　　臺北市重慶南路一段 61 號 (重南門市)
電　話　(02)25006600
網　址　三民網路書店 https://www.sanmin.com.tw

出版日期　初版一刷 1994 年 3 月
　　　　　二版一刷 2000 年 5 月
　　　　　三版一刷 2007 年 11 月
　　　　　三版五刷 2022 年 5 月
書籍編號　S030700
ＩＳＢＮ　978-957-14-3153-6

刊印古籍今注新譯叢書緣起

劉振強

人類歷史發展，每至偏執一端，往而不返的關頭，總有一股新興的反本運動繼起，要求回顧過往的源頭，從中汲取新生的創造力量。孔子所謂的述而不作，溫故知新，以及西方文藝復興所強調的再生精神，都體現了創造源頭這股日新不竭的力量。古典之所以重要，古籍之所以不可不讀，正在這層尋本與啟示的意義上。處於現代世界而倡言讀古書，並不是迷信傳統，更不是故步自封；而是當我們愈懂得聆聽來自根源的聲音，我們就愈懂得如何向歷史追問，也就愈能夠清醒正對當世的苦厄。要擴大心量，冥契古今心靈，會通宇宙精神，不能不由學會讀古書這一層根本的工夫做起。

基於這樣的想法，本局自草創以來，即懷著注譯傳統重要典籍的理想，由第一部的四書做起，希望藉由文字障礙的掃除，幫助有心的讀者，打開禁錮於古老話語中的豐沛寶藏。我們工作的原則是「兼取諸家，直注明解」。一方面熔鑄眾說，擇善而從；一方面也力求明白可喻，達到學術普及化的要求。叢書自陸續出刊以來，頗受各界的喜愛，使我們得到很大的鼓勵，也有信心繼續推廣這項工作。隨著海峽兩岸的交流，我們注譯的成員，也由臺灣各大學的教授，擴及大陸各有專長的學者。陣容的充實，使我們有更多的資源，整理更多樣化的古籍。兼採經、史、子、集四部的要典，重拾對通才器識的重視，將是我們進一步工作的目標。

古籍的注譯，固然是一件繁難的工作，但其實也只是整個工作的開端而已，最後的完成與意義的賦予，全賴讀者的閱讀與自得自證。我們期望這項工作能有助於為世界文化的未來匯流，注入一股源頭活水；也希望各界博雅君子不吝指正，讓我們的步伐能夠更堅穩地走下去。

新譯人間詞話　目次

刊印古籍今注新譯叢書緣起
導讀
卷一　人間詞話
一　詞以境界為最上……三
二　有造境，有寫境……三
三　有有我之境，有無我之境……四
四　無我之境，人惟於靜中得之……六

五 自然中之物，互相關係，互相限制……七
六 境非獨謂景物也……八
七 「紅杏枝頭春意鬧」，著一「鬧」字……九
八 境界有大小，不以是而分優劣……一〇
九 嚴滄浪《詩話》謂……一一
一〇 太白純以氣象勝……一四
一一 張皋文謂：飛卿之詞，深美閎約……一六
一二 「畫屏金鷓鴣」，飛卿語也……一七
一三 南唐中主詞：菡萏香銷翠葉殘……一九
一四 溫飛卿之詞，句秀也……二一
一五 詞至李後主而眼界始大……二三
一六 詞人者，不失其赤子之心者也……二四
一七 客觀之詩人，不可不多閱世……二五
一八 尼采謂：一切文學，余愛以血書者……二六
一九 馮正中詞雖不失五代風格……二九

二〇　正中詞除〈鵲踏枝〉、〈菩薩蠻〉……三〇
二一　歐九〈浣溪沙〉詞：綠楊樓外出秋千……三二
二二　梅舜俞〈蘇幕遮〉詞……三三
二三　人知和靖〈點絳脣〉……三五
二四　《詩・蒹葭》一篇……三七
二五　「我瞻四方，蹙蹙靡所騁」，詩人之憂生也……三八
二六　古今之成大事業、大學問者……四〇
二七　永叔「人間自是有情癡，此恨不關風與月」……四二
二八　馮夢華《宋六十一家詞選・序例》謂……四二
二九　少游詞境最為淒婉……四五
三〇　「風雨如晦，雞鳴不已」……四六
三一　昭明太子稱陶淵明詩……四七
三二　詞之雅、鄭，在神不在貌……四九
三三　美成深遠之致不及歐、秦……五一
三四　詞忌用替代字……五二

三五 沈伯時《樂府指迷》云……五三
三六 美成〈青玉案〉詞……五七
三七 東坡〈水龍吟〉詠楊花……五八
三八 詠物之詞，自以東坡〈水龍吟〉為最工……六〇
三九 白石寫景之作……六二
四〇 問「隔」與「不隔」之別……六三
四一 生年不滿百，常懷千歲憂……六七
四二 古今詞人格調之高，無如白石……六八
四三 南宋詞人，白石有格而無情……六九
四四 東坡之詞曠，稼軒之詞豪……七一
四五 讀東坡、稼軒詞，須觀其雅量高致……七三
四六 蘇、辛，詞中之狂……七五
四七 稼軒中秋飲酒達旦……七七
四八 周介存謂：梅溪詞中……七八
四九 介存謂：夢窗詞之佳者……七九

五〇 夢窗之詞，吾得取其詞中之一語以評之……八〇
五一 「明月照積雪」，「大江流日夜」……八三
五二 納蘭容若以自然之眼觀物……八四
五三 陸放翁跋《花間集》，謂……八五
五四 四言敝而有楚辭……八八
五五 詩之《三百篇》、〈十九首〉……九〇
五六 大家之作，其言情也必沁人心脾……九三
五七 人能於詩詞中不為美刺投贈之篇……九三
五八 以〈長恨歌〉之壯采……九四
五九 近體詩體製，以五、七言絕句為最尊……九六
六〇 詩人對宇宙人生……九八
六一 詩人必有輕視外物之意……九九
六二 昔為倡家女，今為蕩子婦……一〇〇
六三 枯藤老樹昏鴉。小橋流水平沙……一〇二
六四 白仁甫《秋夜梧桐雨》劇……一〇三

卷二 人間詞話未刊稿

一 白石之詞，余所最愛者……一〇七
二 詩至唐中葉以後……一〇七
三 曾純甫中秋應制，作〈壺中天慢〉詞……一〇九
四 梅溪、夢窗、玉田、草窗、西麓諸家……一一〇
五 余填詞不喜作長調，尤不喜用人韻……一一二
六 余友沈昕伯（紘）自巴黎寄余〈蝶戀花〉一闋……一一四
七 樊抗父謂余詞如〈浣溪沙〉之「天末同雲」……一一五
八 叔本華曰：抒情詩，少年之作也……一一六
九 北宋名家以方回為最次……一一九
一〇 散文易學而難工，駢文難學而易工……一二〇
一一 古詩云：誰能思不歌？誰能飢不食……一二一
一二 社會上之習慣，殺許多之善人……一二三
一三 詞之為體，要眇宜修……一二三

一四 言氣質，言神韻，不如言境界……一二四
一五 「西風吹渭水，落日滿長安。」美成以之入詞……一二五
一六 詞家多以景寓情……一二七
一七 長調自以周、柳、蘇、辛為最工……一二九
一八 稼軒〈賀新郎〉詞（送茂嘉十二弟）……一三一
一九 稼軒〈賀新郎〉詞：柳暗凌波路……一三二
二〇 譚復堂《篋中詞選》謂……一三四
二一 賀黃公（裳）《皺水軒詞筌》云……一三六
二二 周保緒（濟）《詞辨》云……一三七
二三 詞家時代之說，盛於國初……一三八
二四 唐、五代、北宋之詞，所謂「生香真色」……一四一
二五 《衍波詞》之佳者，頗似賀方回……一四二
二六 近人詞如復堂詞之深婉……一四四
二七 宋尚木〈蝶戀花〉……一四五
二八 《半塘丁稿》和馮正中〈鵲踏枝〉十闋……一四六

二九 固哉，皋文之為詞也……一四七
三〇 賀黃公謂：姜論史詞……一四九
三一 池塘春草謝家春，萬古千秋五字新……一五一
三二 朱子《清邃閣論詩》謂……一五二
三三 朱子謂：梅聖俞詩……一五三
三四 「自憐詩酒瘦，難應接，許多春色」……一五四
三五 文文山詞，風骨甚高，亦有境界……一五五
三六 宋《李希聲詩話》曰……一五六
三七 自竹垞痛貶《草堂詩餘》而推《絕妙好詞》……一五八
三八 《提要》載《古今詞話》六卷……一六一
三九 「君王枉把平陳業，換得雷塘數畝田」……一六三
四〇 宋人小說，多不足信……一六五
四一 唐、五代之詞，有句而無篇……一六八
四二 唐、五代、北宋之詞家，倡優也……一六九
四三 〈蝶戀花〉（獨倚危樓）一闋……一七〇

四四 讀《會真記》者……一七二
四五 詞人之忠實，不獨對人事宜然……一七四
四六 讀《花間》、《尊前集》……一七五
四七 明季、國初諸老之論詞……一七八
四八 東坡之曠在神，白石之曠在貌……一七九
四九 「紛吾既有此內美兮，又重之以修能」……一八一
五〇 詩人視一切外物，皆游戲之材料也……一八二

卷三 人間詞話刪稿

一 雙聲疊韻之論，盛於六朝……一八七
二 昔人但知雙聲之不拘四聲……一九一
三 詩詞之題目本為自然及人生……一九二
四 昔人論詩詞，有景語、情語之別……一九三
五 「豈不爾思，室是遠而」，孔子譏之……一九四
六 「暮雨瀟瀟郎不歸」，當是古詞……一九五

七 和凝〈長命女〉詞……一九六
八 《提要》：王明清《揮麈錄》載……一九七
九 宋人遇令節、朝賀、宴會、落成等事……二〇一
一〇 明顧梧芳刻《尊前集》二卷，自為之引……二〇三
一一 楚辭之體，非屈子之所創也……二〇九
一二 〈滄浪〉、〈鳳兮〉二歌，已開楚辭體格……二一〇
一三 金朗甫作〈詞選後序〉……二一二

卷四 人間詞話附錄

一 蕙風詞小令似叔原……二一七
二 蕙風〈洞仙歌〉〈秋日遊某氏園〉……二一九
三 彊村詞，余最賞其〈浣溪沙〉……二二〇
四 蕙風聽歌諸作，自以〈滿路花〉為最佳……二二一
五 〈皇甫松〉詞……二二二
六 端己詞情深語秀……二二三

七　（毛文錫）詞比牛、薛諸人……………………………二二四
八　（魏承班）詞遜於薛昭蘊、牛嶠……………………二二六
九　（顧）敻詞在牛給事、毛司徒間……………………二二七
一〇　（毛熙震）周密《齊東野語》稱其詞……………二二八
一一　（閻選）詞唯〈臨江仙〉第二首…………………二三〇
一二　昔沈文愨深賞（張）泌……………………………二三〇
一三　（孫光憲詞）昔黃玉林賞其「一庭花雨溼春愁」……二三一
一四　（周清真）先生於詩文無所不工…………………二三二
一五　（清真）先生之詞，陳直齋謂……………………二三五
一六　山谷云：天下清景，不擇賢愚而與之……………二三六
一七　樓忠簡謂（清真）先生妙解音律…………………二三九
一八　《雲謠集雜曲子》）〈天仙子〉詞………………二四二
一九　有明一代，樂府道衰………………………………二四三
二〇　王君靜安將刊其所為《人間詞》…………………二四五
二一　去歲夏，王君靜安集其所為詞……………………二四九

二二 歐公〈蝶戀花〉「面旋落花」云云……二五五
二三 《片玉詞》「良夜燈光簇如豆」一首……二五五
二四 溫飛卿〈菩薩蠻〉……二五六
二五 白石尚有骨……二五七
二六 美成詞多作態，故不是大家氣象……二五八
二七 周介存謂：白石以詩法入詞……二五九
二八 予於詞，五代喜李後主、馮正中……二六〇

附錄

一 自編《人間詞話》選……二六五
二 戲效季英作口號詩……二七二
《人間詞話》的主要版本及研究書目……二七五

導讀

王國維，初名國楨，字靜安，又字伯隅，號禮堂，晚年又號觀堂、永觀。他是中國近代在國內外享有極高聲譽的學者，研究範圍甚廣，著述宏富，在文學、戲曲、美學、史學、甲骨、金石、敦煌學、歷史地理、版本目錄等諸方面取得一系列卓著的、開創性的成就，至今仍為世人矚目。他最早把西方哲學、美學理論、學說引進中國的文學批評中，在二十世紀初期的中國文壇上獨樹新幟，對推動中國傳統的文學觀念及批評方式向近代轉化有篳路藍縷之功。

一　家世·生平·治學·師友

(一)青少年時期（西元一八七七至一九〇〇年）

清光緒三年（西元一八七七年）十月二十九日，王國維出生於浙江省海寧縣雙仁巷一個中產之家。其父乃譽公（字與言，號蓴齋）始而為學，亦一度游宦，太平天國時期棄儒經商。暇時喜好收集書畫篆刻，也能詩詞古文，尤以畫為最工，為時人所稱。著有《詩餘廬詩集》二卷，《游月集》十卷。母親凌氏，在王國維四歲時病故。少小失去母愛，更兼體弱多病，這是他後來形成悲觀憂鬱性格的主要原因之一。

王國維七歲入塾，勤奮刻苦，除塾中功課外，每晚還瀏覽家中藏書，打下了扎實的舊學基礎。稍後其父又親自教以駢散文及古今體詩，講解繪畫篆刻，因而也受到較好的藝術薰陶。十六歲參加歲試，以第二十一名入州學（即考中秀才）。不過他的興趣不在八股試帖。這一年他「見友人讀《漢書》而悅之，乃以幼時所儲蓄之錢，購前四史於杭州，是為平生讀書之始」❶。王國維對歷史的興趣保持了終生，也由此獲益匪淺，使他能以敏銳、睿智的歷史眼光觀察分析事物，往往得出較常人更為深刻的結論。

光緒二十年（西元一八九四年）甲午戰爭爆發，滿清帝國慘敗於蕞爾之日本國的奇恥大辱，喚醒吾國四千年之大夢。變法維新運動在各地蓬勃興起，新學（西方學說）如潮水般湧入，上海首當其衝。寧靜的海寧也受到了震動，十八歲的王國維自此「始知世尚有所謂新學者」❷，每思自奮，可是家無餘錢供其外出求學，所以時常抑鬱不樂。不過，千百年來的價

❶ 《靜安文集續編・自序》，載《王觀堂先生全集》第五冊，臺北文華出版公司，一九六八年版（以下簡稱《全集》）。

❷ 同注❶。

值觀不是一下子可以改變的，金榜題名依然是整個社會對讀書人的衡量標準。家人的期待、催促，使王國維還是在科舉仕途中徘徊了一陣子。一八九七年他去杭州應鄉試，不終場而歸，自此下決心棄絕科舉。

次年正月，他到上海，在時務報館任書記、校對職。三月，羅振玉開辦的東文學社開學，王國維徵得館主同意，每日午後去學習。一次羅振玉偶然看到王國維題在他同學扇面上的一首詩：「西域縱橫盡百城，張陳遠略遜甘英。千秋壯觀君知否，黑海西頭望大秦。」❸乃大異之，十分賞識，認為王是偉器，不應被埋沒，因而在多方面予以幫助。這是羅、王數十年友誼的開端。

當時東文學社的教師中有兩位日本的文學士：藤田豐八和田岡佐代治，他們是王國維研讀「西學」的啟蒙導師，二人皆曾研究過哲學。王國維在田岡的文集中讀到有關康德、叔本華學說的引文，非常喜歡，但苦於文字不通，未能讀其原著。一九〇〇年秋天，在羅振玉資助下，王國維赴日留學，進入東京物理學校求學。數月後因病回國。他的學校教育至此結束，此後便是「獨學之時代」。

(二)由哲學而文學而小學的轉變（西元一九〇一至一九二二年）

歸國後，王國維先後任教於南洋公學、通州師範學校、蘇州師範學校，講授心理學、倫

❸ 王國維：〈讀史二十首〉之十二，《觀堂集林》卷二四，《全集》第三冊。

理學、社會學等課程，兼為羅振玉主辦的《農學報》、《教育世界》編譯文章。當時倡導新學者大都著眼於國家的救亡圖存，絕大多數學習能立竿見影的西方科學技術，王國維最初在上海和日本所接受的主要也是自然科學與外語（英、日）的知識和訓練。不過，由於氣質、稟賦等原因，他更關心的是「人生問題」，時常為此苦惱，因而決定從事哲學研究，希望從中得到解答。這是他首次為自己確立治學的方向和目標。

王國維的哲學研究持續了五年。因喜好康德而專心研讀，可是康德的體系博大精深，文辭深奧，王氏認為「幾全不可解」❹，於是轉向叔本華。叔本華著作文字優美，可讀性強，他的悲觀主義人生哲學與王國維的憂鬱性格十分吻合，加上叔本華曾接受東方文化的一些觀點，比較容易理解，故一讀之下，便大為著迷，一九〇三年夏至一九〇四年冬皆與叔本華之書為伴。叔氏的一些主要著作，如《意志與表象的世界》等，反覆數讀，愛不釋手，因此，王國維的思想及學術觀點終其一生都帶有很濃厚的叔本華影子。此後又以叔本華為中介讀懂了康德，還讀了不少西方美學、倫理學著作。在此同時，也嘗試以西方哲學為基準，反觀中國哲學，先後寫下一些哲學或與哲學有關的論文：〈論性〉、〈釋理〉、〈原命〉、〈叔本華之哲學及其教育學說〉、〈叔本華與尼采〉、〈書叔本華遺傳說後〉、〈論哲學家及美術家之天職〉等。

王國維研究哲學，原是為了求得對人生問題的解答，然而經五年苦讀，卻感到不僅未能了解人生的真諦，反陷入更深的困惑與痛苦之中，他說：

❹ 同注❶。

余疲於哲學有日矣。哲學上之說，大都可愛者不可信，可信者不可愛。余知真理，而余又愛其謬誤。偉大之形而上學、高嚴之倫理學與純粹之美學，此吾人所酷嗜也。然求其可信者，則寧在知識論上之實證論、倫理學上之快樂論與美學上之經驗論。知其可信而不能愛，覺其可愛而不能信，此近二三年中最大之煩悶。❺

他也覺察到自己的氣質、性格「欲為哲學家則感情苦多而智力苦寡，欲為詩人則又苦感情寡而理性多」，「為哲學家則不能，為哲學史家又不喜」，「所以漸由哲學而移於文學，而欲於其中求直接之慰藉者也」。❻

王國維由哲學轉向文學還有一個原因，即填詞的成功。他自一九〇四年起開始填詞，至一九〇七年創作近百首。分別結集為《人間詞》甲、乙稿面世。王國維對自己的詞作頗為自許，認為「所作尚不及百闋，然自南宋以後，除一二人外，尚未有能及余者，則平日之所自信也。雖比之五代、北宋之大詞人，余愧有所不如，然此等詞人亦未始無不及余之處」。❼

由研究哲學而研究文學，這是王國維一生治學的第一次重大轉折，時間約在一九〇五年，前後持續近七年（至西元一九一二年）。不過這次轉變並非前後毫不相關。他前期（西元一

❺《靜安文集續編・自序二》，《全集》第五冊。

❻同注❺。

❼同注❺。

九〇五至一九〇七年）的文論從內容到方法都有明顯的西方色彩，是在探求人生真理的過程中對文學、美學原理作哲學的思考，這可以「紅樓夢研究」為代表。一九〇七年以後的文學評論中思辨的色彩減少，主要通過對詩詞、戲曲的評說，闡發文學、美學見解，有較濃的中國傳統與風格。但西方哲學的影響並未消失，而是滲入了他的思考與論說中，影響著他的思路及剖析角度與深度。王國維吸取了西方文化的營養，反觀中國文學，引發出新義，他的文學評論也因之達到前所未有的高度。這可以《人間詞話》、《宋元戲曲考》為代表。這一時期王國維的詩詞也有濃厚的哲學意味，在詩詞中抒寫始終縈繞於心的對人生、意志、欲望、痛苦、解脫等等問題的困惑與思考，而且因受叔本華悲觀哲學的感染，詩作中厭世色彩極濃，滿紙哀愁寂寞無奈之情❽，頗有「寄天人之玄感，申悲智之勝義」的況味。

這段時期，他的活動基本隨羅振玉而定。先隨羅入京，以後經羅氏推薦結識了清朝大臣榮慶，並受到榮的賞識，被任命為學部總務司行走，充學部圖書館編輯。一九一〇年兼任「名詞館協修」，先後結識了學界名流柯劭忞、繆荃孫等人。他後半生的生活、思想與這段經歷有密切關係。

辛亥革命後，王國維隨羅振玉舉家東渡日本，在日本寓居四年（西元一九一一年底至一

❽ 王國維早歲詩作有濃厚的哲理色彩，研究者已多次指出，有些還作了具體分析。如錢鍾書《談藝錄》中列舉王氏詩詞中許多句，以為有柏拉圖之理想，普羅太哥拉斯之人本論等等的意味。至於說王氏詩詞中有叔本華影子者則更普遍。

九一六年初）。在此期間，他為羅振玉整理寄存於京都大學的五十萬冊藏書及大量拓片、文物，月薪百元，以維持生活。通過這項工作也積累了豐富的資料，寫出一批極有分量的著作。他自謂，此四年生活最為簡單，而學問則變化滋甚，成書之多，為一生之冠。他的治學再度發生重大轉向，盡棄前學而專攻經史小學，先後撰成〈明堂寢廟通考〉、〈布帛通考〉、〈三代地理小記〉、〈古禮器略說〉等，並編有《流沙墜簡》、《國朝今文著錄表》兩書。

一九一六年王國維回國，在上海住了七年。先在猶太人哈同辦的「廣倉學宭」內任《學術叢刊》編輯，後又兼任哈同所辦的倉聖明智大學教授。一九二二年起應北大之聘，兼任北京大學國學研究所國學門通訊導師。與之同時，他繼續從事在日本開始的研究，在小學、經學、金石、甲骨等方面都作出了卓越的貢獻。他這一時期的主要著作有：〈戩壽堂所藏殷墟文字考釋〉、〈殷卜辭中所見先公先王考〉、〈殷周制度論〉等，是近代中國最早運用考古成果印證既有文字史料，並進行研究的學者。

王國維之所以能成為中國近代學術界的「大師鉅子」，在許多學科上取得超越前人的重大成就，除了天資聰穎及勤奮刻苦外，也與他的治學精神與治學方法有很大的關係。王國維求學時期打下了堅實的舊學根底，以後又接受了西方哲學、美學、倫理學、心理學等，這些學科、知識大大地開拓了他的眼界，使他能較同時代人高一個層次，在中西文化匯通的基礎上重新認識、理解、闡釋傳統文化，賦以新的意義和內涵（如《人間詞話》、《宋元戲曲考》）；或者用新的觀念、方法分析研究剛出土的文物資料，以之與舊有資料互相印證，從而取得具有開創意義的豐碩成果，如甲骨文、殷周史研究。近代中國同為學術界大師鉅匠的陳寅恪先生曾這樣評說王國維的治學方法和學術成就，他說：

自昔大師鉅子，其關係於民族盛衰、學術興廢者，不僅在能承續先哲將墜之業，為其托命之人，而尤在能開拓學術之區宇，補前修所未逮。故其著作，可以轉移一時之風氣，而示來者以軌則也。先生之學，博矣精矣，幾若無涯岸之可望、轍跡之可尋。然詳繹遺書，其學術內容及治學方法，殆可舉三目以概括之者：一曰取地下之實物與紙上之遺文互相釋證，凡屬於考古學及上古史之作，如〈殷卜辭中所見先公先王考〉，及〈鬼方昆吾玁狁考〉等是也。二曰取異族之故書與吾國之舊籍互相補證。凡屬遼、金、元史事及邊疆地理之作，如〈萌古考〉及〈元朝祕史之主因亦兒堅考〉等是也。三曰取外來之觀念與固有之材料互相參證。凡屬文藝批評及小說戲曲之作，如〈紅樓夢評論〉及《宋元戲曲考》等是也。⑨

這的確是極中肯精闢的評語。

㈢晚歲與自沉（西元一九二三至一九二七年）

一九二三年，王國維作為「海內碩學之士」被推薦任遜帝溥儀的「南書房行走」——即

⑨ 陳寅恪：〈海寧王靜安先生遺書序〉，趙萬里編輯《海寧王靜安先生遺書》卷首。

在皇帝的書房供職，為文學侍從。王國維四月離滬赴京就職。溥儀賞其五品銜，食五品祿，又「著在紫金城騎馬」。王以一介布衣而受到如此厚愛，是深有知遇之感的。

一九二四年九月，直奉戰爭爆發。十月，馮玉祥回師入京，把溥儀趕出皇宮，宣布永遠廢除皇帝尊號。南書房自然也不復存在。此時清華學校擬辦研究院，胡適推薦王國維任院長。幾經猶豫，王國維辭謝院長職，專任經史小學導師。先後主講《古史新證》、《尚書》、《說文》、《儀禮》等課程，並完成數篇有關元史及古器物銘文考釋的文章。

一九二七年六月二日（農曆五月初三）上午，王國維到清華研究院，完成例行的工作，然後至頤和園，在石舫前坐了許久，旋即出人意料地投昆明湖自盡，一代大師在其學術盛年以這樣的方式結束了生命。家人在其內衣袋裡找到他在前一日寫下的給三子貞明的遺書：「五十之年，只欠一死，經此事變，義無再辱……。」

王國維的自沉，在當時的學術界引起相當大的震動。一時間，社會上對其死因也眾說紛紜。舉其要者，約有四種：(1)殉清說❿；(2)受羅振玉逼迫說⓫；(3)憂時局說，即對北伐及北伐軍將進北京的憂懼⓬；(4)殉文化說，即目睹傳統文化的衰落、崩潰而深感切膚之痛，「非出於自殺無以求一己之心安而義盡」⓭。這些說法都有一定依據，並非完全空穴來風；但要

❿ 此說源自以羅振玉為代表的一批遺老。

⓫ 此說以史達、郭沫若等為代表。

⓬ 此係梁啟超、顧頡剛等人的看法。

確指就是某一種原因（尤其是前二說），則證據都不足。王國維的自沉是多重因素累積促發的。

王國維終其一生，是典型的書生，絕無政治野心，且向來瞧不起拘泥於一人一事且煽起罪惡物欲的政治和政治家，認為學術超越政治也高於政治，「生百政治家不如生一大文學家」，「今夫人積年累月之研究，而一旦豁然，悟宇宙人生之真理，或以胸中惝恍不可捉摸之意境一旦表諸文字、繪畫、雕刻之上，此固彼天賦之能力之發展，而此時之快樂，決非南面王之所能易者也。」⓮正是這種學術高於帝王之業的信念，使他自甘淡泊，潛心於書齋，刻苦鑽研中國傳統文化，又努力吸取西方學說，力圖融匯中西，數十年裡成果璀璨；也因此而受到西方民主思想的洗禮，所以早期論文帶有一些較為激進的色彩，《靜安文集》曾被清政府列為禁書。

當然，人是複雜的，學術觀點與政治立場不是一回事；更何況，人的一生中因其經歷、境遇、交往等等，會發生變化。清末民初是中國社會與文化劇烈變動的時代，舊有權威的衰落、價值準則的改變，原本就容易引起認識的混亂與惶惑，而民初政局黑暗、軍閥混戰，民

⓭ 此為陳寅恪的觀點。見〈王觀堂先生挽詞序〉。

⓮ 見〈教育偶感四則〉、〈論哲學家及美術家之天職〉，並參見本書卷二第三九則。在〈教育偶感四則〉之四中，王國維直言：「生百政治家不如生一大文學家。何則？政治家與國民以物質上之利益，而文學家與以精神上之利益。」物質利益只會煽起罪惡的欲望；而精神利益是真正的慰藉。「且物質上之利益，一時的也；精神上之利益，永久的也。」

主共和理想破滅，第一次世界大戰的災難性後果以及戰後西方文化思潮的變化，進一步加劇了中國思想界的迷惘和困惑。政治見解由激進而保守，從西方文化的「盜火者」、啟蒙者回歸中國文化傳統，重新擁抱「堯舜文武周公孔孟之道」的學者、名流的名單可列出長長的一串，其中包括當年西學程度更深或思想比王國維更激進的康有為、梁啟超、章太炎、嚴復等等。至於那些與傳統文化息息相關的士人，面對在西方文化、政治、經濟、軍事全面衝擊下，中國社會、文化所進行的痛苦的蛻變過程，以及這個過程中難免出現的魚龍混雜、泥沙俱下的現象，他們有更深重的文化失落、無所歸依的惶恐感和自身被否定的劇烈痛苦。

王國維接受了西方一些學術觀點，但無可否認，他畢竟受中國文化的薰陶更多更深。作為學者，他不願捲入政治漩渦，但在立身行事上，則恪守幾千年來正統的忠孝節義、綱常倫理規範，它們已內化為某種人格象徵。他希望國家繁榮富強，民眾安居樂業，自己有一個寧靜愜意的讀書做學問的環境，這原本也是一個書生基本的願望。武昌起義爆發，他本人的思想信念，加上羅振玉等人的影響，王國維對辛亥革命及新建立的國家體制確有不理解不滿意之處，但就其一生看，他又絕不是與滿清（包括民初溥儀的小朝廷）關係密切者。他在辛亥革命後東渡日本，時時眷戀故土，最念念不忘者仍是那些書籍文獻，曾寫詩道：「莽莽神洲入戰圖，中原文獻問何如？苦思十載窺三館，且喜扁舟尚五車。烈火幸逃將盡劫，神山況有未焚書。他年第一難忘事，祕閣西頭是吾廬。」⓯ 一介書生的家國之憂與戀書之情躍然紙上。

⓯ 王國維：〈定居京都奉答鈴本豹軒枉贈之作並柬君山湖南君撝諸君子〉詩之二，同注❸。

他還曾說：「余平生惟與書冊為伍，故最愛而最難捨去者，亦唯此耳。」⑯語意已不勝慘痛。他難以適應國家與文化的大變動，只求在夾縫中獨善其身，凝神於書齋，求得安慰。但國事家事變故迭起。北伐戰爭開始，在他看來無疑又是戰亂流血，山河破碎；北伐過程中，部分地區有燒殺擄掠行為，一些著名學者被殺、被抄家，而當時的《世界日報》又戲擬了一份北伐軍進北京城後將要逮捕的軍閥、遺老名單，王國維也名列其中，使他在不解之餘更添憂懼。此時王國維的家事亦是禍患連年：長子潛明病故，驟失愛子，已不勝悲痛，與羅振玉三十年的交往亦有裂痕，王羅之間早年有一些債務糾紛，羅的女兒是潛明的妻子，潛明去世後，羅振玉將女兒帶回，並拒絕王給的生活費，此後兩人再也沒有見面。這對素重感情，性格沉鬱的王國維來說，其打擊之大，心理壓力之重，是不難想見的。從青年時代起就縈繞心中，反覆求解的人生問題，在王國維轉向史學、考據後似不再言及，但實際已潛入意識與感情的深層，轉化為生命質素，流露在言行舉止之間。家國的一連串重大變故，連退回書齋，獨善其身似也無可能時，人生全無救贖的絕望之感油然而生，與其苟活受辱，不如自盡以留清白，「求一己之心安而義盡」。因此，他的死乃是性格與環境共同造成的悲劇。以王國維的天資功力，若能在太平盛世，使他能全心致力於學術研究，必能創造更輝煌的碩果，而現在，留給後人的，是深深的慨歎與惋惜。

⑯〈王靜安先生手校手批書目・跋文〉，《國學論叢》卷一，第三號「王靜安先生紀念專號」，頁一七九。

二 《人間詞話》境界說

在王國維一系列文學、美學著作中，《人間詞話》無疑是最重要的一部。

《人間詞話》手稿共一百二十七則，內容相當廣泛。從形式上看未脫舊式詩話、詞話評點、隨感式的特徵，但其內容包含了不少西方哲學、美學觀念，是融匯中西文化的第一部文學評論專著，在深廣度上超過了以往及當時的同類著作。王國維生前選定發表了其中的六十四則，從這六十四則可以看出在編排上也有內在的邏輯性與聯繫。《詞話》的第一至第九則是王國維標立的文學創作與文學批評的基準——「境界」的基本理論；第十至第六十四則是批評實踐。其中第十至第五十二則以「境界說」為核心，按時代先後，依次評說自戰國至清初的詩人、詞人、詞作（重點在兩宋）⑰，並就其中所涉及的一些問題作理論分析；第五十

⑰ 王國維在《人間詞話》中所品評的詩人，以時代言，上起戰國，歷經漢代、魏晉、南北朝、隋、唐、五代、北宋、南宋、金元、明，下迄清，共十二期。以人物論，有屈原、宋玉（戰國）；王褒、劉向、劉楨（漢）；曹植、阮籍、左思、郭璞、陶潛（魏晉）；謝靈運、顏延之、謝朓（南北朝）；薛道衡、王績、陳子昂、孟浩然、王維、李白、杜甫、柳宗元、韓愈、韋應物、劉禹錫、白居易、皇甫松、溫庭筠、賈島、唐彥謙（隋唐）；牛嶠、韋莊、羅隱、毛文錫、王衍、顧敻、魏承班、閻選、薛昭蘊、張泌、毛熙震、和凝、馮延巳、李璟、孫光憲、李煜（五代）；林逋、柳永、夏竦、范仲淹、晏殊、梅堯臣、宋祁、歐陽修、晏幾道、張先、王安石、秦觀、蘇軾、章楶、黃庭堅、賀鑄、周邦彥、趙佶（北宋）；康

三至第六十二則言文體演變，詩人的創作態度、方法、淫鄙之詞、隸事等，是「境界說」的多方面開展；最後兩則論元曲，可知王國維的評論雖以詩詞為主，實際也涵括了整個文學。未刊手稿中，除上述內容外，還包括有關音韻的見解以及對他本人詞作的評說等。

限於篇幅，這裡主要介紹王國維的「境界說」以及與此有關的一些文學、美學觀點。

「境界」是王國維文學批評所持的基本準則。詞之優劣，文學之工不工，即取決於「境界」之有無。《人間詞話》第一則，開宗明義曰：

詞以境界為最上。有境界則自成高格，自有名句。⑱

《人間詞乙稿・序》謂：

文學之事，其內足以攄己，而外足以感人者，意與境二者而已。……文學之工不工，亦視

與之、韓玉、張孝祥、史達祖、劉過、辛棄疾、陸游、姜夔、吳文英、蔣捷、文天祥、陳允平、王沂孫、周密、張炎（南宋）；元好問、馬致遠、白樸（金元）；楊基、高啟、劉基、夏言、李攀龍、陳子龍、宋徵輿、李雯（明）；吳偉業、陳維崧、納蘭性德、洪昇、朱彝尊、王士禎、顧貞觀、孔尚任、張惠言、周濟、龔自珍、項鴻祚、蔣春霖、況周頤、譚獻、王鵬運、朱祖謀、沈紘（清），計一〇七人。其中以兩宋為主，在評語上北宋十八人七十六條，南宋十五人七十一條，居《人間詞話》半數以上。

⑱ 案：《詞話》中有時也用「意境」一詞，意義大致相同。

其意境之有無，與其深淺而已。⑲

他還十分自信地說：

滄浪所謂「興趣」，阮亭所謂「神韻」，猶不過道其面目，不若鄙人拈出「境界」二字，為探其本也。

言氣質，言神韻，不如言境界。境界，本也。氣質、格律、神韻，末也。有境界而三者隨之矣。⑳

然而，「境界」究竟是什麼，王國維沒有作出明確、嚴格的義界，他只是在《詞話》中從多方面加以描述，或者以詩詞為例，形象地比喻，確實較為模糊，以致論說者聚訟紛紜㉑。不過，細加辨析，仍有脈絡可尋。大體上它包含這樣一些內容：㈠境界的內涵；㈡境界的創作

⑲ 見本書卷四第二一則。

⑳ 見本書卷一第九則，卷二第一四則。

㉑ 自《人間詞話》面世後，「境界」涵義幾乎是每個研究王國維文學、美學思想者所探討的課題，各種闡說不下數十種，並由此進一步回溯傳統文論中的「境界」之義。葉程義在《王國維詞論研究》中列舉了上自佛典、下迄今人有關「境界」的解說三十家，雖搜羅並不完備，概括亦有不確之處，但僅此亦可見眾說之夥。（參見該書下編第一章第一目）

方法；㈢境界的類型；㈣境界的美學特徵。這幾方面互相關聯，互相交叉，貫穿於整部《人間詞話》中，是《詞話》的理論核心與主幹，並從中引出一系列有關論述及對作者、作品的分析評說。

㈠境界的內涵

「境界」一詞產生很早，其原意是「疆域」、「疆界」，指地域範圍、界限。「境」古代與「竟」通用。魏晉時期，「境界」用於佛經翻譯中，詞義增多且虛化，有的指人的感官功能所涉及的對象，如「色境界」、「聲境界」，多數則用以指修養造詣所達到的某種程度。後世的文藝評論受佛典影響，借用此詞，也沿襲了該詞的多義性。

盛唐時期的文學評論中開始出現「境」。相傳為王昌齡所作的〈詩格〉中已提出「詩有三境」，即「物境」、「情境」、「意境」。宋代以後，「竟」、「境界」、「意境」被廣泛用於評詩論畫，涵義不斷豐富。明清時期又被引入戲曲、小說、散文的評論中，成為文藝評論的專門術語，是中國古典美學所特有的概念。僅清代就有二十餘人在他們的詩論、詞論、文論、畫論中使用過「意境」或「境界」。如明末的侯方域曾將「境界」與「格調」、「神韻」、「骨采」、「章法」等並列為「詩歌之道」；葉燮一再用「境界」來形容詩作寫景抒情所達到的深廣度：「如蘇軾之詩，其境界皆開闢古今之所未有，天地萬物，嬉笑怒罵，無不鼓舞於筆端，而適如其意之所欲出。」（〈原詩〉）況周頤《蕙風詞話》中，以「境界」、「意境」評說之語在在皆是，如「蓋寫景與言情，非二事也。善言情者，但寫景而情在其中。此等境界，唯北宋人詞往往有之」。這與王國維「境界」的用法與涵義，已有近似之處。王國維從傳統文論中吸取了許多營養（而且他所用的「境界」也是多義的），但他的「境界說」與傳統說法又有顯著的不同。這不僅因為前人有關境界的論述，多只是一般性運用此概念，或與「形神」、「情物」、「意理」、「格調」、「骨采」等並列，或只涉及某一側面，局限於風格、技巧、聲律、音韻等，未成體系，而王國維則以「境界」為核心，建立了較完整的文學批評理論；更主要的，是因為王國維的「境界說」吸取了近代西方哲學、美學思想，力圖把境界與藝術的內在本質相連，探索文學藝術之所以為美、之所以能成為美的本質規定，包含了新的時代的內容與意蘊。從這個意義上說，他的確是「探其本」。

《人間詞話》第六則謂：

> 境非獨謂景物也。喜怒哀樂，亦人心中之一境界。故能寫真景物、真感情者，謂之有境界，否則謂之無境界。

即，境界就其內容而言，包含客觀外界的景物（景）和人的主觀情感心境（情）兩個方面，而它們本身（即作者的所觀所感）及其在作品中的再現、表達必須是真實的。

情、景是中國傳統文論中探討最多的課題之一。不過，歷代所論多著眼於情景關係，強調情景交融，互相生發㉒，而王國維則視「情、景」為構成文學的基本要素——「原質」，他說：

> 文學中有二原質焉：曰景，曰情。前者以描寫自然及人生之事實為主，後者則吾人對此種事實之精神的態度也。故前者客觀的，後者主觀的也；前者知識的，後者感情的也。……要之，文學者，不外知識與感情交代（案：指交替、交融）之結果而已。苟無敏銳之知識與深邃之感情者，不足與於文學之事。㉓

王國維拓展了德國詩人席勒(Johann Christoph Friedrich von Schiller, 1759~1805)對詩歌所下的定義，認為詩（文學）「描寫自然及人生」㉔，也就是說，文學的本質即寫景抒情。然而

㉒ 如宋范希文曰：「『水流心不競，雲在意俱遲』，景中之情也。『卷簾唯白水，隱几亦青山』，情中之景也。『感時花濺淚，恨別鳥驚心』，情景相融而莫分也。……因知景無情不發，情無景不生。」（〈對牀夜語〉）王夫之對此論述尤多：「情景名為二，而實不可離。神於詩者，妙合無垠。巧者則有情中景，景中情。景中情者，如『長安一片月』，自然是孤棲憶遠之情；『影靜千官裡』，自然是喜達行在之情。情中景尤難曲寫，如『詩成珠玉在揮毫』，寫出才人翰墨淋漓，自心欣賞之景。」「夫景以情合，情以景生，初不相離，唯意所適。截分兩橛，則情不足興而景非其景。」（《夕堂永日緒論・內編》）在《人間詞話》手稿中，王國維也曾論及情景關係，且比較明顯地受王夫之影響。參見本書卷三第四則。

㉓ 王國維：〈文學小言〉第四則，《全集》第五冊。

並不是所有寫景抒情的作品都有境界，事實上古往今來的文學作品中真正有境界的只是一小部分，其中關鍵還在「真」。王國維所說的「真」，至少有三重涵義。首先，作者要「忠實」，「不獨對人事宜然，即對一草一木，亦須有忠實之意。」㉕所謂對人事之忠實，即忠實於其所感——「情」；對草木之忠實，即忠實於其所見——「景」，要真實地表達自己的所觀所感，哪怕它「與政治及社會之興味相剌謬」㉖。其次，要有高超的寫作技巧，切實表達、再現其觀感，而不是雕琢虛飾，矯揉造作（詳見下文㈡）。第三，也是最重要的，作者的心靈、情感要真，因為「感情真者，其觀物亦真」㉗，詩人必須保持純真無偽的自然本性——「赤子之心」㉘。所以，納蘭性德以少數民族初入中原，未受文明的弊病——功名利祿、虛假狡

㉔ 王國維在〈屈子文學之精神〉中謂：「詩歌者，描寫人生者也（用德國大詩人希爾列爾〔案：今譯席勒〕之定義）。此定義未免太狹，今更廣之曰：描寫自然及人生，可乎？然人類之興味，實先人生而後自然。故純粹之模山範水，流連光景之作，自建安以前，殆未之見。而詩歌之題目皆以描寫自己之感情為主；其寫景物也，亦必以自己深邃之感情為之素地，而始得於特別之境遇中，用特別之眼觀之。故古代之詩所描寫者，特人生之主觀之方面，而對人生之客觀之方面及純處於客觀之自然界，斷不能以全力注之也。故對古代之詩，前之定義寧苦其廣，而不苦其隘也。」《人間詞話》卷三第三則也論及此，可參見本書該則。

㉕ 見本書卷二第四五則。

㉖ 王國維：〈文學小言〉第一則，《全集》第五冊。在《人間詞話》中，王氏論淫詞、鄙詞的數則即針對這個觀點而發。可參見本書卷一第三二、六二則，卷二第四二則，卷三第五、一三則等。

㉗ 王國維：〈文學小言〉第八則，《全集》第五冊。

詐的誘惑汙染，才能「以自然之眼觀物，以自然之舌言情」㉙，寫出情真意切、質樸深沉的作品。李後主生在帝王之家，長於宮娥嬪妃之手，不解國計民生，這是他身為國君的短處；但作為天才詞人，又是其長處！惟此，他才能以自然純樸、毫無造作的赤子情懷，全身心地感受並表達歡樂與悲哀；也惟此，他才能以詩人的敏銳深邃，透過自己的家國變故，感悟到宇宙人生的某些至理真情，「以人類之感情為一己之感情」，以自己的著作為「人類全體之喉舌」㉚，由一己之悲映照出極具普遍性的命運無情、悲歡離合的千古世人之痛。他的詞才超

㉘ 見本書卷一第一六則。案：類似的說法前人已有。明末李贄詩文理論的中心思想是「童心說」：「夫童心者，真心也。……夫童心者，絕假存真，最初一念之本心也。若失卻童心，便失卻真心；失卻真心，便失卻真人。」「天下之至文，未有不出於童心焉者。」（皆見〈童心說〉）即，只有存童心，做真人，才能寫出天下至文。清代袁枚《隨園詩話》云：「余常謂，詩人者，不失其赤子之心者也。」王國維所論有李贄等人的痕跡，也吸取了叔本華的思想，將「赤子之心」視作天才詞人的重要素質。他在〈叔本華與尼采〉一文中引叔氏「天才論」曰：「天才者，不失其赤子之心者也。蓋人生至七年後，知識之機關即腦之質與量已達完全之域，而生殖之機關尚未發達。故赤子能感也，能思也，能教也。其愛知識也，較成人為深；而其受知識也，亦視成人為易。一言以蔽之曰：彼之知力盛於意志而已。即彼之知力之作用，遠過於意志之所需要而已。故自某方面觀之，凡赤子皆天才也；又凡天才自某點觀之，皆赤子也。」

㉙ 見本書卷一第五二則。

㉚ 在〈人間嗜好之研究〉一文中，王國維謂：「真正之大詩人，則又以人類之感情為一己之感情。彼其勢力充實，不可以已，遂不以發表自己之感情為滿足，更進而欲發表人類全體之感情。彼之著作，實為人類全體之喉舌，而讀者於此得聞其悲歡啼笑之聲，遂覺自己之勢力亦為之發揚而不能自已。」在《人間詞話》中王國維把李後主比之為釋迦、基督，以為皆有「擔荷人類罪惡之意」，參見本書卷一第一八則。

越歌舞酒筵、閨情艷詞的範圍，達到「眼界始大，感慨遂深」㉛的境界。

不過，「真」並非就是堆砌現象，也並非凡「真」者就是有境界的文學作品。馬牛羊雞犬豕，柴米油鹽醬醋茶，真極真也，但只是日常事物的羅列，而非文學作品，更談不上「境界」。文學中的境界已不同於生活、自然的原型，而是經過作者加工提煉，具有藝術美的創造性產物。因此，「真」，絕不僅僅是外在的形似，更有一種形上的、表現自然人生的內在本質的意義——神似，後者更為重要。王國維之所以稱道周邦彥〈蘇幕遮〉「葉上初陽乾宿雨。水面清圓，一一風荷舉」，為得荷之「神理」者㉜，馮延巳〈南鄉子〉「細雨溼流光」，為「攝春草之魂者」㉝，就因為它們充分表現了荷花、春草在朝陽、細雨下所展示的內在的本質的美。相反，如果不能準確把握這種本質的美，沒有真情，那麼，即使外形描摹極細緻貼切，也屬於「切近的當，氣格凡下者」㉞，沒有境界。

「真」與「美」常常會有矛盾，是求「真」還是求「美」，這在東西方文藝理論中皆為爭論數百乃至數千年的問題。王國維主張內在的真重於形式的美，在真與美不能兼備時，寧捨美而求真。如元曲，技巧不高，缺陷多（關目拙劣、思想卑陋、人物矛盾等）㉟，不完美，

㉛ 見本書卷一第一五則。

㉜ 見本書卷一第三六則。

㉝ 見本書卷一第二三則。

㉞ 見本書卷二第三六則。

㉟ 在《宋元戲曲考》中，王國維謂：「元曲之佳處何在？一言以蔽之，曰自然而已矣。古今之大文學，無

但其佳處，一言以蔽之，即自然真摯，有意境：

彼但摹寫其胸中之感想與時代之情狀，而真摯之理與秀傑之氣，時流露於其間。故謂元曲為中國最自然之文學，無不可也。㊱

詩詞也同樣。只要有真情實感，即便藝術上稍粗糙，甚至是格調低下、卑鄙淫蕩的淫詞、鄙詞，也有一定的境界，是可以接受的，因為它們真實坦率地寫出了貪婪與情欲——人類的確具有、而且普遍存在著的欲望，即人性中醜惡的一面。其中一些大家、名家的淫詞、鄙詞，讀來「但覺其親切動人」、「精力彌滿」，「以其真也」；而言不由衷，虛浮偽飾的「游詞」，雖華瞻典麗，亦斥之㊲。

王國維論詞之所以高揚五代、北宋，而貶抑南宋以下，就因為前者真，有意境，儘管藝

不以自然勝，而莫著於元曲。蓋元劇之作者，其人均非有名位學問也；其作劇也，非有藏之名山，傳之後人之意也。彼以意興之所至為之，以自娛娛人。關目之拙劣，所不問也；思想之卑陋，所不諱也；人物之矛盾，所不顧也。彼但摹寫其胸中之感想與時代之情狀，而真摯之理與秀傑之氣，時流露於其間。故謂元曲為中國最自然之文學，無不可也。若其文字之自然，則又為其必然之結果，抑其次也。」《人間詞話》卷一第六三、六四則，卷二第八則也論及此，可參見本書有關各則及注釋。

㊱ 王國維：《宋元戲曲考》。

㊲ 見本書卷一第六二則。

術成就不一定都高，甚且有部分詞卑鄙淫蕩，類似「倡優」㊳，但「生香真色」㊴；南宋除辛棄疾外，多雕琢粉飾，無真情；至晚明、清代諸詞家（納蘭性德例外），非不華麗秀美，精緻典雅，然「惜少真味」，不過是人工裝飾的「綵花」，無救於「淺薄局促」㊵。就詩人而言，王國維所讚賞的屈原、陶淵明、李後主、蘇軾、納蘭性德等人，皆率性任情的天才詩人，能「感自己之感，言自己之言」㊶，直抒胸臆。周邦彥、姜夔有一定天分，也有較深厚的藝術功力，但前者「創調之才多，創意（案：意境、境界）之才少」㊷；後者「有格而無情」、「不於意境上用力」㊸，都不能列為真正的大家。至於張炎、吳文英輩，雖然歷代高度評價他們的技巧與功力，而王國維則認為他們「砌字」、「壘句」，「雕琢敷衍」，最惡之，且痛詆，視其為導致「六百年來詞之不振」的罪魁㊹。即使是詩詞兼擅的一些大家、名家，如歐陽修、秦觀，「皆詩不如詞遠甚，以其寫之於詩者，不若寫之於詞者之真也」。㊺

㊳ 見本書卷二第四二則。
㊴ 見本書卷二第二四則。
㊵ 見本書卷二第九、二四則，卷四第二〇、二一則等。
㊶ 王國維：〈文學小言〉第十則、第十二則，《全集》第五冊。
㊷ 見本書卷一第三三則。
㊸ 見本書卷一第四三、四二則。
㊹ 見本書卷四第二一、二〇則及卷一有關各則。
㊺ 王國維：〈文學小言〉第十三則，《全集》第五冊。

由於作者的天賦、修養、興趣、境遇、閱歷各有其特點，創作手法上寫景抒情亦各有偏好，所以，體現在作品中的「意」（情感）與「境」（景物）的比重及所達到的水準也不相同。「上焉者意與境渾，其次或以境勝，或以意勝」。然而，無論是哪種情況，達到哪個層面，意與境都應「互相錯綜，能有所偏重，而不能有所偏廢」，這樣才稱得上是有境界的作品，「苟缺其一，不足以言文學。」46

(二)境界的創作方法

《人間詞話》第二則謂：

有造境，有寫境，此理想與寫實二派之所由分。然二者頗難分別。因大詩人所造之境，必合乎自然，所寫之境，亦必鄰於理想故也。

這裡的「造境」與「寫境」，「理想」與「寫實」，顯然有受西方近代文學中「浪漫主義」與「現實主義」兩大流派啟發的痕跡，突破了中國詩學傳統中「賦、比、興」的創作手法說。所謂「造境」，指用想像、誇張、虛構的藝術手法創作境界，突出作者主觀感情的抒發；「寫境」則主要指客觀地描述世事、社會、人生。但二者又不能截然兩分，因為它們的靈感

46 見本書卷四第二一則。

來源及題材是共同的，都是自然與人生，只不過側重點及表現手法有所不同。無論大詩人虛構想像之境是多麼荒誕離奇，其素材「必求之於自然」，其構思「亦必從自然之法則」；而當他們觀察描寫自然景物、社會人生時，也必然按自己的取捨原則，對現象進行篩選、提煉、加工、改造，因而所寫之境，「亦必鄰於理想」㊼。

在創作實踐中，無論是「造境」還是「寫境」，修辭煉句都是必不可少的基本功夫。有時用好一個字、一個詞，便寫出了境界，寫活了整個句子，乃至整首詩詞，使原本平淡無奇的文字頓生光彩。《人間詞話》第七則云：

> 「紅杏枝頭春意鬧」，著一「鬧」字，而境界全出。「雲破月來花弄影」，著一「弄」字，而境界全出矣。

乍一看，前句中的「鬧」字似不類，可仔細想想，竟找不出一個更能表現盎然春意、蓬勃生機的字來替換它，一個「鬧」字，是如此生動真切地展示了春天的氣息以及生命的喧嘩騷動，作品的境界由此全出。同樣，張先使用一個「弄」字，寫出了月輝瀉地、花影搖曳、靜謐而又略帶神秘的夜景，且暗示了作者似靜非靜的心態，著一字而盡得風流。

王國維注意到文學藝術的形象性特點，「惟美術之特質，貴具體而不貴抽象」㊽，所以，

㊼ 見本書卷一第二則、第五則。

他反覆申言作品的文字表達必須生動鮮明，清晰自然，使讀者有「語語都在目前」，身臨其境之感，他稱這種狀況為「不隔」；反之，如果語言文字抽象、浮泛、晦澀、虛飾，不能給人以真切的感受，便是「隔」。王國維舉了許多例子來說明二者的區別：

問「隔」與「不隔」之別，曰：陶、謝之詩不隔，延年則稍隔矣。東坡之詩不隔，山谷則稍隔矣。「池塘生春草」，「空梁落燕泥」等二句，妙處唯在不隔。詞亦如是。即以一人一詞論。如歐陽公〈少年游〉詠春草上半闋云：「闌干十二獨凭春，晴碧遠連雲。二月三月，千里萬里，行色苦愁人。」語語都在目前，便是不隔。至云：「謝家池上，江淹浦畔」，則隔矣。白石〈翠樓吟〉：「此地。宜有詞仙，擁素雲黃鶴，與君游戲。玉梯凝望久，歎芳草，萋萋千里。」便是不隔。至「酒祓清愁，花消英氣」，則隔矣。

「生年不滿百，常懷千歲憂。晝短苦夜長，何不秉燭游？」「服食求神仙，多為藥所誤。不如飲美酒，被服紈與素。」寫情如此，方為不隔。「采菊東籬下，悠然見南山。山氣日夕佳，飛鳥相與還。」「天似穹廬，籠蓋四野。天蒼蒼，野茫茫。風吹草低見牛羊。」寫景如此，方為不隔。[49]

---

[48] 王國維：〈紅樓夢評論〉，《全集》第五冊。

[49] 見本書卷一第四〇、四一則。

造成「隔」與「不隔」的原因，固然有作者功力與表達技巧的因素，但也在其是否「真」。如果作者「意足」（有真情及不吐不快的創作衝動）、「語妙」（高超的文字表達能力），自然就能寫出有境界的好作品！

大家之作，其言情也必沁人心脾，其寫景也必豁人耳目。其辭脫口而出，無矯揉妝束之態。以其所見者真，所知者深也。詩詞皆然。持此以衡古今之作者，可無大誤矣。[50]

在評論元曲時亦一再強調：

元劇最佳之處，不在其思想結構，而在其文章。其文章之妙，亦一言以蔽之，曰：有意境而已矣。何以謂之有意境？曰：寫情則沁人心脾，寫景則在人耳目，述事則如其口出是也。古詩詞之佳者，無不如是。[51]

把文字表達真切自然，毫無妝束矯揉，作為創造境界的必要條件。反之，為賦新詞強說愁，便不得不搜索枯腸，代字隸事，刻意雕琢修飾以藏拙：「其所以然者，非意不足，則語不妙

[50] 見本書卷一第五六則。
[51] 王國維：《宋元戲曲考》。

也。蓋意足則不暇代，語妙則不必代。」❺❷白居易與吳梅村長篇敘事詩之優劣即由此見❺❸。退一步說，即使有些作品文字優美（語妙），「格韻高絕」，但讀之如墜五里霧中，終非佳作。

白石寫景之作，如「二十四橋仍在，波心蕩、冷月無聲」，「數峰清苦，商略黃昏雨」，「高樹晚蟬，說西風消息」，雖格韻高絕，然如霧裡看花，終隔一層。梅溪、夢窗諸家寫景之病，皆在一「隔」字。❺❹

姜夔的〈暗香〉、〈疏影〉二詞，數百年來論者皆視為詠梅絕唱，王國維則以其堆砌典故，晦澀難懂，而批評道：「境界極淺」，「情味索然」❺❺，「格調雖高，然無一語道著」❺❻。要之，王國維視代字、隸事、用典與美刺、投贈、粉飾等，同為境界創造之大忌❺❼。當

❺❷ 見本書卷一第三四則。

❺❸ 「以〈長恨歌〉之壯采，而所隸之事，只『小玉』、『雙成』四字，才有餘也。梅村歌行，則非隸事不辦。白吳優劣，即於此見。不獨作詩為然，填詞家亦不可不知也。」參見本書卷一第五八則。

❺❹ 見本書卷一第三九則。

❺❺ 滕咸惠校注：《人間詞話新注》第七五則（即本書卷一第三八則），此係原手稿句，王國維定稿發表時刪去。

❺❻ 見本書卷一第三八則。

然，前人的作品、寫作技巧可以也應當學習借鑑，「借古人之境界為我之境界」，可是，若「非自有境界，古人亦不為我所用」[58]。那些一味「模仿的文學」、「文繡的文學」，「皆不足為真文學」[59]。

再者，「不隔」並不是浮淺直露，而是要有「言外之味，絃外之響」，能狀難寫之景如在目前，含不盡之意見於言外。南宋詞作中即便為較好、不隔的作品，也因缺乏深沉悠遠的意韻，「比之前人，自有淺深厚薄之別」[60]。

由於作者是文學創作的主體，任何方法都由人創造、運用與發揮，因而，王國維論述境界的創造時，有相當的篇幅是從人——主體的角度落墨的。

[57] 見本書卷一第三四、五七、五八則等。詩詞中是否要使用代字、隸事，亦是眾說紛紜。一般認為，成語、典故中往往濃縮了十分豐富或深刻的內涵，運用得當，則言簡意賅，意味深長，有化腐朽為神奇之妙。所以並不絕對禁止使用代字、隸事。如葉嘉瑩在《王國維及其文學批評》中論及靜安先生反對「代詞」、「隸事」、「游詞」有一定道理後，亦云：「在詞中用典隸事，應該也並不是必不可以的。只要作者之情意深摯、感受真切，能夠自有境界，而且學養豐厚、才氣博大，可以融會古人為我所用，足以化腐朽為神奇，給一切已經死去的辭彙和事典都注入自己的感受和生命，如此則用典隸事便不僅不會妨礙『境界』之表達，而且反會由所用之事典而引發讀者更多之聯想，因而使所表達之境界也更增廣增強。在這種情形下，用典和隸事當然乃是無須加以反對的。」

[58] 見本書卷二第一五則。

[59] 王國維：〈文學小言〉第三則，《全集》第五冊。

[60] 見本書卷一第四二、四〇則。

王國維認為，為了真實地描寫自然人生，作者必須深入生活（「入乎其內」）、「重視外物」，細緻入微地體察品味世態人生（「入乎其內，故有生氣」，「故能寫之」）；又要能「出乎其外」、「輕視外物」[61]，這樣才能超然於世俗的功名利祿之外。在「出」與「入」的交錯中觀照與再現自然人生，構成詩境。

不過，王國維所講的「宇宙人生」或「生活」，帶有明顯的叔本華印記，它並不僅僅是日常生活，在更大程度上是指其本質是精神性的「意志」、「欲」。

> 生活者非它，不過自吾人之知識中所觀之意志也。生活之本質何？欲而已矣。……人生之所欲，既無以逾於生活，而生活之性質又不外乎苦痛，故欲與生活與苦痛三者，一而已矣。[62]

因而「入乎其內」、「重視外物」，的確有深入生活、掌握豐富的創作素材這一意義，但更深層的涵義是指作者要明瞭並體驗到生活是欲、是痛苦，這樣才能不被其束縛，「輕視外物」——即「欲」的對象，「以奴僕命風月」；也才能夠「出乎其外」，排除一切欲念，用純然審美的態度看待外物（觀之），「與花鳥共憂樂」[63]，從而「有高致」。而「高致」者，即從欲、

---

[61] 見本書卷一第六〇、六一則。

[62] 王國維：〈叔本華之哲學及其教育學說〉，《全集》第五冊；〈紅樓夢評論〉，《全集》第五冊。

生活、痛苦中得到暫時解脫的那一瞬間的感覺。由此，作者才能既貼近市井、人生的深處，剖析社會眾生相及人們的情感靈魂，又不為欲所惑，超然物外，高瞻遠矚，較為清醒地認識並寫出宇宙人生的內在本質，達到藝術之真與美的高度結合，創作出有境界的作品。

由於文學中兩大體裁——敘事文學與抒情文學的風格、創作手法各有特點，因此對作者也有不同的要求。敘事文學的作者（客觀之詩人），「不可不多閱世。閱世愈深，則材料愈豐富，愈變化」，才能更真切更深刻地「描寫自然及人生之事實」；而抒情文學的作者（主觀之詩人），「不必多閱世。閱世愈淺，則性情愈真」[64]。《紅樓夢》、《水滸傳》這類展現時代風貌的作者是為前者，而李後主這樣的天才詞人則屬於後者。

王國維推崇天才，但也認為詩詞是感情的自然流露，作者的品德與人格高尚（內美），其情感才真誠、崇高，方能寫出有境界的作品，故而「尤重內美」[65]。他反覆申言：

> 天才者，或數十年而一出，或數百年而一出，而又須濟之以學問、帥之以德性，始能產真正之大文學。此屈子、淵明、子美、子瞻（案：即屈原、陶淵明、杜甫、蘇軾）等所以曠世而不一遇也。[66]

---

[63] 同注[60]。
[64] 見本書卷一第一七則。
[65] 見本書卷二第四九則。

三代以下之詩人，無過於屈子、淵明、子美、子瞻者。此四子者，苟無文學之天才，其人格亦自足千古。故無高尚偉大之人格而有高尚偉大之文學者，殆未之有也。67

有內美，這是前提，要寫出千古不朽之作，還須注意培養、錘煉深厚扎實的文學修養與藝術功力（修能）：

「紛吾既有此內美兮，又重之以修能」，文學之事，與此二者，不可缺一。68

王國維選出辛棄疾、柳永、晏殊三人詞中之句，重加組合，賦予新的涵意，使之成為表現艱難求索、執著無悔精神的「治學三境界」說：

「昨夜西風凋碧樹。獨上高樓，望盡天涯路」，此第一境也。「衣帶漸寬終不悔，為伊消得人憔悴」，此第二境也。「眾裡尋他千百度。回頭驀見，那人正在，燈火闌珊處」，此第三境也。69

66 王國維：〈文學小言〉第七則，《全集》第五冊。
67 同上第六則。
68 見本書卷二第四九則。

〈文學小言〉第五則的內容與此相似，其末特意強調：「此有文學上之天才者，所以又需莫大之修養也。」⑰

作品完成後，境界的創造並沒有結束，還必須經過讀者這一關，也就是說，境界的創造與實現是由作者與讀者共同完成的。每個讀者事實上都是在自身文化素養基礎上，按自己的氣質、喜好去閱讀和理解作品的，其間雖有大體近似的觀感，但必然也有差異，所以西諺云：「每個讀者心中都有他自己的莎士比亞。」這正是當代接受美學所探討的內容。由於讀者修養的高下，稟賦、閱歷的不同，即使境界很高的作品，讀者也「有得有不得，且得之者亦各有深淺焉」⑱，甚且完全越出作者本意。王國維自謂，他把晏殊、柳永、辛棄疾的詞組合，詮釋為「治學三境界」，「遽以此意解釋諸詞，恐為晏、歐諸公所不許也」。⑲這當然為特例，而且確實推陳出新，所以至今膾炙人口。在一般情況下則應力求依作者、作品本身，完整、準確地把握其原意與弦外之音，而不是強作解人，「深文羅織」，隨意「差排」古人⑳。

㈢境界的類型

⑯ 見本書卷一第二六則。王國維引文稍有誤。
⑰ 王國維：〈文學小言〉，《全集》第五冊。
⑱ 見本書卷四第一六則。
⑲ 見本書卷一第二六則。
⑳ 見本書卷二第二九則。

有有我之境，有無我之境。「淚眼問花花不語，亂紅飛過秋千去」，「可堪孤館閉春寒，杜鵑聲裡斜陽暮」，有我之境也。「采菊東籬下，悠然見南山」，「寒波澹澹起，白鳥悠悠下」，無我之境也。有我之境，以我觀物，故物皆著我之色彩。無我之境，以物觀物，故不知何者為我，何者為物。古人為詞，寫有我之境者為多，然未始不能寫無我之境，此在豪傑之士能自樹立耳。[74]

「有我之境」與「無我之境」，這是王國維劃分的兩種主要的境界類型。

受叔本華的影響，王國維把受「欲」、「生活」折磨的人稱為「欲之我」或「特別之我」；只有少數天才能掙脫欲的束縛，不再認為外物與自己對立衝突，而是從自然和生活中感受美、發現美，於是從痛苦的人變成快樂的人，即「知之我」或「純粹無欲之我」[75]。這些天才把他們所感受到的美，用文字表達出來，讓讀者也能分享審美的快樂。然而每位作者掙脫欲望、痛苦的程度不同，處理物我關係的方法不一，創作時感情色彩的濃烈與淡泊、執著與超然也有差異，所以作品中就有「有我之境」與「無我之境」的區別。

「有我之境」，作者在他所描寫的景物上凝結了濃鬱的主觀情感，「以我觀物，故物皆著我之色彩」，甚且還感到自然景物的壓迫威脅。暮春時節，落花零亂，隨風飄飛；冬末春初，

[74] 見本書卷一第三則。

[75] 王國維：〈叔本華之哲學及其教育學說〉，《全集》第五冊。

乍暖還寒；杜鵑啼鳴，夕陽西下，原都是習見的自然現象，但滿腹愁緒的詞人、漂泊遷謫的騷客把濃重的感傷之情投在景物上，問花不語，深感造物無情，禁不住含淚噎咽，無限低徊；或倍覺孤館春寒的寂寞淒苦，悲涼憂鬱。

「無我之境」並不是「沒有我」，而是指擺脫一切欲念，成為「純粹無欲之我」，視自己與萬物皆宇宙之子，由忘我而臻於天人合一、物我一體之境，心曠神怡，陶醉於審美靜觀之中。這當然有西方美學、哲學的烙痕，但也不難看出，王國維的「無我」有極鮮明的中國文化特點，近似於莊子說的「吾喪我」[76]。

---

[76] 《莊子・齊物論》開篇即云：有個名南郭子綦的人憑著几案而坐，仰頭向天緩緩地呼吸，進入了超越對待關係的忘我境界。顏成子游侍立在旁，問子綦為什麼他今日的神情與以往不同。「子綦曰：『偃，不亦善乎，而問之也！今者吾喪我，汝知之乎？』」（子綦說，子游問得好，今天我摒棄了偏執的我。）「吾喪我」，「吾」，指本我，主語；「我」，指偏執的、有欲望的我，是賓語，「吾喪我」，意摒棄偏執、有欲之我，達到忘我、與萬物一體的境界。（可參見陳鼓應注譯《莊子今註今譯》，北京中華書局，一九八三年版。）王國維一九〇三年寫有〈端居〉詩，這正是他苦讀康德、叔本華著作時（即詩中所云「異書」），但全詩的意趣，所追求的理想境界，則全然是中國士大夫式的。該詩有三首，其第二首中即有「安得吾喪我」句。錄全詩如下，以作參考。其一：「端居多暇日，自與塵世疏。處處得幽賞，時時讀異書。高吟驚戶牖，清談霏瓊琚。有時作兒戲，距躍繞庭除。角力不恥北，說隱自忘愚。雖慚雲中鶴，終勝轅下駒。如此復不樂，問君意何如？」其二：「陽春煦萬物，嘉樹自敷榮。枳棘茁其旁，既鋤還復生。我生三十載，役役苦不平。如何萬物長，自作犧與牲。安得吾喪我，表裡洞澄瑩。纖雲歸大壑，皓月行太清。不然蒼蒼者，褫我聰與明。冥然逐嗜欲，如蛾赴寒檠。何為方寸地，矛戟森縱橫。聞道既未得，逐物又

中國哲學不同於西方對立兩分的觀念及思維方式，從其源頭起就認為人與自然（天地萬物）是息息相通，互相交融的。中國哲人從不脫離人談存在的本質，而是要「與天地合其德，與日月合其明，與四時合其序，與鬼神合其凶吉」（《周易》），最高的境界就是與自然達到完全的和諧一致，也即「上下與天地同流」（《孟子》），「天地與我並生，而萬物與我一體」（《莊子》）的境界。中國士大夫始終視天人合一、物我一體，即入世間又出世間為最完美的人生理想；功名利祿，哪怕是帝王之業，也屬次等，甚且是受鄙視的㊼。陶淵明不為五斗米折腰，棄官還鄉，躬耕自給；結廬人境，卻能清心寡欲，寧靜淡泊，反璞歸真，故被歷代推崇為高人賢士的典範。他采菊籬下，神游南山，物我兩忘，從大自然中感受到永恆的美，臻於審美的極致。元好問臨流遠眺，寒水微波，白鳥翔止，心境亦隨之平淡舒緩，「澹澹起」，「悠悠下」中透出一分閒暇的愜意與享受（其原詩有「物態本閒暇」句）。在此一瞬，忘卻自身，與飛鳥、微波融而為一，達到「無我之境」㊽。

當一個人被欲望困擾時，會有煩躁、不安、痛苦之感，他的心是「動」的、渾沌的，與

未能。袞袞百年內，持此欲何成。」其三：「孟夏天氣柔，草木日夕長。遠山入吾廬，顧影自駘蕩。晴川帶芳甸，十里平如掌。時與二三子，披草越林莽。清曠淡人慮，幽蒨遺世網。歸來倚小閣，坐待新月上。漁火散微星，暮鐘發疏響。高談達夜分，往往入遐想。詠此聊自娛，亦以示吾黨。」詩載《靜安詩稿》，《全集》第五冊。

㊼ 參見本書卷二第三九則。

㊽ 見本書卷一第三則。

外界事物處於對立的利害衝突的狀況。此時該事物是欲之對象，因而不可能發現觀賞它的美。但詩人之所以超越常人，就在於他心中雖然充滿矛盾、痛苦，甚至不堪忍受外物對他的壓迫，但當他把湧動於心中的喜怒哀樂、悲愁感歎之情發而為詩的那一瞬，便是把生活中的「欲」昇華為審美，把外物作為審美對象靜觀。所以，「有我之境，於由動之靜時得之」[79]。「無我之境」，只有在完全擺脫欲望痛苦，平和寧靜、內心清澈無比的狀態下才能體驗，所以，「無我之境，人惟於靜中得之」[80]。這是一種只可意會難以言傳的心理狀態，正像陶淵明詩所說：「此中有真意，欲辨已忘言。」[81]

當然，要完全擺脫欲望，超然於世俗的功名利祿之外，回歸自然，作純粹的審美觀照，是非常難的，幾千年裡也只有陶淵明等極少數高人賢士達到這個境界，絕大多數人還是以現實的修身齊家治國平天下為人生理想和追求目標。但專制社會的政治、文化現狀，又使士大夫們的理想抱負難以實現。他們不能主宰自己的命運，一些正直敢言者甚至常常因為他們的憂國憂民、講真話而遭禍。於是，不願同流合汙的失意文人退居山林，以求人格之完美。但他們的心靈深處實際上並不平靜。「居廟堂之高，則憂其民；處江湖之遠，則憂其君，是進亦憂，退亦憂。」[82]這是中國士大夫的精神情操，也是一種互補的行為方式。它有高尚、積

[79] 見本書卷一第四則。
[80] 同注[78]。
[81] 陶淵明：〈飲酒〉詩第五首。參見本書卷一第三則有關注釋。

極的一面，但在這分關懷，這分「憂」、「慮」的背後，透出的恰是他們政治理想和人生抱負難以實現的悲哀。在專制高壓下，懷才不遇，壯志難酬的不平、憤懣、哀怨、感慨皆發而為詩，而人生際遇中最常見的生離死別、貧困潦倒、羈旅勞人、征夫思婦，所引發的也是深重的感傷之曲，這樣的作品中自然有濃厚的「我」之色彩，是「有我之境」。而此類作品在中國文學中據半數以上。或許，正是在這個意義上，王國維說，古往今來，「寫有我之境多」，只有那些能超然物外的少數「豪傑之士」，才能「寫無我之境」[83]。

由於人生就是痛苦，所以悲愁之情最貼近人生，也最真實，而種種轉瞬即逝的歡樂、愉悅皆不免失之浮泛、淺薄，甚至虛假，「詩詞者，物之不得其平而鳴者也」。[84]王國維引用尼采的話來強調：「一切文學，余愛以血書者。」[85]悲愁至泣血，為悲之極致，而詩人更以此血為墨，寫心中之悲，悲苦可謂無以復加。儘管尼采原意完全不是如此。他所傲視、所反對的恰是李後主那種悲悲戚戚的懦夫與庸眾；他所說的血，是「天才」、「超人」為庸眾所辱所殺時流的血，也是「天才」、「超人」抗爭時的血。王國維是按中國文化精神及叔本華學說來理解和闡釋的，內中體現的正是他本人的人生觀與文學觀。

---

[82] 范仲淹：〈岳陽樓記〉。
[83] 見本書卷一第三則。
[84] 見本書卷二第一一則。
[85] 見本書卷一第一八則。

不過，王國維雖然把愁苦視為文學的主題之一，但他也認為，一般性的悲歡離合只是「常人之境界」，「詩人之境界」應更高於此，他說：

境界有二：有詩人之境界，有常人之境界。詩人之境界，惟詩人能感之而能寫之，故讀其詩者，亦高舉遠慕，有遺世之意。而亦有得有不得，且得之者亦各有深淺焉。若夫悲歡離合、羈旅行役之感，常人皆能感之，而惟詩人能寫之。故其入於人者至深，而行於世也尤廣。[86]

「詩人之境界」，乃天才詩人以其高尚情操、博大襟懷，非凡的敏銳情思與藝術才華，體驗並寫出了常人難以覺察領悟的宇宙人生之內在真諦及美，並力求「以人類之感情為其一己之感情」，以自己的著作「為人類全體之喉舌」[87]，境界宏偉博大。「讀其詩者，亦高舉遠慕，有遺世之意」，分享詩人的情感意蘊。然無論是詩人還是讀者，能達到這一境界者並不多。而悲歡離合、羈旅行役，是普通人都能感受到的，只是他們缺乏文學修養，難以表達。而詩人則能提煉、表達日常生活中的感受，使之成為一種藝術的美。由於這類情感極具普遍性，所以描寫這類情感的作品也容易引起共鳴，為平民大眾接受，廣為傳頌。周邦彥的詞可作為

[86] 見本書卷四第一六則。

[87] 同注[29]。

寫「常人之境界」的代表。

㈣境界的美學特徵

近代西方美學一般認為美有兩種：優美與崇高，康德、叔本華對此都有論述。王國維吸取了他們的思想與某些術語。《人間詞話》第四則謂：

無我之境，人惟於靜中得之。有我之境，於由動之靜時得之。故一優美，一宏壯也。

就是說，不同的境界引起不同的美感：無我之境是優美，有我之境是宏壯（即「壯美」、「崇高」）。王國維曾多次闡說優美與壯美（宏壯）[88]，如：

美之為物有二種：一曰優美，一曰壯美。苟一物焉，與吾人無利害之關係，而吾人之觀之也，不觀其關係，而但觀其物；或吾人之心中，無絲毫生活之欲存，而其觀物也，不視為與我有關係之物，而但視為外物，則今之所觀，非昔之所觀者也。此時吾心寧靜之狀態，名之曰優美之情，而謂此物曰優美。若此物大不利於吾人，而吾人生活之意志為之破裂，

---

[88] 如〈古雅之在美學上之位置〉、〈叔本華之哲學及其教育學說〉、〈紅樓夢評論〉等文，均見《全集》第五冊。

因之意志遁去，而知力得為獨立之作用，以深觀其物，吾人謂此物為壯美，而謂其感情曰壯美之情。普通之美皆屬前種。至於地獄變相之圖，決鬬垂死之相，〈盧江小吏〉之詩，〈雁門尚書〉之曲……此之謂也。[89]

美學上之區別美也，大率分為二種：曰優美，曰宏壯。……要而言之，則前者由一對象之形式不關吾人之利害，遂使吾人忘利害之念，而以精神之全力沉浸於此對象之形式中。自然及藝術中普通之美，皆此類也。後者則由一對象之形式，越乎吾人知力所能馭之範圍，或其形式大不利於吾人，又覺其非人力所能抗，於是吾人保存自己之本能，遂超越乎利害之觀念外，而達觀其對象之形式，如自然中之高山大川、烈風雷雨，藝術中偉大之宮室、悲慘之雕刻像、歷史畫、戲曲、小說等，皆是也。[90]

可見優美與壯美的主要區別在於因主客體之間的關係不同而引起的不同美感。主體與客體之間如沒有利害衝突，甚且消融了「主」與「客」，不知何者為我，何者為物；或者對該物無絲毫之欲望，內心清澈無比，純用審美的眼光玩賞之，這樣，物是美的化身，其所引發的是寧靜愉悅的優美之感，如陶淵明「采菊東籬下，悠然見南山」。如果主客體之間對立衝突，心底渾沌；或者此物形體巨大，數量極多，使主體無法把握，難以抗拒時，會產生畏懼崇敬

[89] 王國維：〈紅樓夢評論〉，《全集》第五冊。

[90] 王國維：〈古雅之在美學上之位置〉，《全集》第五冊。

之感，在審美的觀點上即謂之壯美（崇高、宏壯）。「如自然中之高山大川、烈風雷雨，藝術中偉大之宮室、悲慘之雕刻像、歷史畫、戲曲、小說等」，這往往也是一種悲劇美。

這種區分方法主要源於西方近代美學，但其中也能見到中國傳統美學的影子。《人間詞話》中所舉出的「落日照大旗，馬鳴風蕭蕭」，「大江流日夜」，「長河落日圓」等極肅穆、極宏闊的「千古壯觀」之景；孤館春寒、杜鵑啼血及「枯藤老樹昏鴉」、「古道西風瘦馬」的悲慘淒厲，在中國傳統美學中均歸於雄渾、悲慨、勁健的陽剛之美。而「寶簾」、「銀鉤」、「細雨」、「微風」，寒波澹澹，白鳥悠悠，又基本上類同於典雅、綺麗、纖穠的陰柔之美⑨¹。

作品中的境界有大有小，但美的價值並不因此而有差異（「不以是而分優劣」）。寫一隅之景的「細雨魚兒出，微風燕子斜」，活潑輕快，淡雅寧靜，卻並不比肅穆悲涼、宏闊壯觀的「落日照大旗，馬鳴風蕭蕭」差；「寶簾閒掛小銀鉤」，表現日常生活中極微之一細節，

---

91 見本書卷一第八則、第五一則、第二九則、第六三則、第三則等。中國的文學批評與美學很早就注意到有兩種不同的美感，乃有所謂「陽剛」和「陰柔」之說。姚鼐〈復魯絜非書〉言：「自諸子而降，其為文無弗有偏者。其得於陽與剛之美者，則其文如霆，如電，如長風之出谷，如崇山峻崖，如決大川，如奔騏驥。其光也，如杲日，如火，如金鏐鐵。其於人也，如憑高視遠，如君而朝萬眾，如鼓萬勇士而戰之。其得於陰與柔之美者，則其文如昇初日，如清風，如雲，如霞，如烟，如幽林曲澗，如淪，如漾，如珠玉之輝，如鴻鵠之鳴而入寥廓。其於人也，漻乎其如歎，邈乎其如有思，暵乎其如喜，愀乎其如悲。觀其文，諷其音，則為文者之性情形狀，舉以殊焉。」（姚一葦：《藝術的奧祕》，頁三一九。開明書店，一九六九年三版）將王國維的論點與之一一相較，不難發現二者的相似。

也決不亞於意境朦朧、撲朔迷離的「霧失樓臺，月迷津渡」[92]。何況小與大本來就是相對的，佛學的「芥子納須彌」[93]早已透析此中之意，中國的美學和文藝評論也一再強調以小見大，意在言外，含蓄深沉。

就詩詞而言，雖同屬抒情文學，但詩更多地寫志向、懷抱、感慨、憂患之情（即「言志」），而詞則抒詩體不足以達，或者難以曲盡其妙的幽隱深微之情思，其本身就具有淒婉、幽怨、含蓄、纖柔的特點。所謂「詞之為體，要眇宜修。能言詩之所不能言，而不能盡言詩之所能言。詩之境闊，詞之言長」。[94]即如蘇軾、辛棄疾之豪放曠達，但超逸雄健中仍有曲折含蓄之美；故而詞境往往更重意蘊深厚、小中見大。王國維把是否有言外之音作為衡量境界美及作家水準的尺度之一。「葉夢得謂：『文錫詞以質直為情致，殊不知流於率露。諸人評庸陋詞者，必曰此仿毛文錫之〈贊成功〉而不及者。』其言是也。」[95]姜夔是古今詞人中格調最高者，「惜不於意境上用力，故覺無言外之味，絃外之響，終不能與於第一流之作者也。」[96]

[92] 見本書卷一第八則。

[93] 芥子，芥菜子，喻極輕微纖細之物。須彌，須彌山，印度神話中山名，亦為佛教採用。山高八萬四千由旬，山頂上為帝釋天，山腰為四天王天，周圍有七香海，七金山，金山外鹹海環繞，海中有四大部洲。意環宇。

[94] 見本書卷二第一三則。

[95] 見本書卷四第七則。

[96] 見本書卷一第四二則。

在審美活動中，人常會把自己的主觀感情投射到客體中去，以人度物，將對象人格化，即所謂「移情作用」，王國維稱之為「以我觀物，故物皆著我之色彩」97。此時所關涉的實際不是外物，而是自我感覺形象。由於閱歷、境遇、氣質、心情等等的差異，即使對同一景物，也會有不同的觀感，引發不同的聯想。比如，同為春色，「孤館閉春寒」迥然有別於「紅杏枝頭春意鬧」；「月迷津渡」的夜景顯然與「雲破月來花弄影」大異其趣；「杜鵑啼血」與「燕子輕飛」所表現的與其說是鳥類的形態啼鳴，不如說是作者當下的心境和情思。作品中的境界美也因之而各有其趣。

以上簡略介紹了「境界說」的一些主要內容。如果我們從更高層次上，對「境界說」作總體的把握分析，可以看出，「境界說」及其各組成要素有一共同特點，那就是以人為核心，圍繞對人、人生的思考而展開。無論是寫真感情、真景物，是赤子之心，以血書者，是造境、寫境、內美、修能，還是有我之境、無我之境等等，都是從人——主體的角度立論，突出人在審美、創作中的主導作用，強調作品必須真實地表現自我情感。王國維把詩歌（文學）定義為「描寫自然與人生」98，把自《詩經》開始的中國文學主題概括為「憂生」、「憂世」99，認為美、藝術的目的與功能就是「描寫人生之苦痛與其解脫之道，而使吾儕馮生之徒於此桎

97 見本書卷一第三則。
98 同注23。
99 見本書卷一第二五則。

梏之世界中，離此生活之欲之爭鬪，而得暫時之平和」，[100]都體現了以人、人生問題為關注中心的特點。他本人寫於這一時期的詞作亦充滿宇宙悠悠、人生無常的感慨憂思以及孤獨痛苦、迷惘焦慮的情感，表達對人、人生的關懷和悲憫。在他的一百十五首詞中，「人間」一辭凡三十八見，幾每三首有一。加上意義相近的「平生」、「浮生」等則更多。王國維把從哲學中未能找到答案的疑問與困惑、關注與思考，都傾瀉於文學和文學批評中。《人間詞》是通過文學作品（詞）直接抒寫人、人生問題，試圖以此淨化心靈，求得「直接之慰藉」；而《人間詞話》則是對文學作品（詩詞為主，兼及小說、戲曲）中所表現的人生問題，作藝術的、美學的考察。可以說，人、人生問題是王國維文學創作、文學批評的中心，也是他之所以把自己的詞集、文論集定名為《人間詞》、《人間詞話》的主要原因。

從「境界說」還可以看出，王國維確實吸取了不少西方思想，尤其是康德、叔本華學說，借用了西方美學、哲學的某些術語，但其更深的淵源還是中國文化，尤其是老莊的思想。如中國文化中源遠流長的天人合一、物我一體觀念，老莊的悲觀厭世思想，以及從「無為」的哲學立場出發，崇尚自然、本真，強調要有赤子之心，抒寫純真性情，藝術上讚賞天然意趣、質樸渾成，反對人工雕飾，反對用人為的禮儀道德規定、限制美等，在《人間詞話》等文學評論中一一反映出來。王國維還襲用了中國古典文論的許多觀點、方法和術語。如他用「畫屏金鷓鴣」、「弦上黃鶯語」、「和淚試嚴妝」及「句秀」、「骨秀」、「神秀」等形象性比喻，評

---

[100] 王國維：〈紅樓夢評論〉，《全集》第五冊。

說詞作風格和詞人之高下[101]；「氣象」、「風骨」、「格韻」、「悲壯」、「灑落」、「豪放」、「沉著」、「淒惋」等中國文論常用的術語，《人間詞話》中亦觸目皆是，其涵意也基本一致。即使有些術語看似西文的近代譯名，骨子裡滲透著的仍是對中國文化的首肯、讚許。

王國維文學評論中真正突破傳統的是他對文學藝術自身價值及功用的認識，明確提出文學的無功利性，抨擊把藝術作為政治附庸的傳統觀念。

中國的抒情文學（詩）起源很早，但旋即在先秦時就被導入實用的政治目的，作為聘問交接、「別賢不肖」的政治外交手段[102]，故而「稱詩」者多不顧詩之本意，按己所需，斷章取義；學詩者也不是為了成為文學家，而是據詩中所記文武周公的盛德大業作自我修養，並從中領悟政治外交的方法手段。詩教實際從屬於社會政治學的教育，詩的價值不在藝術本身，而在其社會功用。這種觀念集中體現於孔子所說的「興、觀、羣、怨」[103]之中。後世對此雖不斷有各種解說，或修訂、辯駁前說，但從無人認真批判孔子從實用性角度論詩的不妥。在

---

[101] 在中國文學評論中以某種事物喻另一種，或以之品評作品的風格特徵是常見的。如以梅花喻高潔，以松柏喻堅貞等。這種方式的優點是形象生動，不足之處是籠統主觀，缺乏精確細密的理論分析，當涉及內涵深邃廣泛的藝術風格等方面時，後者尤為明顯。引文見本書卷一第一二則、第一四則等。

[102] 《漢書・藝文志》：「古者諸侯卿大夫，交接鄰國，以微言相感，當揖讓之時，必稱詩以諭其志，蓋以別賢不肖而觀盛衰焉。故孔子曰：不學詩，無以言志。」

[103] 《論語・陽貨》：「子曰：小子何莫學夫詩？詩可以興，可以觀，可以羣，可以怨。邇之事父，遠之事君，多識於鳥獸草木之名。」

很長的歷史時期裡，文學沒有獨立的地位和價值，不過是雕蟲小技，人們注重的是其「經夫婦、成孝敬、厚人倫、美教化、移風俗」[104]的社會政治效果。詩以言志，但此「志」常被解釋為綱常倫理規範，也必須合乎綱常倫理，必須「思無邪」；詩可以美刺，但必須「溫柔敦厚」。唐宋以降，「文以載道」說更進一步強化了文學為政治、道德服務的色彩。中國的文學批評自萌芽起，也即以言志的手段達到載道的目的，各種爭論，多半是孰輕孰重的變換程度不同。幾千年中，雖然文學不斷按自身規律緩慢發展，但詩教的精神已深深植根於中國文學的土壤中，而且正統的文學批評又常常用詩教原則「糾正」、「制裁」越軌的文學。此外，在專制高壓下，士人難以直抒胸臆，往往借懷古、美刺來表達，將現實中的失望轉換成對歷史的思考與懷戀，假思古之幽情發不平之鳴；或以頌揚盛德、微諷勸諭的方式隱晦婉轉地說明自己的意見。還有一些文痞則竭盡阿諛奉承之能事，自甘於俳優弄臣、政治娼妓的地位，導致文學的墮落與自限。

受西方思想影響，王國維認為美術（即藝術）和哲學一樣，是「最神聖、最尊貴而無與於當世之用者」、「一切學問皆能以利祿勸，獨哲學與文學不然」[105]，並說：

美之性質，一言以蔽之，曰：可愛玩而不可利用者是已。雖物之美者有時亦足供吾人之利

---

[104] 〈毛詩序〉，《十三經注疏．毛詩正義》。

[105] 王國維：〈論哲學家及美術家之天職〉、〈文學小言〉第一則，《全集》第五冊。

用，但人之視為美時，決不計其可利用之點。其性質如是，故其價值亦存於美之自身，而不存乎其外。[106]

美術之功能，「在描寫人生之苦痛與其解脫之道」[107]。他把這些思想融入文學評論中，反對把藝術當成「道德政治之手段」[108]，或者以政治道德為標準來衡量文學；反對把文學作為交際應酬、博取功名利祿的工具（「羔雁之具」[109]），故而懷古、詠史、美刺、投贈之篇，皆當排斥[110]。他肯定一代有一代之文學，文學在總體上是發展的、進步的，但每一種文體又有「始盛終衰」的變化，導致衰敗的原因之一是該文體逐漸淪為「羔雁之具」[111]。他強調「真」，寫真情真景，從而肯定一些有價值的淫詞、鄙詞，肯定「以血書者」（而非「溫柔敦厚」），反對「鋪餟的文學」、「文繡的文學」、「模仿的文學」[112]，這些都是對傳統詩教及「載道說」的背離與否定。王國維還直截了當地說：「美術之無獨立之價值，……此亦我國哲學、美術

[106] 王國維：〈古雅之在美學上之位置〉，《全集》第五冊。
[107] 王國維：〈紅樓夢評論〉，《全集》第五冊。
[108] 同注[104]。
[109] 見本書卷二第二則。
[110] 見本書卷一第五七則。
[111] 見本書卷一第五四、五三則，卷二第二則等。
[112] 參見本文對「境界說」中相關部分的分析、注釋。

不發達之一原因也。」[113]「哲學家、美術家自忘其神聖之位置與獨立之價值」、「而求以合當世之用」，結果，政治上有大志者，詩作多「託於忠君愛國勸善懲惡之意」，而那些無政治抱負的詩人，「與夫小說、戲曲、圖畫、音樂諸家，皆以侏儒倡優自處，世亦以侏儒倡優畜之。」[114]他認為這種狀況應有根本的改變。

真正的文學家是「為文學而生活」的文學家，而不是「以文學為職業」、在文學中討生活的「職業文學家」[115]。文學自有其獨立的地位與價值，而且其價值遠在政治之上：

> 夫人之所以異於禽獸者，豈不以其有純粹之知識與微妙之感情哉。至於生活之欲，人與禽獸無以或異。後者政治家及實業家之所供給，前者之慰藉滿足非求諸哲學及美術不可。[116]

「生活之欲」使人更痛苦，即使得到滿足，也是一時的；而美術哲學「所發明、所表示之宇宙人生之真理之勢力與價值」，給人精神上、感情上之慰藉滿足，是千百世的，如希臘之鄂謨爾（荷馬）、義大利之唐旦（但丁）、英國之狹斯丕爾（莎士比亞）、德意志之格代（歌德）

---

[113] 同注[104]。

[114] 同注[104]。

[115] 王國維：〈文學小言〉第十七則，《全集》第五冊。

[116] 同注[104]。

等，皆如此，「若政治家之遺澤，決不能如此廣且遠也」，所以，「生百政治家不如生一大文學家」，而且學術研究本身給人的快樂，亦「決非南面王之所能易者也」。[117]

就政治家和詩人本身而論，政治家關心的是局部的、現實的一時一事及利害得失，詩人則能「通古今而觀之」，看到現象背後更深沉的宇宙人生的本質。由此，羅隱的詩「君王忍把平陳業，只換雷塘數畝田」，雖寫了隋煬帝驕奢淫逸終致葬送父業、自己被殺的悲劇，但只不過是一人一事而已。彥謙詩「長陵亦是閑丘壠，異日誰知與仲多」[118]，通過漢高祖兄弟──無論是奪取天下、享盡榮華的皇帝，還是隱居山林的平民──最終的命運都是荒塚一堆的現象，概括出造物無情、人生無常的人類之悲劇，在此中透出的是極濃鬱沉重的歷史悲涼感和人生悲涼感，比起著眼於一事一時得失利害的政治家之言，更深刻，更具普遍性，這就是詩人的價值所在。

王國維還接受了西方學者提出的文學起源於遊戲的觀點，並由此論證文學的無功利性：

> 文學者，遊戲的事業也。人之勢力（案：「精力」），用於生存競爭而有餘，於是發而為遊戲。婉孌之兒，有父母以衣食之，以卵翼之，無所謂爭存之事也，其勢力無所發洩，於是作種種之遊戲，逮爭存之事亟，而遊戲之道息矣。唯精神上之勢力獨優，而又不必以生事為急者，

[117] 王國維：〈論哲學家及美術家之天職〉、〈教育偶感四則〉，均見《全集》第五冊。

[118] 見本書卷二第三九則。

然後終身得保其遊戲之性質。而成人以後，又不能以小兒之遊戲為滿足，於是對其自己之感情及所觀察之事物，而摹寫之，詠歎之，以發洩所儲蓄之勢力。故民族文化之發達，非達一定之程度，則不能有文學。而個人之汲汲於爭存者，決無文學家之資格也。[119]

這種「成人之精神的遊戲」[120]是超利害關係的自由活動，既不受自然力量和物質需要的強迫，也不受理性法則的規束。詩人在遊戲（創作）時，對一切外物完全無欲，而只是視作「遊戲的材料」，他遊戲——創作，亦無任何功利目的，純粹是自娛和解脫，所以，輕鬆愉快，詼諧幽默；與之同時，因為遊戲本身就是目的，故而是全身心地投入，嚴肅認真地從事之，「故詼諧與嚴重二性質，亦不可缺一也」。[121]正是這種全無功利的審美——遊戲，使人達到人性的完美，獲得真正的自由。正如席勒的名言：「只有當人充分是人的時候，他才遊戲；只有當人遊戲的時候，他也才完全是人。」[122]這些隱含著人的解放、人性的解放的論述，顯示出王國維對人、人生的思考，並使他的文學評論具有一定程度的近代啟蒙思想的光華。

---

[119] 王國維：〈文學小言〉第二則，《全集》第五冊。

[120] 王國維：〈人間嗜好之研究〉，《全集》第五冊。

[121] 見本書卷二第五〇則。

[122] 席勒：《審美教育書簡》第十五封信。

(五)白玉微瑕

《人間詞話》在中國近代文壇上獨樹一幟，對中國古典文學評論向近代轉化有篳路藍縷之功。不過，受時代和人自身條件等局限，其中也有一些值得斟酌的地方，約而論之，有下列數點：

首先，《詞話》在總體上未能擺脫傳統文論隨感式、點評式的束縛，缺乏周密、嚴謹的理論分析與闡述，過於籠統，一些重要的概念（如「境界」、「隔」、「不隔」、「有我之境」、「無我之境」等），沒有明確清晰的義界，既影響其深度和力度，也容易造成歧義和誤解。

其次，對自己提出的理論不能貫徹到底，內容上有自相矛盾之處。例如，王國維反對文學的功利性，反對以政治、社會興味衡定文學，卻又強調「無高尚偉大之人格」，便無「高尚偉大之文學」；必須「濟之以學問，帥之以德性，始能產生真正之大文學」[123]。人格、德性屬道德範疇，與價值觀念、社會功利相關連，文學之「高尚偉大」與否，要以作者之「人格」、「德性」衡量，這正是中國傳統文化的特點之一。〈蝶戀花〉（「竚立危樓風細細」）的作者是柳永還是歐陽修，歷來有爭論，多數論者依詞作風格、藝術手法等，認為是柳永的作品。王國維則謂：「屯田輕薄子，只能道『奶奶蘭心蕙性』耳」，寫不出「衣帶漸寬終不悔，為伊消得人憔悴」這類情深意切的詞句[124]，故而判在歐陽修名下。他還假周濟、劉熙載語，言：

---

[123] 王國維：〈文學小言〉第六、七則，《全集》第五冊。

「梅溪詞中，喜用『偷』字，足以定其品格」，「周旨蕩而史意貪」[125]，皆混淆了作者的品格與作品的價值。這顯然是道德評判高於藝術評判，既違反文學批評的宗旨，也背離他本人所定的超功利原則。

從另一方面說，中國文學中有不少千古傳頌的詩詞，如「我瞻四方，蹙蹙靡所騁」；「昨夜西風凋碧樹。獨上高樓，望盡天涯路」；「終日馳車走，不見所問津」；以及「風雨如晦，雞鳴不已」；「誰能飢不食」[126]等等，表現出強烈的憂生憂世、悲天憫人的情思憂患，知其不可為而為之的積極頑強，至死無悔的執著追求，以及博大寬厚的精神懷抱，不平則鳴的慷慨悲歌等，都是中國文化的精華，王國維也為之擊節讚賞，但卻與他在強調的「無欲」、「可愛玩而不可利用」的理論有矛盾。雖然王國維力圖融匯中西，在有些領域還走在時代前列，但他無法超越時代和自身的局限，不能不受中國文學界、思想界整體水準及引進、吸收西方文化的程度的制約；其中所涉及的兩種文化交流中某些理論與實踐問題，至今仍是世界性課題，數十年前的學者為之困惑與矛盾是不難理解的，也是後人不能苛求的。

第三，《人間詞話》是王國維早歲所作，隨著他研究的進展，有些觀點有所變化。如《詞話》中對周邦彥的評價不高，此後寫《清真先生遺事》時有較大的改觀，將周邦彥比作「詞

[124] 見本書卷二第四三則。
[125] 見本書卷一第四八則。
[126] 見本書卷一第二五則、第三〇則，卷二第一一則。

中老杜」（杜甫）[127]，尤肯定周氏在詞之音律上的成就：「故先生之詞，文字之外，須兼味其音律。……今其聲雖亡，讀其詞者，猶覺拗怒之中，自饒和婉，曼聲促節，繁會相宜；清濁抑揚，轆轤交往。兩宋之間，一人而已。」對元曲的評價也有前低後高的變更[128]。對這些部分應當注意其前後的不同。

第四，學術見解難免有個人的色彩與偏好，見仁見智。《詞話》中對南宋以降詞的評價，以及「詩有題而詩亡」[129]等論點，乃王國維一家之言，甚且是比較偏激的觀點，自然可以依據歷史事實和文學理論作多角度、多層次的探討分析。

總而言之，白玉微瑕，不掩其光輝，《人間詞話》是一部值得後人認真研究剖析的著作。

三 《人間詞話》主要版本簡介

《人間詞話》最早於一九〇八年十月至一九〇九年元月分三期刊於《國粹學報》上，共六十四則。這是王國維生前親手編定的[130]。

---

[127] 見本書卷四第一四則。

[128] 見本書卷二第八則。

[129] 見本書卷一第五五則，卷三第三則。

[130] 《人間詞話》從光緒戊申年（西元一九〇八年）十月起發表於《國粹學報》，分三期登完，計第四七期刊二十一則（西元一九〇八年）；第四九期刊十八則，第五〇期刊二十五則（西元一九〇九年），共六十四

數年後，俞平伯標點此六十四則，一九二六年五月由樸社出版單行本，仍題《人間詞話》。稍後，有靳德峻的《人間詞話箋證》，一九二八年元月上海文化出版社印行，亦六十四則。

王國維去世後，其學生趙萬里從王氏手稿中又輯出四十四則，別錄《蕙風琴趣》評語二則和平日論詞之語二則，共四十八則，再加上論詩之語二十二則，題為《人間詞話未刊稿及其它》，一九二七年發表於《小說月報》第十九卷第三號上。次年羅振玉編印《王忠愨公遺集》時，將原六十四則與趙萬里所輯的論詞之四十八則合刊，以六十四則為上卷，趙輯為下卷，《人間詞話》始有二卷本，上下卷共一百十二則。一九三七年許文雨就此二卷寫成《人間詞話講疏》，由南京正中書局出版。

一九三三年十二月，上海人文書局出版沈啟旡編校之《人間詞話・人間詞》，這是詞話與詞作的首次合刊。次年，北平人文書局再次將《人間詞》與《人間詞話》合印。

一九三九年徐調孚校注《人間詞話》，除原有的二卷一百十二則外，從王國維遺著中再

則，文末無王氏自署之寫作年代。自一九二六年樸社單行本起，各種版本均署有「宣統庚戌九月，脫稿於京師定武城南寓廬」字樣。宣統庚戌乃一九一〇年，在此前一年的一九〇九年，《人間詞話》六十四則已全文發表完畢，此後並無文字上的再修訂，故云「宣統庚戌九月脫稿」顯係誤記。查《人間詞話》原稿已提到《人間詞乙稿》（原稿第五一則末句言：「余《乙稿》中頗於此方面有開拓之功。」見本書卷二第一六則）。而樊志厚〈乙稿序〉署「光緒三十三年十月」（即丁未，西元一九〇七年），發表於光緒丁未年十月《教育世界》，則《人間詞話》寫作必在此後，至少也是同時。《詞話》最初發表是一九〇八年冬（戊申十月），因而《人間詞話》的寫作應在一九〇七至一九〇八年間。

輯出論詞的片斷文字十六則，以及題樊志厚所作《人間詞甲、乙稿》序文二篇，共十八則，作為「補遺」一卷，並將第二卷改稱「人間詞話刪稿」，一九四〇年由開明書店出版，是為三卷，共計一百三十則。一九四七年開明重印此書，徐調孚又編入其友人陳乃乾所錄王國維寫在舊藏各家詞集上的批語七則，附在「補遺」後，仍為三卷，計一百三十七則。一九五五年北京中華書局利用此開明紙型重印。

至一九六〇年，北京人民文學出版社出版了徐調孚注、王幼安校訂的《人間詞話》，它同況周頤的《蕙風詞話》合訂成冊，書名為《蕙風詞話・人間詞話》。一九六一年香港商務印書館出版徐調孚注、王幼安校訂的《人間詞話》。王幼安在校訂時又從手稿中輯出以前未刊的五則，全書仍為三卷，得一百四十二則，計卷一「人間詞話」，六十四則；卷二「人間詞話刪稿」，四十九則；卷三「人間詞話附錄」，二十九則。這是當時所見到的最完備的本子，多年來一直為學術界重視，一般稱「通行本」。一九六八年臺北文華出版公司印行《王觀堂先生全集》時，亦收有《人間詞話》。

八十年代初，隨《人間詞話》手稿的刊布，《詞話》也相繼出現新的版本。一九八一年濟南齊魯書社刊行滕咸惠校注的《人間詞話新注》（該《新注》的一部分曾刊於《山東大學文科論文集刊》一九七九年第二期），以王國維手稿原文編次與通行本相校訂，然後加以注釋。這是第一次正式刊行的較完整的手稿。分上下兩卷，上卷為「人間詞話」，共一百二十六則，即比通行本的一百十三則（卷一、卷二）多十三則；下卷為「附錄」，計二十八則（即從通行本「附錄」的二十九則中，刪去原編者誤收的第十九則論「王周士詞」一則），共得一百五十四則（以下簡稱「滕本」）。一九八六年又出版修訂本。

一九八二年九月，《河南師大學報》（社會科學版）一九八二年第五期刊登了陳杏珍、劉烜《人間詞話重訂》的文章，此文以王國維《人間詞話》（《國粹學報》版）與手稿原文原編次校訂，為上卷。下卷係王國維生前沒有發表過的手稿，題為「人間詞話未刊手稿」，計四十九則。另有附錄三，一為〈自編人間詞話選〉，這是王國維生前從他手定的六十四則及未刊稿中選出二十三則，刊於《盛京時報》上的；二為「人間詞話刪稿」，是王國維生前即從原手稿上刪去的，計十二則；三為「人間詞話原稿卷首的題詩」（〈戲效季英作口號詩〉）（以下簡稱「陳劉本」）。該本正式刊布的材料比滕本多，但原手稿的三部分（即六十四則加「未刊稿」及「刪稿」）合計為一百二十五則，比滕本少一則，而且二者因筆誤、疏漏、編排等緣故，在內容、編次上互為異文者有三十七處。以後佛雛又作校勘（見下文）。

將手稿與通行本相較可以看出：

(一)王國維生前親手編訂的六十四則，從編次到文字都作了較大的更動，體現了以「境界」為理論核心，按年代、作者先後，依次展開的特點；改刪後的文字更美，表達也更貼切、準確。如《人間詞話》第一則「詞以境界為最上。有境界則自成高格，自有名句」，手稿序列為第三十一，其餘論境界理論的八則亦有先有後，不集中，現集結為一至九則，突出了中心議題，該則中「自成高格，自有名句」，原稿作「不期工而自工」，較為泛泛而談，定稿則明確、實在。再如第六一則「詩人必有輕視外物之意，故能以奴僕命風月。又必有重視外物之意，故能與花鳥共憂樂」，原手稿為「清風明月，役之如奴僕」，這一改動，整句對仗。手稿墨跡濃淡不同，僅此也可看出字斟句酌、匠心獨運的修改情況。

(二)趙萬里等人在編輯發表王國維遺稿（即通行本第二卷）時，曾作十餘處刪改。其中有些更正了原稿的誤漏，但更多的則是編者按自己的理解增減字句。如通行本卷二第一一則末句為「此等詞求之古今人詞中，曾不多見」，而原稿則是「此等詞古今曾不多見。余《乙稿》中頗於此方面有開拓之功」。此外還有誤刪、誤改之處，如通行本卷二第四二則，原手稿於「只能道『奶奶蘭心蕙性』耳」後，還有「『衣帶漸寬終不悔，為伊消得人憔悴』，此等語固非歐公不能道也」[131]等句，通行本誤刪「衣帶」二句，又將原是正文的「此等」句誤作「原注」[132]。

手稿本身還有未刊稿與刪稿的區別。王國維生前從手稿中刪去十二則，手稿第三九則（通行本卷一第五五則）於「古人無題之詞亦為之作題」後，也刪去很長一段[133]，加此共十三則。此外還有五十則未刊。未刊者，有備用性質，並非摒棄（王氏在〈自編人間詞話〉中選用未刊的三則即是證明），而刪稿是作者本人否定、剔除的，二者顯然有別。就刪稿而言，作者

[131] 見本書卷二第一六則。
[132] 見本書卷二第四三則。
[133] 此段本書作為「刪稿」收錄，置卷三。見卷三第三則。

刪去自有其道理，應當尊重；但從後人的研究看，刪稿中有幾則很有價值，如論雙聲疊韻等，值得保留。趙萬里選輯時，已收有刪稿四則，王幼安又有增補，現全數刊布，對研究王國維思想發展脈絡及寫作技巧是十分有意義的。為示區別，後此有些編者採取將未刊稿與刪稿各單列一卷的編法。如一九八七年北岳文藝出版社出版的周錫山編《王國維文學美學論著集》收有《人間詞話》，內分四部分：「人間詞話」（六十四則）；「人間詞話未刊稿」（五十則）；「人間詞話刪稿」（十三則）；「人間詞話附錄」（即通行本卷三，刪去誤收的一則）（二十八則）。

此後，佛雛以原稿與滕本、陳劉本細加比勘，認為「原稿實應為一百二十七則（包括定稿時所增『枯藤老樹昏鴉』一則）；加上〈附錄〉二十八則，實應共為一百五十五則」[134]，其中定稿六十四則，未刊稿五十則，刪稿十三則，附錄二十八則。他以手稿為底本，與通行本、滕本、陳劉本互校，在滕本、陳劉本的基礎上，又補校出二百餘處；並重新調整《人間詞話》的編排順序，將一百五十五則詞話按性質分成兩大類：一「通論之部」，包括㈠詩的本體論；㈡詩的創作論；㈢詩的鑒賞論；㈣詩的發展論；二「分論之部」，具體論述作家作品的條目，依時代先後排列，題名為「新訂人間詞話」。此外，他再從王國維遺著中摘錄有關論藝的語句段落，得二百三十六條，按上述原則編排，為《廣人間詞話》。二者合併，以「新訂人間詞話．廣人間詞話」為名，一九九〇年六月由華東師範大學出版社出版。

---

[134] 佛雛：《王國維詩學研究》，頁四〇四，北京大學出版社，一九八七年六月版。

一九九〇年四月，廣西教育出版社刊行施議對譯注《人間詞話譯注》，這是目前所知的第一部有白話譯文的《人間詞話》，但版本選擇及譯文均有欠妥之處。施氏以通行本（包括早已確定為誤收的「附錄」第十九則）為主，加上手稿有而通行本未載的十三則以及他本人另選出的一則為底本（計共四卷一百五十六則），予以題解、注釋、翻譯。另有附錄一，即曾刊於《盛京時報》上的二十三則。

除此之外，四川人民出版社一九八一年出版靳德峻箋注、蒲青補箋的《人間詞話箋證》；一九八三年成都古籍書店影印出版許文雨《人間詞話講疏》，附錄徐調孚所輯《人間詞話補遺》（與《鍾嶸詩品講疏》合為一冊），這些是舊籍的再版。一九五三年臺灣開明書店也出版了《人間詞話》。一九七七年香港大學出版《人間詞話》的英譯本，由美國阿黛爾・奧斯汀・里基特譯。

這些年裡各地還先後出版了一些研究、介紹王國維文學美學思想的論著（見書末所附「《人間詞話》的主要版本及研究書目」）。

本書的編排原則如下：

為尊重原作者，保持作品原貌起見，王國維生前手定的《人間詞話》按其原貌，其餘部分則以手稿為主。文字採用佛雛校訂的《新訂人間詞話》，校以滕本、陳劉本及周錫山本，限於篇幅，校勘處不一一列舉。編排則按手稿順序（除去正式刊於《國粹學報》的六十四則），根據王國維原意，分成四部分：卷一「人間詞話」，六十四則；卷二「人間詞話未刊稿」，五十則；卷三「人間詞話刪稿」，十三則；卷四「人間詞話附錄」（即趙萬里等人編輯者，惟刪去原編者誤收的第十九則），二十八則。正文四卷，共一百五十五則。此外，有附錄二：㈠王國維生前選出，刊於《盛京時報》上的〈自編人間詞話選〉，二十三則；㈡《人間詞話》原稿卷首的題詩〈戲效季英作口號詩〉。

王國維的文學、美學思想較豐富，可以作多角度、多方面的分析評述，本書僅由其中部分角度剖析，以為研讀的進階。

卷一　人間詞話

一

詞以境界為最上。有境界則自成高格，自有名句。五代、北宋之詞所以獨絕者在此。

【章旨】此則開宗明義，標立詩詞創作、評論的基本準則——「境界」。

【語譯】詞以有境界者為最高最好。有了境界，能自然而然地形成高雅脫俗的格調，自能寫出佳作名句。五代、北宋時期的詞之所以空前絕後，其原因就在這裡。

二

有造境❶，有寫境❷，此理想❸與寫實❹二派之所由分。然二者頗難分別。因大詩人所造之境，必合乎自然，所寫之境，亦必鄰於理想故也。

【章旨】此則言「境界」的創作方法有兩種：「造境」與「寫境」。但二者又不能截然分開。

【注釋】❶造境　即浪漫主義的創作方法。側重藝術虛構，常以充滿感情的語言、瑰麗的想像與誇張的手法來塑造形象，抒發對理想世界的追求、嚮往。❷寫境　即現實主義的創作方法。要求冷靜客觀地觀察和認識生活，在藝術概括、提煉的基礎上，精確細膩地描寫現實。❸理想　近似於近代西方「浪漫主義」一詞之意。❹寫實　「現實主義」一詞的舊譯。

【語譯】詩詞創作中有造境與寫境兩種方法，這是區分浪漫主義與現實主義兩大流派的主要依據。但二者事實上又難以截然分開。因為大詩人所造之境，必然合乎自然、社會中存有的真實狀況；而他所寫之境，也必定經過概括凝煉，接近於心中的理想。

三

有有我之境，有無我之境。「淚眼問花花不語，亂紅飛過秋千去」❶，「可堪孤館閉春寒，杜鵑聲裡斜陽暮」❷，有我之境也。「采菊東籬下，悠然見南山」❸，「寒波澹澹起，白鳥悠悠下」❹，無我之境也。有我之境，以我觀物，故物皆著我之色彩。無我之境，以物觀物，故不知何者為我，何者為物。古人為詞，寫有我之境者為多，然未始不能寫無我之境，此在豪傑之士能自樹立耳。

【章　旨】此則以詞為例，說明由於作者創作時對物我關係的不同態度與處理方式，因而境界的表現形態也有兩種：「有我之境」與「無我之境」。

【注　釋】❶句出馮延巳〈鵲踏枝〉：「庭院深深深幾許？楊柳堆煙，簾幙無重數。玉勒琱鞍遊冶處，樓高不見章臺路。　雨橫風狂三月暮。門掩黃昏，無計留春住。淚眼問花花不語，亂紅飛過秋千去。」（據《陽春集》）馮延巳（西元九〇三或九〇四～九六〇年），一名延嗣，字正中。南唐廣陵人。官至南唐宰相。工詩詞，與溫庭筠、韋莊分鼎三足，對北宋諸家影響甚大。其詞多寫相思別離之情，手法細膩，語言清麗流暢。現存詞近百首。有《陽春集》。❷句出秦觀〈踏莎行〉：「霧失樓臺，月迷津渡。桃源望斷無尋處。可堪孤館閉春寒，杜鵑聲裡斜陽暮。　驛寄梅花，魚傳尺素。砌成此恨無重數。郴江幸自繞郴山，為誰流下瀟湘去。」（據《淮海長短句》卷中）秦觀（西元一〇四九～一一〇〇年），北宋詞人。字少游，一字太虛，號淮海居士。高郵人。工詩詞，尤以詞見長。詞風俊逸精妙，內容多為身世之感，為婉約派代表作家。以詩賦見賞於蘇軾，是「蘇門四學士」之一。有《淮海集》。❸句出陶潛〈飲酒二十首〉之五：「結廬在人境，而無車馬喧。問君何能爾，心遠地自偏。采菊東籬下，悠然見南山。山氣日夕佳，飛鳥相與還。此中有真意，欲辨已忘言。」（據《陶靖節集》卷三）陶潛（西元三六五～四二七年），東晉詩人、散文家。一名淵明，字元亮，私謚靖節。潯陽柴桑人。自幼博覽群書。一度任江州祭酒、鎮軍參軍、彭澤令等職。以「不為五斗米折腰」，去官隱居，賦〈歸去來兮〉以明志。嗜酒好文，以田園詩著稱。後人輯有《陶淵明集》。❹句出元好問〈穎亭留別〉：「故人重分攜，臨流駐歸駕。乾坤展清眺，萬景若相借。北風三日雪，太素秉元化。九山鬱崢嶸，了不受陵跨。寒波澹澹起，白鳥悠悠下。懷歸人自急，物態本閒暇。壺觴負吟嘯，塵土足悲咤。回首亭中人，平林澹如畫。」（據「四部備要」本《遺山詩集箋注》卷一）元好問（西元一一九〇～一二五七年），金末文學家。字裕之，號遺山。忻州秀容人。工詩文，在金元之際頗負重望。其詩奇崛而絕雕琢，巧縟而不綺麗，兼豪放、婉約兩派之長，形成河汾詩派。著有《遺山集》等。編金詩總集《中州集》。

【語　譯】境界中，有「有我之境」，有「無我之境」。「淚眼問花花不語，亂紅飛過秋千去」，「可堪孤館閉春寒，杜鵑聲裡斜陽暮」，這類詞寫的是有我之境。「采菊東籬下，悠然見南山」，「寒波澹澹起，白鳥悠悠下」，這類詞所表現的是無我之境。有我之境，是用我的內在意識去觀察外界，因而事事物物都染上了我的意志情感的色彩。無我之境，則是忘卻自身存在，與物融為一體，以物我合一之「物」去體察觀照世事景物，因而分不清究竟哪個是主觀之「我」，哪個是客觀之「物」。古人作詩填詞，寫有我之境的人比較多，但是這並不意味著不能寫無我之境。在這方面，有才華的作家自能有所建樹。

【評　介】王國維的「有我之境」、「無我之境」，「以我觀物」、「以物觀物」等理論，受近代西方美學、哲學，尤其是德國哲學家叔本華的影響很大，但其中也有極鮮明的中國文化的烙印。參見〈導讀〉中的有關論述。

四

無我之境，人惟於靜中得之。有我之境，於由動之靜時得之。故一優美，一宏壯也。

【章　旨】此則言「無我之境」與「有我之境」所引起的兩種不同的美感：「優美」與「宏壯」（壯美、崇高）。

【語　譯】「無我之境」，人只有在平和寧靜的身心狀態下才能達到。「有我之境」，則是在由動到靜的過程中得到。所以，一種表現為優美，另一種是宏壯。

【評　介】王國維曾多次闡述「優美」與「壯美」（「宏壯」），如〈紅樓夢評論〉、〈古雅之在美學上之位置〉、〈叔本華之哲學及其教育學說〉等。可參見〈導讀〉的有關論述。簡言之，「優美」指與人沒有直接的利害衝突，可以超然欣賞的優雅的美；而「壯美」則往往是一種「悲劇美」、「崇高」的美，如莎士比亞的《奧賽羅》。

五

自然中之物，互相關係，互相限制。然其寫之於文學及美術中也，必遺其關係、限制之處。故雖寫實家，亦理想家也。又雖如何虛構之境，其材料必求之於自然，而其構造，亦必從自然之法則。故雖理想家，亦寫實家也。

【章　旨】此則從文學藝術創作源於自然，又必須進行藝術加工的角度，進一步說明「理想」與「寫實」並非互相排斥，而是異中有同，相輔相成的。

【語　譯】自然界中的各種事物，是互相關聯又互相制約的。然而，當它們成為文學及美術的表現對象時，就必須經過裁剪取捨，進行藝術加工，脫離其在現實世界中的各種關係和限制。所以，雖說是現實主義作家，實際也是浪漫主義者。再者，創作需要想像誇張，但虛構想像的情景無論是多麼離奇荒誕，其基本素材必定取自現實生活和自然界，其構思、創造也必須符合、服從於自然的法則。因此，浪漫主義作家同時也是現實主義者。

六

境非獨謂景物也。喜怒哀樂，亦人心中之一境界。故能寫真景物、真感情者，謂之有境界，否則謂之無境界。

【章　旨】此則言境界的內涵包括情與景兩方面。能寫出真情真景的作品，才稱得上有境界。

【語　譯】所謂境界，並不僅僅指自然景物。喜怒哀樂等情感，也是人心中的一種境界。所以，能如實反映、描繪自然社會，抒發真情實感的作品，才稱得上有境界，反之便是無境界。

七

「紅杏枝頭春意鬧」❶，著一「鬧」字，而境界全出。「雲破月來花弄影」❷，著一「弄」字，而境界全出矣。

【章　旨】此則以詞句為例，說明修辭煉句、語言表達技巧對於作品境界有重要的意義。

【注　釋】❶句出宋祁〈玉樓春〉（春景）：「東城漸覺風光好。縠皺波紋迎客棹。綠楊煙外曉寒輕，紅杏枝頭春意鬧。　浮生長恨歡娛少。肯愛千金輕一笑。為君持酒勸斜陽，且向花間留晚照。」（據《宋景文公長短句》）案：「鬧」字非「吵鬧」之意，為宋代俗語，意「鮮艷惹眼」，故有「鬧妝」、「鬧娥兒」之說。宋祁（西元九九八～一〇六一年），北宋文學家、史學家。字子京，諡景文。安州安陸人。官至工部尚書。以文學名於時。詩詞工麗，描摹生動，「紅杏枝頭」一句，當時傳為美談，致有「紅杏枝頭春意鬧尚書」之稱。有《宋景文集》等。

❷句出張先〈天仙子〉：「水調數聲持酒聽，午醉醒來愁未醒。送春春去幾時回？臨晚鏡，傷流景，往事後期空記省。　沙上竝禽池上暝，雲破月來花弄影。重重簾幕密遮燈。風不定，人初靜，明日落紅應滿徑。」（據「彊村叢書」本《張子野詞》卷二）張先（西元九九〇～一〇七八年），北宋詞人。字子野。湖州烏程人。官至都官郎中。工詞，擅小令，也是較早寫慢詞的作者之一。內容多為詩酒生活和男女之情。詩格清新，用辭工巧，擅寫花月雲影，以三處用「影」字極佳而稱「張三影」。因「雲破月來」句，時呼「雲破月來花弄影郎中」。有《張

子野詞》（又名《安陸集》）。

【語譯】「紅杏枝頭春意鬧」，用了一個「鬧」字，寫活了春天，充分展現出萬物復甦、歡快明朗，生機盎然的境界。「雲破月來花弄影」，用一「弄」字，十分生動地描繪了月輝瀉地，花影搖曳，幽靜而略帶神祕的夜景及作者似靜非靜的心情神態，從而寫出了整個境界。

【評介】在中國文學史上，這兩句詞以字法新穎奇特而成為善於用字的典範，其作者也因一字之工名擅一時。歷代文論家多半予以肯定、讚揚，也有個別不同意見。如李漁欣賞宋祁，但認為『鬧』字極粗俗，且聽不入耳。非但不可加於此句，並不當見之詩詞。近日詞中爭尚此字者，子京一人之流毒也。」（《窺詞管見》）

八

境界有大小，不以是而分優劣。「細雨魚兒出，微風燕子斜」❶，何遽不若「落日照大旗，馬鳴風蕭蕭」❷？「寶簾閒掛小銀鉤」❸，何遽不若「霧失樓臺，月迷津渡」❹也？

【章旨】此則說明因作品內容、氣勢不同，境界有大小之分，然都具有美學價值。境界優劣不以大小來劃分。

【注釋】❶句出杜甫〈水檻遣心〉二首之一：「去郭軒楹敞，無村眺望賒。澄江平少岸，幽樹晚多花。細雨魚兒出，微風燕子斜。城中十萬戶，此地兩三家。」（據《全唐詩》第四函第三冊）杜甫（西元七一二～七七〇年），唐代詩人。字子美，自稱少陵野老、杜陵布衣。鞏縣人。一度在劍南節度使嚴武幕中任參謀，被薦為工部員外郎，故世稱「杜工部」。其詩廣泛地反映了當時的社會面貌。風格多樣，以沉鬱頓挫為主，語言精煉，後世尊為「詩聖」。有《杜工部集》。❷句出杜甫〈後出塞〉五首之二：「朝進東門營，暮上河陽橋。落日照大旗，馬鳴風蕭蕭。平沙列萬幕，部伍各見招。中天懸明月，令嚴夜寂寥。悲笳數聲動，壯士慘不驕。借問大將誰？恐是霍嫖姚。」（據《全唐詩》）❸句出秦觀〈浣溪沙〉：「漠漠輕寒上小樓，曉陰無賴似窮秋。澹煙流水畫屏幽。自在飛花輕似夢，無邊絲雨細如愁。寶簾閒掛小銀鉤。」（據《淮海長短句》卷中）❹句出秦觀〈踏莎行〉。

參見本卷第三則注❷。

【語譯】境界有大有小，但不能以大小來區分判定其優劣高下。寫一隅之景的「細雨魚兒出，微風燕子斜」，細膩柔和，境界小，怎能說它不如氣勢悲壯、境界宏闊的「落日照大旗，馬鳴風蕭蕭」呢？「寶簾閒掛小銀鉤」，取日常生活中極微之細節，能說它比不上深邃寥遠、意境朦朧的「霧失樓臺，月迷津渡」嗎？

九

嚴滄浪❶《詩話》謂：「盛唐諸公，唯在興趣❷，羚羊挂角，無跡可求❸。故其妙處，透澈玲瓏，不可湊拍。如空中之音，相❹中之色❺，水中之影，鏡中之象。言有盡而意無窮。」❻余謂北宋以前之詞，亦復如是。然滄浪所謂「興趣」，阮亭❼所謂「神韻」❽，猶不過道其面目，不若鄙人拈出「境界」二字，為探其本也。

【章旨】此則言以往文學評論中提出的「興趣說」、「神韻說」，都只言及表面現象，他本人標立的「境界說」，才抓住了根本，說明「境界說」在中國文學評論中的地位。

【注釋】❶嚴滄浪　嚴羽，南宋文學批評家。字儀卿，一字丹丘，號滄浪逋客。紹武人。生卒年不詳。論詩崇尚盛唐，反對時尚的晚唐體和江西派，創以禪喻詩的詩歌批評理論，強調「妙悟」、「興趣」，認為詩是吟詠情性的，力糾宋詩散文化、議論化之弊。其詩論影響明清兩代。有《滄浪詩話》、《滄浪集》等。❷興趣　嚴羽論詩時提出的。但他本人並未對這個概念作出明確的義界說明，僅僅假禪學為喻。後世解說不一。一般認為指詩人、詩作中內在的一種高雅自然、含蘊不盡的情感、意趣、靈性、韻味等，概言之，即「言有盡而意無窮」。❸羚羊挂角二句　相傳羚羊角圓而美，夜裡睡時把角掛在樹上，以防禍患。詩論中常以之比喻意境高妙，不著痕跡。❹相　佛教名詞。佛教把一切事物外現的形象狀態，稱之為「相」。如火之「焰相」，水之「流相」。❺色　佛教名詞。指一切能變壞，且有質礙（案：有形質而互為障礙）的事物。❻語見《滄浪詩話・詩辨》：「夫詩有別材，非關書也；詩有別趣，非關理也。然非多讀書，多窮理，則不能極其至。所謂不涉理路，不落言筌者，上也。詩者，吟詠情性也。盛唐諸人唯在興趣，羚羊挂角，無跡可求。故其妙處，透徹玲瓏，不可湊泊，如空中之音，相中之色，水中之月，鏡中之象，言有盡而意無窮。近代諸公，乃作奇特解會，遂以文字為詩，以才學為詩，以議論為詩，夫豈不工，終非古之詩也。」這是嚴羽詩論的基本觀點。案：王國維引文有誤，「盛唐諸人」之「人」，「透徹玲瓏」之「徹」，「不可湊泊」之「泊」，「水中之月」之「月」，引文誤作「公」、「澈」、「拍」、「影」。❼阮亭　王士禛（後避清世宗諱，改名士禎）（西元一六三四～一七一一年），清代文學家。字子真，一字貽上，號阮亭、漁洋山人。謚文簡。山東新城人。順治進士，官至刑部尚書。詩為一代宗匠，風格蒼勁，尤工七絕，與朱彝尊齊名，並稱「朱王」。亦能詞，詞風婉麗，論詩主張「神韻說」。著述甚富，有《帶經堂集》、《池北偶談》、《漁洋詩話》等。❽神韻　王士禎的論詩主張。他汲取了唐司空圖《二十四詩品》、宋嚴羽《滄浪詩話》中的一些概念、學說，創而為「神韻說」。其說強調「興會神到」，「得意忘言」，「不著一字，盡得風流」，以蘊藉含蓄、清淡閒遠的風神韻致作為詩的最高境界。

【語　譯】嚴羽在《滄浪詩話》中說：「盛唐時期，詩人們倡導追求的是高雅自然的意興情趣，表達則要含蓄委婉，如同羚羊挂角一般，無跡可尋。他們的高妙之處就在晶瑩剔透，玲瓏自然，不著一絲人工斧鑿、雕琢湊合的痕跡，目可見而手不可得，恰似空中的聲音，大千世界中不斷生滅變化的物質現象，以及水中的月亮，鏡子裡的影像，語言雖簡潔有限而意蘊深長無盡。」我認為北宋以前的詞，也具備這些特點。然而，嚴羽所說的「興趣」，王士禎倡言的「神韻」，都只不過說了外在的表面現象，不如我拈出的「境界」二字，這才探究揭示了詩詞的本質與核心。

【評　介】嚴氏「興趣」說，以禪喻詩，後世推崇者有之，指其謬戾矛盾者亦有之（如葉燮、錢謙益等），近人郭紹虞感慨言之曰：「他本要去掉下劣詩魔，而不知下劣詩魔卻搖身一變，即潛藏在其詩論中間，這豈是滄浪所及料！」（《中國詩的神韻格調及性靈說》）袁枚評說較為公允，其《隨園詩話》卷八云：「嚴滄浪借禪喻詩，所謂羚羊挂角，香象渡河，有神韻可味，無迹象可尋，此說甚是，然不過詩中一格耳。阮亭奉為至論，馮鈍吟笑為謬誤，皆非知詩者。詩不必首首如是，亦不可不知此種境界。如作近體短章，不是半吞半吐，超超元著，斷不能得弦外之音，甘餘之味。滄浪之言如何可詆！若作七古長篇，五言百韻，即以禪喻，自當天魔獻舞，花雨彌空，雖造八萬四千寶塔不為多也。又何能一羊一象，顯渡河掛角之小神通哉！總在相題行事能放能收，方稱作手。」其說雖與原意不盡相同，然可謂持平之論。

王士禎的「神韻說」在中國詩論中有相當影響。其弊在才力不足者極易流於空泛。錢鍾書《談藝錄》謂：「漁洋天賦不厚，才力頗薄，乃遁言神韻妙悟，以自掩飾。一吞半吐，撮摩虛空，往往並未悟入，已作點頭微笑，閉目猛省，出口無從，會心不遠之態。故余謂漁洋病在誤解滄浪，正為文飾才薄，將意在言外，認為言中不必有意；將弦外餘音，認為弦上無音；將有話不說，認作無話可說。趙飴山《談龍錄》謂漁洋一鱗一爪，不是真龍。漁洋固亦真有龍而見首不見尾者，然太半則如明太祖殺牛而留尾插地，以陷土中欺主人，實空無所有也。妙悟云乎哉？妙手空空已耳。」可作理解王國維語之參考。

一〇

太白❶純以氣象❷勝。「西風殘照，漢家陵闕」❸，寥寥八字，遂關千古登臨❹之口。後世唯范文正❺之〈漁家傲〉❻，夏英公❼之〈喜遷鶯〉❽，差足繼武❾，然氣象已不逮矣。

【章　旨】此則言李白詩詞的最大優點在氣勢意象的雄偉豪放，後人均無法望其項背。

【注　釋】❶太白　李白（西元七〇一～七六二年），唐詩人。字太白，號青蓮居士。其詩風格雄奇豪放，俊逸瀟灑，有「詩仙」之稱，是繼屈原之後的偉大浪漫主義詩人。有《李太白集》。❷氣象　在文學評論中，此詞有氣勢、氣魄、規模、意象、聲勢、精神、風骨等意。❸句出李白〈憶秦娥〉：「簫聲咽。秦娥夢斷秦樓月。秦樓月。年年柳色，灞陵傷別。　樂游原上清秋節。咸陽古道音塵絕。音塵絕。西風殘照，漢家陵闕。」（據「四部叢刊」本《唐宋諸賢絕妙詞選》卷一）❹登臨　登高臨遠，遊覽山水。古人常在登高遠眺，憑弔古跡時賦詩填詞，寄寓懷古歎今之意，或家國身世之感慨。❺范文正　范仲淹（西元九八九～一〇五二年），北宋政治家、文學家。字希文，諡文正。蘇州吳縣人。大中祥符間進士，官至參知政事。工詩詞散文。其所作〈岳陽樓記〉中「先天下之憂而憂，後天下之樂而樂」，為千古傳頌之名句。有《范文正公集》。❻漁家傲　范仲淹〈漁家傲〉（秋思）：「塞下秋來風景異。衡陽雁去無留意。四面邊聲連角起。千嶂裡，長煙落日孤城閉。　濁酒一杯家萬里。燕然未勒歸無計。羌管悠悠霜滿地。人不寐，將軍白髮征夫淚。」（據「彊村叢書」本《范文正公詩餘》）❼夏英公　夏竦（西元九八五～一〇五一年），字子喬，封英國公，諡文莊。北宋江州德安人。有《文莊集》等。❽喜遷鶯　夏竦〈喜遷鶯令〉：「霞散綺，月垂鉤。簾捲未央樓。夜涼銀漢截天流，宮闕鎖金秋。　瑤臺樹，金莖露。鳳髓香盤煙霧。三千珠翠擁宸游，水殿按涼州。」（據《絕妙詞選》卷二）❾繼武　兩人走路時足跡相連。原謂古人行步徐疾以明貴賤的禮儀，後用以比喻繼續前人的事業。

【語　譯】李白詩詞勝過他人之處全在氣勢意象。「西風殘照，漢家陵闕」，寥寥八個字，寫盡了千百年來墨人騷客登高臨遠、懷古慨今的心情意境，以致後人不敢輕易寫這類題材。此後，唯有范仲淹的〈漁家傲〉，夏竦的〈喜遷鶯〉，勉強可以承繼，但規模、氣勢、意象，已遠遠比不上了。

一一

張皋文❶謂：「飛卿❷之詞，深美閎約❸。」❹余謂此四字唯馮正中❺足以當之。劉融齋❻謂「飛卿精艷絕人」❼，差近之耳。

【章　旨】此則言溫庭筠的詞屬艷詞，馮延巳的詞才稱得上「深美閎約」。

【注　釋】❶張皋文　張惠言（西元一七六一～一八〇二年），清代經學家、文學家。字皋文，一作皋聞，號茗柯。江蘇武進人。嘉慶進士，官翰林院編修。通經學，工詞及散文。論詞強調比興。所為詞頗沉著，而意旨隱晦，是常州詞派的創始人。散文簡潔，與惲敬同為陽湖派之首。著述等身，並編有《詞選》、《七十家賦鈔》等。❷飛卿　溫庭筠（西元八一二～約八七〇年），唐代詩人、詞人。本名岐，字飛卿。太原祁縣人。文思敏捷，每入試，八叉手而成八韻，時號「溫八叉」。詩與李商隱齊名，並稱「溫李」；詞與韋莊、馮延巳分鼎三足。其詩詞多寫閨情，華麗穠艷。原有集，已佚。後人輯有《金荃集》。❸深美閎約　深，深沉渾厚。閎，闊大。約，含蓄。總起來說包含兩層意思，一指溫柔敦厚，符合儒家詩教原則；另一指寓深閎意旨於言外，即有所寄託。❹語見張惠言《詞選・自序》：「自唐之詞人，李白為首，其後韋應物、王建、韓翃、白居易、劉禹錫、皇甫淞、司空圖、韓偓並有述造，而溫庭筠最高，其言深美閎約。」王拯也有類似意見。在《龍壁山房文集・懺盦詞序》中云：「唐之中葉，李白沿襲樂府遺音，為〈菩薩蠻〉、〈憶秦娥〉之闋，王建、韓偓、溫庭筠諸人復推衍之，而詞之體以立。其文窈深幽約，善達賢人君子愷惻怨悱不能自言之情，論者以庭筠為獨至。」❺馮正中　即馮延巳。參見本卷第三則注❶。❻劉融齋　劉熙載（西元一八一三～一八八一年），清代文學家。字伯簡，號融齋。江蘇興化人。道光進士，官至左春坊左中允、廣東學政。通曉子、史、天文、算學、音韻諸學，工詩詞。有《藝概》、《昨非集》等。❼語見劉熙載《藝概・詞曲概》：「溫飛卿詞精妙絕人，然類不出乎綺怨。」

【語譯】張惠言說：「溫庭筠的詞深美閎約。」我以為這四個字只有馮延巳才真正擔當得起。劉熙載對溫庭筠的評語是「精妙絕人」，這倒是較為接近的。

【評介】馮延巳為五代一大詞家，歷代評價較高。如況周頤《歷代詞人考略》云：「馮詞如古蕃錦，如周秦寶鼎彝，琳琅滿目，美不勝收。」陳廷焯《白雨齋詞話》云：「馮正中詞，極沉鬱之致，窮頓挫之妙，纏綿忠厚，與溫、韋相伯仲也。」

一二

「畫屏金鷓鴣」❶，飛卿❷語也，其詞品似之。「絃上黃鶯語」❸，端己❹語也，其詞品亦似之❺。正中❻詞品，若欲於其詞句中求之，則「和淚試嚴妝」❼，殆近之歟？

【章　旨】此則分別選取溫庭筠、韋莊、馮延巳三人的詞中之句，比喻他們各自的詞風特徵。

【注　釋】❶句出溫庭筠〈更漏子〉：「柳絲長，春雨細。花外漏聲迢遞。驚塞雁，起城烏。畫屏金鷓鴣。香霧薄，透簾幕。惆悵謝家池閣。紅燭背，繡簾垂。夢長君不知。」（據《全唐五代詞》）❷飛卿　即溫庭筠。參見本卷第一一則注❷。❸句出韋莊〈菩薩蠻〉：「紅樓別夜堪惆悵，香燈半捲流蘇帳。殘月出門時，美人和淚辭。　琵琶金翠羽，絃上黃鶯語。勸我早歸家，綠窗人似花。」（據《全唐五代詞》）❹端己　韋莊（西元八三六～九一〇年），唐末五代詩人、詞人。唐乾寧元年進士。唐亡後，於五代十國之蜀國，官至判中書門下事。字端己，諡文靖。杜陵人。其詞多寫閨情離愁，風格清麗絕倫，多用白描手法，在「花間詞派」中獨樹一幟。有《浣花集》。❺其詞品亦似之　周濟《介存齋論詞雜著》謂：「端己詞清艷絕倫。初日芙蓉春月柳，使人想見風度。」況周頤《歷代詞人考略》：「韋文靖詞，與溫方城齊名，熏香掬艷，眩目醉心。尤能運密入疎，寓濃於淡，「花間」羣賢，殆尟其匹。」均與王國維評說近似。❻正中　即馮延巳。參見本卷第三則注❶。❼句出馮延巳〈菩薩蠻〉：「嬌鬟堆枕釵橫鳳，溶溶春水楊花夢。紅燭淚闌干，翠屏煙浪寒。　錦壺催畫箭，玉佩天涯遠。和淚試嚴妝，落梅飛曉霜。」（據《陽春集》）嚴妝，端整濃麗的妝束打扮，即「盛妝」。

【語　譯】「畫屏金鷓鴣」，溫庭筠詞中之句，他本人的詞品、風格與此相似。「絃上黃鶯語」，韋莊詞中之句，他的詞品、特徵也正是如此。馮延巳的詞風、品格，如果要從他自己的詞中找出適當的語句來品評的話，那麼，「和淚試嚴妝」一句，或許是比較合適的吧？

【評　介】王國維以詞句形象化地比喻作者的藝術風格和作品特點：「畫屏金鷓鴣」，喻溫庭筠詞華美穠艷，但缺乏真實的生命力，就像畫在屏風上的一隻金光閃閃的鷓鴣，再美也不是真的。「絃上黃鶯語」，言韋莊雖也寫艷詞，但情深意切，清麗委婉，如絃上琴音、枝頭鶯啼一般誠摯動人。

至於馮延巳，因身世、境遇的變化，後期詞作中常有國破家亡的憂慮與感傷，但表達卻十分含蓄（即上則所言「深美閎約」），於穠麗的語辭中隱約透出悲苦淒涼，恰似一女子內心悲苦，滿含眼淚，又妝扮得十分端麗，「和淚試嚴妝」。馮煦〈陽春集序〉評馮詞之風格，亦言：「翁俯仰身世，所懷萬端。繆悠其辭，若顯若晦。揆之六義，比興為多。……其旨隱，其詞微，類勞人、思婦、羈臣、孽子鬱伊愴況之所為。」

一三

南唐中主❶詞：「菡萏❷香銷翠葉殘，西風愁起綠波間。」❸大有眾芳蕪穢❹、美人遲暮❺之感。乃古今獨賞其「細雨夢回雞塞遠，小樓吹徹玉笙寒」❻，故知解人❼正不易得。

【章旨】此則評南唐中主李璟的詞，認為有屈原〈離騷〉的情感、意味，並因前人誤賞而感歎評論之不易。

【注釋】❶南唐中主　李璟（西元九一六～九六一年），本名景通，改名瑤，後名璟，因避周廟諱，再改景，字伯玉。五代南唐開國主李昪之子，西元九四三～九六一年在位，史稱中主，廟號元宗。能詩詞。後人將他與子李煜（後主）所作詞，合刻為《南唐二主詞》。❷菡萏　即荷花。❸句出李璟〈攤破浣溪沙〉：「菡萏香銷翠葉殘，西風愁起綠波間。還與韶光共顦顇，不堪看。　細雨夢回雞塞遠，小樓吹徹玉笙寒。多少淚珠無限恨，倚闌干。」（據《全唐五代詞》）❹眾芳蕪穢　語出屈原〈離騷〉：「余既滋蘭之九畹兮，又樹蕙之百畝。畦留夷與揭車兮，雜杜衡與芳芷。冀枝葉之峻茂兮，願俟時乎吾將刈。雖萎絕其亦何傷兮，哀眾芳之蕪穢。」屈原以種植香草喻培育人才，但這些賢才（眾芳）不是不被重用，便是改變了節操，屈原深感悲哀。屈原（西元前三四〇？～前二七八？年）。名平，字原；又自名正則，字靈均。楚國貴族。曾參與國政，遭讒去職，但始終關心楚國命運，力圖振興之。秦滅楚，他悲憤萬分，投汨羅江而死。著有〈離騷〉、〈九歌〉、〈天問〉等，開創「楚辭」一派文體。語言瑰麗，想像奇特，融合大量古神話傳說，寄寓對楚國的深切憂念和對理想的追求與獻身精神，成就極高，對後世有相當大的影響。❺美人遲暮　語出屈原〈離騷〉：「日月忽其不淹兮，春與秋其代序。惟草木之零落兮，恐美人之遲暮。」意思是說時光流逝，歲月無情，人生易老，韶華難留。❻乃古今獨賞二句　中主「細雨夢回……」與馮延巳「風乍起……」皆為名句。據馬令《南唐書・馮延巳傳》云：「元宗樂府詞云『小樓吹徹玉笙寒』，延巳有『風乍起，吹皺一池春水』之句，皆為警策。元宗嘗戲延巳曰：『吹皺一池春水，干卿何事？』延巳曰：『未若陛下小樓吹徹玉笙寒。』元宗悅。」胡仔《苕溪漁隱叢話》引《雪浪齋日話》云：「荊公（王安石）問山谷（黃庭堅）云：『作小詞曾看李後主詞否？』云：『曾看。』荊公云：『何處最好？』山谷以『一江春水向東流』為對。荊公云：『未若細雨夢回雞塞遠，小樓吹徹玉笙寒。』」案：王安石誤將中主詞作後主詞了。❼解人　謂能真正理解、通曉言語或文詞意趣的人。此處亦有文學評論之意。

【語　譯】南唐中主李璟詞：「菡萏香銷翠葉殘，西風愁起綠波間。」大有與屈原〈離騷〉相同的「賢才難得，青春易逝」的無限感慨。可是，古往今來，人們卻偏偏欣賞他的另外兩句「細雨夢回雞塞遠，小樓吹徹玉笙寒」。由此可知，能真正懂得理解詞的意蘊情趣的人是不容易找到的。

【評　介】此則與陳廷焯《白雨齋詞話》有相同處。陳氏評南唐中主〈山花子〉（即〈攤破浣溪沙〉之別名）詞，謂：「南唐中宗〈山花子〉云：『還與韶光共憔悴，不堪看。』沉之至，鬱之至，淒然欲絕。後主雖善言情，卒不能出其右也。又首二句，大有『眾芳蕪穢，美人遲暮』之感。乃古今獨賞其『細雨夢回雞塞遠，小樓吹徹玉笙寒』。故知解人正不易得。」

一四

溫飛卿❶之詞，句秀也。韋端己❷之詞，骨秀也。李重光❸之詞，神秀也。

【章　旨】此則評說、比較溫庭筠、韋莊、李煜三人詞的基本特徵。

【注　釋】❶溫飛卿　即溫庭筠。參見本卷第一一則注❷。❷韋端己　即韋莊。參見本卷第一二則注❹。❸李重光　李煜（西元九三七～九七八年），初名從嘉，字重光，號鍾隱。中主李璟第六子，五代南唐國主（西元九六一～九七五年在位），史稱李後主。西元九七五年宋兵攻破金陵，出降。三年後被毒死。精通音樂，能詩文、書畫，尤以詞見長。前期多寫宮廷宴樂生活，被俘後作品多思戀故土，抒發亡國之痛與身世之悲，在題材、意境、手法上都突破晚唐、五代以寫艷情為主的窠臼，成就甚高，為歷代推崇。

【語　譯】溫飛卿的詞，辭藻華麗，文句秀美。韋莊的詞，情真意切，含蘊凝重，是為內容之美。

李煜的詞，超逸俊秀，神采非凡，是精神、氣質的美。

【評　介】句秀，指作品的詞句秀美。這畢竟是外在的，故上則謂「畫屏金鷓鴣」。骨秀，指作品的內容秀美，情真意切。神秀，指作品之精神秀美，超逸清俊，是本質的美。作品因之而有高下之分。王鵬運對李煜詞也有類似的見解：「蓮峰居士（李煜別號）詞，超逸絕倫，虛靈在骨。芝蘭空谷，未足比其芳華；笙鶴瑤天，詎能方茲清怨？後起之秀，格調氣韻之間，或日月至，得十一於千百。若小晏（晏幾道）、若徽廟（宋徽宗），其殆庶幾。斷代南渡，嗣音閿然。蓋間氣所鍾，以為詞中之帝，當之無愧色矣。」（《半塘老人遺稿》）

一五

詞至李後主❶而眼界始大，感慨遂深，遂變伶工之詞❷而為士大夫之詞❸。周介存❹置諸溫❺、韋❻之下，可謂顛倒黑白矣。「自是人生長恨水長東」❼，「流水落花春去也，天上人間」❽，《金荃》❾、《浣花》❿，能有此氣象耶？

【章　旨】此則言詞至李後主時有重大發展演進，溫庭筠、韋莊等人皆無法企及。

【注釋】❶李後主　即李煜。參見本卷第一四則注❸。❷伶工之詞　伶工，古代樂人之稱，亦指演戲的人。晚唐五代時期詞只是供歌妓酒女在筵席上演唱的歌曲，內容多半為香艷妖嬈的閨閣亭園、相思離別，藝術價值不高，故稱作「伶工之詞」。❸士大夫之詞　指士大夫言情述志，寄寓懷抱的詞作。❹周介存　周濟（西元一七八一～一八三九年），清代詞人、詞論家。字保緒，一字介存，號未齋，晚號止庵。荊溪人。論詞推崇周邦彥，崇尚「雅」、「正」，強調寄託，抒寫身世之感，家國之憂，是常州派的主要代表。有《韻原》、《詞辨》、《味雋齋詞》、《介存齋論詞雜著》等。並編有《宋四家詞選》。❺溫　即溫庭筠。參見本卷第一一則注❷。❻韋　即韋莊。參見本卷第一二則注❹。❼句出李煜〈烏夜啼〉：「林花謝了春紅，太匆匆。無奈朝來寒雨晚來風。　胭脂淚，留人醉，幾時重？自是人生長恨水長東。」（據《李後主詞》）❽句出李煜〈浪淘沙令〉：「簾外雨潺潺，春意闌珊。羅衾不耐五更寒。夢裡不知身是客，一晌貪歡。　獨自莫凭闌，無限江山，別時容易見時難。流水落花春去也，天上人間。」（據《李後主詞》）❾金荃　《金荃集》，溫庭筠詞集。原集已佚，現為後人所輯，仍本《金荃集》名。其中也雜有他人之作。有數種版本。❿浣花　《浣花集》，韋莊詩集，其弟藹編。韋莊在蜀時得杜甫浣花溪草堂，因以名集。原本五卷，後人析為十卷，又補遺一卷。

【語譯】詞至李後主時有重大的發展演變，視野宏大開闊，情感意蘊深邃豐厚。於是，原先不過是供歌妓在酒席間演唱的樂曲，現在變為士大夫們抒發情感、寄寓懷抱的作品了。周濟論詞時，把李後主置於溫庭筠、韋莊的後面，真可以說是顛倒黑白。「自是人生長恨水長東」，「流水落花春去也，天上人間」，溫、韋二人的詩詞集中，能有這等真摯沉鬱的氣勢意象嗎？

【評介】周濟《介存齋論詞雜著》云：「李後主詞，如生馬駒，不受控捉。毛嬙、西施，天下美婦人也。嚴妝佳，淡妝亦佳，麤服亂頭，不掩國色。飛卿，嚴妝也；端己，淡妝也；後主則麤服亂頭矣。」案：王國維此處誤解了原文。周濟實際對後主詞評價甚高，置溫、韋之上，「麤服亂頭，不掩國色」，這更可看出此位佳人麗質天成，完全無須容飾妝扮。

一六

詞人者，不失其赤子之心❶者也。故生於深宮之中，長於婦人之手，是後主❷為人君所短處❸，亦即為詞人所長處。

【章　旨】此則言詞人應有赤子般的質樸、純真之情感。

【注　釋】❶赤子之心　赤子，初生的嬰兒。嬰兒孩童無虛假偽飾，故其情感純樸無偽、天真自然。❷後主　即李煜。參見第一四則注❸。❸為人君所短處　余懷〈玉琴齋詞序〉云：「李重光風流才子，誤作人主，至有入宋牽機之恨。其所作之詞，一字一珠，非他家所能及也。」案：牽機，毒藥名。

【語　譯】能稱為詞人的人，都是沒有喪失「赤子之心」的人。所以，生於帝王之家，在宮娥嬪妃寵愛照顧下成長、生活的李後主，不懂得國計民生、世事人情，這是他作為國君的不足之處；可是，作為詞人，這又正是他的長處。

【評　介】明末李贄倡「童心說」，王國維的「赤子之心」有相似之處。不過，王氏用此語時吸取了叔本華的思想，將「赤子之心」視為成就天才詞人的重要因素。他認為李後主就是這樣一位「天才詞人」。參見〈導讀〉的有關分析及注㉗。

一七

客觀之詩人❶，不可不多閱世。閱世愈深，則材料愈豐富，愈變化。《水滸傳》❷、《紅樓夢》❸之作者是也。主觀之詩人❹，不必多閱世。閱世愈淺，則性情愈真，李後主❺是也。

【章　旨】此則是對上則的進一步闡發補充。言敘事文學的作者必須多了解社會人生，而抒情文學的作者則應盡可能多地保持純真與童心。

【注　釋】❶客觀之詩人　指「敘事文學」（包括史詩、傳記、小說、戲曲等）的作者。❷水滸傳　又名「忠義水滸傳」，長篇小說。明施耐庵作，一說羅貫中作。依據《宣和遺事》及民間傳說，再創作而成。敘宋江等一百零八位豪傑，聚會梁山、反抗官府事。故事情節曲折，語言生動，使用許多當時的方言口語，人物形象鮮明，極具個性。流傳中出現多種不同版本，以一百二十四回本、一百回本及金聖歎刪改的七十回本為常見。施耐庵，生卒年不詳。羅貫中（約西元一三三〇～一四〇〇年），二人均為元末明初小說家。生平事跡多不可考，一般認為均係失意文人。❸紅樓夢　長篇小說，原名《石頭記》。一百二十回。前八十回為清曹雪芹著，後四十回一般認為是高鶚續書。全書以賈府為中心，旁及史、王、薛家族，以賈寶玉、林黛玉的愛情悲劇為線索，寫官僚貴族家庭的興衰。規模宏大，結構嚴謹，塑造了一大批有鮮明個性特徵的人物形象。藝術成就極高，是中國古典長篇小說登峰造極之作。曹雪芹（西元一七一五～一七六三或一七六四年），漢軍正白旗人。名霑，字夢阮，號雪芹、芹圃。能詩善畫。自其曾祖起，三代任江寧織造，其祖曹寅尤得康熙信用。雍正初年，因朝中權力鬥爭的影響，其父曹頫「獲罪抄家」，舉家遷北京，日見潦倒。曹雪芹目睹並體驗了家族由繁盛經驟變而衰敗的過程，感觸極深。以十年時間，創作《石頭記》，未成全稿，貧病而卒。❹主觀之詩人　指抒情文學（如詩、詞）的作者。❺李後主　即李煜。參見本卷第一四則注❸。

【語　譯】敘事文學的作者，不能不多多接觸、了解自然社會、世事人情。觀察面越廣，體驗越深刻，所掌握的素材就越豐富多彩，千變萬化，其作品就能更真實更深刻地再現這一切。《水滸傳》、《紅樓夢》的作者就屬於這種類型。抒情文學的作者不一定過多地參與社會，體味世情。因為閱世越淺，就越少受世俗人情、功名利祿的汙染，才能保持質樸無偽的自然本性及真情實感。李後主就是這樣一位詞人。

一八

尼采❶謂：「一切文學，余愛以血書者。」❷後主❸之詞，真所謂以血書者也。宋道君皇帝❹〈燕山亭〉詞❺亦略似之。然道君不過自道身世之戚❻，後主則儼有釋迦❼、基督❽擔荷人類罪惡之意，其大小固不同矣。

【章旨】此則言李煜詞如血淚凝成，由一己之悲寫出千古世人之痛。這是與他身世境遇都很相似的宋徽宗根本無法比擬的。

【注釋】❶尼采 Friedrich Nietzsche, 1844~1900，德國哲學家。提出「權力意志」、「超人」哲學，以及上帝死了，要「重新估定一切價值」等。其學說對二十世紀的思想、哲學、文學、宗教等領域有重大影響。主要著作有《悲劇的誕生》、《查拉圖斯特拉如是說》、《人性、太人性的》、《善與惡的超越》、《道德的系譜》等。❷語見尼采《查拉圖斯特拉如是說》。今譯為：「在一切著作中，我只愛作者以他的心血寫成的著作。以心血著作，然後你就可以感覺到心血就是一種精神。」案：尼采說的「以血書者」，其原意是指那些不被世人理解的、「勇敢，剛強，總有著瘋狂」的「戰士」，或者「偉大而崇高」者寫出他們的心聲以及蔑視「世俗」、「庸眾」的「歡樂」，也可以說是「權力意志」的藝術外現。而李後主、宋徽宗詞中表現的淒怨哀訴、感傷悲歎，正是尼采所卑視、所否定者，並不屬於尼采式的「以血書者」的範圍。此「血」非彼「血」，故王國維引用之意與原意有出入。❸後主　即李煜。參見本卷第一四則注❸。❹宋道君皇帝　宋徽宗趙佶（西元一〇八二～一一三五年），神宗第十一子，哲宗弟。西元一一〇〇至一一二五年在位。先後任用蔡京、童貫，禁錮元祐黨人。搜括江南奇花異石，稱「花石綱」，激起河北、京東、兩浙民變。尊奉道教，自稱為「教主道君皇帝」。宣和七年，傳位於欽宗，自稱太上皇。靖康二年（西元一一二七年），金兵南下，被俘至金國，後死於五國城。擅書法，自成一家，稱「瘦金體」。亦工繪事，以花鳥著稱。著作輯有《宋徽宗詞》、《御解道德真經》等。❺燕山亭詞　宋徽宗〈燕山亭〉（北行見杏花）：「裁翦冰綃，輕疊數重，淡著燕脂勻注。新樣靚妝，豔溢香融，羞殺蕊珠宮女。易得凋零，更多少無情風雨。愁苦。閒院落淒涼，幾番春暮。　憑寄離恨重重，這雙燕何曾，會人言語。天遙地遠，萬水千山，知他故宮何處？怎不思量？除夢裡有時曾去。無據。和夢也，新來不做。」（據「彊村叢書」本《宋徽宗詞》）❻戚　憂愁、悲傷。❼釋迦　佛教創始人釋迦牟尼的簡稱。他原姓喬答摩，名悉達多。釋迦(Sakya)，種族名，意為「能」；牟尼(muni)，尊稱，意為「仁」、「儒」、「忍」、「寂」等。合之為「能仁」、「能儒」、「能忍」、「能寂」，意即「釋迦族的聖人」，是佛教徒對他的尊稱。悉達多原是王子。他有感於人世生病死各種苦難，捨棄王族生活，出家修道，探求免除苦難的方法和途徑，最後達到覺悟。此後一直傳教，奠定了原始佛教的基本教義。八十歲時在拘尸那迦城逝世。❽基督　基督教對耶穌的專稱，意指上帝所差遣的救世主。據《聖經》載，他是上帝的獨子，為拯救世人而降臨人間。三十歲左右，在加利亞和猶太各地傳教。後被羅馬總督彼拉多以「猶太人的王」的罪名判刑，釘死於十字架。死後第三日復活，第四十日升天。

【語　譯】尼采說：「一切文學中，我最喜愛的是以血寫成的。」李後主的詞真可以說是用血寫成的。宋徽宗的〈燕山亭〉詞也略微有點兒相似。但是，宋徽宗述說的不過是他個人的身世不幸、悲歡離合，而李後主則儼然如釋迦牟尼與耶穌基督那樣，有以己身承擔人類罪惡之意，只是大小有所不同而已。

【評　介】根據佛教、基督教教義，佛祖與基督都是為了拯救人類，使之免遭苦難，自願放棄王族或天堂生活，甘願受苦受難。李後主生活發生重大轉折絕非自願，是亡國後的不得已，其目的當然更談不上拯救世人。王國維的話主要應從文學上比喻的角度去理解。他在另一處說過：「真正之大詩人，則又以人類之感情為一己之感情。……彼之著作，實為人類全體之喉舌。」（〈人間嗜好之研究〉）所以，作為天才詞人的李後主，由一己的國破家亡之哀寫出了極具普遍性的人類的悲劇與憂傷，就像釋迦、基督以己身擔載人類的罪惡一樣，只不過大小不同而已。

一九

馮正中❶詞雖不失五代風格，而堂廡❷特大，開北宋一代風氣❸。與中、後二主❹詞皆在《花間》❺範圍之外，宜《花間集》中不登其隻字也。

【章　旨】此則言馮延巳詞承先啟後，開北宋一代風氣。

【注　釋】❶馮正中　即馮延巳。參見第三則注❶。❷堂廡　廡，堂周圍的廊屋，也指大屋。「堂廡」在句中意指詞作的規模氣勢。❸開北宋一代風氣　歷代對馮詞亦有此評。劉熙載《藝概》云：「馮正中詞，晏同叔得其俊，歐陽永叔得其深。」馮煦〈唐五代詞選序〉言：「吾家正中翁，鼓吹南唐，上翼二主，下啟歐、晏。」又，其《蒿庵論詞》謂：「詞至南唐，二主作於上，正中和於下，詣微造極，得未曾有。宋初諸家，靡不祖述二主，憲章正中，譬之歐、虞、褚、薛之書，皆出逸少。」譚獻云：馮正中「開北宋疏宕之派」。❹中後二主　即南唐中主李璟、後主李煜。分別參見本卷第一三則注❶，第一四則注❸。❺花間　即《花間集》。五代後蜀趙崇祚編。十卷。選錄晚唐、五代詞十八家，五百首。除溫庭筠外，入選者皆蜀人。作品多半表現貴族、官僚、士人的歌舞酒宴、閨情離思，詞風柔靡綺麗穠艷華美，對後代影響甚大。具有這種風格的詞人被稱為「花間派」。文中所言「五代風格」一般即指此。

【語　譯】馮延巳的詞雖然仍有五代詞作的風格，但規模宏大，意蘊深遠，已開北宋一代詞的風氣。他的詞與南唐中主、後主的詞都超越了「花間派」柔靡穠艷的風格與水準，難怪《花間集》中沒有收錄他們詞作的任何一個字。

【評　介】龍沐勛在《唐宋名家詞選》中提出不同見解，謂：「《花間集》多西蜀詞人，不采二主及正中詞，當由道里隔絕，又年歲不相及有以致然。非因流派不同，遂爾遺置也。王說非是。」

案：《花間集》編於蜀廣政三年（該集中，歐陽炯序所署時間為「廣政三年夏四月」）。其時，李後主僅四歲，而馮延巳亦未顯名。

二〇

正中❶詞除〈鵲踏枝〉、〈菩薩蠻〉十數闋❷最煊赫❸外，如〈醉花間〉之「高樹鵲銜巢，斜月明寒草」❹，余謂韋蘇州❺之「流螢渡高閣」❻，孟襄陽❼之「疏雨滴梧桐」❽，不能過也。

【章　旨】此則言馮延巳的詞雖以穠麗悲涼（如〈鵲踏枝〉等）為主，也有不亞於韋應物、孟浩然詩作之俊朗高遠的一面。

【注釋】❶正中　即馮延巳。參見本卷第三則注❶。❷鵲踏枝菩薩蠻十數闋　馮延巳《陽春集》中載〈鵲踏枝〉十四首，〈菩薩蠻〉九首。十四首〈鵲踏枝〉中有四首亦見於歐陽修的《六一詞》（有一首並見於晏殊的《珠玉詞》，調名「蝶戀花」），這幾首詞作者究竟是誰，歷代有爭議，藝術成就甚高則一致公認。❸煊赫　又作「赫烜」、「赫暄」、「烜赫」。顯赫、明盛、盛大，形容聲名或氣勢很盛。❹句出馮延巳〈醉花間〉：「晴雪小園春未到，池邊梅自早。高樹鵲銜巢，斜月明寒草。　山川風景好。自古金陵道。少年看卻老。相逢莫厭醉金杯，別離多，懽會少。」（據《陽春集》）❺韋蘇州　韋應物（西元七三七～約七九七年），唐代詩人。京兆長安人。曾任蘇州刺史，世稱韋蘇州。工詩，其詩以寫田園風物著名，風格高遠雅淡，自成一家。後世或與陶潛合稱「陶、韋」，或與王維、孟浩然、柳宗元合稱「王、孟、韋、柳」。有《韋蘇州集》。❻句出韋應物〈寺居獨夜寄崔主簿〉：「幽人寂無寐，木葉紛紛落。寒雨暗深更，流螢渡高閣。坐使青燈曉，還傷夏衣薄。寧知歲方晏，離居更蕭索。」（據「四部備要」本《韋蘇州集》卷二）❼孟襄陽　孟浩然（西元六八九或六九一～約七四〇年），唐代詩人。襄州襄陽人。工詩，以五言為多，長於寫景，為盛唐田園詩人。詩風俊朗高遠。與王維齊名，世稱「王孟」。有《孟浩然集》。❽句出《全唐詩》卷六所收孟浩然斷句：「微雲淡河漢，疏雨滴梧桐。」王士源〈孟浩然集序〉云：「（浩然）嘗閒游祕省，秋月新霽，諸英華賦詩作會。浩然句云：『微雲淡河漢，疏雨滴梧桐。』舉座嗟其清絕，咸擱筆不復為繼。」

【語譯】馮延巳的詞以十數首〈鵲踏枝〉、〈菩薩蠻〉聲譽最高，最為人稱道。除此之外，如〈醉花間〉中的「高樹鵲銜巢，斜月明寒草」，我以為即使是韋應物的名句「流螢渡高閣」，孟浩然的名句「疏雨滴梧桐」，也不會比它更好。

二一

歐九❶〈浣溪沙〉詞「綠楊樓外出秋千」❷，晁補之❸謂只一「出」字，便後人所不能道。余謂此本於正中❹〈上行杯〉詞「柳外秋千出畫牆」❺，但歐語尤工耳。

【章旨】此則言歐陽修詞中有些名句脫胎於馮正中詞，但技巧更高、更精。

【注釋】❶歐九　歐陽修（西元一〇〇七～一〇七二年），北宋文學家。字永叔，號醉翁、六一居士。「九」為大家族堂兄弟排行之次第數。吉州廬陵人。天聖進士。曾任翰林學士、參知政事等職。卒諡文忠。散文暢達委婉，是北宋古文運動的領袖，列「唐宋八大家」之一。詩作自然流暢，詞風婉麗。亦長於史。有《歐陽文忠公集》、《六一詞》、《五代史記》等。❷句出歐陽修〈浣溪沙〉：「堤上游人逐畫船，拍堤春水四垂天。綠楊樓外出秋千。　白髮戴花君莫笑，六么催拍琖頻傳。人生何處似尊前。」（據《歐陽文忠公近體樂府》卷三）❸晁補之　晁補之（西元一〇五三～一一一〇年），北宋文學家。字無咎，號歸來子。濟州鉅野人。元豐進士。少以文才為蘇軾所賞，是「蘇門四學士」之一。文風流暢，長於政論和史論。也工詩詞。詞風豪爽中寓沉鬱。有《雞肋集》、《晁氏琴趣外篇》。❹正中　即馮延巳。參見本卷第三則注❶。❺句出馮延巳〈上行杯〉：「落梅著雨消殘粉，雲重烟輕寒食近。羅幙遮香，柳外秋千出畫牆。　春山顛倒釵橫鳳，飛絮入簾春睡重。夢裡佳期，祇許

庭花與月知。」（據《陽春集》）

【語　譯】歐陽修〈浣溪沙〉詞中有「綠楊樓外出秋千」句，晁補之說僅這一個「出」字，就是其他人想不到、說不出的。我認為這句詞原本脫胎於馮延巳〈上行杯〉中「柳外秋千出畫牆」一句，不過歐陽修的語句技巧更高、更精緻。

【評　介】吳曾《能改齋漫錄》卷一六云：「晁無咎評本朝樂章云：『歐陽永叔〈浣溪沙〉云：「堤上游人逐畫船，拍堤春水四垂天。綠楊樓外出秋千。」要皆絕妙。然只一「出」字，自是後人道不到處。』」《復齋漫錄》等書中亦有此語，文字少（稍）有出入。）案：龍榆生《唐宋名家詞選》中謂：「唐王摩詰（王維）〈寒食城東即事詩〉云：『蹴踘屢過飛鳥上，鞦韆競出垂楊裡。』歐公用『出』字，蓋本此。」

二二

梅舜俞❶〈蘇幕遮〉詞：「落盡梨花春事了。滿地斜陽，翠色和煙老。」❷劉融齋❸謂少游❹一生似專學此種❺。余謂馮正中〈玉樓春〉詞：「芳菲次第長相續，自是情多無處足。尊前百計得春歸，莫為傷春眉黛蹙。」❻永叔❼一生似專學此種。

【章　旨】此則言秦觀詞學梅聖俞的風格，歐陽修詞則習染了馮正中的詞風特徵。

【注　釋】❶梅舜俞　應是「梅聖俞」。梅堯臣（西元一〇〇二～一〇六〇年），北宋詩人。字聖俞。宣州宣城（古名「宛陵」）人，世稱宛陵先生。官至尚書都官員外郎。工詩，詩風平淡質實。與蘇舜欽齊名，時稱「蘇梅」。論詩注重社會內容，不滿宋初靡麗文風，對宋代詩風轉變頗有影響。有《宛陵先生集》。❷句出梅堯臣〈蘇幕遮〉（草）：「露隄平，煙墅杳。亂碧萋萋，雨後江天曉。獨有庾郎年最少。窣地春袍，嫩色宜相照。　接長亭，迷遠道。堪怨王孫，不記歸期早。落盡梨花春又了。滿地殘陽，翠色和煙老。」案：王氏引文中，將「春又了」之「又」字誤作「事」，「殘陽」誤作「斜陽」。❸劉融齋　即劉熙載。參見本卷第一一則注❻。❹少游　即秦觀。參見本卷第三則注❷。❺語出劉熙載《藝概．詞曲概》云：「少游詞有小晏之妍，其幽趣則過之。梅聖俞〈蘇幕遮〉云：『落盡梨花春又了，滿地殘陽，翠色和煙老。』此一種似為少游開先。」❻句出馮延巳〈玉樓春〉：「雪雲乍變春雲簇，漸覺年華堪縱目。北枝梅蕊犯寒開，南浦波紋如酒綠。　芳菲次第長相續，自是情多無處足。尊前百計得春歸，莫為傷春眉黛蹙。」案：此詞亦見歐陽修《歐陽文忠公近體樂府》，作者究係歐，亦或馮，歷代有爭議。❼永叔　即歐陽修。參見本卷第二一則注❶。

【語　譯】梅聖俞〈蘇幕遮〉詞中有這樣幾句：「落盡梨花春又了。滿地殘陽，翠色和煙老。」劉熙載說秦觀一生似乎專意學習梅詞的這種風格。我認為馮延巳〈玉樓春〉詞：「芳菲次第長相續，自是情多無處足。尊前百計得春歸，莫為傷春眉黛蹙。」歐陽修一生的詞風，似乎都專意效仿、習染了馮詞的特點。

【評　介】末句「永叔一生似專學此種」，王國維原稿本作「少游一生似專學此種」。有的論者認為後者為是，而前者為誤植。葉程義《王國維詞論研究》謂：「蓋劉氏謂少游專學梅氏〈蘇幕遮〉

詞，王氏不同意劉說，以為少游專學馮氏〈玉樓春〉詞。衡諸文意，此則專論少游詞之風格，劉氏既云少游，王氏當亦云少游，否則，前後語意文例不合也。」滕咸惠《人間詞話新注》（修訂本）亦云：「原稿第五十二條引馮延巳詞後說：『少游一生似專學此種。』通行本（即王國維手定，發表於《國粹學報》之六十四則）第二十二條作『永叔一生似專學此種』。這條是論秦觀繼承了那種詞風，不應忽然又提到歐陽修。通行本很可能也是錯了。這些錯字，或是王氏從原稿整理轉錄時筆誤，或是《國粹學報》誤植。」

二三

人知和靖❶〈點絳脣〉❷、舜俞❸〈蘇幕遮〉❹、永叔❺〈少年游〉❻三闋為詠春草絕調，不知先有正中❼「細雨溼流光」❽五字，皆能攝春草之魂者也。

【章旨】此則言林逋、梅聖俞、歐陽修、馮延巳詞中皆有寫春草之魂、傳春草之神的佳作。

【注釋】❶和靖　林逋（西元九六八～一〇二八年），北宋詩人。字君復，卒賜諡和靖先生。杭州錢塘人。少孤力學，放游江淮，後隱居杭州西湖孤山，種梅養鶴，不仕不娶，人稱其「梅妻鶴子」。善行書。喜為詩，詩風淡遠孤冷，多寫隱居生活和西湖景物，詠梅詩最為有名。與梅堯臣、范仲淹等有詩酬唱。有《林和靖詩集》。

❷點絳脣　林逋〈點絳脣〉（草）：「金谷年年，亂生春色誰為主。餘花落處，滿地和煙雨。　又是離愁，一闋長亭暮。王孫去。萋萋無數，南北東西路。」（據《絕妙詞選》卷二）❸舜俞　應作「聖俞」，即梅堯臣。參見本卷第二二則注❶。❹蘇幕遮　見本卷第二二則注❷。❺永叔　即歐陽修。參見本卷第二二則注❶。❻少年游　歐陽修〈少年游〉：「闌干十二獨凭春，晴碧遠連雲。千里萬里，二月三月，行色苦愁人。　謝家池上，江淹浦畔，吟魄與離魂。那堪疏雨滴黃昏，更特地憶王孫。」案：此詞一說為梅堯臣所作。❼正中　即馮延巳。❽句出馮延巳〈南鄉子〉：「細雨溼流光，芳草年年與恨長。煙鎖鳳樓無限事，茫茫。鸞鏡鴛衾兩斷腸。　魂夢任悠揚，睡起楊花滿繡牀。薄倖不來門半掩，斜陽。負你殘春淚幾行。」（據《陽春集》）

【語譯】人們一般只知道林逋的〈點絳脣〉、梅聖俞的〈蘇幕遮〉、歐陽修的〈少年游〉，是詞史上三首歌詠描寫春草的絕唱。但他們卻不知道，在此之前已有馮延巳〈南鄉子〉詞中「細雨溼流光」五個字。這一首以及以上三首詞都是傳春草之神、寫春草之魂的傑作。

【評介】吳曾《能改齋漫錄》卷一七云：「梅聖俞在歐陽公坐，有以林逋草詞『金谷年年，亂生青草（案：《絕妙詞選》等書「青草」均作「春色」。）誰為主』為美者。梅聖俞別為〈蘇幕遮〉一闋，歐公擊節賞之。又自為一詞（即注❻之〈少年游〉），蓋〈少年游〉令也。不惟前二公所不及，雖求諸唐人溫、李集中，殆與之為一矣。今集不載此一篇，惜哉。」案：歐陽修《六一詞》中收〈少年游〉三闋，無一詠春草者，故云。

二四

《詩》❶〈蒹葭〉❷一篇，最得風人❸深致❹。晏同叔❺之「昨夜西風凋碧樹。獨上高樓，望盡天涯路」❻，意頗近之。但一灑落❼，一悲壯耳。

【章旨】此則言晏殊〈蝶戀花〉詞有《詩經・蒹葭》的意蘊。

【注釋】❶詩　即《詩經》。中國最早的詩歌總集。原名「詩」，漢代始稱「詩經」。共三百零五篇。編成於春秋中葉，相傳係孔子刪定。分「風」、「雅」、「頌」三大類。「風」大部分是各地民歌，質樸自然；「雅」是朝廷的樂章；「頌」是宗廟祭祀的樂章。全書內容廣泛，有對美滿愛情的追求，有抒寫出征與歸來之將士的心情，農業田獵的情形，有對先祖業績的讚頌等等，其中也反映出當時的一些宗教、道德觀念。總體形式以四言為主，間有三言、五言、六言、七言、九言等；一句一韻或隔句一韻；普遍運用賦、比、興手法，是中國詩歌的源頭。全書也是極珍貴的上古史料。❷蒹葭　《詩經・秦風》中的一篇。全詩為：「蒹葭蒼蒼，白露為霜。所謂伊人，在水一方。遡洄從之，道阻且長。遡游從之，宛在水中央。　蒹葭淒淒，白露未晞。所謂伊人，在水之湄。遡洄從之，道阻且躋。遡游從之，宛在水中坻。　蒹葭采采，白露未已。所謂伊人，在水之涘。遡洄從之，道阻且右。遡游從之，宛在水中沚。」這首詩一般認為是一首表現一往情深、執著追求精神的愛情詩，但歷代也有多種其他解說。❸風人　即詩人。《詩經》有十五國風，後世往往以「風」稱詩或民歌。❹深致　「致」在此處作「意態」、「情趣」解。❺晏同叔　晏殊（西元九九一或九九三～一〇五五年），北宋詞人。字同叔，諡元獻。撫州臨川人。七歲能文。以神童薦試，賜同進士出身。歷任翰林學士、樞密使同中書門下平章事等職。文翰贍麗，聞名於時。工詩詞，尤擅小令，多寫士大夫詩酒生活與閒情逸致。原有集，已佚。今存《珠玉詞》及清人所輯《晏元獻遺文》。❻句出晏殊〈蝶戀花〉：「檻菊愁煙蘭泣露。羅幕輕寒，燕子雙飛去。明月不諳離恨苦，斜光到曉穿朱戶。　昨夜西風凋碧樹。獨上高樓，望盡天涯路。欲寄彩箋與尺素，山長水闊知何處。」（據《珠玉詞》）❼灑落　瀟灑脫略，不拘謹。

【語　譯】《詩經》中的〈蒹葭〉一篇，是最具備詩人所特有的感情、氣質、神采的作品。晏殊〈蝶戀花〉詞中「昨夜西風凋碧樹。獨上高樓，望盡天涯路」數句，所表達的懷思、嚮往的情致，深沉執著的追尋，頗接近於〈蒹葭〉的意蘊。不過，在風格上，一個灑脫，一個悲壯而已。

二五

「我瞻四方，蹙蹙❶靡❷所騁」❸，詩人之憂生也。「昨夜西風凋碧樹。獨上高樓，望盡天涯路」❹似之。「終日馳車走，不見所問津」❺，詩人之憂世也。「百草千花寒食路，香車繫在誰家樹」❻似之。

【章 旨】此則言《詩經・節南山》、陶潛的〈飲酒〉詩和晏殊、馮延巳的詞作都具有對宇宙人生之蒼茫永恆又變動不居、命運無常的憂思慨歎。

【注 釋】❶蹙蹙 侷促不得舒展之意。❷靡 詩中作「無」、「沒有」解。❸句出《詩・小雅・節南山》第七章：「駕彼四牡，四牡項領。我瞻四方，蹙蹙靡所騁。 方茂爾惡，相爾矛矣。既夷既懌，如相醻矣。」（據《毛詩》卷一二）❹句出晏殊〈蝶戀花〉。參見本卷第二四則注❻。❺句出陶潛〈飲酒二十首〉第二十：「羲農去我久，舉世少復真。汲汲魯中叟，彌縫使其淳。鳳鳥雖不至，禮樂暫得新。洙泗輟微響，漂流逮狂秦。詩書復何罪，一朝成灰塵。區區諸老翁，為事誠殷勤。如何絕世下，六籍無一親。終日馳車走，不見所問津。若復不快飲，空負頭上巾。但恨多謬誤，君當恕醉人。」（據《陶靖節集》卷三）❻句出馮延巳〈鵲踏枝〉中第八首：「幾日行雲何處去？忘卻歸來，不道春將暮。百草千花寒食路，香車繫在誰家樹。 淚眼倚樓頻獨語，雙燕飛來，陌上相逢否？撩亂春愁如柳絮。悠悠夢裡無尋處。」（據《陽春集》）

【語 譯】《詩經・小雅・節南山》中「我瞻四方，蹙蹙靡所騁」，表達了詩人對宇宙自然的亙古永恆、寥闊蒼茫的思考，以及不知出路何在的迷惘困惑。晏殊〈蝶戀花〉詞「昨夜西風凋碧樹。獨上高樓，望盡天涯路」，有近似的意蘊。陶潛〈飲酒〉詩「終日馳車走，不見所問津」，寫的是詩人對人生、世事的意義和目標的追尋，以及遍尋無著的感慨憂思。馮延巳〈鵲踏枝〉詞「百草千花寒食路，香車繫在誰家樹」，與之相似。

【評 介】《詩・節南山》是究王政昏亂之由的長詩。其前六章講尹氏厲威，任用小人，以致天下大亂，詩人環顧四方，「蹙蹙靡所騁」，沒有可以安身立命之處，王氏作進一步引申發揮。陶潛對天下不重詩書禮樂，「六籍無一親」，虛浮偽善，「舉世少復真」的世態極為不滿，無可奈何，借酒發牢騷，且以避禍（「君當恕醉人」），這即「詩人之憂世」。而晏殊與馮延巳的詞主要都是寫男女情愛。就詞本身而言，確為佳作，但未必有如王氏引申出來的深意。

二六

古今之成大事業、大學問者，必經過三種之境界❶：「昨夜西風凋碧樹。獨上高樓，望盡天涯路」❷，此第一境也。「衣帶漸寬終不悔，為伊消得人憔悴」❸，此第二境也。「眾裡尋他千百度。回頭驀見，那人正在，燈火闌珊❹處」❺，此第三境也。此等語皆非大詞人不能道。然遽❻以此意解釋諸詞，恐為晏❼、歐❽諸公所不許也。

【章　旨】此則假晏殊、柳永、辛棄疾三人詞中之句，比喻在成就大事業、大學問的過程中，所進行的艱苦執著的探求追尋，以及一旦收穫時的欣喜之情。

【注　釋】❶境界　此處之「境界」有「階段」之意，不同於「詞以境界為最上」之「境界」。❷句出晏殊〈蝶戀花〉。全詞見本卷第二四則注❻。❸句出柳永〈鳳棲梧〉：「竚倚危樓風細細。望極春愁，黯黯生天際。草色煙光殘照裡。無言誰會凭闌意。　擬把疏狂圖一醉。對酒當歌，強樂還無味。衣帶漸寬終不悔，為伊消得人憔悴。」（據「彊村叢書」本《樂章集》中卷）案：此詞歷代多半認為是柳永所作，但歐陽修的《歐陽文忠公近體樂府》亦收。王國維將其列在歐氏名下。《人間詞話》原稿在該句下有自注：「歐陽永叔」；另外，《靜安文集續編・文學小言》第五則與此則同，也云：「歐陽永叔〈蝶戀花〉」。故此則末言「恐為晏、歐諸公」云云。❹闌珊 衰落；將殘；將盡。❺句出辛棄疾〈青玉案〉（元夕）：「東風夜放花千樹。更吹落、星如雨。寶馬雕車香滿路。鳳簫聲動，玉壺光轉，一夜魚龍舞。 蛾兒雪柳黃金縷。笑語盈盈暗香去。眾裡尋他千百度。驀然回首，那人卻在，燈火闌珊處。」（據《稼軒長短句》卷七）王氏引文中，將「驀然回首」誤作「回頭驀見」，「那人卻在」誤作「那人正在」。❻遽 遂；就。❼晏 晏殊。參見本卷第二四則注❺。❽歐 歐陽修。參見本卷第二一則注❶。

【語 譯】古往今來，凡是能夠成就大事業、大學問的人，必定經過三個階段。第一階段是立志、嚮往，會有曲高和寡的孤獨，類似晏殊詞「昨夜西風凋碧樹。獨上高樓，望盡天涯路」所表現的思索悵惘。其次是艱苦卓絕、勇往無悔的探索，即「衣帶漸寬終不悔，為伊消得人憔悴」。而「眾裡尋他千百度。驀然回首，那人卻在，燈火闌珊處」，所體現的是經過熱切追尋，一旦成功時之驚喜的第三階段。此類意境、語辭，如果不是大詞人便無法體味，無法言喻。不過，如果就按照上面說的意義斷然的去解說原詞的話，恐怕連詞的原作者晏殊、歐陽修等人，也不會贊同的。

【評 介】王國維此處意指讀者在閱讀、欣賞文學作品時所產生的感受和聯想，往往超出原作的本意。文中所舉三詞本不相干。「昨夜西風」寫秋日登高遠眺，天地蒼茫，滿目蕭瑟，思人不見，所引起的孤獨惆悵之感；「衣帶漸寬」句寫別後相思，「驀然回首」寫乍見之驚喜，三者都表現對愛情的執著追求。王國維將其組合，產生新的聯想，賦予原詞所沒有的有關人生、事業的哲理性意義與思考。

二七

永叔❶「人間自是有情癡，此恨不關風與月❷」，「直須看盡洛城花，始與東風容易別」❸，於豪放中有沉著之致，所以尤高。

【章　旨】此則言歐陽修詞在豪放中又含蘊著深沉執著的情感，所以成就甚高。

【注　釋】❶永叔　即歐陽修。參見本卷第二一則注❶。❷風與月　即「風月」，一般指男女之情。❸句出歐陽修〈玉樓春〉：「尊前擬把歸期說，未語春容先慘咽。人生自是有情癡，此恨不關風與月。　離歌且莫翻新闋，一曲能教腸寸結。直須看盡洛城花，始共春風容易別。」（據《歐陽文忠公近體樂府》卷二）案：王氏引文中，將「人生」誤作「人間」，「始共春風」誤作「始與東風」。

【語　譯】歐陽修〈玉樓春〉詞中說「人生自是有情癡，此恨不關風與月」，「直須看盡洛城花，始共春風容易別」，在豪放中又含蘊著極為深沉執著的感情，所以成就尤高。

二八

馮夢華❶《宋六十一家詞選・序例》謂：「淮海❷、小山❸，古之傷心人也。其淡語皆有味，淺語皆有致。」❹余謂此唯淮海足以當之。小山矜貴❺有餘，但可方駕❻子野❼、方回❽，未足抗衡❾淮海也。

【章　旨】此則言晏幾道的詞比不上秦觀，只能與張先、賀鑄並列。

【注　釋】❶馮夢華　馮煦（西元一八四二～一九二六年），近代詞人。字夢華，號蒿庵。江蘇金壇人。光緒進士。官至安徽巡撫。辛亥革命後自稱蒿隱公，以遺老自居。工詩詞，有《蒙香室詞集》及日記。另輯有《宋六十一家詞選》。❷淮海　秦觀號淮海居士。參見本卷第三則注❷。❸小山　晏幾道（約西元一〇三〇～約一一〇六年），北宋詞人。字叔原，號小山。晏殊之子。工詞，辭語婉麗，有其父風格。因家道中落等原因，情調頗感傷。有《小山詞》。❹語見馮煦《蒿庵論詞》云：「淮海、小山，真古之傷心人也。其淡語皆有味，淺語皆有致。求之兩宋詞人，實罕其匹。」案：王國維引文中無「真」字。❺矜貴　自持地位崇高而倨傲；自高身分。❻方駕　並駕齊驅。❼子野　即張先。參見本卷第七則注❷。❽方回　賀鑄（西元一〇五二～一一二五年），北宋詞人。字方回，號慶湖遺老。不附權貴，好論時政、人物及理財之道。晚年退居蘇州，藏書萬卷，都親自校讎。其詞注重錘字煉句，善熔鑄古樂府及唐詩入詞，典麗清新。以「一川煙草，滿城風絮，梅子黃時雨」之句聞名，世稱「賀梅子」。有《慶湖遺老集》。❾抗衡　對抗。比喻不相上下。

【語　譯】馮煦在《宋六十一家詞選・序例》中說：「秦觀、晏幾道都是古代身世境遇坎坷不幸的傷心人。他們的詞作語言平淡，韻味則雋永無盡；辭句淺近卻含蘊著深沉豐富的情感。」我以為，這一評語只有秦觀才相稱。晏幾道過於矜持倨傲，實際只能與張先、賀鑄相提並論，而無法與秦觀抗衡。

【評　介】秦觀、晏幾道皆身世坎坷。秦觀屢遭貶謫，晏幾道雖出身宦門，家道中衰後，落拓一生，他們的詞作中有相當篇幅是慨歎身世的，極為沉鬱哀傷，所以馮煦稱他們為「古之傷心人」。且又說：「少游以絕塵之才，早與勝流，不可一世，而一謫南荒，遽喪靈寶。故所為詞，寄慨身世，閑雅有情思，酒邊花下，一往而深，而怨悱不亂，悄乎得『小雅』之遺。後主而後，一人而已。昔張天如論相如之賦云：『他人之賦，賦才也；長卿，賦心也。』予於少游之詞亦云：他人之詞，詞才也；少游，詞心也，得之於內，不可以傳。雖子瞻之明儁，耆卿之幽秀，猶若有瞠乎後者，況其下耶？」（《宋六十一家詞選·例言》）歷代對晏幾道詞評價亦較高。夏敬觀謂：「叔原以貴人暮子，落拓一生。華屋山邱，身親經歷，哀絲豪竹寓其微痛纖悲，宜其造詣又過於父。」（〈夏評小山詞跋尾〉）《詞林記事》謂：「毛子晉云：『小山詞，字字娉娉嫋嫋，如攬嬙、施之袂。恨不能起蓮、鴻、蘋、雲，按紅牙板唱和一過。』」黃庭堅對小晏亦十分讚賞，其〈小山詞序〉言：「叔原，固人英也，其癡亦自絕人。愛叔原者，皆慍而問其目。曰：『仕宦連蹇，而不能一傍貴人之門，是一癡也。論文自有體，不肯作一新進士語，此又一癡也。費資千百萬，家人寒飢，而面有孺子之色，此又一癡也。人百負之而不恨，己信人，終不疑其欺己，此又一癡也。』乃共以為然。雖若此，至其樂府，可謂狎邪之大雅，豪士之鼓吹，其合諸高唐、洛神之流，其下者豈減桃葉、團扇哉？」（據「彊村叢書」本《小山詞》）從人品到詞作都予以高度評價。王國維認為小山不及淮海，為一家之言。

二九

少游❶詞境最為淒婉❷。至「可堪孤館閉春寒，杜鵑聲裡斜陽暮」❸，則變而為淒厲❹矣。東坡❺賞其後二語❻，猶為皮相❼。

【章旨】此則言秦觀〈踏莎行〉詞一改往日風格，由淒婉而變為淒厲。

【注釋】❶少游　即秦觀。參見本卷第三則注❷。❷淒婉　詞意淒苦悲涼而措詞和緩婉約。❸句出秦觀〈踏莎行〉。全詞見本卷第三則注❷。❹淒厲　寒涼；哀傷至極；淒慘尖厲。❺東坡　蘇軾（西元一〇三七～一一〇一年），北宋文學家。字子瞻，一字和仲，號東坡居士。眉州眉山人。嘉祐進士。曾以詩獲罪被貶謫。卒諡文忠。父洵、弟轍皆有文名，合稱「三蘇」。為文汪洋恣肆，揮灑暢達，為「唐宋八大家」之一。其詩雄放清新，與黃庭堅並稱「蘇黃」。詞開豪放一派，與辛棄疾合稱「蘇辛」。書法為「宋四家」之一，擅長行、楷。善畫，工怪石枯木。有《東坡七集》、《東坡樂府》、《東坡易傳》、《東坡書傳》等。❻賞其後二語　胡仔《苕溪漁隱叢話》前集卷五〇引惠洪《冷齋夜話》：「少游到郴州，作長短句（即〈踏莎行〉，見本卷第三則注❷）。東坡絕愛其尾兩句，自書於扇曰：『少游已矣，雖萬人何贖。』」❼皮相　外表；表面現象。

【語譯】秦觀詞的意境風格通常是在淒涼悲苦中仍有溫婉含蓄。但是，當他寫下「可堪孤館閉春寒，杜鵑聲裡斜陽暮」時，哀傷達於至極，以致變得淒慘尖厲了。蘇軾欣賞他這首詞的最後兩句，實在是只看表面現象。

【評　介】〈踏莎行〉（郴州旅舍）為秦觀貶謫湖南郴州時所作。其時他赦免無望，返鄉無期，獨居旅舍，耳聞杜鵑啼血，目睹夕陽西下，冷冷清清淒淒慘慘戚戚，頗有斷腸人在天涯之感。不久他即卒於藤州，此詞可謂其絕命詞。蘇軾亦曾遭貶謫，讀秦觀此詞，很有「同是天涯淪落人」的共鳴。就表現技巧言，「可堪孤館閉春寒，杜鵑聲裡斜陽暮」二句，雖淒厲，但較直露；而「郴江幸自繞郴山，為誰流下瀟湘去」二句雖極為悲痛，但十分含蓄深沉。蘇軾所賞並非「皮相」。

三〇

「風雨如晦❶，雞鳴不已」❷；「山峻高以蔽日兮，下幽晦以多雨。霰❸雪紛其無垠❹兮，雲霏霏❺而承宇❻」❼；「樹樹皆秋色，山山盡落暉」❽；「可堪孤館閉春寒，杜鵑聲裡斜陽暮」❾，氣象皆相似。

【章　旨】此則言文學中《詩經》、《楚辭》，至唐詩、宋詞，都有思索、慨歎宇宙人生的作品。

【注　釋】❶晦　黑暗；昏暗。❷句出《詩經・鄭風・風雨》：「風雨淒淒，雞鳴喈喈。既見君子，云胡不夷！風雨瀟瀟，雞鳴膠膠。既見君子，云胡不瘳！風雨如晦，雞鳴不已。既見君子，云胡不喜！」❸霰　白色不透明球形或圓錐形的固體降水物。直徑比雪大，且硬。由過冷水滴碰撞在冰晶（或雪花）上凍結所致。❹垠　邊際；盡頭。❺霏霏　盛多的狀態。形容雨雪之密、雲氣之盛。❻承宇　宇，本意為「屋簷」。承宇，連接著屋簷。❼句出《楚辭・九章・涉江》，文長不錄。❽句出王績〈野望〉詩：「東皋薄暮望，徙倚欲何依。樹樹皆秋色，山山唯落暉。牧人驅犢返，獵馬帶禽歸。相顧無相識，長歌懷采薇。」（據《王無功集》卷中）案：王氏引文中，將「山山唯落暉」，誤作「盡落暉」。❾句出秦觀〈踏莎行〉。全詞見本卷第三則注❷。

【語　譯】「風雨如晦，雞鳴不已」；「山峻高以蔽日兮，下幽晦以多雨。霰雪紛其無垠兮，雲霏而承宇」；「樹樹皆秋色，山山唯落暉」；「可堪孤館閉春寒，杜鵑聲裡斜陽暮」，這些詩句、詞句寫於不同時期，可是它們所表現的意境、氣勢卻十分相似。

三一

昭明太子❶稱陶淵明❷詩「跌宕❸昭彰❹，獨超眾類。抑揚爽朗，莫之與京❺」。❻王無功❼稱薛收❽賦「韻趣高奇，詞義晦遠。嵯峨❾蕭瑟❿，真不可言」。⓫詞中惜少此二種氣象，前者惟東坡⓬，後者唯白石⓭略得一二耳。

【章　旨】此則言詞作中普遍缺乏陶潛詩、薛收賦中所具備的氣勢意象，惟蘇軾、姜夔詞略微具備。

【注　釋】❶昭明太子　蕭統（西元五〇一～五三一年），南朝梁武帝長子，天監元年（西元五〇二年）立為太子。字德施，小字維摩。未即位而卒，謚昭明。文學家。幼讀遍五經。後信佛，披覽眾經。曾招集才學之士討論典籍，商榷古今。以「事出沉思，義歸翰藻」為標準，選錄古今各體詩文為《文選》（又名「昭明文選」），共三十卷，是中國現存最早的詩文選集）。❷陶淵明　即陶潛。參見本卷第三則注❸。❸跌宕　音調和諧起伏，抑揚頓挫。❹昭彰　即「昭著」。明顯、顯著之意。❺莫之與京　沒有比它更大的（成就更高的）。京，大。❻語見蕭統《陶淵明集・序》：「（陶潛）其文章不羣，詞采精拔。跌宕昭彰，獨超眾類。抑揚爽朗，莫之與京。橫素波而傍流，干青雲而直上。語時事則指而可想，論懷抱則曠而且真。」❼王無功　王績（約西元五八六～六四四年），隋末唐初詩人。字無功。絳州龍門人。常游東皋，號東皋子。唐初棄官還鄉，以詩酒自娛。詩風樸素自然。原有集，已佚。後人輯有《東皋子集》、《王無功集》。❽薛收　（西元五九二～六二四年），字伯褒。蒲州汾陰人。有文才。曾在秦王李世民處任主簿，起草書檄露布，均一揮而就。唐高祖武德四年（西元六二一年）設「弘文館」，收聘賢才，為該館十八學士之一。❾嵯峨　高峻貌。❿蕭瑟　樹木被秋風吹拂所發出的聲音，引中為寂寞淒涼。⓫語見王無功〈答馮子華處士書〉：「吾往見薛收〈白牛谿賦〉，韻趣高奇，詞義晦遠。嵯峨蕭瑟，真不可言。壯哉！邈乎揚、班之儔也。高人姚義常語吾曰：『薛生此文，不可多得，登太行，俯滄海，高深極矣。』」（據《東皋子集》）⓬東坡　即蘇軾。參見本卷第二九則注❺。⓭白石　姜夔（約西元一一五五～約一二二一年），南宋詞人。字堯章，號白石道人，又號石帚。饒州鄱陽人。終身不仕。與范成大、楊萬里、辛棄疾等交游。工詩詞。詩風高秀，詞作格律嚴謹、音節諧美，多寫景詠物、紀游抒懷之作。精通音律，詞集《白石道人歌曲》中自度曲注有旁譜，琴曲〈古怨〉並注明指法。亦擅書法。其著尚有《白石道人詩集》等。

【語　譯】昭明太子說陶淵明的詩「音調抑揚頓挫，自然明快，遠在一般人之上。意象之開朗灑脫，語句之清新流暢，更是無人可與之相比的」。王績稱讚薛收賦，認為「韻味情趣高超俊奇，詞義曠達深遠。峻峭孤拔與寂寞淒涼兼備，真難用語言來說明其佳妙之處」。令人遺憾的是，後世詞作中缺少這兩種氣勢意象，惟有蘇軾詞略近於陶詩，姜夔詞類似於薛賦，然僅及他的十分之一二而已。

三二

詞之雅❶、鄭❷，在神不在貌。永叔❸、少游❹雖作豔語❺，終有品格。方❻之美成❼，便有淑女與倡伎之別。

【章　旨】此則言詞的優雅與淫靡之別，在精神氣質，而不是辭藻語句。

【注　釋】❶雅　原意為「雅樂」，是宮廷祭祀活動和朝會儀式中所用的音樂。《詩經》中許多是當時的雅樂歌詞。其特點是音樂「中正平和」，歌詞「典雅純正」，故名「雅樂」。後世引申以指「典雅純正」，合乎禮儀規範的作品。❷鄭　「鄭衛之音」的簡稱。原指春秋戰國時期鄭國、衛國的民間音樂。因其音活潑清新，感情色彩濃，與孔子推崇的「雅樂」大相逕庭，故受儒家貶斥。以後多用作「淫靡之樂」、「靡艷文風」的代稱。❸永叔　即歐陽修。參見本卷第二一則注❶。❹少游　即秦觀。參見本卷第三則注❷。❺艷語　指寫男女情愛的語句或詩詞作品。因其不合儒家的價值觀念、道德規範，故歷代均作貶詞。❻方　比擬；比較。❼美成　周邦彥（西元一〇五六～一一二一年），北宋詞人。字美成，號清真居士。杭州錢塘人。詞風富艷柔媚，典麗精工，多寫閨情羈旅，亦善寫景狀物，是北宋婉約派代表作家。精通音律，能自度曲。徽宗時提舉大晟府，整理古今樂律，創製新詞調。其詞嚴格講求音律法度，被推為「格律派」詞宗。有《清真居士集》，已佚。今存《片玉詞》，又名「清真集」。

【語　譯】詞作優雅與淫靡的區別，在其精神氣質，而不是辭藻語句。歐陽修、秦觀雖然也有寫男女情愛的詞句和作品，但終究有品格氣度。如果把他們與周邦彥相比較，其差異就如同淑女與娼妓之別。

【評　介】傳統文論道德評判高於藝術評判，故劉熙載《藝概・詞曲概》云：「周美成詞，或稱其無美不備。余謂，論詞莫先於品。美成詞信富艷精工，只是當不得個貞字。以是士大夫不肯學之，學之則不知終日意縈何處矣。」類似之論甚多。王國維對此有所突破，強調只要有真情實感，本人品格高，艷語、淫詞、鄙詞也可以寫。參見本書〈導讀〉及卷一第六〇則，卷二第三七、四二、四四等則。再，王國維以後對周邦彥評價有較大變化，參見本書卷四第一四至一七則。

三三

美成❶深遠之致不及歐❷、秦❸。唯言情體物，窮❹極工巧，故不失為第一流之作者。但恨創調之才❺多，創意之才少耳❻。

【章　旨】此則言周邦彥詞極工巧，但只是技巧超群，而缺乏意趣境界。

【注　釋】❶美成　即周邦彥。參見本卷第三二則注❼。❷歐　即歐陽修。參見本卷第二一則注❶。❸秦　即秦觀。參見本卷第三則注❷。❹窮　極；盡。追尋直達盡頭。❺創調之才　指周邦彥精通音律，能自度曲，創立不少新聲。❻創意之才少耳　張炎亦云：「美成詞，只當看他渾成處，於軟媚中有氣魄。采唐詩融化如自己者，乃其所長；惜乎意趣卻不高遠。」（《詞源》卷下）

【語　譯】周邦彥的詞在意境、情致方面不如歐陽修、秦觀那樣深微幽遠。不過，他在抒寫情懷、描摹物態上，則極為工巧，曲盡其妙，所以，不失為第一流的詞人。遺憾的是，他精通音律，創立新聲之才卓越超群，而在意蘊、境界等方面，則缺少創造性才華。

【評　介】《宋史．文苑傳》：「邦彥好音樂，能自度曲，製樂府長短句，詞韻清蔚，傳於世。」張炎《詞源》曰：「古之樂章、樂府、樂歌、樂曲，皆出於雅正。粵自隋唐以來，聲詩間為長短句，至唐人則有《尊前》、《花間集》。迄於崇寧，立大晟府，命周美成諸人討論古音，審定古調。

淪落之後，少得存者，由此八十四調之聲稍傳。而美成諸人又復增演慢曲、近、引，或移宮換羽，為三犯、四犯之曲，按月律為之，其曲遂繁。」據統計，周邦彥所創之調不下五十，其中獨創者就有二十餘調，不可謂不多。

三四

詞忌用替代字❶。美成❷〈解語花〉之「桂華流瓦」❸，境界極妙，惜以「桂華」二字代「月」耳❹。夢窗❺以下，則用代字更多。其所以然者，非意不足，則語不妙也。蓋意足則不暇代，語妙則不必代。此少游❻之「小樓連苑」、「繡轂雕鞍」❼，所以為東坡所譏也❽。

【章旨】此則言詞應寫真情實感，反對使用前人語辭，或濫用典故、替代字。

【注釋】❶替代字 指借用前人辭語或典故。❷美成 即周邦彥。參見本卷第三二則注❼。❸句出周邦彥〈解語花〉（元宵）：「風銷燄蠟，露浥烘爐，花市光相射。桂華流瓦。纖雲散，耿耿素娥欲下。衣裳淡雅。看楚女，纖腰一把。簫鼓喧人影參差，滿路飄香麝。 因念都城放夜。望千門如晝，嬉笑游冶。鈿車羅帕。相逢處、自有暗塵隨馬。年光是也。唯只見，舊情衰謝。清漏移飛蓋歸來，從舞休歌罷。」（據《清真集》卷下）❹桂華二字代月耳 民間傳說謂月中有桂樹，故以之代月。❺夢窗 吳文英（約西元一二〇〇～約一二六〇年），南宋詞人。字君特，號夢窗，晚號覺翁。四明人。工詞。知音律，能自度曲。其詞重形式，講究音律和諧，字句工麗，典雅柔婉；喜堆砌典故詞藻，詞意晦澀。譏者以為「如七寶樓臺，眩人眼目，碎拆下來，不成片段」；然亦有論者對其技巧評價甚高。有《夢窗詞》。❻少游　即秦觀。參見本卷第三則注❷。❼句出秦觀〈水龍吟〉：「小樓連苑橫空，下窺繡轂雕鞍驟。朱簾半捲，單衣初試，清明時候。破暖輕風，弄晴微雨，欲無還有。賣花聲過盡，斜陽院落，紅成陣、飛鴛甃。　玉佩丁東別後，悵佳期參差難又。名韁利鎖，天還知道，和天也瘦。花下重門，柳邊深巷，不堪回首。念多情，但有當時皓月，向人依舊。」（據《淮海長短句》卷上）❽所以為東坡所譏也　黃昇《花庵詞選》云：「秦少游自會稽入京，見東坡。……（東坡）問別作何詞。秦舉『小樓連苑橫空，下窺繡轂雕鞍驟』。坡云：『十三個字，只說得一個人騎馬樓前過。』秦問先生近著。坡云：『亦有一詞說樓上事。』乃舉『燕子樓空，佳人何在，空鎖樓中燕』。晁無咎在坐，云：『三句說盡張建封燕子樓一段事，奇哉。』」東坡，即蘇軾。參見本卷第二九則注❺。

【語　譯】詞忌用替代字。周邦彥〈解語花〉詞中「桂華流瓦」一句，境界極妙，只可惜用「桂華」二字替代了「月」字。南宋吳文英之後，詞作中使用代字就更普遍了。之所以出現這種現象，其原因不是詞人缺乏真情實感，便是他們的語言表達能力不夠，辭彙不豐富。也就是說，當內心真情奔騰，噴薄欲發時，根本無暇思考選用典故成語；而辭彙豐富，妙語連篇，也就沒有必要使用代字。秦觀的「小樓連苑」、「繡轂雕鞍」等句，之所以被蘇軾譏諷的原因就在於此。

沈伯時❶《樂府指迷》❷云：「說桃不可直說桃，須用『紅雨』❸、『劉郎』❹等字。說柳不可直說破柳，須用『章臺』❺、『灞岸』❻等字。」若惟恐人不用代字者。果以是為工❼，則古今類書❽具在，又安❾用詞為耶？宜其為《提要》❿所譏也。

【章　旨】此則進一步說明詩詞是抒情文學，而非嚴謹刻板之字典類書，不應使用代字。

【注　釋】❶沈伯時　沈義父，南宋詞論家。字伯時。吳江人。宋亡，隱居不仕。擅詞曲。著有《樂府指迷》。❷樂府指迷　南宋沈義父撰。一卷。論詞強調技巧，以周邦彥為宗，取其音律和諧，格調嫻雅，下字運意有法度可尋。❸紅雨　《致虛閣雜俎》云：「唐天寶十三載，宮中下紅雨，色如桃花。」案：詩詞中「紅雨」多半指代「桃花」，而不是「桃」。如劉禹錫〈百舌吟〉：「花枝滿空迷所處，搖動繁花墜紅雨。」李賀〈將進酒〉：「況是青春日將暮，桃花亂落如紅雨。」王實甫《西廂記》：「相見時，紅雨紛紛點綠苔。」❹劉郎　劉禹錫（西元七七二～八四二年），唐代文學家。字夢得。洛陽人。貞元進士。其詩通俗清新，善用比興手法，有民歌特色，為唐詩中別開生面之作。〈天論〉等文，是其主要哲學論著。有《劉夢得文集》。❺章臺　漢代長安章臺下有街名章臺街，乃歌妓聚居之所，後用作妓院的代稱。唐代韓翃與妓柳氏相愛，後因安史之亂，韓翃三年未返，寄詩柳氏，云：「章臺柳，章臺柳，昔日青青今在否？縱使長條似舊垂，也應攀折他人手。」柳氏此時已削髮為尼，因哭云：「楊柳枝，芳菲節，所恨年年贈離別。一葉隨風忽報秋，縱使君來豈堪折。」故又以「章臺」喻柳。❻灞岸　灞陵岸。灞水流經長安東灞陵，有橋名灞橋。橋旁兩岸多植柳樹。漢代人送客至此，折柳枝以贈行者，致依依惜別之情（「柳」諧音「留」），後用作詠柳或惜別的代稱。如李白〈憶秦娥〉「年年柳色，灞陵傷別」；戎昱〈途中寄李二〉「楊柳煙含灞陵春，年年攀折為行人」等。❼工　技巧高超；精緻美妙。❽類書　輯錄各門類或某一門類的資料，按照一定方法編排，以便尋檢、使用的一種工具書。如《藝文類聚》、《太平御覽》、《冊府元龜》、《永樂大典》、《古今圖書集成》等。文中泛指字典、辭書等各種工具書。❾安　此處作「何」、「如何」、「何必」解。❿提要　即《四庫全書總目提要》，簡稱「四庫提要」或「提要」，以別於《四庫全書》。清代永瑢、紀昀主編。清乾隆年間，曾組織四千餘學者，歷時十年，編成中國最大的一部叢書《四庫全書》，收圖書三千五百餘種，七萬九千餘卷。分經、史、子、集四部，故名「四庫」。纂修《四庫全書》時，曾將抄錄入庫和抄存卷目的圖書，全部編寫提要，於乾隆五十四年（西元一七八九年）寫定刻版。二百卷。亦分經、史、子、集四部，下再列子目。著錄圖書三千四百六十一種，七萬九千三百零九卷；存目六千七百九十三種，九萬三千五百五十一卷。每類前有序，子目後有按語，以闡明各種學術思想的淵源、流派、相互關係，以及劃分類目的理由。各書提要介紹、考證、評論作者的生平事跡，著述淵源，該書內容、性質、文字、版本及優缺點等，是了解中國古籍的重要工具書。

【語　譯】沈伯時《樂府指迷》說：「詩詞中寫桃的時候，不可以直言『桃』字，而必須用『紅雨』、『劉郎』等字來替代。詠柳時，不可以直接點破『柳』字，而是要以『章臺』、『灞岸』等典故來隱示。」好像唯恐人們不使用替代字似的。假如的確要以使用替代字才算精緻高明，那麼，古往今來所編纂的各種類書、字典、辭書等工具書俱在，又何必要有「詞」這種文體呢？難怪他受到《四庫提要》的譏笑了。

【評　介】《樂府指迷．語句須用代字》條云：「煉句下語，最是緊要。如說桃，不可直說破桃，須用『紅雨』、『劉郎』等字；說柳，不可直說破柳，須用『章臺』、『灞岸』等字。又用事，如曰『銀鉤空滿』，便是書字了，不必更說書字；『玉箸』『雙垂』，便是淚了，不必更說淚。如『綠雲繚繞』，隱然髻髮，『困便湘竹』，分明是簟，正不必分曉，如教初學小兒，說破這是甚物事，方見妙處。往往淺學俗流，多不曉此妙用，指為不分曉，乃欲直捷說破，卻是賺人與耍曲矣。如說情，不可太露。」案：王氏引文中有小誤。

《四庫全書總目提要》集部詞曲類二沈氏《樂府指迷》條云：「又謂說桃須用『紅雨』、『劉郎』等字，說柳須用『章臺』、『灞岸』等字，說書須用『銀鉤』等字，說淚須用『玉筯』等字，說髮須用『綠雲』等字，說簟須用『湘竹』等字，不可直說破。其意欲避鄙俗，而不知轉成塗飾，亦非確論。」案：使用代字是否有損境界，亦有不同說法。蔡嵩雲《樂府指迷箋釋》引王國維《人間詞話》上則和此則後，說：「說某物，有時直說破，便了無餘味，倘用一二典故印證，反覺別增境界。但斟酌題情，揣摩辭氣，亦有時以直說破為顯豁者。謂詞必須用替代字，固失之拘；謂詞必不用替代字，亦未免失之迂矣。美成〈解語花〉『桂華流瓦』句，單看似欠分曉，然合下句『纖雲散，耿耿素娥欲下』觀之，則寫元夜明月，而兼用雙關之筆，何等精妙！雖用替代字，不害其為佳。《人間詞話》稱其造境，而惜其以『桂華』二字代月，語殊未然。……至於說某物，既用事暗點，不必更明說。若已暗點，又用明說，疊床架屋，成何章法？而市井賺人耍曲，其詞往往如此。彼只知說破為妙，而不曉不說破之妙。」（人民文學出版社，一九六三年版）

三六

美成❶〈青玉案〉❷詞：「葉上初陽乾宿雨。水面清圓，一一風荷舉。」❸此真能得荷之神理者。覺白石❹〈念奴嬌〉❺、〈惜紅衣〉❻二詞，猶有隔霧看花之恨。

【章旨】此則言周邦彥的詞寫出了荷花的神采風姿，鮮明生動；而姜夔的詠荷詞則用典多，晦澀，如隔霧看花，看不清真意。

【注釋】❶美成　即周邦彥。參見本卷第三二則注❼。❷青玉案　應為〈蘇幕遮〉。❸句出周邦彥〈蘇幕遮〉：「燎沉香，消溽暑。鳥雀呼晴，侵曉窺簷語。葉上初陽乾宿雨。水面清圓，一一風荷舉。　故鄉遙，何日去？家住吳門，久作長安旅。五月漁郎相憶否？小楫輕舟，夢入芙蓉浦。」（據《清真集》卷上）❹白石　即姜夔。參見本卷第三一則注⓭。❺念奴嬌　姜夔〈念奴嬌〉：「鬧紅一舸，記來時，嘗與鴛鴦為侶。三十六陂人未到，水佩風裳無數。翠葉吹涼，玉容銷酒，更灑菰蒲雨。嫣然搖動，冷香飛上詩句。　日暮，青蓋亭亭，情人不見，爭忍淩波去。只恐舞衣寒易落，愁入西風南浦。高柳垂陰，老魚吹浪，留我花間住。田田多少？幾回沙際歸路。」（據「彊村叢書」本《白石道人歌曲》卷四）❻惜紅衣　姜夔〈惜紅衣〉：「簟枕邀涼，琴書換日，睡餘無力。細灑冰泉，並刀破甘碧。牆頭喚酒，誰問訊城南詩客？岑寂。高柳晚蟬，說西風消息。　虹梁水陌，魚浪吹香，

紅衣半狼藉。維舟試望故國。眇天北。可惜渚邊沙外，不共美人游歷。問甚時同賦，三十六陂秋色？」（據《白石道人歌曲》卷五）

【語譯】周邦彥〈蘇幕遮〉詞說道：「葉上初陽乾宿雨。水面清圓，一一風荷舉。」真正寫出了雨後初晴，陽光明媚，在曉風輕拂下，荷花所特有的亭亭玉立、搖曳多姿的風采神韻。由此，便覺得姜夔寫荷花的兩首詞〈念奴嬌〉、〈惜紅衣〉雕飾太多，反失真意，猶如隔霧看花，有朦朧模糊，看不真切之缺憾。

三七

東坡❶〈水龍吟〉詠楊花❷，和韻❸而似元唱❹。章質夫詞❺，原唱而似和韻。才之不可強也如是！

【章旨】此則言詞人之才華明顯地影響其詞作水準。

【注釋】❶東坡　即蘇軾。參見本卷第二九則注❺。❷詠楊花　蘇軾〈水龍吟〉（次韻章質夫楊花詞）：「似花還似非花，也無人惜從教墜。拋家傍路，思量卻是，無情有思。縈損柔腸，困酣嬌眼，欲開還閉。夢隨風萬里，尋郎去處，又還被、鶯呼起。　不恨此花飛盡，恨西園、落紅難綴。曉來雨過，遺蹤何在？一池萍碎。春色三分，二分塵土，一分流水。細看來、不是楊花，點點是、離人淚。」（據《東坡樂府》卷二）❸和韻　作詩詞術語。和詩（詞）時依照所和之詩的韻作詩。大致有三種方式：(1)「依韻」，即與被和作品同在一韻中，而不必沿用其原字；(2)「次韻」，或稱「步韻」，即用原韻原字，且先後次序都須相同；(3)「用韻」，即用原詩韻的字而不必依照其次序。一般說來，原作是創作，作者可以盡情發揮、構思，和韻則受原作韻、字的限定，發揮餘地小，尤其是「次韻」，難度最大，所以和韻的作品藝術水準多半不及原作。王國維認為蘇軾此詞雖係和韻，但遠高於原作，故有此感歎。❹元唱　亦作「原唱」，即原作。❺章質夫詞　即章質夫〈水龍吟〉（楊花）：「燕忙鶯懶芳殘，正堤上、柳花飄墜。輕飛亂舞，點畫青林，全無才思。閒趁游絲，靜臨深院，日長門閉。傍珠簾散漫，垂垂欲下，依前被、風扶起。　蘭帳玉人睡覺，怪春衣、雪霑瓊綴。繡牀漸滿，香毬無數，才圓卻碎。時見蜂兒，仰黏輕粉，魚吞池水。望章臺路杳，金鞍游蕩，有盈盈淚。」（據四印齋本《草堂詩餘》卷下）章質夫，章楶（西元一〇二七～一一〇二年），字質夫。北宋建州浦城人。治平二年（西元一〇六五年）進士。官至同知樞密院知事。諡莊簡。能詩詞。有《寄亭詩遺》。

【語　譯】蘇軾〈水龍吟〉詠楊花一詞，是和韻，但成就極高，就像原作。章質夫的詞本來是原作，但相比之下，反倒像是和韻了。天賦、才華之差別，真是不能勉強的啊！

【評　介】關於這兩首詞的高下優劣，歷來意見不一。朱弁《曲洧舊聞》云：「章楶質夫作〈水龍吟〉詠楊花，其命意用事清麗可喜。東坡和之，若豪放不入律呂。徐而視之，聲韻諧婉，便覺質夫詞有織繡工夫。」（據「知不足齋叢書」本）魏慶之《詩人玉屑》卷二〇云：「章質夫詠楊花詞，東坡和之。晁叔用云『東坡如毛嬙、西施，淨洗卻面與天下婦人鬥好，質夫豈可比耶？』，是則然矣。余以為質夫詞中所謂『傍珠簾散漫，垂垂欲下，依前被、風扶起』，亦可謂曲盡楊花妙處。東坡所和雖高，恐未能及。詩人議論不公如此耳。」（據中華書局本，下冊）張炎《詞源》云：「東坡次章質夫楊花〈水龍吟〉韻，機鋒相摩，起句便合讓東坡出一頭地，後片愈出愈奇，真是壓倒今古。」許昂霄《詞綜偶評》云：「（和作）與原作均是絕唱，不容妄為軒輊。」（據「詞話叢編」本）

三八

詠物之詞，自以東坡〈水龍吟〉❶為最工，邦卿❷〈雙雙燕〉❸次之❹。白石❺〈暗香〉、〈疏影〉❻，格調雖高，然無一語道著，視古人「江邊一樹垂垂發」❼等句，何如耶？

【章旨】此則言詠物詞中當推蘇軾的詠楊花、史達祖的詠燕為佳。姜夔的詠梅詞則無一句切中主題。

【注釋】❶東坡水龍吟　參見上則注❶。❷邦卿　史達祖，南宋詞人。字邦卿，號梅溪。曾為韓侂胄堂吏，擬帖撰書，均出其手。工詞，多寫閒情逸致，尤善詠物，刻畫精巧細膩，詞風「奇秀清逸」。有《梅溪詞》。❸雙雙燕　史達祖〈雙雙燕〉（詠燕）：「過春社了，度簾幕中間，去年塵冷。差池欲住，試入舊巢相並。還相雕梁藻井。又輭語、商量不定。飄然快拂花梢，翠尾分開紅影。　芳徑。芹泥雨潤。愛貼地爭飛，競誇輕俊。紅樓歸晚，看足柳昏花暝。應自棲香正穩。便忘了、天涯芳信。愁損翠黛雙蛾，日日畫闌獨凭。」（據四印齋本《梅溪詞》）《中興以來絕妙詞選》引姜夔語云：「『飄然快拂花梢，翠尾分開紅影』，將春燕形神畫出矣。」❹次之　張炎《詞源》卷下〈詠物門〉云：「詩難於詠物，詞為尤難。體認稍真，則拘而不暢；模寫差遠，則晦而不明。要須收縱聯密，用事合題，一段意思，全在結句，斯為絕妙。」並舉史達祖詠春雪、春雨、春燕諸詞為佳例，惟不及東坡〈水龍吟〉。❺白石　即姜夔。參見本卷第三一則注⓭。❻暗香疏影　姜夔〈暗香〉：「舊時月色，算幾番照我，梅邊吹笛。喚起玉人，不管清寒與攀摘。何遜而今漸老，都忘卻、春風詞筆。但怪得、竹外疏花，香冷入瑤席。　江國。正寂寂，難寄與路遙，夜雪初積。翠尊易泣，紅萼無言耿相憶。長記曾攜手處，千樹壓、西湖寒碧。又片片、吹盡也，幾時見得？」（據《白石道人歌曲》卷五，下同）又〈疏影〉：「苔枝綴玉。有翠禽小小，枝上同宿。客裡相逢，籬角黃昏，無言自倚修竹。昭君不慣胡沙遠，但暗憶、江南江北。想佩環、月夜歸來，化作此花幽獨。　猶記深宮舊事，那人正睡裡，飛近蛾綠。莫似春風，不管盈盈，早與安排金屋。還教一片隨波去，又卻怨，玉龍哀曲。等恁時、重覓幽香，已入小窗橫幅。」王闓運《湘綺樓詞選》云：「此二詞最有名，然語高品下，以其貪用典故也。」與王國維見解相同。❼句出杜甫〈和裴迪登蜀州東亭送客逢早梅相憶見寄〉：「東閣官梅動詩興，還如何遜在揚州。此時對雪遙相憶，送客逢春可自由。幸不折來傷歲暮，若為看去亂鄉愁。江邊一樹垂垂發，朝夕催人自白頭。」（據《杜工部詩集》下冊）

【語　譯】歷代詠物詞中，自當以蘇軾的〈水龍吟〉成就最高，史達祖的〈雙雙燕〉位居其次。姜夔的〈暗香〉、〈疏影〉二詞，格調雖然高雅幽遠，卻沒有一句切中主題，看看古代杜甫的「江邊一樹垂垂發」等詩句，能比得上嗎？

【評　介】對姜夔的這兩首詠梅詞，亦有評價甚高者。如張炎曰：「詩之賦梅，惟和靖『疏影橫斜水清淺，暗香浮動月黃昏』一聯而已。世非無詩，不能與之齊驅耳。詞之賦梅，惟姜白石〈暗香〉、

《疏影》二曲，前無古人，後無來者，自立新意，真為絕唱。」(《詞源》卷下)並說：「詞要清空，不要質實；清空則古雅峭拔，質實則凝澀。姜白石詞如野雲孤飛，去留無跡。……如《疏影》、《暗香》、《揚州慢》、《一萼紅》、《琵琶仙》、《探春》、《八歸》、《淡黃柳》等曲，不惟清空，且又騷雅，讀之使人神觀飛越。」與王國維的見解正相反。

三九

白石❶寫景之作，如「二十四橋仍在，波心蕩、冷月無聲」❷，「數峰清苦，商略黃昏雨」❸，「高樹晚蟬，說西風消息」❹，雖格韻高絕，然如霧裡看花，終隔一層。梅溪❺、夢窗❻諸家寫景之病，皆在一「隔」字。北宋風流，渡江❼遂絕。抑真有運會❽存乎其間耶？

【章旨】此則言姜夔、史達祖、吳文英等人詠物寫景的詞作，或過於抽象，或晦澀生硬，雖格韻高絕，終隔一層，皆非佳作。

【注釋】❶白石　即姜夔。參見本卷第三一則注⓭。❷句出姜夔《揚州慢》：「淮左名都，竹西佳處，解鞍少駐初程。過春風十里，盡薺麥青青。自胡馬、窺江去後，廢池喬木，猶厭言兵。漸黃昏清角，吹寒都在空城。

杜郎俊賞，算而今、重到須驚。縱豆蔻詞工，青樓夢好，難賦深情。二十四橋仍在，波心蕩、冷月無聲。念橋邊紅藥，年年知為誰生？」（據《白石道人歌曲》卷五）❸句出姜夔〈點絳脣〉（丁未冬過吳松作）：「燕雁無心，太湖西畔隨雲去。數峰清苦，商略黃昏雨。　第四橋邊，擬共天隨住。今何許？凭欄懷古，殘柳參差舞。」（據《白石道人歌曲》卷三）❹句出姜夔〈惜紅衣〉，全詞參見本卷第三六則注❻。「高樹」，有的本子作「高柳」。❺梅溪　即史達祖。參見本卷第三八則注❷。❻夢窗　即吳文英。參見本卷第三四則注❺。❼渡江　北宋靖康元年（西元一一二六年），金兵南下，攻入開封，擄宋徽宗、宋欽宗，北宋亡。次年，趙構（宋高宗）在南京（今河南商丘）稱帝，後建都臨安（今浙江杭州）。中原地區大批官員、百姓為免遭金人蹂躪，渡淮河、長江南遷。「渡江」遂成為北、南宋交替的代詞。❽運會　時運、命運；遇合際會。

【語譯】姜夔寫景的詞作，如「二十四橋仍在，波心蕩、冷月無聲」，「數峰清苦，商略黃昏雨」，「高樹晚蟬，說西風消息」等，雖然格調意蘊極為高雅絕妙，但好像在霧中觀賞花朵一般，朦朦朧朧，看不真切，終究是隔了一層。史達祖、吳文英等人寫景的弊病，也都在一個「隔」字。北宋詞壇的丰姿神采，自然俊逸，南宋之後便斷絕了。這難道真有所謂命運、天意存在其中嗎？

四〇

問「隔」與「不隔」之別，曰：陶❶、謝❷之詩不隔，延年則稍隔矣❸。東坡❹之詩不隔，山谷則稍隔矣❺。「池塘生春草」❻，「空梁落燕泥」❼等二句，妙處唯在不隔。詞亦如是。即以一人一詞論。如歐陽公〈少年游〉詠春草上半闋云：「闌干十二獨凭春，晴碧遠連雲。二月三月，千里萬里，行色苦愁人。」❽語語都在目前，便是不隔。至云「謝家池上❾，江淹浦畔❿」⓫，則隔矣。白石〈翠樓吟〉：「此地。宜有詞仙，擁素雲黃鶴，與君游戲。玉梯凝望久，歎芳草，萋萋千里。」⓬便是不隔。至「酒祓⓭清愁，花消英氣」⓮，則隔矣。然南宋詞雖不隔處，比之前人，自有淺深厚薄之別。

【章　旨】此則以詩、詞為例，進一步說明「隔」與「不隔」。凡表達貼切自然，「語語都在目前」者，為不隔；反之，雕琢虛飾，堆砌事典，使人難以理解、感受者，為隔。

【注　釋】❶陶　即陶潛。參見本卷第三則注❸。❷謝　謝靈運（西元三八五～四三三年），南朝宋詩人。小名客兒，故人稱謝客。陳郡陽夏人。晉時襲封康樂公，世稱謝康樂。擅長山水詩賦，用辭清麗精工，為中國山水詩派開創者。文章與顏延之齊名，並稱「顏謝」。原集已佚，明人輯有《謝康樂集》。❸延年則稍隔矣　《南史・顏延之傳》：「延之與陳郡謝靈運俱以辭采齊名。……延之嘗問鮑照己與靈運優劣，照曰：『謝五言如初發芙蓉，自然可愛；君詩若鋪錦列繡，亦雕繢滿眼。』」許文雨曰：「湯惠休評顏延年詩，如錯采鏤金。蓋病其雕繪過甚，即有勝義，難以直尋。此王氏所以謂之隔也。」（據《人間詞話講疏》）延年，顏延之（西元三八四～四五六年），南朝宋詩人。字延年。琅玡臨沂人。官至金紫光祿大夫。嗜酒，不護細行，個性激直，屢犯權要，自稱「狂不可及」。以文采名於世。但有雕琢辭藻，喜用典故之病。原集已佚，明人輯有《顏光祿集》。❹東坡即蘇軾。參見本卷第二九則注❺。❺山谷則稍隔矣　趙翼《甌北詩話》卷一二云：「東坡隨物賦形，信筆揮灑，不拘一格。故雖瀾翻不窮，而不見有矜心作意之處。山谷則專以拗峭避俗，不肯作一尋常語，而無從容游泳之趣。」《許彥周詩話》引林艾軒論蘇、黃詩之語，曰：「丈夫見客，大踏步便出去；若女子便有許多妝裡。此坡、谷之別也。」比喻蘇詩自然大方，而黃詩則忸怩作態。山谷，黃庭堅（西元一〇四五～一一〇五年），北宋詩人、書法家。字魯直，號山谷道人，晚號涪翁。分寧人。治平進士。出蘇軾之門，為「蘇門四學士」之一。詩文與軾齊名，世稱「蘇黃」。講究修辭，追求奇拗硬澀。論詩主張「無一字無來處」，有「奪胎換骨」、「點鐵成金」之說，為「江西詩派」宗師。亦擅詞。書擅行、草，縱橫奇倔，自成風格，是「宋四家」之一。有《山谷集》、《山谷琴趣外篇》等。❻句出謝靈運〈登池上樓〉：「潛虯媚幽姿，飛鴻響遠音。薄霄愧雲浮，棲川怍淵沉。進德智所拙，退耕力不任。徇祿反窮海，臥痾對空林。衾枕昧節候，褰開暫窺臨。傾耳聆波瀾，舉目眺嶇嶔。初景革緒風，新陽改故陰。池塘生春草，園柳變鳴禽。祁祁傷豳歌，萋萋感楚吟。索居易永久，離羣難處心。持操豈獨古，無悶徵在今。」（據胡刻《文選》卷二二）❼句出薛道衡〈昔昔鹽〉：「垂柳覆金堤，蘼蕪葉復齊。水溢芙蓉沼，花飛桃李蹊。採桑秦氏女，織錦竇家妻。關山別蕩子，風月守空閨。恆斂千金笑，長垂雙玉啼。盤龍隨鏡隱，彩鳳逐帷低。飛魂同夜鵲，倦寢憶晨雞。暗牖懸蛛網，空梁落燕泥。前年過代北，今歲往遼西。一去無消息，哪能惜馬蹄。」（據「四部叢刊」本《樂府詩集》卷七九）薛道衡（西元五四〇～六〇九年），字玄卿。隋代河東汾陰人。曾官司隸大夫。以詩文名於世。其詩秀麗華美，「空梁落燕泥」為歷代傳頌之名句。原有集，已佚。明人輯有《薛司隸集》。❽⓫句均見歐陽修〈少年游〉，全詞見本卷第二三則注❻。案：王國維引文中將「千里萬里，二月三月」，倒置為「二月三月，千里萬里」。❾謝家池上　用謝靈運「池塘生春草」句典。

❿江淹浦畔　用江淹〈別賦〉「春草碧色，春水淥波，送君南浦，傷如之何」四句。江淹（西元四四四～五〇五年），字文通。南朝梁濟陽考城人。少有才思，晚年詩文不進，時謂「江郎才盡」。傳世名篇有〈恨賦〉、〈別賦〉。後人輯有《江文通集》。⓬⓮句均見姜夔〈翠樓吟〉：「月冷龍沙，塵清虎落，今年漢酺初賜。新翻胡部曲，聽氈幕，元戎歌吹。層樓高峙。看檻曲縈紅，簷牙飛翠。人姝麗。粉香吹下，夜寒風細。　此地。宜有詞仙，擁素雲黃鶴，與君游戲。玉梯凝望久，歎芳草，萋萋千里。天涯情味。仗酒祓清愁，花銷英氣。西山外，晚來還捲，一簾秋霽。」（據《白石道人歌曲》卷六）⓭祓　古代迷信習俗，為消災去邪而舉行儀式。通常於歲首在宗廟、社壇中舉行。其方式，或舉火，或燻香沐浴，或用牲血塗身。句中則是「借酒消愁」之意。

【語譯】如果問詩詞作品的「隔」與「不隔」的區別，回答是：陶潛、謝靈運的詩不隔，顏延之的詩則稍有些隔了。蘇軾的詩不隔，黃庭堅的詩則略微隔了點。「池塘生春草」、「空梁落燕泥」二句，平實曉暢如白話，其佳妙之處就在不隔。詞也是這樣。就以一位作者的一首作品而論，歐陽修〈少年游〉詞詠春草，其上半闋云：「闌干十二獨凭春，晴碧遠連雲。千里萬里，二月三月，行色苦愁人。」句句都如眼前之情境，這便是不隔。至下半闋的「謝家池上，江淹浦畔」，用了兩個典故，語意晦澀，則隔了。姜夔的〈翠樓吟〉詞：「此地。宜有詞仙，擁素雲黃鶴，與君游戲。玉梯凝望久，歎芳草，萋萋千里。」鮮明生動，是為不隔。但到了「酒祓清愁，花消英氣」句，讓人難以捉摸，就是隔。然而，南宋詞作即使不隔，比起前人來，仍有深與淺、厚與薄的差別。

四一

「生年不滿百，常懷千歲憂。晝短苦夜長，何不秉❶燭游？」❷「服食求神仙，多為藥所誤。不如飲美酒，被服❸紈與素❹。」❺寫情如此，方為不隔。「采菊東籬下，悠然見南山。山氣日夕佳，飛鳥相與還。」❻「天似穹廬❼，籠蓋四野。天蒼蒼，野茫茫。風吹草低見牛羊。」❽寫景如此，方為不隔。

【章旨】此則再次以詩作為例，說明能寫「真景物、真感情」的作品，才是「不隔」。

【注釋】❶秉　執持。「秉燭游」是「秉燭夜游」的省稱，及時行樂之意。❷句出〈古詩十九首〉第十五：「生年不滿百，常懷千歲憂。晝短苦夜長，何不秉燭游？為樂當及時，何能待來茲。愚者愛惜費，但為後世嗤。仙人王子喬，難可與等期。」（據《文選》卷二九）❸被服　本為名詞，被子、衣服。此用作動詞，穿、著。❹紈與素　細絹；細緻潔白的薄綢。素，白色的生絹。「紈素」常連用，泛指精緻美麗的絲織品。❺句出〈古詩十九首〉第十三：「驅車上東門，遙望郭北墓。白楊何蕭蕭，松柏夾廣路。下有陳死人，杳杳即長暮。潛寐黃泉下，千載永不寤。浩浩陰陽移，年命如朝露。人生忽如寄，壽無金石固。萬歲更相送，聖賢莫能度。服食求神仙，多為藥所誤。不如飲美酒，被服紈與素。」（據《文選》卷二九）❻句出陶潛〈飲酒〉詩，全詩見本卷第三則注❸。❼穹廬　古代以之稱游牧民族居住的氈帳。因其中間隆起四周下垂，如「穹」（天空）的形狀而名之。❽句出斛律金〈敕勒歌〉：「敕勒川，陰山下。天似穹廬，籠蓋四野。天蒼蒼，野茫茫。風吹草低見牛羊。」（據《樂府詩集》卷八六）

【語　譯】「生年不滿百，常懷千歲憂。晝短苦夜長，何不秉燭游？」「服食求神仙，多為藥所誤。不如飲美酒，被服紈與素。」寫情的作品能這般坦誠直率，才是不隔。「采菊東籬下，悠然見南山。山氣日夕佳，飛鳥相與還。」「天似穹廬，籠蓋四野。天蒼蒼，野茫茫。風吹草低見牛羊。」寫景的作品能如此貼切自然，才可以說不隔。

四二

古今詞人格調之高，無如白石❶。惜不於意境上用力，故覺無言外之味，絃外之響❷，終不能與於第一流之作者也。

【章　旨】此則言姜夔詞格調雖高，卻少意境，稱不上一流作者。

【注　釋】❶白石　即姜夔。參見本卷第三一則注⓭。陳廷焯《白雨齋詞話》云：「白石詞，以清虛為體，而時有陰冷處，格調最高。」陳郁《藏一話腴》云：「白石道人姜堯章……意到語工，不期高遠而自高遠。」劉熙載《藝概・詞曲概》曰：「姜白石詞幽韻冷香，令人挹之無盡，擬諸形容，在樂則琴，在花則梅也。詞家稱白石曰白石老仙。或曰：畢竟與何仙相似？曰藐姑冰雪蓋為近之。」❷無言外之味二句　周濟在《介存齋論詞雜著》中也說：「白石詩如明七子詩，看似高格響調，不耐人細思。」

【語譯】古往今來的詞人中，詞作格調之高雅沒有比得上姜夔的。可惜的是，他只是表現技巧極高，卻沒有在意境上下功夫。因而給人的感覺是缺乏言外之味，絃外之音，終究不能稱為第一流的作者。

四三

南宋詞人，白石❶有格而無情，劍南❷有氣而乏韻❸。其堪與北宋人頡頏❹者，唯一幼安❺耳。近人祖❻南宋而祧❼北宋，以南宋之詞可學，北宋不可學也。學南宋者，不祖白石，則祖夢窗❽，以白石、夢窗可學，幼安不可學也。學幼安者率祖其粗獷、滑稽❾，以其粗獷、滑稽處可學，佳處不可學也❿。幼安之佳處，在有性情，有境界。即以氣象論，亦有「橫素波、干青雲」⓫之概。寧⓬後世齷齪⓭小生所可擬耶？

【章　旨】此則言南宋詞人總體上不及北宋，辛棄疾是唯一例外。且批評後人只學辛詞的粗獷滑稽，而忽視其境界性情。

【注　釋】❶白石　即姜夔。參見本卷第三一則注⓭。對其詞的評論可參見第三九、四二則，卷二第四八則及有關注釋等。❷劍南　陸游（西元一一二五～一二一〇年），南宋詩人。字務觀，號放翁。越州山陰人。一生以抗金為己任。工詩、詞、散文，亦長於史。詩名最著，在南宋四大家中成就最高。詩詞多悲涼激烈，雄渾豪放又沉鬱頓挫，洋溢愛國激情。晚年漸歸閒適，描寫自然景物，清麗飄逸。因賞愛蜀道風土，題詩集為「劍南詩稿」。另有《渭南文集》、《放翁詞》、《老學菴筆記》等。❸有氣而乏韻　劉克莊曰：「放翁長短句，其激昂感慨者，稼軒不能過；飄逸高妙者，與陳簡齋、朱希真相頡頏；流麗綿密者，欲出晏叔原、賀方回之上；而歌之者絕少。」（《後村大全集》卷一八〇《詩話續集》）劉熙載《藝概・詞曲概》云：「陸放翁詞，安雅清贍，其尤佳者，在蘇、秦間。然乏超然之致，天然之韻，是以人得測其所至。」❹頡頏　鳥飛上下貌。引申為不相上下或相抗衡之意。❺幼安　辛棄疾（西元一一四〇～一二〇七年），南宋詞人。原字坦夫，後字幼安，號稼軒居士。濟南歷城人。一生以反抗金兵、收復北方為志，以功業自許。工詞。詞風悲壯激烈，筆力雄健，為豪放派傑出代表，但沉鬱、嫵媚、明快也兼而有之。與蘇軾並稱「蘇辛」，其題材較蘇軾更為寬廣。有《稼軒長短句》。❻祖　效法；沿襲。❼祧　祠堂、遠祖廟。引申有「遠隔」之意。文中作遠離、排拒解。❽夢窗　即吳文英。參見本卷第三四則注❺。❾滑稽　謂能言善辯，口若懸河。亦用於形容圓轉諂媚的態度。現代漢語則一般用指使人發笑的語言、動作、事態。句中用前意。❿佳處不可學也　周濟《介存齋論詞雜著》云：「後人以粗豪學稼軒，非徒無其才，並無其情。稼軒固是才大，然情至處，後人萬不能及。」陳廷焯《白雨齋詞話》卷一曰：「辛稼軒，詞中之龍也。氣魄極雄大，意境卻極沉鬱。不善學之，流入叫囂一派，論者遂集矢於稼軒，稼軒不受也。」本卷次則及卷二第一八則亦論及稼軒詞不能學之處，可參看。⓫句出蕭統〈陶淵明集序〉：「橫素波而傍流，干青雲而直上。」⑫寧　難道；豈。⑬齷齪　句中作器量狹窄、拘泥於小節解。

【語　譯】南宋詞人中，姜夔格調高雅清勁，卻沒有深沉摯厚的情感。陸游有激烈豪放的氣勢，但缺乏含蓄蘊藉的韻味。能夠與北宋諸大家相抗衡的，唯有辛棄疾一人而已。近人填詞都仿效南宋而遠離北宋，因為南宋詞作格律嚴謹，其形式容易學，而北宋詞人寫意言情，其「真」其「情」難於學，也無法學。學南宋的人，不是模仿姜夔，便是效法吳文英，因為這兩家的詞講究格律辭藻，易於學；辛棄疾的詞直抒胸臆，無法學。學辛棄疾的人，往往都只模仿他的粗豪疏獷、諧謔滑稽，因為粗獷滑稽可以學，而他真正的佳處則不易學。辛詞的最佳之處，在於有真情實感，有境界。即使就規模意象論，也有類似陶淵明詩「橫素波、干青雲」的氣概。這豈是後代那些器量局狹，拘牽於小節的後生小子所能夠摹擬、度量的呀！

【評　介】王國維此數語主要針對清代詞學的浙派而發。該派的朱彝尊等人推崇南宋，認為「詞至南宋，始極其工，至宋季而極其變，姜堯章氏最為傑出」，標舉姜夔一派的「句琢字煉，歸於醇雅」，為詞家的最高準則，對清代詞作、詞論有很大影響。王國維則不滿南宋詞人的雕琢虛飾，推重五代、北宋詞的真情純樸，故對此提出批評。有關論述還可參看本書卷二第二三、三七、四七等則。

四四

東坡❶之詞曠❷，稼軒❸之詞豪❹。無二人之胸襟而學其詞，猶東施之效捧心❺也。

【章　旨】此則言若沒有蘇軾、辛棄疾那樣的氣度胸襟，學其詞便如東施效顰。

【注　釋】❶東坡　即蘇軾。參見本卷第二九則注❺。❷詞曠　劉熙載《藝概‧詞曲概》云：「東坡詞頗似老杜詩，以其無意不可入，無事不可言也。若其豪放之致，則時與太白為近。」「東坡詞具神仙出世之姿。」王若虛《滹南詩話》曰：「（東坡）公雄文大手，樂府乃其游戲，顧豈與流俗爭勝哉？蓋其天資不凡，辭氣邁往，故落筆皆絕塵耳。」王士禎《花草蒙拾》云：「山谷云：『東坡書挾海上風濤之氣。』讀坡詞，當作如是觀。」夏敬觀曰：「東坡詞如春花散空，不著跡象，使柳枝歌之，正如海天風濤之曲，中多幽咽怨斷之音，此其上乘也。若夫激昂排宕、不可一世之概，陳無己所謂『如教坊雷大使之舞，雖極天下之工，要非本色』，乃其第二乘也。後之學蘇者，惟能知第二乘，未有能達上乘者。」（據《吷庵手批東坡詞》）❸稼軒　即辛棄疾。參見本卷第四三則注❺。❹詞豪　毛晉曰：「稼軒晚年來卜築奇獅，專工長短句，累五百首有奇。但詞家爭鬪穠纖，而稼軒率多撫時感事之作，磊砢英多，絕不作妮子態。」（汲古閣本《稼軒詞‧跋》）吳衡照《蓮子居詞話》卷一云：「辛稼軒別開天地，橫絕古今，《論》、《孟》、《詩‧小序》、《左氏春秋》、《南華》、《離騷》、《史》、《漢》、《世說》、選學、李、杜詩，拉雜運用，彌見其筆力之峭。」劉熙載《藝概‧詞曲概》曰：「稼軒詞龍騰虎擲，任古書中理語、瘦語，一經運用，便得風流，天姿是何夐異。」❺東施之效捧心　亦作「東施效顰」。莊子寓言，說西施因心痛而手捧胸口，皺著眉（顰），鄉鄰都同情愛憐她。鄰家醜女東施誤以為捧心皺眉是西施美之所在，便仿效之，因而顯得更醜。後世凡以醜效美，稱「東施效顰」。

【語　譯】蘇軾的詞曠達瀟灑，辛棄疾的詞豪放雄健。倘若沒有他們兩人的胸襟、氣度，而要摹仿效法他們的詞，那就像「東施效捧心」一樣，拙劣不堪。

【評介】陳廷焯《白雨齋詞話》卷六曰：「東坡心地光明磊落，忠愛根於性生，故詞極超曠，而意極平和。稼軒有吞吐八荒之概，而機會不來。正則可以為郭、李，為岳、韓；變則即桓溫之流亞，故詞極豪雄，而意極悲鬱。蘇、辛兩家，各自不同，後人無東坡胸襟，又無稼軒氣概，漫為規撫，適形粗鄙耳。」劉熙載云：「蘇、辛皆至情至性人，故其詞瀟灑卓犖，悉出於溫柔敦厚。世或以粗獷託蘇、辛，固宜有視蘇、辛為別調者矣。」（據《藝概・詞曲概》）《詞苑叢談》引黎莊語，云：「辛稼軒當弱宋末造，負管樂之才，不能盡展其用，一腔忠憤，無處發洩，觀其與陳同文抵掌談論，是何等人物，故其悲歌慷慨、抑鬱無聊之氣，一寄與詞。今乃欲與搔頭傅粉者比，是豈知稼軒者。」可作理解王氏評論的參考。

四五

讀東坡、稼軒詞，須觀其雅量高致，有伯夷❶、柳下惠❷之風。白石❸雖似蟬蛻塵埃，然終不免局促轅下❹。

【章旨】此則言蘇軾、辛棄疾的詞有內在的氣質美，而姜夔詞只是形式上的美。

【注釋】❶伯夷　商朝末年孤竹君的長子，名元，或作允。諡夷。孤竹君立次子叔齊為繼承人，孤竹君死後，叔齊讓位於他，他逃避。周武王滅商後，兩人隱居首陽山，不食周粟而死。歷代尊之為高雅孤潔之士。伯夷之風，《孟子．萬章下》：「伯夷，目不視惡色，耳不聽惡聲。非其君不事，非其民不使。治則進，亂則退。橫政之所出，橫民之所止，不忍居也。思與鄉人處，如以朝衣朝冠坐於塗炭也。當紂之時，居北海之濱，以待天下之清也。故聞伯夷之風者，頑夫廉，懦夫有立志。」❷柳下惠　春秋時魯國的賢人。姓展，名獲，字季，又字禽。嘗仕為士師。居柳下，諡惠。柳下惠之風，《孟子．萬章下》：「柳下惠，不羞汙君，不辭小官。進不隱賢，必以其道。遺佚而不怨，阨窮而不憫。與鄉人處，由由然不忍去也。『爾為爾，我為我，雖袒裼裸裎於我側，爾焉能浼我哉？』故聞柳下惠之風者，鄙夫寬，薄夫敦。」相傳他夜宿城門口，有一女子尋宿，他怕這女子凍死，就用衣服把她裹在懷裡，而無任何淫亂行為。後世把他作為「正人君子」的代表。❸白石　即姜夔。參見本卷第三一則注⓭。❹局促轅下　轅，車的代稱。原意為不善駕車者顯得笨拙、縮手縮腳之狀。引申為因缺乏才幹，有所畏懼而拘謹、局促不安。歷代對姜夔詞作的不足之處評論亦多。如周濟《介存齋論詞雜著》比較辛、姜：「稼軒鬱勃，故情深；白石放曠，故情淺；稼軒縱橫，故才大；白石局促，故才小。惟〈暗香〉、〈疏影〉二詞，寄意題外，包蘊無窮，可與稼軒伯仲。餘俱據事直書，不過手意近辣耳。」《宋四家詞選．序論》云：「白石脫胎稼軒，變雄健為清剛，變馳驟為疏宕。蓋二公皆極熱中，故氣味吻合。辛寬、姜窄，寬故容藏，窄故鬬硬。」沈義父《樂府指迷》曰：「姜白石清勁知音，亦未免有生硬處。」

【語　譯】讀蘇軾、辛棄疾的詞，必須細察、品味他們風流儒雅又曠達豪放的情趣、氣概，頗有古代伯夷、柳下惠的風度節操。姜夔詞看起來似有青蟬蛻殼、去盡塵埃的清高灑脫，但才、情均不足，終不免有局促拘謹之感。

【評　介】歷代對蘇、辛詞皆有類似的看法。如況周頤《蕙風詞話》云：「東坡、稼軒，其秀在骨，其厚在神。」謝章鋌《賭棋山莊詞話》卷九云：「蘇、辛在詞中則藩籬獨闢矣。讀蘇、辛詞，知詞中有人、詞中有品，不敢自為菲薄。然辛以畢生精力注之，比蘇尤為橫出。」胡寅曰：「眉山蘇軾，一洗綺羅香澤之態，擺脫綢繆宛轉之度，使人登高望遠，舉首高歌，而逸懷浩氣，超然乎塵垢之外。於是《花間》為皁隸，而柳氏為輿臺矣。」（據汲古閣本《向子諲酒邊詞・序》）王鵬運《半塘遺稿》曰：「此宋人詞，如潘逍遙之超逸，宋子京之華貴，歐陽文忠之騷雅，柳屯田之廣博，晏小山之疏俊，秦太虛之婉約，張子野之流麗，黃文節之雋上，賀方回之醇肆，皆可模擬得其彷彿。唯蘇文忠之清雄，敻乎軼塵絕迹，令人無從步趨。蓋霄壤相懸，寧止才華而已？其性情，其學問，其襟抱，舉非恆流所能夢見。詞家蘇、辛並稱，其實辛猶人境也，蘇其殆仙乎！」

四六

蘇❶、辛❷，詞中之狂❸，白石❹猶不失為狷❺。若夢窗❻、梅溪❼、玉田❽、草窗❾、中麓❿輩，面目不同，同歸於鄉愿⓫而已。

【章　旨】此則言宋代詞人中，姜夔以下皆虛浮不實、偽善欺世者。

【注　釋】❶蘇　即蘇軾。參見本卷第二九則注❺。❷辛　即辛棄疾。參見本卷第四三則注❺。❸狂　句中作縱情任性、曠達豪放解。俞文豹《吹劍錄》曾形象化地將蘇軾詞與柳永詞比較，云：「東坡在玉堂日，有幕士善歌。因問，『我詞何如柳七？』對曰：『柳郎中詞，只合十七八女郎，執紅牙板，歌「楊柳岸，曉風殘月」。

學士詞，須關西大漢，銅琵琶，鐵綽板，唱大江東去。』」周濟《介存齋論詞雜著》云：「稼軒不平之鳴，隨處輒發，有英雄語，無學問語，故往往鋒穎太露。然其才情富艷，思力果銳，南北兩朝，實無其匹，無怪流傳之廣且久也。」❹白石　即姜夔。參見本卷第三一則注⓭。❺狷　潔身自好。❻夢窗　即吳文英。參見本卷第三四則注❺。❼梅溪　即史達祖。參見本卷第三八則注❷。❽玉田　張炎（西元一二四八～一三二〇年），南宋詞人、詞論家。字叔夏，號玉田、樂笑翁。祖籍鳳翔（一說成紀），宋亡後流落江南。曾祖張鎡與父樞皆為詞家，幼承家學。其詞早年多寫閒適，宋亡後則痛念往昔，淒涼蕭瑟，抒身世飄零之感。風格婉約典雅，用字工巧，注重格律。並從事詞學研究，對詞的音律、技巧、風格皆有所論述。有《山中白雲詞》、《詞源》。❾草窗　周密（西元一二三二～一二九八年），南宋詞人。字公謹，號草窗、蘋州、四水潛夫、弁陽嘯翁等。祖籍濟南，居湖州吳興。宋亡後隱居。家富金石藏書。其詞格律嚴謹，風格清麗，師姜夔、吳文英，與吳（夢窗）並稱「二窗」。亦工詩、善書畫。著述繁富。有《草窗詞》、《癸辛雜識》、《武林舊事》、《齊東野語》等。編《絕妙好詞》。❿中麓　李開先（西元一五〇二～一五六八年），明代文學家、戲曲家。字伯華，號中麓，別署中麓放客。山東章丘人。嘉靖進士，官至太常寺少卿。以詩歌、散曲見稱，擅為新聲小令。詩風豪放。與王慎中等人並稱為「嘉靖八才子」。有《閑居集》、《詞謔》等，並改定元人傳奇樂府數卷。今又有人認為他即《金瓶梅》作者「蘭陵笑笑生」。案：文中的「中麓」疑為「西麓」（南宋詞人陳允平）之誤。此則所論皆宋代詞人，不應突然言及明代人。王氏原稿此則亦為「夢窗、玉田、草窗、西麓」，未刊稿第四則與此則相似，也作「西麓」（參見本書卷二第四則）。王幼安校訂《人間詞話》，滕咸惠《人間詞話新注》皆有類似見解，可參看。⓫鄉愿　指言行不符、虛假、偽善欺世的人。

【語　譯】蘇軾、辛棄疾曠達豪放，縱情任性，是詞中之狂者。姜夔才情相對遜色，仍不失為潔身自好者。至吳文英、史達祖、張炎、周密、李開先等人，雖然詞風、性格各不相同，但都可列入雕飾虛浮、偽善欺世者流。

【評　介】王國維這裡是借用《論語》之意評說詞人。《論語・子路》：「子曰：不得中行而與之，必也狂狷乎？狂者進取，狷者有所不為也。」（《論語正義》曰：「……若鄉愿，則闇然媚世。所謂非之無舉，刺之無刺，同乎流俗，合乎汙世，與狂狷者異矣。」）許文雨《人間詞話講疏》按曰：「狂者進取，狷者則有所不為，雖非中道之士，而孔門固猶有取。蘇、辛之詞，大抵皆具豪放之致，而白石之詞，劉熙載譬諸『藐姑冰雪』，其與蘇、辛之異，亦猶狷之殊狂也。至吳文英（夢窗）、史達祖（梅溪）、張炎（玉田）、周密（草窗）、及明人李開先（中麓）之詞，大抵好修為常，性靈漸隱，亦猶鄉愿之色厲內荏，似是而非，害德害文，不妨同喻。」

四七

稼軒❶中秋飲酒達旦，用〈天問〉❷體作〈木蘭花慢〉以送月，曰：

「可憐今夕月，向何處、去悠悠？是別有人間，那邊才見，光景東頭？」❸

詞人想像，直悟月輪遶地之理，與科學家密合，可謂神悟。

【章　旨】此則言辛棄疾以詞人的想像與浪漫，提出了月亮是否繞地而行的問題。

【注釋】❶稼軒　即辛棄疾。參見本卷第四三則注❺。❷天問　《楚辭》中的一篇。屈原作。全篇由一百七十多個問題組成，是對「天」的質問，涉及宇宙起源、日月明晦、陰陽變化等自然現象、神話傳說、歷史人物等各方面，是中國浪漫主義詩歌傑出的代表作。❸句出辛棄疾〈木蘭花慢〉：「可憐今夕月，向何處、去悠悠？是別有人間，那邊才見，光景東頭？是天外空汗漫，但長風、浩浩送中秋。飛鏡無根誰繫？姮娥不嫁誰留？謂經海底問無由。恍惚使人愁。怕萬里長鯨，從橫觸破，玉殿瓊樓。蝦蟆故堪浴水，問云何，玉兔解沉浮？若道都齊無恙，云何漸漸如鉤？」（據《稼軒長短句》卷四）

【語譯】辛棄疾中秋夜暢飲通宵。天快亮時，仿屈原〈天問〉體，作〈木蘭花慢〉詞一首，以送別月亮。其中問道：「可憐今夕月，向何處、去悠悠？是別有人間，那邊才見，光景東頭？」詞人的想像，直覺地悟出月亮繞地球旋轉的道理，暗合了今日的科學理論，真可以說是神悟。

四八

周介存❶謂：「梅溪❷詞中，喜用『偷』字，足以定其品格。」❸劉融齋❹謂：「周❺旨蕩而史❻意貪。」❼此二語令人解頤❽。

【章旨】此則假前人語，評史達祖、周邦彥的詞作，認為兩人的詞品均不高。

【注釋】❶周介存　即周濟。參見本卷第一五則注❹。❷梅溪　即史達祖。參見本卷第三八則注❷。❸語見周濟《介存齋論詞雜著》。❹劉融齋　即劉熙載。參見本卷第一一則注❻。❺周　即周邦彥。參見本卷第三二則注❼。❻史　同注❷。❼語見劉熙載《藝概・詞曲概》云：「周美成律最精審，史邦卿句最警鍊。然未得為君子之詞者，周旨蕩而史意貪也。」❽解頤　令人發笑，歡笑。頤，面頰。

【語　譯】周濟說：「史達祖詞中，喜歡使用『偷』字，這足以判定他的品格。」劉熙載說：「周邦彥詞意旨淫蕩，而史達祖詞則有貪婪卑鄙的意味。」這兩句話甚為中肯，令人發笑。

【評　介】史達祖詞中多處使用「偷」字（史詞六十六首，共用十「偷」字）。如〈綺羅香〉（春雨）云：「做冷欺花，將烟困柳，千里催偷春暮。」〈祝英臺近〉云：「正凝竚，芳意欺月矜春，渾欲便偷去。」〈齊天樂〉（賦橙）云：「犀紋隱隱鶯黃嫩，籬落翠深偷見。」又〈湖上即席〉云：「闌干斜照未滿，杏牆應望斷，春翠偷聚。」〈夜合花〉云：「輕衫未攬，猶將淚點偷藏。」〈東風第一枝〉（春雪）云：「巧沁蘭心，偷沾草甲。」〈三姝媚〉云：「諱道相思，偷理綃裙，自矜腰衩。」等。

四九

介存❶謂：「夢窗❷詞之佳者，如水光雲影，搖蕩綠波，撫玩無極，追尋已遠。」❸余覽《夢窗甲乙丙丁稿》中，實無足當此者。有之，其

「隔江人在雨聲中，晚風菰葉生秋怨」❹二語乎？

【章旨】此則言吳文英詞並不如周濟評價的那麼高。

【注釋】❶介存　即周濟。參見本卷第一五則注❹。❷夢窗　即吳文英。參見本卷第三四則注❺。❸語見周濟《介存齋論詞雜著》：「夢窗非無生澀處，總勝空滑。況其佳者，天光雲影，搖蕩綠波，撫玩無斁，追尋已遠。」案：王氏所引字句稍有不同。❹句出吳文英〈踏莎行〉：「潤玉籠綃，檀櫻倚扇。繡圈猶帶脂香淺。榴心空疊舞裙紅，艾枝應壓愁鬟亂。　午夢千山，窗陰一箭。香瘢新褪紅絲腕。隔江人在雨聲中，晚風菰葉生秋怨。」（據《全宋詞》）

【語譯】周濟說：「吳文英詞中之佳者，如水光雲影，搖蕩綠波一般，空靈高遠，可反覆品味欣賞，卻又難以捉摸追尋。」我讀《夢窗甲乙丙丁稿》，感覺其中實在沒有可與此評語相稱者。如果說有，是他的「隔江人在雨聲中，晚風菰葉生秋怨」這二句嗎？

五〇

夢窗❶之詞，吾得取其詞中之一語以評之，曰「映夢窗凌❷亂碧」❸。玉田❹之詞，余得取其詞中之一語以評之，曰「玉老田荒」❺。

【章　旨】此則分別以吳文英、張炎的詞句來概括他們各自的詞風，且嵌入二人的字號。

【注　釋】❶夢窗　即吳文英。參見本卷第三四則注❺。❷凌　應為「零」字。❸句出吳文英〈秋思〉（荷塘為括蒼名姝求賦其聽雨小閣）：「堆枕香鬟側。驟夜聲，偏稱畫屏秋色。風碎串珠，潤侵歌板，愁壓眉窄。動羅箑清商，寸心低訴敘怨抑。映夢窗零亂碧。待漲綠春深，落花香汎，料有斷紅流處，暗題相憶。　歡酌。檐花細滴。送故人、粉黛重飾。漏侵瓊瑟，丁東敲斷，弄晴月白。怕一曲霓裳未終，催去驂鳳翼。歎謝客猶未識。漫瘦卻東陽。鐙前無夢到得，路隔重雲雁北。」（據「彊村叢書」本《夢窗詞集》）❹玉田　即張炎。參見本卷第四六則注❽。❺句出張炎〈祝英臺近〉（與周草窗話舊）：「水痕深，花信足，寂寞漢南樹。轉首青陰，芳事頓如許。不知多少消魂，夜來風雨。猶夢到，斷紅流處。　最無據。長年息影空山，愁入庾郎句。玉老田荒，心事已遲暮，幾回聽得啼鵑，不如歸去。終不似，舊時鸚鵡。」（據「彊村叢書」本《山中白雲》卷二）

【語　譯】吳文英詞，我取他本人詞中之句來評定，那便是「映夢窗零亂碧」。張炎詞，我也選用他自己的詞來評說，即「玉老田荒」。

【評　介】吳文英詞辭藻華麗而艱澀難懂，讚之者認為「夢窗奇思壯采，騰天潛淵，返南宋之清泚，為北宋之穠摯」（周濟《介存齋論詞雜著》）。或云：「君特為詞，用雋上之才，別構一格，拈韻習取古諧，舉典務出奇麗，如唐賢詩家之李賀，文流之孫樵、劉蛻，鎚幽鑿險，開徑自行，學者匪造次所能陳其細趣也。其取字多從長吉詩中得來，故造語奇麗。世士罕尋其源，輒疑太晦，過矣。」（鄭文焯〈校夢窗詞跋〉）貶之者則謂「吳夢窗詞，如七寶樓臺，眩人眼目，碎拆下來，不成片段。」（張炎《詞源》卷下）「夢窗深得清真之妙，其失在用事下語太晦處，人不可曉。」（沈義父《樂府指迷》）

王國維深惡吳文英，《人間詞話》中多次斥之，可參見本書卷一第三四則，卷二第三二二、三二三、三四則等。今人評吳文英詞亦毀譽參半，茲引數句，以全面理解吳詞及王國維之論。胡雲翼《宋詞研究》（成都：巴蜀出版社，一九八九年版）云：「夢窗詞有最大的一個缺點，就是太講究用事，太講求字面了。這種缺點，本也是宋詞人的通病，但以夢窗陷溺最深。其唯專在用事與字面上講求，不注意詞的全部脈絡，縱然字面修飾得很好看，字句運用得很巧妙，也還不過是一些破碎的美麗辭句，……此所以夢窗受玉田『夢窗詞如七寶樓臺……不成片段』之譏也。」葉嘉瑩經過「細心吟繹」，則「於夢窗詞中發現一種極高遠之致、窮幽艷之美的新境界」，她歸納了夢窗詞的幾個特點：「一是對高遠之境界的嚮往，……夢窗詞中，一般說來他所感人的還不僅只是寫出了一幅高遠的景物而已，而是其中所隱隱透露著的對一份不可知的超遠之境界的嚮往。……再則夢窗詞中充滿了對此塵世無常的盛衰之悲慨，……更有極深切的一份家國之痛。從這些詞句，我們都可以看到夢窗從一己之時代擴大而至於對整個人世之盛衰戰亂的感慨哀傷。除此兩點特色外，夢窗詞中所具體敘述的情事，其寫得最多的乃是他在感情方面所曾經體認到的一份殘缺和永逝的創痛。」她還認為，夢窗詞並非晦澀，而是他放棄了傳統手法，採取類似近代「意識流」的創作手法，故不被當時所理解。（均見《迦陵論詞叢稿・拆碎七寶樓臺》）

張炎也是王國維最不喜歡的詞人之一，本書中亦多處言及（常與吳文英並提），可參見。不過，在詞史上，對張炎的評價不算低。如仇遠曰：「山中白雲詞，意度超玄，律呂協洽，方之古人，當與白石老仙相鼓吹。」（〈山中白雲序〉）樓敬思云：「南宋詞人，姜白石外，唯張玉田能以翻筆、側筆取勝，其章法、句法俱超，清虛騷雅，可謂脫盡蹊徑，自成一家。迄今讀集中諸詞，一氣卷舒，不可方物，信乎其為山中白雲也。」（《詞林紀事》卷一六引）當然，也有批評者。如周濟云：「玉田，近人所最尊奉。才情詣力，亦不後諸人。終覺積穀作米，把纜放船，無開闊手段。」（《介存齋論詞雜著》）

五一

「明月照積雪」❶，「大江流日夜」❷，「中天懸明月」❸，「黃河落日圓」❹，此種境界，可謂千古壯觀。求之於詞，唯納蘭容若❺塞上之作，如〈長相思〉之「夜深千帳燈」❻、〈如夢令〉之「萬帳穹廬人醉，星影搖搖欲墜」❼，差近之。

【章　旨】此則言納蘭性德的詞是唯一具有古詩中壯美境界的作品。

【注　釋】❶句出謝靈運〈歲暮〉：「殷憂不能寐，苦此夜難頹。明月照積雪，朔風勁且哀。運往無淹物，年逝覺已催。」（據「三百名家集」本《謝康樂集》卷二）❷句出謝朓〈暫使下都夜發新林至京邑贈西府同僚〉：「大江流日夜，客心悲未央。徒念關山近，終知反路長。秋河曙耿耿，寒渚夜蒼蒼。引顧見京室，宮雉正相望。金波麗鳷鵲，玉繩低建章。驅車鼎門外，思見昭秋陽。馳暉不可接，何況隔兩鄉？風雲有鳥路，江漢限無梁。常恐鷹隼擊，時菊委嚴霜。寄言尉羅者，寥廓已高翔。」（據《文選》卷二六）❸句出杜甫〈後出塞〉。參見本卷第八則注❷。❹句出王維〈使至塞上〉：「單車欲問邊，屬國過居延。征蓬出漢塞，歸雁入胡天。大漠孤烟直，長河落日圓。蕭關逢候騎，都護在燕然。」（據「四部備要」本《王右丞集》卷九）案：王國維引文中將「長河」誤作「黃河」。❺納蘭容若　納蘭性德（西元一六五五～一六八五年），清初著名詞人。原名成德，字容若，號楞伽山人。滿洲正黃旗人。大學士明珠長子。康熙進士，官一等侍衛。善詩古文辭，尤工於詞。其詞尊五代李後主，以小令見長，清新淒婉，情真意深；多感傷，間有雄渾之作。後亦潛心經史，廣求宋元諸家經解，輯刻《通志堂經解》。選編《全唐詩選》、《詞韻正略》。著有《通志堂集》、《納蘭詞》等。❻句出納蘭性德〈長相思〉：「山一程，水一程。身向榆關那畔行，夜深千帳燈。風一更，雪一更。聒碎鄉心夢不成，故園無此聲。」（據「清名家詞」本《通志堂詞》）❼句出納蘭性德〈如夢令〉：「萬帳穹廬人醉，星影搖搖欲墜。歸夢隔狼河，又被河聲攪碎。還睡，還睡。解道醒來無味。」（據《通志堂詞・集外詞》）

【語譯】「明月照積雪」，「大江流日夜」，「中天懸明月」，「長河落日圓」，古詩中所寫的這些境界，真可說是千古壯觀。若要在詞中尋求這樣的境界，那麼，唯有納蘭性德的邊塞作品，如〈長相思〉詞中的「夜深千帳燈」，〈如夢令〉詞中的「萬帳穹廬人醉，星影搖搖欲墜」等，與之相彷彿。

五二

納蘭容若❶以自然之眼觀物，以自然之舌❷言情。此由初入中原，未染漢人風氣❸，故能真切如此。北宋以來，一人而已。

【章　旨】此則言納蘭性德保持了少數民族初入中原時質樸純真的情感，故詞作極為真切感人。

【注　釋】❶納蘭容若　即納蘭性德。參見上則注❺。❷自然之眼自然之舌　意純真無偽的自然本性（類似第一六則所說的「赤子之心」，可參看），以及由此出發對人生、社會的觀察認識。❸漢人風氣　意指漢族社會、文化發展中所帶來習俗禮儀的局限以及鑽營投機、熱衷功名利祿等一系列「文明的弊病」；亦有文風上虛飾矯揉等弊病之意。

【語　譯】納蘭性德以純真無偽的眼光觀察事物，以誠摯樸實的語言抒寫情感。這是因為滿族剛剛進入中原，還沒有受到漢族文化弊病的汙染，所以才能這樣純真質樸。北宋以來，只有他一人做到這一點。

五三

陸放翁❶跋《花間集》❷，謂：「唐季❸、五代，詩愈卑，而倚聲❹者輒簡古可愛。能此不能彼，未可❺以理推也。」《提要》❻駁之，謂：

「猶能舉七十斤者，舉百斤則蹶，舉五十斤則運掉自如。」❼其言甚辨。然謂詞必易於詩，余未敢信。善乎陳臥子❽之言曰：「宋人不知詩而強作詩，故終宋之世無詩。然其歡愉愁苦之致，動於中❾而不能抑者，類發於詩餘❿，故其所造獨工。」⓫五代詞之所以獨勝，亦以此也。

【章　旨】此則反駁通常所謂詞不如詩的說法，認為詞是唐詩衰落後發展起來的新的抒發內心情感的文學體裁。五代至北宋，詞的成就甚高。

【注　釋】❶陸放翁　即陸游。參見本卷第四三則注❷。❷花間集　參見本卷第一九則注❺。❸季　最後；末了。唐季，即唐末。❹倚聲　即填詞。古代的詞調各有一定的字數、聲韻、節拍，作詞時按詞調的規定，填入字句，使之符合音節、聲律，可以合樂歌唱，謂之倚聲。唐、五代時也稱曲、雜曲、曲子詞，也有「琴趣」、「樂章」等別稱，都與音樂有關。❺未可　應作「未易」，王國維誤引。❻提要　即《四庫全書總目提要》。參見本卷第三五則注❿。❼語見《四庫提要》集部詞曲類一《花間集》條云：「後有陸游二跋。……其二稱：『唐季、五代，詩愈卑，而倚聲者輒簡古可愛。能此不能彼，未易以理推也。』不知文之體格有高卑，人之學力有強弱。學力不足副其體格，則舉之不足。學力足以副其體格，則舉之有餘。律詩降於古詩，故中、晚唐古詩多不工，而律詩則時有佳作。詞又降於律詩，故五季人詩不及唐，詞乃獨勝。此猶能舉七十斤者，舉百斤則蹶，舉五十斤則運掉自如，有何不可理推乎？」❽陳臥子　陳子龍（西元一六〇八～一六四七年），明代文學家。字人中，更字臥子，號大樽。華亭人。崇禎進士。曾與夏允彝等組織「幾社」，以經世自任。清兵南下，組織抗清，事洩被捕，乘間投水自盡。謚忠裕。自幼才華橫溢，博學多能。詩悲憤蒼涼，前人譽為明詩殿軍。也能詞。有《安雅堂集》、《詩問略》等。編有《皇明經世文編》。❾動於中　意受某種因素影響，內心產生較強烈的喜怒哀樂等情感。中，內心；心中。❿詩餘　即詞。近代以前，人們多半持文學退化觀，認為詞不如詩，是詩之「餘」，詩之末流，故稱「詩餘」。⓫語見陳子龍〈王介人詩餘序〉：「宋人不知詩而強作詩。其為詩也，言理而不言情，故終宋之世無詩焉。然宋人亦不免於有情也。故凡其歡愉愁怨之致，動於中而不能抑者，類發於詩餘。故其所造獨工，非後世可及。蓋以沉至之思而出之必淺近，使讀之者驟遇如在耳目之表，久誦而得沉永之趣，則用意難也。以儇利之詞，而製之實工鍊，使篇無累句，句無累字，圓潤明密，言如貫珠，則鑄詞難也。其為體也纖弱，所謂明珠翠羽，尚嫌其重，何況龍鸞？必有鮮妍之姿，而不藉粉澤，則設色難也。其為境也婉媚，雖以警露取妍，實貴含蓄，有餘不盡，時在低徊唱歎之際，則命篇難也。惟宋人專力事之，篇什既多，觸景皆會。天機所啟，若出自然。雖高談大雅，而亦覺其不可廢。何則，物有獨至，小道可觀也。」案：王國維在引文中，將「歡愉愁怨」誤作「歡愉愁苦」。

【語譯】陸游在《花間集・跋》中說：「詩至晚唐、五代時日漸衰落，而新起的詞則簡樸清新可愛。人們能夠做這件事而無力從事於另一項，這是無法用道理來說明的。」《四庫提要》反駁說：「這是因為詩詞難易不同，人的學力不同。好比一個人能舉七十斤重，讓他舉一百斤就會失敗，而舉五十斤則輕鬆自如。」這話辯駁得很有道理。但是，要說填詞必定比作詩容易，我則不敢相信。陳子龍說得非常好：「宋代人不懂詩卻偏要勉強作詩，他們的詩是說理而不是言情，因此整個宋代沒有詩。但是，宋人也有感情，當喜怒哀怨之情在心中奔湧翻騰，無法抑制時，就抒發、宣洩於詞作中，所以，宋詞特別好。」五代詞之所以能有極高的藝術成就，其原因也在於此。

五四

四言❶敝而有楚辭❷，楚辭敝而有五言❸，五言敝而有七言❹，古詩❺敝而有律❻、絕❼，律、絕敝而有詞。蓋文體通行既久，染指❽遂多，自成習套。豪傑之士，亦難於其中自出新意，故遁❾而作他體，以自解脫。一切文體所以始盛終衰者，皆由於此。故謂文學後不如前，余未敢信，但就一體論，則此說固無以易也。

【章　旨】此則言文學在總體上來看是發展進步的，但就某一特定文體而言，則因其內容、形式由清新而逐漸僵化的演變，必然出現始盛終衰的狀況。

【注　釋】❶四言　即「四言詩」，詩體名。全篇每句四字或以四字為主。是中國古代詩歌中最早形成的詩體。春秋以前的詩歌多為四言，《詩經》即其典型。東漢以後，隨著五言詩的興起而衰微。❷楚辭　(1)文體名。亦稱「楚辭體」、「騷體」（得名於屈原〈離騷〉）。起源於戰國時楚國，以屈原所作〈離騷〉為代表。該文體篇幅較長，句子突破四言定體，中間多用「兮」字作語助詞。文辭典麗喬皇，長於抒情，富有浪漫氣質。漢代時逐漸衰微。(2)詩歌集。西漢劉向編輯。收屈原、宋玉、東方朔等人的作品十六篇，以屈原的作品為主。❸五言　即「五言詩」，詩體名。由每句五字構成的詩歌。始於漢代。魏晉以後，歷六朝、隋，至唐代發展為格律嚴謹的律、絕五言體，是中國古典詩歌的主要形式之一。唐以後，涵容量更大的七言體詩興盛，五言便較少為人們所用了。❹七言　即「七言詩」。詩體名。由每句七字或七字句為主構成的詩歌。始於漢代民謠。魏曹丕〈燕歌行〉，為現存較早的純粹七言詩。唐時逐漸精密，形成格律嚴謹的七言律詩和七言絕句。是中國古典詩歌的主要形式。❺古詩　(1)後人對於古代詩歌的泛稱。(2)古體詩，亦稱「古風」。詩體名。和近體詩相對。產生較早。每篇字數不拘，有四言、五言、六言、七言、雜言諸體。不講求對仗，平仄和用韻也比較自由。❻律　律詩。詩體名。近體詩的一種。格律嚴密，故名。起源於南北朝，成熟於唐初。以八句四韻為定格，偶見五韻者。要求中間兩聯必須對仗，第二、四、六、八句押平聲韻，平仄相對等。分五言、七言兩體，簡稱五律、七律。偶見六律。凡每首十句以上者，則為排律。❼絕　絕句。亦稱「截句」、「斷句」。詩體名。截、斷、絕均有短截義，因其定格四句，僅為律詩的一半，故名。以五言、七言為主，簡稱「五絕」、「七絕」。也有六言絕句。唐代通行為近體，平仄、押韻都有嚴格規定。❽染指　沾取某種利益（多用於貶義），後亦引申為從事某項工作。句中指使用某種文體，採用某種創作手法。❾遁　迴避；躲開。

【語　譯】 四言詩衰敝而有了楚辭，楚辭凋零五言詩興起，五言詩式微產生了七言詩，古體詩衰落，近體律、絕興盛，近體律、絕衰微後則出現詞。這種更替是因為某種文體流行的時間長久之後，使用的人多了，日漸成熟，自然而然地形成某些習以為常的語彙、格式，即使是很有才華的作者，也很難在這個框架中創造出新的東西來，於是乾脆避開，嘗試創作、使用另一種體裁，以使自己被舊模式束縛的才華、情感得到解脫與發揮。這就是一切文體初始興盛，而後逐漸衰敝的原因。所以，人們通常所謂文學退化、後不如前的說法，我是不相信的。但如果就某一種文學體裁而言，這種說法則是不能改變的結論。

【評　介】王世貞《藝苑卮言》云：「《三百篇》亡而後有騷、賦，騷、賦難入樂而後有古樂府，古樂府不入俗，而後以唐絕句為樂府，絕句少婉轉而後有詞，詞不快北耳而後有北曲，北曲不諧南耳而後有南曲。」清代葉燮用「踵事增華」、「推陳出新」來解釋文體的演變：「大凡物之踵事增華，以漸而進，以至於極。故人之智慧心思，在古人始用之，又漸出之，而未窮未盡者，得後人精求之而益用之、出之。乾坤一日不息，則人之智慧心思，必無盡與窮之日。」「唐詩為八代以來一大變，韓愈為唐詩之一大變。……遞至大曆、貞元、元和之間，沿其影響字句者且百年。此百餘年之詩，其傳者已少殊尤出類之作，不傳者更可知矣。必待有人焉，起而撥正之，則不得不改弦而更張之。愈嘗自謂陳言之務去，想其時陳言之為禍，必有出於目不忍見，耳不堪聞者。」（均見《原詩》）案：文體之變並非全因其「衰敝」，蓋時代在變，新事物、新觀念層出不窮，舊文體難以完全涵括它們，豪傑之士不得不起而探索、嘗試表現自己時代與情感的文體和方法。這至少是文體演變的又一主要原因。由此，葉燮之說較之王國維似更公允。

五五

詩之《三百篇》❶、〈十九首〉❷，詞之五代、北宋，皆無題也。非無題也，詩詞中之意，不能以題盡之也。自《花庵》❸、《草堂》❹每調立題，並古人無題之詞亦為之作題。如觀一幅佳山水，而即曰此某山某河，可乎？詩有題而詩亡，詞有題而詞亡。然中材之士，鮮能知此而自振拔者矣。

【章旨】此則言詩詞講究意蘊深厚，託興比喻，標題無法括盡內容，故古詩皆無題。立題便使詩詞失去無限豐富的內涵與聯想，即詩詞的死亡。

【注釋】❶三百篇　即《詩經》。因其共有三百零五篇，取其約數而名之。參見本卷第二四則注❶。❷十九首　即〈古詩十九首〉。作者多為漢代中下層文人。皆五言古體詩。當時流傳極廣。南朝梁蕭統選定十九首收入《昭明文選》，題作〈古詩十九首〉。內容多夫婦、友朋間的離愁別緒和士人的徬徨失意，情調感傷低沉，語言卻樸素自然，有「一字千金」之譽。為漢代五言詩的代表。❸花庵　即《花庵詞選》。詞總集名。南宋黃昇（號「花庵」）編。二十卷。前十卷名《唐宋諸賢絕妙詞選》，選錄唐、五代、北宋詞人作品；後十卷為《中興以來絕妙詞選》，選錄南宋人作品。附有詞人簡歷與評語。❹草堂　即《草堂詩餘》。詞總集名。南宋何士信編。四卷，分前集二卷、後集二卷。主要選錄宋詞，也有唐、五代作品。按春景、夏景、天文、地理、人物等類排列。明清間詞人將它與《花間集》並推為填詞典範。另有明刻本《類編草堂詩餘》四卷，題武林逸叟編次。詞有小令、中調、長調之分，自此書始，與分類本不同。

【語譯】詩歌中的《三百篇》、〈古詩十九首〉，詞之中五代、北宋時期的作品，都沒有標題。所謂無題，並非不宜題，而是詩詞中所寫的內容、所抒發的情感意旨，無法用某個題目來概括，或完全表達清楚。自《花庵詞選》、《草堂詩餘》在每首詞的調名下另外立一標題，並且還將古人沒有題目的詞作一一為之加上題目，這就好比觀賞一幅山水畫佳作，卻一定要指明這是某山，那是某河，這種做法能行嗎？詩有題目就意味著詩的凝固衰落，詞有了題目，也就是詞的僵化死亡。然而，才情中等的一般士人，極少有人懂得這個道理，能自行振奮，從而超脫出來的。

【評　介】王國維言五代、北宋詞皆無題，不盡合於史實。當時詞有無題的，也有有題的，有的還附以小序。從近代發現的敦煌曲看，有題之篇約占三分之一。王氏謂標題不能括盡內容是對的，但言詩詞有題則亡，是過於絕對了。

陳廷焯《白雨齋詞話》云：「古人詞大率無題者多，唐、五代人，多以調為詞。自增入『閨情』、『閨思』等題，全失古人托興之旨。作俑於《花庵》、《草堂》，後世遂相沿襲，最為可厭。至《清綺軒詞選》，乃於古人無題者妄增入一題，誣己誣人，匪獨無識，直是無恥。」

清代袁枚主張「性靈說」，推崇性情自然流露的詩詞，不取雕琢矯飾的作品。他把真情自然的詩比作「天籟之音」，設題強作之詩為「人工之響」，甚至說：「無題之詩，天籟也；有題之詩，人籟也。天籟易工，人籟難工。《三百篇》、〈古詩十九首〉，皆無題之作，後人取其詩中首面之一二字為題，遂獨絕千古。漢魏以下，有題方有詩，性情漸瀉。至唐人有五言八韵之試帖，限以格律，而性情愈遠。且有『賦得』等目名，以詩為詩，猶之以水洗水，更無意味。從此，詩之道每況愈下矣。」（《隨園詩話》卷七）王國維觀點與此二人相似。

五六

大家之作，其言情也必沁人心脾，其寫景也必豁人耳目。其辭脫口而出，無矯揉妝束之態。以其所見者真，所知者深也。詩詞皆然。持此以衡古今之作者，可無大誤矣。

【章　旨】此則言大家之作之所以感人，其原因就在於他們率真自然，直抒胸臆，能寫真性情，真景物。

【語　譯】大作家的作品，抒寫情性定能感人肺腑，引起讀者心靈的震撼與共鳴；敘事寫景也能歷歷在目，使人如臨其境，如聞其聲。他們的話語辭彙就像順口說出來的，絲毫沒有矯揉造作、虛飾雕琢的痕跡。因為他們對自然景物、社會、人生都有真切、深刻的認識與感悟，並且如實表現。詩與詞都是這樣。以這個標準去衡量評定古往今來的作者與作品，就不會出現大的誤差。

五七

人能於詩詞中不為美刺❶投贈❷之篇，不使隸事之句❸，不用粉飾之字，則於此道已過半矣。

【章　旨】此則言詩詞創作忌應酬諛頌、濫用典故及粉飾雕琢。

【注　釋】❶美刺　讚美、阿諛與譏刺、嘲諷。❷投贈　文中指無聊的或違心的應酬之作。❸隸事之句　指濫用典故或前人作品中的辭句。

【語　譯】人們在賦詩填詞時，如果能夠不寫阿諛嘲諷或者無聊的應酬之作，不濫用典故，不粉飾雕琢，那麼，對於詩詞創作的規律、技巧、方法，就已經掌握一半以上了。

五八

以〈長恨歌〉❶之壯采，而所隸之事，只「小玉」、「雙成」❷四字，才有餘也。梅村❸歌行❹，則非隸事不辦❺。白❻吳優劣，即於此見。不獨作詩為然，填詞家亦不可不知也。

【章　旨】此則比較白居易與吳偉業的作品，說明才有餘則不必用代字隸事，反之則堆砌典故。詩詞優劣，由此可知。

【注　釋】❶長恨歌　唐代白居易作。是一首描寫唐玄宗與楊貴妃愛情悲劇的長篇敘事詩名作。❷語見〈長恨歌〉「金闕西廂叩玉扃，轉叫小玉報雙成」句。小玉，秦穆公女弄玉，善吹簫。傳說與丈夫蕭史皆隨鳳凰飛上天。雙成，神話中西王母侍女董雙成。善吹笙。相傳她在家中煉丹，丹成得道，自吹玉笙，駕鶴升天。此處借此指仙山宮闕中太真侍女，也是以之暗喻楊貴妃由凡人而成仙子了。❸梅村　吳偉業（西元一六〇九～一六七二年），清初詩人。字駿公，號偉業。江蘇太倉人。明崇禎進士，為復社成員。入清後被迫入都，官國子祭酒。順治十四年丁母憂歸，遂不復出。工詩詞書畫。詩以七言著稱。早期作品華麗，明亡後，身經喪亂，風格變為沉鬱蒼涼。以〈圓圓曲〉、〈楚兩生行〉等篇較有名。有《梅村家藏藁》、《春秋地理志》等。❹歌行　古代詩歌的一體。漢魏以下的樂府詩，題名為「歌」和「行」的頗多，二者名稱雖不同，實際並無嚴格的區別。後遂有「歌行」一體。其音節、格律，一般比較自由，形式採用五言、七言、雜言的古體，富於變化。「行」是樂曲之意。吳偉業擅寫歌行。《梅村集‧提要》云：「其中歌行一體尤所擅長：格律本乎四傑，而情韻為深；敘述類乎香山，而風華為甚。韻協宮商，感均頑艷，一時尤稱絕調。」❺則非隸事不辦　吳梅村作品喜用典故，所作〈圓圓曲〉，入手即用「鼎湖」（案：即相傳古代黃帝乘龍升天的地方）故事，全篇用典十餘處。陳衍《談藝錄》曰：「梅村運典則嫌鋪砌。」❻白　白居易（西元七七二～八四六年），唐代詩人。字樂天，號香山居士。祖籍太原。貞元進士，官至刑部尚書。主張「文章合為時而著，詩歌合為事而作」，反對「嘲風雪、弄花草」的作品，是新樂府運動的倡導者。詩風平易通俗，老嫗能懂。長篇敘事詩〈長恨歌〉、〈琵琶行〉等聲譽甚高。與元稹交誼甚篤，世稱「元白」；晚年與劉禹錫唱和，人稱「劉白」。有《白氏長慶集》。

【語　譯】白居易的〈長恨歌〉多麼優美壯麗，精彩細膩，而其中所用的典故只有「小玉」、「雙成」

四個字，這是才華橫溢、運用自如的體現。吳偉業也擅長寫歌行，可是他不用典似乎就寫不成了。從這裡可以看出白居易與吳偉業的高下優劣。不但詩歌是這樣，詞作者也不能不懂得這個道理。

【評　介】許文雨《人間詞話講疏》按曰：「吳梅村偉業〈圓圓曲〉，使事固多，亦由避觸時忌使然。白樂天〈長恨歌〉則有陳鴻之傳在前，故能運以輕靈。勢有不同，未可遽判其優劣。」是說有一定道理。此外，王國維對吳偉業「非隸事不辦」雖有非議，但在總體上還是肯定其成就的。他在〈致豹軒先生函〉中云：「前作〈頤和園詞〉一首，雖不敢上希白傳，庶幾追步梅村。蓋白傳能不使事，梅村則專以使事為工。然梅村自有雄氣駿骨，遇白描處猶有深味，非如陳雲伯輩但以秀縟見長，有肉無骨也。」（據日本神田信暢編《王忠慤公遺墨》）

五九

近體詩❶體製，以五、七言絕句為最尊，律詩次之，排律❷最下。蓋此體於寄興❸言情，兩無所當，殆有韻之駢體文❹耳。詞中小令❺如絕句，長調❻似律詩。如長調之〈百字令〉、〈沁園春〉等，則近於排律矣。

【章　旨】此則言近體詩、詞中，律、絕、小令最宜抒情寄興，故佳；排律、長調則多半鋪陳虛飾，言情抒懷均不當。

【注　釋】❶近體詩　又稱「今體詩」，詩體名，相對於古體詩而言，是對唐代形成的律詩與絕句的通稱。除排律不限句數外，每首詩字數、句式、平仄、韻律都有一定格式。❷排律　詩體名。律詩的一種。就律詩定格加以鋪排延長，故名。每首至少十句，有多至百韻者。除首、末兩聯外，上下句都需對仗。也有隔句相對的，稱「扇對」。❸興　中國古典文學理論中詩的六義（賦、比、興、風、雅、頌）之一。歷代解說甚多，以宋朱熹所釋「興者，先言他物以引起所詠之詞也」，較為通俗，意作者假借某物，寄寓抒發自己的感情志趣。《詩經》中已廣泛運用這種藝術手法。孔子在論詩時說：「詩可以興，可以觀，可以羣，可以怨。」賦予道德教化的功能和意義。後世使用「興」（「寄興」、「比興」、「興觀羣怨」等等）時，一般都兼有藝術創作手法與道德教化的兩重含義，且多半更偏重後者。❹駢體文　文體名。起源於漢、魏，盛行於南北朝。全篇以雙句（「駢」字本意即「二馬並駕一車」）為主，講究對仗、聲律，句式多用四字或六字，故又稱「四六文」。詞藻華麗，往往因遷就句式、堆砌典故而影響內容，故好作品不多。❺小令　短小的詞。明刻本《類編草堂詩餘》曾據詞的字數分類，以五十八字以內者為小令。又，元散曲、元明時期民間流行的小曲也有稱小令者。❻長調　長詞。《類編草堂詩餘》以九十一字以上者為「長調」，後人沿用，以區別「小令」、「中調」（五十九至九十字）。

【語　譯】近體詩中的各種體裁，以五言絕句和七言絕句為最佳，律詩其次，排律最差。因為排律這種體式就如同有韻的駢體文，刻板凝滯，起不了詩詞本應有的寄寓懷抱、抒發情性的作用。詞之中，小令有如絕句，長調類似律詩，但長調中的〈百字令〉、〈沁園春〉等，則接近於排律了。

六〇

詩人對宇宙人生，須入乎其內，又須出乎其外。入乎其內，故能寫之；出乎其外，故能觀之。入乎其內，故有生氣；出乎其外，故有高致。美成❶能入而不出，白石❷以降，於此二事皆未夢見。

【章旨】此則言真正的詩人必須既深入生活，仔細品味，又要超越生活，作審美的觀照，才能寫出佳作。

【注釋】❶美成　即周邦彥。參見第三二則注❼。❷白石　即姜夔。參見本卷第三一則注⓭。

【語譯】詩人對宇宙人生，必須既深入其中，又要超然於外。深入其中，有真切的體驗感受，才能如實描寫敘述；超然於外，能不為外物所拘限，方可客觀冷靜地觀察它們。深入其內，作品才充滿生活氣息，有生命力；超然於外，作品才具備高雅脫俗、不同凡響的情趣意蘊。周邦彥能深入生活卻不能超然於外。至於姜夔以下諸家，連做夢都不曾夢見這兩件事。

【評介】王國維在〈國學叢刊序〉中以「思其真，紀其實」申言學者對宇宙人生之態度，有助於理解此則。「夫天下之事物，非由全不足以知曲，非致曲不足以知全。雖一物之解釋，一事之決斷，非深知宇宙人生之真相者不能為也。而欲知宇宙人生者，雖宇宙中之一現象，歷史上之一事實，亦未始無所貢獻。故深湛幽渺之思，學者有所不避焉，迂遠繁瑣之識，學者有所不辭焉。事物無大小，無遠近，苟思之得其真，紀之得其實，極其會歸，皆有裨於人類之生存福祉。」此外，王國維的「能出」、「能入」，還有超脫生活之「欲」的意義，參見〈導讀〉「二《人間詞話》境界說」之(二)的有關分析。

六一

詩人必有輕視外物之意，故能以奴僕命風月❶。又必有重視外物之意，故能與花鳥共憂樂❷。

【章旨】此則言詩人對外界事物既要重視，又須超脫，是對上則的補充和引申。

【注釋】❶以奴僕命風月　意不被外界事物束縛，而是能駕馭它們。❷與花鳥共憂樂　意指詩人情感與外物在審美中高度融和，達到物我不分，天人合一的境界。可參見本卷第三、六〇則，卷四第二一則等有關論述。

【語譯】詩人必須有輕視外界事物的氣魄，才能將自然景物如奴僕般隨意調遣，寫入詩詞。同時，又必須有重視外物的意識，才能達到萬物與我為一，與花鳥同憂共樂的境界。

六二

「昔為倡家女，今為蕩子婦。蕩子行不歸，空牀難獨守。」❶「何不策高足，先據要路津？無為久貧賤❷，轗軻❸長苦辛。」❹可謂淫鄙之尤。然無視為淫詞❺、鄙詞❻者，以其真也。五代、北宋之大詞人亦然。非無淫詞，讀之者但覺其親切動人。非無鄙詞，但覺其精力彌滿。可知淫詞與鄙詞之病，非淫與鄙之病，而游詞❼之病也。「豈不爾思，室是遠而。」而子曰：「未之思也，夫何遠之有？」❽惡其游也。

【章　旨】此則言詩詞的淫、鄙與否，主要不在其語辭，而在其所寫的情感是否真實。

【注　釋】❶句出〈古詩十九首〉第二：「青青河畔草，鬱鬱園中柳。盈盈樓上女，皎皎當窗牖。娥娥紅粉妝，纖纖出素手。昔為倡家女，今為蕩子婦。蕩子行不歸，空牀難獨守。」（據《文選》卷二九）❷久貧賤　應作「守窮賤」。❸轗軻　同「坎坷」。道路不平貌。比喻抑鬱不得志之狀。❹句出〈古詩十九首〉第四：「今日良宴會，歡樂難具陳。彈箏奮逸響，新聲妙入神。令德唱高言，識曲聽其真。齊心同所願，含意具未申。人生寄一世，奄忽若飆塵。何不策高足，先據要路津，無為守窮賤，轗軻長苦辛。」（據《文選》卷二九）❺淫詞　猥褻淫蕩及不合儒家禮教的言辭。金應珪〈詞選後序〉分劣詞為「淫詞」、「鄙詞」、「游詞」三種，認為是詞之「三弊」。其語「淫詞」曰：「義非宋玉，而獨賦蓬發；諫謝淳于，而唯陳履舄。揣摩牀第，汙穢中冓，是謂淫詞。」❻鄙詞　庸俗、貪鄙、粗陋的言辭。金應珪〈詞選後序〉云：「猛起奮末，分言析字，詼嘲則俳優之末流，叫嘯則市儈之盛氣，此猶巴人振喉以和陽春，黽蜮怒嗌以調疏越。是謂鄙詞。」❼游詞　虛浮不實、言不由衷的言辭。金應珪〈詞選後序〉云：「規模物類，依托歌舞，哀樂不衷其性，慮歎無與乎情。連章累篇，義不出乎花鳥；感物指事，理不外乎應酬。雖既雅而不艷，斯有句而無章，是謂游詞。」案：有關「淫詞」、「鄙詞」、「游詞」的論述，還可參見本書卷三第一三則。❽句出《論語・子罕》：「唐棣之華，偏其反而。豈不爾思，室是遠而。子曰：未之思也，夫何遠之有？」

【語譯】「以往曾經是娼妓，現在成了浪蕩子的妻子。浪蕩子出門久久不歸，真難忍受這獨自一人的日子。」「為什麼不設法前行，搶先占據有利於功名利祿的位置？沒有必要固守貧賤窮困，長年辛苦卻坎坷抑鬱不得志。」這樣的詩句真可謂淫蕩、卑鄙至極。但是人們並不把它們看作淫詞、鄙詞，因為它們表達了真實的情感。五代、北宋的大詞人也是如此。並不是說他們的詩詞中沒有淫蕩之語，但由於情真意切，讀起來讓人感到親切動人；也並非沒有卑下的辭句，但覺得精神飽滿、生氣勃勃。由此可知，所謂淫詞與鄙詞的毛病，並不在淫蕩與卑鄙本身，而是虛浮不實，言不由衷的「游詞」之病。古詩中說：「怎麼不思念你呢？只不過隔得太遠了。」孔子反駁說：「根本就沒有思念。如果真思念，有什麼遙遠呢？」厭惡那句詩無真情實感。

六三

「枯藤老樹昏鴉。小橋流水平沙❶。古道西風瘦馬。夕陽西下，斷腸人在天涯。」此元人馬東籬❷〈天淨沙〉小令也。寥寥數語，深得唐人絕句妙境。有元一代詞家，皆不能辦此也。

【章　旨】此則高度讚揚馬致遠的元曲小令〈天淨沙〉（秋思），以為是曲中極品，深得唐代絕句妙境。

【注　釋】❶平沙　除《歷代詩餘》外，其餘各本均作「人家」，王國維《宋元戲曲考》所引也作「人家」。❷馬東籬　馬致遠（約西元一二五〇～一三二一或一三二四年），元代戲曲家。字千里，號東籬。大都人。早年曾任江浙省務提舉，晚年隱居田園，度其「酒中仙、塵外客、林間友」的生活。劇作存目十六種，現存《漢宮秋》、《岳陽樓》等七種。亦擅散曲，現存小令一百零四首，套曲十七首。風格豪放飄逸。與關漢卿、鄭光祖、白樸並稱為「元曲四大家」。有《東籬樂府》。

【語　譯】「枯藤老樹昏鴉。小橋流水人家。古道西風瘦馬。夕陽西下，斷腸人在天涯。」這是元代馬致遠的小令〈天淨沙〉（秋思）。雖然只寥寥數句，卻深得唐詩中絕句的意蘊，達到絕句的高妙境界。元代所有詞家，都無法企及這個境界。

六四

白仁甫❶《秋夜梧桐雨》❷劇，沉雄悲壯，為元曲冠冕。然所作《天籟詞》，粗淺之甚❸，不足為稼軒❹奴隸。豈創者易工，而因者難巧歟？抑人各有能有不能也？讀者觀歐❺、秦❻之詩遠不如詞，足透此中消息。

【章　旨】此則言由於人的天賦才華不一，各種文體又各具不同的藝術特徵，所以作家往往長於某項而拙於另一項。

【注　釋】❶白仁甫　白樸（西元一二二六～約一三〇六年），元代劇作家。本名恆，字仁甫、太素，號蘭谷先生。隩州人。金末戰亂時與父母失散，由元好問撫養成長，並受其文學薰陶。入元不仕，從事雜劇創作，是「元曲四大家」之一。作品存目十六種，現存《墻頭馬上》、《梧桐雨》兩種。擅詩詞、散曲，有《天籟集》，收詞二百餘首，附散曲四十餘首。❷秋夜梧桐雨　全名《唐明皇秋夜梧桐雨》，寫唐明皇與楊貴妃故事。結尾寫唐明皇於深秋之夜，耳聽雨打梧桐，愁緒萬端，通過心理刻畫，創造出淒涼蕭瑟的藝術境界。劇本結構緊湊，曲詞優美，對後世劇作，如洪昇《長生殿》，有重要影響。吳梅論《梧桐雨》時亦云：「白樸《唐明皇秋夜梧桐雨》雜劇，結構之妙，較他種更勝，不襲通常團圓格套，而夜雨聞鈴作結，高出常手萬倍。」❸所作天籟詞二句　《天籟詞》，即白樸《天籟集》。《四庫提要》評曰：「清雋婉逸，意愜韻諧，可與張炎《玉田詞》相匹。雖其學出於元好問，而詞則有出藍之目，足為倚聲正宗。惜以製曲掩其詞名，故選錄者多未之及。……其實在元初諸詞家中，洵可稱矯矯拔俗者也。」王博文〈天籟集序〉謂白詞：「辭語遒嚴，情寄高遠，音節協和，輕重穩愜。凡當對酒，感事興懷，皆自腑肺流出，予因以「天籟」名之。」王國維以為「粗淺之甚」，為一家之言。❹稼軒 即辛棄疾。參見本卷第四三則注❺。❺歐 即歐陽修。參見本卷第二一則注❶。❻秦 即秦觀。參見本卷第三則注❷。

【語　譯】白樸的雜劇《秋夜梧桐雨》，沉雄悲壯，在元曲中，當為首屈一指的作品。然而，他的《天籟詞》，卻極其粗疏淺陋，簡直不配做辛棄疾的奴隸。這難道是因為創立新體裁容易精緻工巧，而因襲舊文體則難於寫得精妙？還是因為人的天賦才華不同，有的地方能夠達到極高水準，有些則不能做得很好的緣故？人們閱讀、比較歐陽修、秦觀的詩與詞，便可看出他們的詩遠不如詞，這很能說明其中的道理。

【評　介】王國維在《宋元戲曲考》中，對「元曲四大家」有如下評論：「關漢卿一空倚傍，自鑄偉詞，而其言曲盡人情，字字本色，故當為元人第一。白仁甫、馬東籬，高華雄渾，情深文明。鄭德輝清麗芊綿，自成馨逸，均不失為第一流。其餘曲家，均在四家範圍內。」

卷二　人間詞話未刊稿

一

白石❶之詞，余所最愛者，亦僅二語，曰：「淮南皓❷月冷千山，冥冥歸去無人管。」❸

【章旨】王國維對姜夔詞評價不高，此則言他喜愛的姜夔詞僅有兩句。

【注釋】❶白石　即姜夔。參見卷一第三一則⑬。❷皓　潔白；明亮。❸句出姜夔〈踏莎行〉（自沔東來。丁未元日至金陵，江上感夢而作）：「燕燕輕盈，鶯鶯嬌軟。分明又向華胥見。夜長爭得薄情知，春初早被相思染。　別後書辭，別時針線。離魂暗逐郎行遠。淮南皓月冷千山，冥冥歸去無人管。」（據《白石道人歌曲》卷三）案：此則在手稿中列於評吳文英詞之後，即「其『隔江人在雨聲中，晚風菰葉生秋怨』二語」——見卷一第四九則——故云「亦僅二語」。

【語譯】姜夔詞作中，我最喜愛的僅有這樣兩句：「淮南皓月冷千山，冥冥歸去無人管。」

二

詩至唐中葉以後，殆為羔雁之具矣❶。故五代、北宋之詩，佳者絕少，而詞則為其極盛時代❷。即詩詞兼擅，如永叔❸少游❹者，亦詞勝於詩遠甚，以其寫之於詩者，不若寫之於詞者之真也。至南宋以後，詞亦為羔雁之具，而詞亦替❺矣。此亦文學升降之一關鍵也。

【章　旨】此則言當一種文學體裁發展至極盛，普遍用作禮聘應酬的工具，失去真情實意時，就必然導致衰落。這是文學興衰的關鍵原因之一。

【注　釋】❶詩至唐中葉以後二句　許文雨《人間詞話講疏》案曰：「唐中葉以後，唱酬詩繁，和韻猶為風行，窘步相尋，詩之真趣盡矣。」羔雁，小羊與雁。古代卿、大夫相見時的禮品。《禮記・曲禮》載：「凡摯，天子鬯，諸侯圭，卿羔，大夫雁。」此後引申為禮聘應酬之物的意思。❷故五代北宋之詩三句　陸游云：「詩至晚唐、五季，氣格卑陋，千家一律；而長短句獨精巧高麗，後世莫及。」可參看卷一第五三則中相關論述及注釋。❸永叔　即歐陽修。參見卷一第二一則注❶。❹少游　即秦觀。參見卷一第三則注❷。❺替　衰落。

【語　譯】詩到了唐代中期以後，逐漸蛻變成唱和應酬的工具了。因此五代、北宋的詩，佳作極少，而詞則達到它的極盛時代。即使是作詩填詞皆擅長的歐陽修與秦觀，他們的詞也遠遠超過他們的詩。這是因為，他們在詩裡所寫的，不如在詞裡所寫的那樣情真意切。至南宋以後，詞也成了投贈應酬的工具，因而詞也就衰落了。這可以說是文學興衰的一個關鍵原因。

三

曾純甫❶中秋應制❷，作〈壺中天慢〉詞❸，自注云❹：「是夜，西興亦聞天樂。」謂宮中樂聲，聞於隔岸也❺。毛子晉❻謂「天神亦不以人廢言」❼。近馮夢華❽復辨其誣❾。不解「天樂」二字文義，殊笑人也。

【章　旨】此則以曾覿詞中「天樂」一辭為例，說明正確理解文義的重要。

【注　釋】❶曾純甫　曾覿（西元一一〇九～一一八〇年），南宋人。字純甫，號海野老人。開封人。為建王（後即位，為孝宗）內知客。孝宗即位後，恃寵為奸，勢傾中外。著有《海野詞》。❷應制　指奉皇帝之命而寫作詩文。這類詞多半歌功頌德、阿諛奉承，沒有藝術價值。❸作壺中天慢詞　曾覿〈壺中天慢〉詞前有小序：此進御月詞也。上皇大喜曰：「從來月詞，不曾用『金甌』事，可謂新奇。」賜金束帶、紫番羅水晶盌。上亦賜寶盞。至一更五點還宮。是夜，西興亦聞天樂焉。❹自注云　《海野詞》中未收此詞，這是毛晉根據《武林舊事》卷七補錄，調名下小字注，亦出自《武林舊事》，非曾覿自注。❺宮中樂聲二句　四水潛夫（周密）《武林舊事》記載了這件事：「淳熙九年（西元一一八二年）八月十五日，宮中賞月，晚宴香遠堂。有大池十餘畝，皆是千葉白蓮。……南岸列女童五十人奏清樂，北岸芙蓉岡一帶，並是教坊工，近二百人。待月初上，簫韶齊舉，縹渺相應，如在霄漢。侍宴官開府曾覿恭上〈壺中天慢〉一首（詞略）。上皇曰：『從來月詞，不曾用金甌事，可謂新奇。』賜金束帶、紫番羅水晶注碗一副。上亦賜寶盞、古香。至二更五點還內。是夜，隔江西興，亦聞天樂之聲。云云。」❻毛子晉　毛晉（西元一五九九～一六五九年），明末清初藏書家、出版家。字子晉，號潛在。常熟人。傾家收購善本八萬四千餘冊，建汲古閣、目耕樓藏之。延聘名士校勘，精刻多種古籍，鈔錄罕見祕籍，繕寫精良，人稱「毛鈔」，為學者所珍視。著有《隱湖小志》、《詞苑英華》、《毛詩名物考》等。❼語見《宋六十名家詞》，毛晉跋《海野詞》：「（曾覿）不時賦詞進御，賞賚甚渥。至進月詞，一夕西興，共聞天樂，豈天神亦不以人廢言耶？」❽馮夢華　即馮煦。參見卷一第二八則注❶。❾復辨其誣　馮煦《宋六十一家詞選・例言》：「曾純甫賦進御月詞，其自記云：『是夜，西興亦聞天樂。』子晉遂謂天神亦不以人廢言。不知宋人每好自神其說，白石道人尚欲以巢湖風駛歸功於〈平調滿江紅〉，於海野何譏焉？」

【語　譯】 曾覿中秋節奉皇帝之命，作〈壺中天慢〉詞進呈，詞前有注，說：「那夜盛會，連西興也聽到了天樂。」意思是說從天子宮中傳出的音樂聲，隔岸都能聽見。毛晉誤解為「天神也並不因人廢言」，譏諷曾氏。近人馮夢華才辨明曾覿實際是被冤枉的。不理解「天樂」二字的意思就隨便評論，真是見笑於人。

四

梅溪❶、夢窗❷、玉田❸、草窗❹、西麓❺諸家，詞雖不同，然同失之膚淺❻。雖時代使然，亦其才分有限也❼。近人棄周鼎而寶康瓠❽，實難索解。

【章旨】此則言因時代、才華之故，南宋諸家詞人均淺薄，而近代人卻偏崇尚南宋。

【注釋】❶梅溪　即史達祖。參見卷一第三八則注❷。❷夢窗　即吳文英。參見卷一第三四則注❺。❸玉田　即張炎。參見卷一第四六則注❽。❹草窗　即周密。參見卷一第四六則注❾。❺西麓　陳允平（西元一二〇五?～一二八五?年），宋元間詞人。字君衡，一字衡仲，號西麓，別署莆郥澹室後人。四明人。陳廷焯《白雨齋詞話》云：「陳西麓詞，在中仙（王沂孫）、夢窗之間，沉鬱不及碧山（王沂孫），而時有清超處；超越不及夢窗，而婉雅尤過之。」❻然同失之膚淺　周密《宋四家詞選目錄．敘論》云：「玉田才本不高，專持磨礱雕琢，裝頭作腳，處處妥當。後人翕然宗之。」又云：「草窗鏤冰刻楮，精妙絕倫，但立意不高，取韻不遠。當與玉田抗衡，未可方駕王（沂孫）、吳（文英）也。」❼雖時代使然二句　對南宋諸家的評論，可參見卷一第四六則及有關各則。❽棄周鼎而寶康瓠　周鼎，周代的傳國寶鼎，後用以比喻高貴的人或物。康瓠，已破裂的空瓦壺。比喻庸才。賈誼〈弔屈原文〉：「吁嗟默默生之無故兮，斡棄周鼎寶康瓠兮。」

【語譯】史達祖、吳文英、張炎、周密、陳允平等人，詞的風格、特徵雖不相同，但同樣都有膚淺的毛病。雖然這是時代所造成的，然而也因他們的天賦才華有限。近人抑北宋崇南宋，是丟棄了極為珍貴的周鼎，卻把破瓦壺當作寶貝，實在難以理解。

【評介】王國維此處是針對清代浙西詞派的觀點而言的。該派由浙江秀水人朱彝尊開創，主要代表厲鶚等均為浙江人，故名之。在詞論上竭力推崇南宋，認為自南宋姜夔起，詞的技巧才成熟醇雅，至南宋末諸家而達於極致。故而推姜夔為第一，所盡力仿效的也是南宋諸家。《詞苑萃編》卷八引朱彝尊的話說：「詞至南宋始工。……今就詠物諸詞觀之，心摹手追，乃在中仙（王沂孫）、叔夏（張炎）、公謹（周密）。」王國維論詞強調「真性情」，反對單純追求技巧，因而推崇北宋，不滿重技巧、崇南宋的浙西詞派，認為他們丟棄了珍貴的寶貝而撿拾了破爛。

五

余填詞不喜作長調❶，尤不喜用人韻。偶爾游戲，作〈水龍吟〉❷詠楊花，用質夫❸、東坡❹倡和韻❺；作〈齊天樂〉❻詠蟋蟀，用白石韻❼，皆有與晉代興❽之意。余之所長殊不在是，世之君子寧以他詞稱我。

【章　旨】此則是王氏的自評。言他本人填詞不愛用長調，偶爾為之，也是戲作。

【注　釋】❶長調　一首詞的字數在九十一字以上者，謂長調。參見卷一第五九則有關注釋。❷作水龍吟　王國維〈水龍吟〉（楊花。用章質夫、蘇子瞻唱和韻）：「開時不與人看，如何一霎濛濛墜。日長無緒，回廊小立，迷離情思。細雨池塘，斜陽院落，重門深閉。正參差欲往，輕衫掠處，又特地因風起。　花事闌珊到汝，更休尋、滿枝瓊綴。算人只合，人間哀樂，者般零碎。一樣飄零，寧為塵土，勿隨流水。怕盈盈、一片春江，都貯得，離人淚。」（據《海寧王靜安先生遺書‧苕華詞》）❸質夫　即章楶。參見卷一第三七則注❺。❹東坡　即蘇軾。參見卷一第二九則注❺。❺倡和韻　章楶、蘇軾〈水龍吟〉（楊花）的唱和，參見卷一第三七則。❻作齊天樂　王國維〈齊天樂〉（蟋蟀。用姜白石原韻）：「天涯已自愁秋極，何須更聞蟲語。乍響瑤階，旋穿繡闥，更入畫屏深處。喁喁似訴。有幾許哀絲，佐伊機杼。一夜東堂，暗抽離恨萬千緒。　空庭相和秋雨。又南城罷柝，西院停杵。試問王孫，蒼茫歲晚，哪有閑愁無數。宵深漫與。怕夢穩春酣，萬家兒女。不識孤吟，勞人牀下苦。」（據《海寧王靜安先生遺書‧苕華詞》）❼白石韻　指姜夔〈齊天樂〉：「庾郎先自吟愁賦，淒淒更聞私語。露濕銅鋪，苔侵石井，都是曾聽伊處。哀音似訴。正思婦無眠，起尋機杼。曲曲屏山，夜涼獨自甚情緒。　西窗又吹暗雨。為誰頻斷續，相和砧杵。候館迎秋，離宮弔月，別有傷心無數。豳詩漫與。笑籬落呼燈，世間兒女。寫入琴絲，一聲聲更苦。（宣、政間，有士大夫製蟋蟀吟。）」（據《全宋詞》）白石，即姜夔。參見卷一第三一則注⓭。❽與晉代興　語出《國語‧鄭語》，史伯為桓公論興衰：「（桓）公曰：『若周衰，諸姬其孰興？』對曰：『……武王之子，應韓不在，其在晉乎？』……及平王之末，而秦、晉、齊、楚代興。」原意說周平王末年，周室衰微，秦晉齊楚相繼興起，互爭高低。王國維以此說自己的和韻詞，可與前人相較量。

【語　譯】我填詞不喜歡寫長調，尤其不喜歡步別人的韻。偶爾為之，也是游戲之作。我曾經填一首〈水龍吟〉詠楊花，用章楶、蘇軾當年唱和的韻；還曾作一首〈齊天樂〉詠蟋蟀，步姜夔的韻，都有與前人較量高下的意思。我所擅長的全然不在長調及和韻上，世上的有識之士應以我的其他詞作來衡量我。

【評　介】王國維對自己詞作的成就是相當自信的，曾說自己「才不若古人，但於力爭第一義處，古人亦不如我用意耳」，言境界上超過古人（參見卷二第七則）。在以「樊志厚」名義寫的兩篇《人間詞·序》中，更作了全面論述，且評價甚高，謂王國維的詞「求之古代作者，罕有倫比」，「至其言近而指遠，意決而辭婉，自永叔以後，殆未有工如君者也」等等。可參看卷四第二〇、二一則。

六

余友沈昕伯❶（紘）自巴黎寄余〈蝶戀花〉一闋，云：「簾外東風隨燕到。春色東來，循我來時道。一霎圍場生綠草，歸遲卻怨春來早。錦繡一城春水繞。庭院笙歌，行樂多年少。著意來開孤客抱，不知名字間花鳥。」此詞當在晏氏父子❷間，南宋人不能道也。

【章　旨】此則言沈紘的詞有晏殊、晏幾道的風格。

【注　釋】❶沈昕伯　沈紘，字昕伯。王國維就讀東文學社時的同學。❷晏氏父子　指晏殊、晏幾道父子。二人均為北宋著名詞人。參見卷一第二四則注❺及第二八則注❸。

【語　譯】我的朋友沈紘從巴黎寄給我一首〈蝶戀花〉詞，詞中寫道：「簾外東風隨燕到。春色東來，循我來時道。一霎圍場生綠草，歸遲卻怨春來早。錦繡一城春水繞。庭院笙歌，行樂多年少。著意來開孤客抱，不知名字閒花鳥。」這首詞的風格、意境可以說類似於晏殊、晏幾道父子，南宋詞人的作品達不到這樣的水準。

七

樊抗父❶謂余詞如〈浣溪沙〉之「天末同雲」❷、〈蝶戀花〉之「昨夜夢中」❸、「百尺朱樓」❹、「春到臨春」❺等闋，鑿空❻而道，開詞家未有之境。余自謂才不若古人，但於力爭第一義❼處，古人亦不如我用意耳。

【章旨】此則王國維假樊志厚語評論自己的詞，認為已超越古人，「開詞家未有之境」。

【注釋】❶樊抗父　樊炳清，字抗父。王國維就讀東文學社時同學。論者一般認為樊炳清與《人間詞・序》的作者樊志厚為同一人。❷句出王國維〈浣溪沙〉：「天末同雲黯四垂，失行孤雁逆風飛。江湖寥落爾安歸。陌上金丸看落羽，閨中素手試調醢。今宵歡宴勝平時。」（據《海寧王靜安先生遺書・苕華詞》）❸句出王國維〈蝶戀花〉：「昨夜夢中多少恨。細馬香車，兩兩行相近。對面似憐人瘦損，眾中不惜搴帷問。　陌上輕雷聽隱轔。夢裡難從，覺後哪堪訊。蠟淚窗前堆一寸，人間只有相思分。」（據《海寧王靜安先生遺書・觀堂集林》）❹句出王國維〈蝶戀花〉：「百尺朱樓臨大道。樓外輕雷，不間昏和曉。獨倚闌干人窈窕，閒中數盡行人小。

一霎車塵生樹杪。陌上樓頭，都向塵中老。薄晚西風吹雨到，明朝又是傷流潦。」（同上）❺句出王國維〈蝶戀花〉：「春到臨春花正嫵。遲日闌干，蜂蝶飛無數。誰遣一春拋卻去，馬蹄處處章臺路。　幾度尋春春不遇。不見春來，哪識春歸處？斜日晚風楊柳渚，馬頭何處無飛絮。」（據《海寧王靜安先生遺書・苕華詞》）❻鑿空　開通道路。漢代張騫出使西域，時中西未曾交往，西域險阨，本無道路。張騫率隨員歷時數年，開通了中西交往的途徑。此後便以「鑿空」指代開闢道路，開創事業。❼第一義　即「第一義諦」（又稱「真諦」），佛教用語。諦，指真實不虛之理。第一義諦（「真諦」），佛教各派所下定義不盡相同，但都肯定是「基本的」、「首要的」、「真實的」真理。嚴羽以禪喻詩時，已用之。《滄浪詩話・詩辨》云：「禪家者流，乘有大小，宗有南北，道有邪正。學者須從最上乘，具正法眼，悟第一義。」借指藝術上的最高追求。

【語譯】樊抗父評我的詞，認為諸如〈浣溪沙〉「天末同雲」、〈蝶戀花〉「昨夜夢中」、「百尺朱樓」、「春到臨春」等闋，是開拓性的作品，創造了前代詞家所從未有過的境界。我自以為才華方面不如古人，但在力爭達到藝術的最高境界這一點上，古人也不像我這樣用心去追求。

八

叔本華❶曰：「抒情詩，少年之作也；敘事詩及戲曲，壯年之作也。」❷余謂：抒情詩，國民幼稚時代之作；敘事詩，國民盛壯時代之作也。故曲則古不如今（元曲誠多天籟❸，然其思想之陋劣，布置之粗笨，千篇一律，令人噴飯❹。至本朝之《桃花扇》❺、《長生殿》❻諸傳奇，則進矣），詞則今不如古。蓋一則以布局為主❼，一則須佇興而成❽故也。

【章　旨】此則言文學的發展程度，既與一個民族的文化及整體發展水準相連，也有獨特的創作及興衰規律。

【注　釋】❶叔本華　Arthur Schopenhauer, 1778~1860，德國哲學家。其學說以非理性主義的唯意志論和悲觀主義的人生觀著稱，對近代西方哲學有較大影響。主要著作有《意志與表象的世界》、《充足理由律的四重根》、《自然界中的意志》、《倫理學的兩個基本問題》等。❷語出叔本華《意志與表象的世界》。今譯為：「少年人僅只適於作抒情詩，並且要到成年人才適於寫戲劇。至於老年人，最多只能想像他們是史詩的作家，如奧西安、荷馬，因為講故事適合老年人的性格。」（上海：商務印書館，一九八二年版，頁三四八）叔本華的意思是說，人的一生中兩種主體——腦和心，即主觀感受與客觀認識，是逐漸分離的，對世界的看法及創造活動也就有所不同。幼年二者為一，少年時期起主要作用的是感知，首先是感覺與情調，所以少年人局限於事物的直觀外表，加以感情衝動，故適於作抒情詩。成年人理性成熟，適合寫需要作客觀觀察、構思布局的敘事文學、戲劇。老年人則已被生活磨去激情，他們的性格，以及因保留在記憶中更多的是過去——歷史，所以適合於寫史詩、講故事。王國維借此比喻一個民族的幼年時代與壯年時代，因其不同特點而創作不同的文學作品。❸天籟　自然界的音響。後亦用之以稱詩歌等文學作品不事雕琢，得自然之趣者。❹令人噴飯　形容可笑至極。噴飯，吃飯時聽到可笑的事，笑得噴出飯來。❺桃花扇　傳奇劇本。清初孔尚任作。以明末清初歷史為背景，寫復社名士侯方域與秦淮名妓李香君愛情的悲歡離合及復社、抗清等活動。劇作借離合之情抒興亡之感，將紛繁的歷史事件和跌宕的愛情糾葛組織得嚴密完整，文詞流暢、結構嚴謹，塑造了一些極有個性的人物。當時曾轟動劇壇，尤引起明末遺老的共鳴，觀劇時，臺下常一片唏噓。❻長生殿　傳奇劇本。清初洪昇作。歷十餘年始成。初名「沉香亭」，繼改「舞霓裳」，三稿始定今名。寫唐明皇與楊貴妃的愛情故事，穿插當時的社會狀況。曲詞優美合律，當時即傳演頗廣。其中的〈定情〉、〈密誓〉、〈驚變〉等，二百餘年來，成為昆劇經常演出的著名折子戲。❼布局為主　這裡是指敘事詩、戲曲等，需要作者在觀察生活的基礎上，進行提煉、加工、構思，選取最適當的表現形式和作品結構，安排人物活動、層次、順序、細節等等，即進行藝術加工。❽佇興而成　佇，貯積。這是說抒情文學需要作者有豐富的情感並善於抒發表現它們，才能寫成。

【語　譯】叔本華說：「抒情詩是少年人的作品。敘事詩及戲曲，是壯年時期才適於寫作的。」我以為，抒情詩是國民幼稚，情感充沛而理性尚不發達時代的作品；敘事詩，則是國民盛壯時代的創作。所以曲這種體裁，是古代不如現代；（元曲誠然多半率真自然，毫無雕飾，可是其中思想內容卑陋低劣，結構布局粗糙笨拙，千篇一律，是可笑至極的。經過長期發展，到本朝的《桃花扇》、《長生殿》等各種傳奇，就大有進步了。）詞這種抒情文學，則是今日不如古代。因為一種是以藝術加工、構思布局為主，一種必須具備豐富真摯的情感並善於抒發、表現它們才行。

【評　介】王國維早年對元曲的看法，以為其粗陋而可笑至極。隨著他對中國古代戲曲史研究的進展，看法有很大轉變，予元曲以高度評價，認為雖然在技巧上元曲的確粗糙，但其最佳而後人無法仿效的，是真摯自然，這與他對詞的評論是一致的。在《宋元戲曲考》中，他寫道：「元曲之佳處何在？一言以蔽之，曰自然而已矣。古今之大文學，無不以自然勝，而莫著於元曲。往者讀元人雜劇而善之，以為能道人情，狀物態，詞采俊拔而出乎自然，蓋古所未有，而後人所不能髣髴也。」王國維還把元曲與楚辭、唐詩等並列，作為中國文學史上一個時代的代表作品：「凡一代有一代之文學：楚之騷、漢之賦、六朝之駢語、唐之詩、宋之詞、元之曲，皆所謂一代之文學，而後世莫能繼焉者也。」

九

北宋名家以方回❶為最次，其詞如歷下❷、新城❸之詩，非不華贍，惜少真味❹。

【章旨】此則言賀鑄詞雖華美卻少真情，是北宋名家中最差勁的。

【注釋】❶方回　即賀鑄。參見卷一第二八則注❽。❷歷下　李攀龍（西元一五一四～一五七〇年），明代文學家。字于鱗，號滄溟。歷城人。與王世貞同為「後七子」首領。家貧自奮，厭訓詁之學。認為文自西漢、詩自盛唐以下，皆無足觀。倡導摹擬、復古，所作詩文亦多仿效古人。有《滄溟集》、《白雲樓詩集》等。❸新城　即王士禎。參見卷一第九則注❼。❹惜少真味　手稿於此後還有一段：「至宋末諸家，僅可譬之腐爛制藝，乃諸家之享重名者且數百年，始知世之幸人不獨曹蜍、李志也。」此段原已刪去。

【語　譯】北宋著名詞人中，賀鑄是最差的一位。他的詞如同李攀龍、王士禎的詩，並非文辭不華美富麗，只可惜缺少真情實感。

【評　介】賀鑄喜用前人成句，或化前人詩意入詞（尤喜用李商隱、溫庭筠句），深婉麗密。王國維認為他多拾人牙慧，而非「感自己之感，言自己之言」，雖華美，亦不足取。不過，對賀鑄詞，歷代也有評價甚高的。宋人張來云：賀詞「高絕一世」，「夫其盛麗如游金、張之堂，而妖冶如攬嬙、施之袪，幽潔如屈、宋，悲壯如蘇、李。」（《東山詞・序》）王灼稱其能「自成一家」（《碧雞漫志》）。清代陳廷焯《白雨齋詞話》云：「方回詞，胸中眼中，另有一種傷心說不出處，全得力於楚辭而運以變化，允推神品。」

一〇

散文易學而難工，駢文難學而易工。近體詩易學而難工，古體詩難學而易工。小令易學而難工，長調難學而易工。

【章　旨】此則言格律簡單、形式較為自由的文學體裁容易學卻難以寫好；格律嚴謹的文學體裁不易學，然而一旦掌握其規律便容易寫好。

【語　譯】散文容易學而難以寫好，駢文難學卻容易寫好。近體詩容易學但難於寫好，古體詩難學卻容易寫好。小令易學，不過難以寫好，長調難學但容易寫好。

【評介】滕咸惠《人間詞話新注》於此則下校曰：「王國維之意似為：格律較為簡單，形式較為自由者『易學而難工』，格律嚴格或繁複者『難學而易工』。若此理解不誤，則『近體詩易學而難工，古體詩難學而易工』，係王氏筆誤，當改為『古體詩易學而難工，近體詩難學而易工』。」此說可參考。

一一

古詩云：「誰能思不歌？誰能飢不食？」❶詩詞者，物之不得其平而鳴者也❷。故「歡愉之辭難工，愁苦之詞易巧」。

【章旨】此則言詩詞是內心情感的自然流露。人生多艱，不平則鳴。

【注釋】❶句出晉宋齊辭〈子夜歌〉：「誰能思不歌？誰能飢不食？日冥當戶倚，惆悵底不憶？」（據《樂府詩集》卷四四）❷詩詞者二句　王國維此處套用韓愈之意。韓愈〈送孟郊序〉云：「大凡物不得其平則鳴，其於人也亦然。孟郊東野，始以其詩鳴，抑不知天將和其聲而使鳴國家之盛耶？抑將窮餓其身，思愁其心腸，而使自鳴其不幸耶？」「人之於言亦然。有不得已者而後言，其歌也有思，其哭也有懷，凡出乎口而為聲者，其皆有弗平者乎？」

【語　譯】古詩說：「誰能思不歌？誰能飢不食？」所謂詩詞，就是作者內心被感動，悲憤愁思激蕩所發出的聲音。所以，「歡快愉悅的文辭難以寫得聲情並茂，而憂愁哀苦的作品比較容易寫好」。

【評　介】韓愈〈荊譚倡和詩・序〉云：「夫和平之音淡薄，而愁思之聲要妙，歡愉之辭難工，而窮苦之言易好也。是故文章之作，恆發於羈旅草野。至若王公貴人，氣滿志得，非性能而好之，則不暇以為。」陳廷焯《白雨齋詞話》云：「詩以窮而後工，倚聲亦然，故仙詞不如鬼詞，哀則幽鬱，樂則淺顯也。」朱彝尊則有不同看法，他認為「昌黎子曰：『歡愉之詞難工，窮苦之言易好』，斯亦善言詩矣。至於詞，或不然。大都歡愉之詞，工者十九；而言愁苦者，十一焉耳。故詩際兵戈倥傯流離瑣尾，而作者愈工。詞則宜於宴嬉逸樂，以歌詠太平，此學士大夫並存焉而不廢也。」從中國文學史看，一流的作品多半是抒寫家國之感，身世之慨，或者羈旅思婦哀怨愁苦，而「宴嬉逸樂，歌詠太平」的「歡愉之辭」，的確很少有聲情並茂的佳作。

一二

社會上之習慣，殺許多之善人。文學上之習慣，殺許多之天才。

【章　旨】此則言社會與文學的惡習之一，就是迫害、扼殺善人或天才。

【語　譯】社會上的習慣，是迫害、殘殺善良的人。文學上的習慣，是許多天才遭到扼殺。

一三

詞之為體，要眇宜修❶。能言詩之所不能言，而不能盡言詩之所能言。詩之境闊，詞之言長。

【章旨】此則言同是抒情文學的詩與詞，仍各有其所獨特的藝術特質：詩境宏闊，詞境幽美。

【注釋】❶要眇宜修　句出屈原〈九歌・湘君〉：「君不行兮夷猶。蹇誰留兮中洲？美要眇兮宜修，沛吾乘兮桂舟。」王國維借此說詞既要婉麗幽約，又要恰到好處。要眇，形容容貌妙麗。眇，通「妙」。本意是精微。宜修，是妝扮得恰到好處。

【語譯】詞的藝術特質是恰到好處的精微婉麗，能表達詩難以表達的情思，而不能盡說詩所能說的言辭情感。詩的境界寬廣宏闊，而詞的境界深長幽遠，餘蘊無盡。

【評介】詩詞的不同特質，歷代多有所論。張惠言《詞選・序》云：「詞者……其緣情造端，興於微言，以相感動，極命風謠里巷男女哀樂，以道賢人君子幽約怨悱不能自言之情，低徊要眇以喻其致。……非苟為雕琢曼詞而已。」繆鉞《論詞》云：「抑詞之所以別於詩者，不僅在外形之句調韻律，而尤在內質之情味意境。……故欲明詞與詩之別，及詞體何以能出於詩而離詩獨立，自拓境域，均不可不與其內質求之，格調音律，抑其末矣。人有情思，發諸楮墨，是為文章。然情思之精者，其深曲要眇，文章之格調詞句不足以盡達之也，於是有詩焉。文顯而詩隱。詩能言文之所不能言，而不能盡言文之所能言，則又因體裁之不同，運用之限度有廣狹也。詩之所言，固人生情思之精者矣，然精之中復有更細美幽約者焉，詩體又不足以達，或勉強達之，而不能曲盡其妙，於是不得不別創新體，詞遂肇興。茲所謂別創新體者，非必一二人有意為之，乃出於自然試驗演變之結果。……及夫厥端既開，作者漸眾，因嘗試之所得，覺此新體有各種殊異之調，而每調中句法參差，音節抗墜，較詩體為輕靈變化而有彈性，要眇之情，淒迷之境，詩中或不能盡，而此新體反適於表達。一二天才，專就其長點利用之，於是詞之功能益顯，而其體亦遂確立。……故自其疏闊者言之，詞與詩同類，而與文殊異。自其精細言之，詞與詩又不同：詩顯而詞隱，詩直而詞婉，詩有時質言而詞更多比興，詩尚能敷暢而詞尤貴蘊藉。」（見《詩詞散論》）可參考之。

一四

言氣質❶，言神韻❷，不如言境界。境界，本也。氣質、格律❸、神韻，末也。有境界而三者隨之矣❹。

【章　旨】此則言境界為本，氣質、格律、神韻為末，是隨境界而產生的。

【注　釋】❶氣質　中國古典文學批評的概念之一。指作品內在的清峻慷慨雄健的風格，有點類似於「風骨」。《宋書・謝靈運傳・論》：「自漢至魏……文體三變。相如巧為形似之言，班固長於情理之說，子建、仲宣以氣質為體。」《隋書・文學傳・序》：「江左宮商發越，貴於清綺；河朔詞義貞剛，重乎氣質。氣質則理勝其詞，清綺則文過其意。」❷神韻　中國古典文學批評的理論之一，歷代均有關於「神」、「韻」的種種論說，至清代王士禎明確提出。參見卷一第九則注❽。❸格律　創作韻文所依照的格式和韻律，包括聲韻、對仗、結構、字數等。此處也指明清時代的一種詩論「格調說」。明代學者李東陽倡說推闡，主張從格律聲調上學習古人（主要指盛唐時期），提倡格調，即「音韻鏗鏘，意象具足」。李攀龍、王世貞等「後七子」大張是說。（王世貞《藝苑卮言》云：「才生思，思生調。調生格，思即才之用，調即思之境，格即調之界。」）至清代沈德潛又加上溫柔敦厚的「詩教」。❹此則與卷一專論「境界」的第一至第九則相近，可參看該數則。

【語　譯】言氣質，說神韻，不如講境界。境界，是詩詞的本質與核心。氣質、格律、神韻，是次要的、表面的。有了境界，這三者自然亦隨之而產生了。

一五

「西風吹渭水，落日滿長安。」❶美成❷以之入詞❸，白仁甫❹以之入曲❺，此借古人之境界為我之境界者也。然非自有境界，古人亦不為我用。

【章　旨】此則言如果不是「自有境界」，那麼，即使借用前人詩句，也不能將前人的境界化為自己的。

【注　釋】❶句出賈島〈憶江上吳處士〉：「閩國揚帆去，蟾蜍虧復圓。秋風吹渭水，落葉滿長安。此夜聚會夕，當時雷雨寒。蘭橈殊未返，消息海雲端。」（據《長江集》卷五）案：王國維引文中誤將「秋風」作「西風」，「落葉」作「落日」。❷美成　即周邦彥。參見卷一第三二則注❼。❸以之入詞　周邦彥〈齊天樂〉（秋思）：「綠蕪彫盡臺城路，殊鄉又逢秋晚。暮雨生寒，鳴蛩勸織，深閣時聞裁翦。雲窗靜掩。歎重拂羅裀，頓疏花簟。尚有練囊，露螢清夜照書卷。　荊江留滯最久，故人相望處，離思何限。渭水西風，長安亂葉，空憶詩情宛轉。凭高眺遠。正玉液新篘，蟹螯初薦。醉倒山翁，但愁斜照斂。」（據《清真集》卷下）❹白仁甫　即白樸。參見卷一第六四則注❶。❺以之入曲　白樸〈雙調得勝樂〉（秋）：「玉露冷，蛩吟砌，聽落葉西風渭水。寒雁兒長空嘹唳。陶元亮醉在東籬。」（據「散曲叢刊」本《陽春白雪補集》）又《梧桐雨》雜劇第二折〈普天樂〉：「恨無窮，愁無限。爭奈倉卒之際，避不得驀嶺登山。鑾駕遷。成都盼。更那堪滻水西飛雁，一聲聲送上雕鞍。傷心故園。西風渭水，落日長安。」（據「元明雜劇」本）

【語　譯】「西風吹渭水，落日滿長安。」是唐代詩人賈島的詩句。周邦彥把它用在自己的詞中，白樸把它化入自己的曲中，這是借用古人的境界作為我之境界的做法。然而，如果不是自己有境界，古人的境界也不會為我所用，真正融化成自己的境界。

【評　介】此則主要談借用前人成句與境界的關係，可參見卷一論境界的數則以及有關「代字」、

「隸事」等論說。

一六

詞家多以景寓情。其專作情語而絕妙者，如牛嶠❶之「甘作一生拼，盡君今日歡」❷；顧敻❸之「換我心，為你心，始知相憶深」❹；歐陽修之「衣帶漸寬終不悔，為伊消得人憔悴」❺；美成❻之「許多煩惱，只為當時，一晌留情」❼。此等詞古今曾不多見❽。余《乙稿》❾中頗於此方面有開拓之功。

【章旨】此則言古今詞作中純粹寫情的一些絕妙佳句。

【注釋】❶牛嶠　西元八五〇？～九二〇？年，五代前蜀詞人。字松卿，一字延峰。隴西人。博學有文，以歌詩著名，尤工詞。有《歌詩集》，已佚。《花間集》收其詞三十二首。❷句出牛嶠〈菩薩蠻〉：「玉爐冰簟鴛鴦錦，粉融香汗流山枕。簾外轆轤聲，斂眉含笑驚。　柳陰煙漠漠，低鬢蟬釵落。須作一生拼，盡君今日歡。」（據《牛給事詞》，王國維自輯本）案：王國維引語中，將「須作一生拼」，誤為「甘作一生拼」。❸顧敻　五代蜀詞人。累官至太尉。工詞，尤善小令。有〈醉公子曲〉，為一時艷稱。《花間集》收其詞五十五首。後人稱其詞為艷詞上駟。❹句出顧敻〈訴衷情〉：「永夜拋人何處去？絕來音。香閣掩，眉斂，月將沉。爭忍不相尋？怨孤衾。換我心，為你心，始知相憶深。」（據觀堂自輯本《顧太尉詞》）「換我心，為你心，始知相憶深」，歷代推為寫情至深至真的佳句。❺句出柳永〈鳳棲梧〉詞，參見卷一第二六則注❸。此詞亦收《歐陽文忠公近體樂府》及《醉翁琴趣外編》。歷代多半認為此詞係柳永所作。❻美成　即周邦彥。參見卷一第三二則注❼。❼句出周邦彥〈慶宮春〉：「雲接平崗，山圍寒野，路回漸轉孤城。衰柳啼鴉，驚風驅雁，動人一片秋聲。倦途休駕，澹煙裡，微茫見星。塵埃顦顇，生怕黃昏，離思牽縈。　華堂舊日逢迎。花艷參差，香霧飄零。絃管當頭，偏憐嬌鳳，夜深簧暖笙清。眼波傳意，恨密約、匆匆未成。許多煩惱，只為當時，一晌留情。」（據《清真集》卷下）❽此等詞古今曾不多見　賀裳《皺水軒詞筌》云：「小詞以含蓄為佳，亦有作決絕語而妙者。如韋莊『誰家少年足風流。妾擬將身嫁與，一生休。縱被無情棄，不能羞』之類是也。牛嶠『須作一生拼，盡君今日歡』，抑亦其次。柳耆卿『衣帶漸寬終不悔，為伊消得人憔悴』，亦即韋意，而氣加婉矣。」❾乙稿　王國維《人間詞乙稿》，光緒三十三年（西元一九〇七年）十月上旬刊《教育世界》雜誌第十九期（總第一百六十一號），計四十三首。有山陰樊志厚敘（敘見本書卷四第二一則）。

【語　譯】詞人多半通過描寫景物來寄寓、抒發情感。純粹言情而寫得極其絕妙的詞句，有牛嶠的「須作一生拼，盡君今日歡」；顧敻的「換我心，為你心，始知相憶深」；歐陽修的「衣帶漸寬終不悔，為伊消得人憔悴」；周邦彥的「許多煩惱，只為當時，一晌留情」。這類詞句在古代詞作中是不多見的。我在《人間詞乙稿》中對這方面，頗有開拓的功勞。

【評　介】關於情、景關係之論，參見卷三第四則及注釋。王國維於此強調的是要寫真情，可參見卷一第六、四一、五六則的相關部分。

一七

長調自以周❶、柳❷、蘇❸、辛❹為最工。美成〈浪淘沙慢〉二詞❺，精壯頓挫，已開北曲❻之先聲。若屯田之〈八聲甘州〉❼，玉局❽之〈水調歌頭〉❾（中秋寄子由），則佇興之作，格高千古，不能以常詞論也。

【章　旨】此則言長調中以周邦彥、柳永、蘇軾、辛棄疾四人的成就最高。

【注　釋】❶周　即周邦彥。參見卷一第三三則注❼。❷柳　柳永（西元？～約一〇五三年），北宋詞人。初名三變，字耆卿。景祐進士，官屯田員外郎，世人稱柳屯田。懷才不遇，放蕩不羈。詞作多以歌妓生活和都市風物為題材，亦擅寫羈旅情懷。韻律諧婉，語言通俗。尤長於慢詞。對宋詞體制有一定影響。亦能詩。有《樂章集》。❸蘇　即蘇軾。參見卷一第二九則注❺。❹辛　即辛棄疾。參見卷一第四三則注❺。❺美成浪淘沙慢二詞　其一：「晝陰重，霜凋岸草，霧隱城堞。南陌脂車待發。東門帳飲乍闋。正拂面、垂楊堪攬結。掩紅淚，玉手親折。念漢浦離鴻去何許，經時信音絕。　情切。望中地遠天闊。向露冷風清、無人處，耿耿寒漏咽。嗟萬事難忘，唯是輕別。翠罇未竭。憑斷雲留取，西樓殘月。　羅帶光銷紋衾疊。連環解，舊香頓歇。怨歌永，瓊壺敲盡缺。恨春去，不與人期，弄夜色，空餘滿地梨花雪。」（據《清真集》卷上）其二：「萬葉戰，秋聲露結，雁度砂磧。細草和煙尚綠，遙山向晚更碧。見隱隱、雲邊新月白。映落照、簾幕千家，聽數聲、何處倚樓笛。裝點盡秋色。　脈脈。旅情暗自消釋。念珠玉，臨水猶悲戚，何況天涯客。憶少年歌酒，當時蹤跡。歲華易老，衣帶寬，懊惱心腸終窄。　飛散後、風流人阻。藍橋約、悵恨路隔。馬蹄過，猶嘶舊巷陌。歎往事，一一堪傷，曠望極。凝思又把闌干拍。」（據《全宋詞》）案：此詞周邦彥的《清真集》中不載，而《全宋詞》列周名下。羅忼烈認為，此詞字面滑熟，鋪敘處語多意少，鉤勒無力，與清真「畫陰重」闋力透紙背，驟風飄麗，不可遏抑者，相去何止一塵。絕類柳屯田口吻，置《樂章集》中猶不失中等而已。見《周邦彥清真箋》，頁二五三。❻北曲　宋元時北方戲曲、散曲所用各種曲調的統稱，與南方的「南曲」相對。主要淵源於唐宋大曲、宋詞和北方民間曲調，並吸收了金元音樂。用韻以《中原音韻》為準，無入聲。音樂上用七聲音階，聲調遒勁樸實，以弦樂器伴奏，有「弦索調」之稱；一說也用笛伴奏。❼屯田之八聲甘州　即柳永〈八聲甘州〉：「對瀟瀟、暮雨灑江天，一番洗清秋。漸霜風淒慘，關河冷落，殘照當樓。是處紅衰翠減，苒苒物華休。惟有長江水，無語東流。　不忍登高臨遠，望故鄉渺邈，歸思難收。歎年來蹤跡，何事苦淹留。想佳人、妝樓顒望，誤幾回、天際識歸舟。爭知我，倚闌干處，正恁凝愁。」（據「彊村叢書」本《樂章集》卷下）❽玉局　即蘇軾。他曾提舉玉局觀，故云。❾水調歌頭　即蘇軾〈水調歌頭〉（丙辰中秋，歡飲達旦，大醉。作此篇，兼懷子由）：「明月幾時有？把酒問青天。不知天上宮闕，今夕是何年？我欲乘風歸去，惟恐瓊樓玉宇，高處不勝寒。起舞弄清影，何似在人間。　轉朱閣，低綺戶，照無眠。不應有恨，何事長向別時圓？人有悲歡離合，月有陰晴圓缺，此事古難全。但願人長久，千里共嬋娟。」（據《東坡樂府》卷二）胡仔《苕溪漁隱詩話》曰：「中秋詞，自東坡〈水調歌頭〉一出，餘詞盡廢。」

【語　譯】詞中長調自然應當以周邦彥、柳永、蘇軾、辛棄疾的成就最高。周邦彥的二首〈浪淘沙慢〉詞，精壯渾厚，抑揚頓挫，已開北曲之先聲。而柳永的〈八聲甘州〉、蘇軾的〈水調歌頭〉（中秋寄子由），則是一腔深情，激蕩澎湃，發而為詞，格調高絕千古，不能以尋常的賦詩填詞來論說。

【評　介】歷代對周邦彥的評價都較高（清代常州詞派且將周置於詞家之首）。陳振孫曰：「（清真詞）多用唐人詩語，隱栝入律，渾然天成。長調尤善鋪敘，富艷精工，詞人之甲乙也。」（《直齋書錄解題》卷二〇）沈義父《樂府指迷》云：「凡作詞當以清真為主。蓋清真最為知音，且無一點市井氣，下字運意，皆有法度，往往自唐、宋諸賢詩句中來，而不用經史中生硬字面，此所以為冠絕也。」周濟《介存齋論詞雜著》云：「美成思力，獨絕千古，如顏平原書，雖未臻兩晉，而唐初之法，至此大備。後有作者，莫能出其範圍矣。讀得清真詞多，覺他人所作，都不十分經意。」王國維後來在《清真先生遺事》中對周作了較高的評價，尤肯定其音律上的成就。參見本書卷四第一四、一五、一六、一七則。

一八

稼軒❶〈賀新郎〉詞❷（送茂嘉十二弟），章法絕妙，且語語有境界，此能品而幾於神者。然非有意為之，故後人不能學也。

【章　旨】此則言辛棄疾〈賀新郎〉詞為詞中神品。因其全然發自內心情感，所以是無法模仿的。

【注　釋】❶稼軒　即辛棄疾。參見卷一第四三則注❺。❷賀新郎詞　辛棄疾〈賀新郎〉（別茂嘉十二弟）：

「綠樹聽鵜鴂。更那堪、鷓鴣聲住，杜鵑聲切。啼到春歸無尋處，苦恨芳菲都歇。算未抵人間離別。馬上琵琶關塞黑，更長門翠輦辭金闕。看燕燕，送歸妾。　將軍百戰身名烈。向河梁、回頭萬里，故人長絕。易水蕭蕭西風冷，滿座衣冠似雪。正壯士悲歌未徹。啼鳥還知如許恨，料不啼清淚長啼血。誰共我，醉明月？」（據《稼軒長短句》卷一）

【語　譯】辛棄疾的〈賀新郎〉（送茂嘉十二弟）一詞，在立意布局、承轉熔裁上極其絕妙，而且一句一語都有境界，這是才能技巧幾乎達到出神入化的作品。然而，作者並不是有意去這樣做的，所以後人無法摹仿。

【評　介】辛棄疾的這首詞，敘寫了數件歷史與傳說中的生離死別之事，以及由此而起的哀思悲怨，同時也借這些典故抒發懷抱。謀篇布局很有特點，又全然出自真情。故王國維謂之「章法絕妙」，「然非有意為之」，是「不能學」的。陳廷焯《白雨齋詞話》對此詞評價亦高：「稼軒詞，自以〈賀新郎〉（別茂嘉十二弟）一篇為冠。沉鬱蒼涼，跳躍動蕩，古今無此筆力。」對辛詞的評價可參看卷一第四三、四四、四五則。

一九

稼軒❶〈賀新郎〉詞：「柳暗凌波路。送春歸、猛風暴雨，一番新綠。」❷又〈定風波〉詞：「從此酒酣明月夜。耳熱。」❸「綠」、「熱」

二字，皆作上去用❹。與韓玉《東浦詞・賀新郎》❺以「玉」、「曲」叶❻「注」、「女」，〈卜算子〉❼以「夜」、「謝」叶「食」、「月」❽，已開北曲四聲通押之祖。

【章　旨】此則言辛棄疾、韓玉詞中以入聲與上去聲通叶，開北曲四聲通押之先河。

【注　釋】❶稼軒　即辛棄疾。參見卷一第四三則注❺。❷句出辛棄疾〈賀新郎〉：「柳暗凌波路。送春歸、猛風暴雨，一番新綠。千里瀟湘葡萄漲，人解扁舟欲去。又檣燕留人相語。艇子飛來生塵步，唾花寒唱我新番句。波似箭，催鳴櫓。　黃陵祠下山無數。聽湘娥、泠泠曲罷，為誰情苦。行到東吳春已暮。正江闊潮平穩渡。望金雀、觚稜翔舞。前度劉郎今重到，問玄都千樹花存否？愁為倩，么絃訴。」（據《稼軒長短句》卷一）❸句出辛棄疾〈定風波〉（自和）：「金印纍纍佩陸離，河梁更賦斷腸詩。莫擁旌旗真箇去。何處。玉堂元自要論思。且約風流三學士。同醉。春風看試幾槍旗。從此酒酣明月夜。耳熱。那邊應是說儂時。」（據《稼軒長短句》卷八）❹綠熱二字二句　辛棄疾的兩首詞中，「綠」（二沃）與「熱」（九屑）屬入聲，而「路」（七遇）、「去」（六御）、「夜」（二十二禡）屬去聲；「語」（六語）、「苦」（七麌）為上聲，這是入聲與上去通叶例。❺韓玉東浦詞賀新郎　詞為：「綽約人如玉。試新妝、嬌黃半綠，漢宮匀注。倚傍小欄閒凝佇，翠帶風前似舞。記洛甫、當年儔侶。羅襪塵生香冉冉，料征鴻、微步淩波女。驚夢斷，楚江曲。……」韓玉（西元？～一二一一年），南宋詞人。字溫甫。薊州漁陽人。有《東浦詞》。❻叶　通「協」。如「叶韻」（作韻文時於句末和聯末用韻之稱）。❼卜算子　指韓玉〈卜算子〉：「楊柳綠成陰，初過寒食節。門掩金鋪獨自眠，那更逢寒夜。　強起立東風，慘慘梨花謝。何事王孫不早歸，寂寞秋千月。」（據《東浦詞》）❽以夜謝叶食月　韓玉的這兩首詞中，「玉」、

「曲」（二沃）及「節」（九屑）、「月」（六月）屬入聲，「注」（七遇）、「謝」（二十二禡）、「夜」（二十二禡）屬去聲，「女」（六語）屬上聲，也是入聲與上、去聲通叶例。又韓玉〈卜算子〉詞「節、夜、謝、月」相押，此處「食」當作「節」。「食」在詞中既非韻，在詞韻中與「月」又非同部，想係筆誤。

【語譯】辛棄疾〈賀新郎〉詞：「柳暗凌波路。送春歸、猛風暴雨，一番新綠。」以及〈定風波〉詞：「從此酒酣明月夜。耳熱。」其中，「綠」、「熱」二字，原屬於入聲，詞中都作上聲與去聲使用。韓玉《東浦詞》中的〈賀新郎〉以「玉」、「曲」協「注」、「女」，〈卜算子〉詞以「夜」、「謝」協「食」、「月」，也是以入聲與上、去聲通叶，二者都已經開北曲四聲通押的先例。

【評介】詞講究聲律音韻，到南宋，有些作家更有分辨五音、分辨陰陽的現象。北曲四聲通押，入聲已派入平上去三聲，不過四聲通押，並非始於詞，也不是由辛、韓開創。許文雨《人間詞話講疏》於此有注，謂：「謝章鋌《詞話續編》（一）云：『詞之三聲互叶，非創自詞也。虞廷賡歌已以熙韻喜起矣。』就詞而言，則友人夏瞿禪云：『《雲謠集・漁歌子》「悄、寞、禱、少」三聲相叶，為最先見之例。又《樂府雅詞・九張機》「機、理、寐、白、碧、色」相叶。又此例金道人詞最多。』」

二〇

譚復堂❶《篋中詞選》謂：「蔣鹿潭❷《水雲樓詞》與成容若❸、項蓮生❹三百年間分鼎三足。」❺然《水雲樓詞》小令頗有境界，長調惟存氣格。《憶雲詞》亦精實有餘，超逸不足，皆不足與容若比。然視皋文❻、止庵❼輩，則倜❽乎遠矣。

【章　旨】此則言蔣春霖、項鴻祚的詞雖有優點，但都無法與納蘭性德相比。

【注　釋】❶譚復堂　譚獻（西元一八三二～一九〇一年），清代學者。原名定獻，一作廷獻，字仲修，號復堂。浙江仁和人。曾任知縣等職。晚年應張之洞聘，主持湖北經心書院。治經傾向今文學派。於詞學致力尤深，依常州詞派的理論而加以發揮。也能詩及駢文。有《復堂類稿》等。並選清人詞輯為《篋中詞》。其詞論散見於文集、日記、《篋中詞》及所評周濟《詞辨》中，由門人徐珂輯為《復堂詞話》。❷蔣鹿潭　蔣春霖（西元一八一八～一八六八年），清代詞人。字鹿潭。江蘇江陰人。一生落拓。早歲為詩，中年以後專力於詞，遂負盛名。作品悲涼淒厲，多抒寫身世之感。有《水雲樓詞》、《水雲樓詩賸稿》。❸成容若　即納蘭性德。參見卷一第五一則注❺。❹項蓮生　項鴻祚（西元一七九八～一八三五年），清代詞人。又名廷紀，字蓮生。浙江錢塘人。屢應進士試不第，窮愁而卒。善詞，多寫抑鬱、感傷情致。有《憶雲詞》甲乙丙丁稿。❺語見譚獻《篋中詞》卷五云：「文字無大小，必有正變，必有家數。《水雲詞》固清商變徵之聲，而流別甚正，家數頗大，與成容若、項蓮生二百年中，分鼎三足。咸豐兵事，天挺此才，為倚聲家老杜。而晚唐兩宋一唱三歎之意，則已微矣。」案：王國維引文中，將「二百年」誤作「三百年」。❻皋文　即張惠言。參見卷一第一一則注❶。❼止庵　即周濟。參見卷一第一五則注❹。❽倜　此字一般不單用，往往與他字組成詞組，如「倜儻」（卓異、豪爽、灑脫不拘）、「倜然」（特出，不同於眾）等。

【語譯】譚獻《篋中詞選》說：「蔣春霖著有《水雲樓詞》，他與納蘭性德、項鴻祚三人，在三百年來的詞壇上是最傑出的，形成三足鼎立之勢。」然而，《水雲樓詞》中的小令還有點境界，長調就只存氣性格律。《憶雲詞》精緻實在有餘，而超逸曠達則不足。二人都不能與納蘭性德相比。不過看看張惠言、周濟之流，則蔣、項還是比他們優異、灑脫得多了。

二一

賀黃公（裳）❶《皺水軒詞筌》云：「張玉田❷《樂府指迷》❸，其調叶宮商，鋪張藻繪，抑亦可矣；至於風流蘊藉之事，真屬茫茫。如啖❹官廚飯者，不知牲牢❺之外，別有甘鮮也。」❻此語解頤。

【章旨】此則引賀裳語評張炎詞，認為協音律，美辭藻，但缺乏風流蘊藉。

【注釋】❶賀黃公　賀裳，字黃公，清代詞論家。有《皺水軒詞筌》。❷張玉田　即張炎。參見卷一第四六則注❽。❸樂府指迷　乃沈義父所著，後人稱張炎《詞源》卷下為《樂府指迷》。參見卷一第三五則注❷。❹啖　吃或者給人吃。❺牲牢　泛指魚肉之類的美味佳餚。牢，關牲畜的欄圈。❻語出賀裳《皺水軒詞筌》：「詞誠薄技，然實文事之緒餘，往往便於伶倫之口者，不能入文人之目。張玉田《樂府指迷》，其調叶宮商，鋪張藻繪，抑亦可矣。至於風流蘊藉之事，真屬茫茫。如啖官廚飯者，不知牲牢之外，別有甘鮮也。」（據「詞話叢編」本）

【語　譯】賀裳《皺水軒詞筌》說：「張玉田著有《樂府指迷》，他的詞音調和諧，善於鋪敘，辭藻華美，都有可取之處。但是在風流倜儻含蘊沉藉等方面，則茫然無所知，十分欠缺。就像在官廚吃飯，不知道在大魚大肉之外，還有各種鮮美可口的食物。」這段比喻很巧妙，令人發笑。

二二

周保緒（濟）❶《詞辨》云：「玉田❷，近人所最尊奉，才情詣力亦不後諸人，終覺積穀作米，把纜放船，無開闊手段。」又云：「叔夏❸所以不及前人處，只在字句上著功夫，不肯換意。」「近人喜學玉田，亦為修飾字句易，換意難。」❹

【章　旨】此則引周濟語，言張炎詞局促拘謹，缺少意境。

【注　釋】❶周保緒　即周濟。參見卷一第一五則注❹。❷玉田　即張炎。參見卷一第四六則注❽。❸叔夏　同注❷。❹原文均出自周濟《介存齋論詞雜著》。周濟云：「玉田，近人所最尊奉，才情詣力亦不後諸人，終覺積穀作米，把纜放船，無開闊手段。然其清絕處，自不易到。」「叔夏所以不及前人處，只在字句上著功夫，不肯換意。若其用意佳者，即字字珠輝玉映，不可指摘。近人喜學玉田，亦為修飾字句易，換意難。」

【語譯】周濟《詞辨》說：「張炎是近數十年中人們最尊奉的詞人。他的才情及藝術創造力並不比其他人差，但是他的詞總讓人覺得局促拘謹，好似積蓄五穀作為米糧，拉住纜繩行船，終究缺乏開闊灑脫的大手筆。」又說：「張炎的成就之所以比不上前人，其原因就在他只在字句上下功夫，雕琢修飾，而不願致力於意境。」「近人喜歡學習張炎，也是因為修飾字句容易，創造意境困難的緣故。」

二三

詞家時代之說，盛於國初。竹垞❶謂：「詞至北宋而大，至南宋而深。」❷後此詞人，羣奉其說。然其中亦非無具眼者❸。周保緒❹曰：「南宋下不犯北宋拙率之病，高不到北宋渾涵之詣。」又曰：「北宋詞多就景敘情，故珠圓玉潤，四照玲瓏。至稼軒❺、白石❻，一變而為即事敘景，使深者反淺，曲者反直。」❼潘四農❽（德輿）曰：「詞濫觴於唐，暢於五代，而意格之閎深曲摯，則莫盛於北宋。詞之有北宋，猶詩之有盛唐。至南宋則稍衰矣。」❾劉融齋（熙載）❿曰：「北宋詞用密亦疏，用隱亦亮，用沉亦快，用細亦闊，用精亦渾。南宋只是掉轉過來。」⓫可知此事自有公論。雖止弇⓬詞頗淺薄，潘、劉尤甚，然其推尊北宋，則與明季雲間諸公⓭同一卓識也。

【章　旨】北宋詞與南宋詞孰優孰劣，是清代詞論爭執的焦點之一。此則引清代數家論說，貶南宋而尊北宋。

【注　釋】❶竹垞　朱彝尊（西元一六二九～一七〇九年），清代文學家。字錫鬯，號竹垞，晚號小長蘆釣魚師、金風亭長。浙江秀水人。少致力於古籍，博覽群書，康熙年間，以布衣舉博學鴻詞科，參加修纂《明史》。通經史，能詩詞古文。詩風清峭蒼勁，長於古體。與王士禎齊名，稱「南朱北王」。其詞宗姜夔、張炎，清麗醇雅，為「浙西詞派」的創始者。著有《經義考》、《日下舊聞》、《曝書亭集》等。編有《明詩綜》、《詞綜》等。❷朱彝尊《詞綜・發凡》云：「世人言詞，必稱北宋。然詞至南宋始極其工，至宋季而始極其變。」❸具眼者　具有鑒別事物的眼光和識力的人。❹周保緒　即周濟。參見卷一第一五則注❹。❺稼軒　即辛棄疾。參見卷一第四三則注❺。❻白石　即姜夔。參見卷一第三一則注⓭。❼語見周濟《介存齋論詞雜著》。❽潘四農　潘德輿（西元一七八五～一八三九年），清代文學家。字彥輔，號四農。江蘇山陽人。能詩。其詩論以儒家「詩教」為本。有《養一齋集》、《養一齋詩話》等。❾語見譚獻《篋中詞》卷三所錄潘德輿詞，後附評語云：「四農大令〈與葉生書〉，略曰：『張氏《詞選》，抗志希古，標高揭己，宏音雅調，多被排擯；五代、北宋有自昔傳誦非徒隻句之警者，張氏亦多恝然置之。竊謂詞濫觴於唐，暢於五代，而意格之閎深曲摯，則莫盛於北宋。詞之有北宋，猶詩之有盛唐，至南宋則稍衰矣。』云云。」⑩劉融齋　即劉熙載。參見卷一第一一則注❻。⑪語見劉熙載《藝概・詞曲概》。⑫止弇　即周濟。⑬雲間諸公　松江古稱「雲間」，明末詞人陳子龍為松江人，與李雯（西元一六〇八～一六四七年）、宋徵輿等倡「雲間詩派」，時人稱此三人為「雲間三子」。陳子龍〈三子詩餘序〉云：「詩餘始於唐末，而婉暢穠逸極於北宋。……夫風騷之旨皆本言情，言情之作必託於閨襜之際。代有新聲而想窮擬議，於是以溫厚之篇、含蓄之旨未足以寫哀而宣志也，思極於追琢而纖刻之辭來，情深於柔靡而婉孌之趣合，志溺於燕嬉而妍綺之境出，態趨於蕩逸而流暢之調生，是以鏤裁至巧而若出自然，警露已渾而意含未盡。雖曰小道，工之實難。」（據《陳臥子先生安雅堂稿》）王士禎《花草蒙拾》云：「近日雲間作者論詞有云：『五季猶有唐風，入宋便開元曲，故專意小令，冀復古音，屏去宋調，庶防流失。』僕謂此論雖高，殊屬孟浪。」又云：「雲間數公，論詩拘格律，崇神韻，然拘於方幅，泥於時代，不免為識者所少。其於詞亦不欲涉南宋一筆，佳處在此，短處亦在此。」（據「詞話叢編」本）

【語　譯】以時代來區分判斷詞的高下優劣，盛行於國朝初年。朱彝尊說：「詞到北宋而光大恢閎，到南宋才深厚醇雅，始極其工。」以後的詞人，大都奉行他的觀點。但是，其中也並不是沒有獨具識別鑒賞能力的人。周濟就說：「南宋詞中，差者沒有犯北宋粗拙率直的毛病，而優秀者也達不到北宋渾厚含蓄自然的造詣。」又說：「北宋詞多半在寫景中言情，情景交融，所以如同珠玉般圓潤，玲瓏剔透。到辛棄疾、姜夔，則變成為就事而寫景，使深沉的反變得淺薄，委婉曲折的變為平鋪直敘。」潘德輿說：「詞起源於唐，五代時期有所發展，而意境、格調的閎闊深遠，曲折摯婉，則以北宋為最，沒有能超過的。北宋的詞就像盛唐的詩一樣空前絕後。到了南宋，便逐漸衰落了。」劉熙載說：「北宋的詞嚴密而又疏朗，幽隱而又顯亮，沉著而又明快，細微而又閎大，精緻而又渾厚。南宋卻正好是反其道而行之。」從這些評說中可以得知，兩宋詞孰優孰劣，自有公論。雖然周濟的詞十分淺薄，潘德輿、劉熙載的詞更是如此。但是他們推尊北宋的詞，則是與明末雲間諸公具有同樣的卓越見識。

【評　介】詞興於唐，盛於宋，元以後衰落，至明末清初才又開始復興。隨著詞的流行，對古人作品的研究也開始興盛，清代以後，湧現出大量的《詞話》及各種形式的評論。評說者依據自己的愛好、特點、藝術鑒賞能力及選取準則，品評各家，研究詞的興衰歷史與原因，由此引出南宋詞與北宋詞孰優孰劣的爭論，並形成崇南宋的浙西派與尊北宋的常州派，以及意圖調和、修正兩家的一些論說。所謂「國初」，即清朝初年。王國維寫《人間詞話》時是晚清，清朝皇帝仍統治中國，故云詞家時代之說，盛於國初。

二四

唐、五代、北宋之詞，所謂「生香真色」❶。若雲間諸公❷，則綵花❸耳。湘真❹且然，況其次也者乎。

【章　旨】此則言唐、五代、北宋詞是真實的美（「生香真色」），明代詞作則是雕飾的「綵花」。

【注　釋】❶生香真色　語出王士禎《花草蒙拾》云：「生香真色人難學，為『丹青女易描，真色人難學』所從出。千古詩文之訣，盡此七字。」意模仿容易，但要達到鮮花那樣真實的本質的美是很困難的。❷雲間諸公　參見前則注⓭。❸綵花　即彩花。意雖絢麗，畢竟是人工雕琢裝飾的假花，以此喻明代詞作。❹湘真　指陳子龍。陳有詞集《湘真閣詞》。（陳子龍，參見卷一第五三則注❽。）王士禎《花草蒙拾》云：「陳大樽詩首尾溫麗，湘真詞亦然。然不善學者，鏤金雕瓊，正如土木被文繡耳。又或者斷斷格律，不失尺寸，都無生趣。譬若安車駟馬，流連陌阡，殊令人思草頭一點之樂。」（據「詞話叢編」本）

【語　譯】唐、五代、北宋時期的詞，可以說是如鮮花一般真實本色的美。而明代雲間幾位詞人的作品，則是雕飾的「綵花」了。較有成就的陳子龍尚且如此，那些不及他的詞人就更不足道了。

二五

《衍波詞》❶之佳者，頗似賀方回❷，雖不及容若❸，要在錫鬯❹、其年❺之上。

【章　旨】此則言王士禎詞不及納蘭性德，但高於朱彝尊、陳維崧。

【注　釋】❶衍波詞　王士禎詞集。（王士禎，參見卷一第九則注❼。）❷賀方回　即賀鑄。參見卷一第二八則注❽。❸容若　即納蘭性德。參見卷一第五一則注❺。❹錫鬯　即朱彝尊。參見本卷第二三則注❶。❺其年　陳維崧（西元一六二五～一六八二年），清代文學家。字其年，號迦陵。宜興人。少負才名，落拓不羈。晚年舉博學鴻詞科，授檢討，修《明史》。能詩善詞，尤以駢文見稱。所填詞多達一千六百餘首，風格以豪放為主，多抒寫身世及感舊懷古之情。有《迦陵詞》、《陳迦陵文集》、《湖海樓詩集》等。

【語譯】王士禎《衍波詞》中的佳作，有點類似於賀鑄的詞。雖然比不上納蘭性德，但卻在朱彝尊、陳維崧之上。

【評介】清人對王士禎詞評價較高。鄒祗謨《遠志齋詞衷》云：「金粟云：『阮亭《衍波》一集，體備唐宋，珍逾琳琅，美非一族，目不給賞。如「春去秋來」二闋，以及「射生歸晚，雪暗盤雕」，「屈子〈離騷〉」、「史公〈貨殖〉」等語，非稼軒之託興乎？揚子江上之「風高雁斷」，蜀崗眺望之「亂柳棲鴉」，非坡公之弔古乎？詠鏡之「一泓春水碧如烟」，贈雁之「水碧沙明，參橫月落，遠向瀟湘去」，非梅溪、白石之賦物乎？「楚簟涼生，孤睡何曾著，借錦水桃花箋色，合鮫淚和入隃麋，小字重封」，非清真、淮海之言情乎？約而言之：其工緻而綺靡者，《花間》之致語也；其婉孌而流動者，《草堂》之麗字也。洵乎排黃軼秦，凌周駕柳，盡態窮姿，色飛魂斷矣。』」凡此雅論，無非實錄。昔空同、大復，若相排難，琅玡、歷下，過屬稱標，我輩正當祛斯二惑耳。」（據「詞話叢編」本）唐允甲〈衍波詞序〉云：「詞者，樂府之變也。小道云乎哉？悲慨用壯者，時鄰於傖武；靡曼近俗者，或仳於俳優。兩者交譏，求其工也難已。同盟王子貽上（士禎），文宗兩漢，詩儷初盛，束其鴻博淹雅之才，作花間雋語，極哀豔之深情，窮倩盼之逸趣。其旖旎而穠麗者，則景、煜、清照之遺也；其芊綿而俊爽者，則淮海、屯田之匹也。求之近代，即用修長於用博，元美妙於取境，未之或先。」（據《阮亭詩餘略》，收《新城王氏雜文詩詞十一種》內）

二六

近人詞如復堂❶詞之深婉，彊村❷詞之隱秀，皆在吾家半塘翁❸上。彊村學夢窗❹而情味較夢窗反勝，蓋有臨川❺、廬陵❻之高華，而濟以白石❼之疎越者❽。學人之詞，斯為極則。然古人自然神妙處，尚未夢見。

【章　旨】此則言朱祖謀的詞兼得數家之長，達學人詞之極頂，但缺乏自然神妙之韻。

【注　釋】❶復堂　即譚獻。參見本卷第二〇則注❶。❷彊村　朱孝臧（西元一八五七～一九三一年），近代詞人。一名祖謀，字古微，號漚尹，又號彊村。浙江歸安人。官至禮部侍郎。辛亥革命後隱居上海。工詩詞，詞風近於吳文英，是清末四大詞人之一。曾校刻唐五代宋金元詞百六十餘家為《彊村叢書》。其自為詞，晚歲刪定為《彊村語業》。❸半塘翁　王鵬運（西元一八四八～一九〇四年），清末詞人。字幼霞、佑遐，號半塘、鶩翁。廣西臨桂人。其詞頗有關涉清末時事之作。與況周頤、朱祖謀、鄭文焯並稱為「清末四大家」。有《半塘定稿》、《味梨詞》等多種。朱祖謀為《半塘定稿》作序，稱：「君詞導源碧山，復歷稼軒、夢窗，以還清真之渾化，與周止庵氏，契若鍼芥。」❹夢窗　即吳文英。參見卷一第三四則注❺。❺臨川　王安石（西元一〇二一～一〇八六年），北宋政治家、文學家。字介甫，號半山。撫州臨川人。官至宰相，曾主持變法，推行新政，後遭保守派反對而失敗。退居江寧。封荊國公，世稱「荊公」。諡文。散文雄健峭拔，為「唐宋八大家」之一。詩歌遒勁清新。今存《臨川集》、《臨川集拾遺》等。❻廬陵　即歐陽修。歐為廬陵人。參見卷一第二一則注❶。❼白石　即姜夔。參見卷一第三一則注⓭。❽以上諸語參見許文雨云：「高華謂其響高，疏越謂其餘韻。兼濟之者，則有激朗之音，復饒倡歎之情也。」（見《人間詞話講疏》）

【語　譯】近人所作詞中，如譚獻詞的深沉婉約，朱祖謀詞的幽隱秀麗，都在與我同姓的王鵬運之上。朱祖謀詞學吳文英而比吳文英情味更濃，既有王安石、歐陽修高健華美的風格，又以姜夔疏朗俊秀的韻味來補充調和。作為學者的詞，這已經達到巔峰了。可是，離古人那種自然神妙的境界，還是有相當差距，做夢也不曾夢見。

二七

宋尚木❶〈蝶戀花〉：「新樣羅衣渾棄卻，猶尋舊日春衫著。」❷譚復堂❸〈蝶戀花〉：「連理枝頭儂與汝，千花百草從渠許。」❹可謂寄興深微。

【章　旨】此則言宋徵輿、譚獻的〈蝶戀花〉詞，寄寓著深沉而又微妙的意旨。

【注　釋】❶宋尚木　應作「宋直方」。宋徵輿（西元一六一八～一六六七年），清代詞人。字直方，一字轅文。松江華亭人。曾與陳子龍、李雯倡幾社。（案：「尚木」乃宋徵璧的字，徵璧與徵輿是兄弟。）譚獻《篋中詞今集》卷一兼收二人之詞。惟文中所引〈蝶戀花〉詞為徵輿所作。❷句出宋徵輿〈蝶戀花〉：「寶枕輕風秋夢薄。紅斂雙蛾，顛倒垂金雀。新樣羅衣渾棄卻，猶尋舊日春衫著。　偏是斷腸花不落。人苦傷心，鏡裡顏非昨。曾誤當初青女約，祇今霜夜思量著。」（據《篋中詞今集》卷二）❸譚復堂　即譚獻。參見本卷第二〇則注❶。❹句出譚獻〈蝶戀花〉：「帳裡迷離香似霧。不燼鑪灰，酒醒聞餘語。連理枝頭儂與汝，千花百草從渠許。　蓮子青青心獨苦。一唱將離，日日風兼雨。豆蔻香殘楊柳暮，當時人面無尋處。」（據《清名家詞・復堂詞》）

【語　譯】宋徵輿〈蝶戀花〉云：「新樣羅衣渾棄卻，猶尋舊日春衫著。」譚獻的〈蝶戀花〉謂：「連理枝頭儂與汝，千花百草從渠許。」二者都寄寓了深沉幽微的情感意蘊。

二八

《半塘丁稿》❶和馮正中❷〈鵲踏枝〉十闋，乃《鶩翁詞》❸之最精者。「望遠愁多休縱目」等闋，鬱伊惝怳❹，令人不能為懷。《定稿》只存六闋❺，殊為未允也。

【章　旨】此則言王鵬運詞作中最佳者，是和馮延巳的十首〈鵲踏枝〉。

【注　釋】❶半塘丁稿　王鵬運詞集在定稿前有《半塘》甲、乙、丙、丁稿。後刪選成《半塘定稿》。❷馮正中　即馮延巳。參見卷一第三則注❶。❸鶩翁詞　王鵬運的詞集名。可參見本卷第二六則注❸。❹惝怳　失意悵悵的樣子。❺定稿只存六闋　今《半塘定稿》中存〈鵲踏枝〉六闋，計刪第三、第六、第七、第九四闋。

【語　譯】王鵬運《半塘丁稿》中有和馮延巳的〈鵲踏枝〉十首，這是《鶩翁詞》中寫得最精彩的。「望遠愁多休縱目」等闋，苦悶抑鬱，失意惆悵，溢於言表，令人讀後難以控制自己的感情。《定稿》只保存了其中的六闋，這是很不得當的。

二九

固哉，皋文❶之為詞也！飛卿〈菩薩蠻〉❷、永叔〈蝶戀花〉❸、子瞻〈卜算子〉❹，皆興到之作，有何命意？皆被皋文深文羅織❺。阮亭❻《花草蒙拾》謂：「坡公❼命宮磨蝎❽，生前為王珪、舒亶輩所苦❾，身後又硬受此差排❿。」⓫由今觀之，受差排者，獨一坡公已耶？

【章　旨】此則批評張惠言論詞過於穿鑿附會，盡失原意。

【注　釋】❶皋文　即張惠言。參見卷一第一一則注❶。❷飛卿菩薩蠻　張惠言《詞選》卷一載溫庭筠〈菩薩蠻〉十四首，其第一首云：「小山重疊金明滅，鬢雲欲度香腮雪。嬾起畫娥眉，弄妝梳洗遲。　照花前後鏡，花面交相映。新貼繡羅襦，雙雙金鷓鴣。」張惠言評曰：「此感士不遇也。篇法彷佛〈長門賦〉，而用節節逆敘。

此章從夢曉後領起。『嬾起』二字，含後文情事；『照花』四句，〈離騷〉初服之意。」案：〈離騷〉云：「進不入以離尤兮，退將復修吾初服。」飛卿，即溫庭筠。參見卷一第一一則注❷。❸永叔蝶戀花　實際應是馮延巳〈鵲踏枝〉。參見卷一第三則注❶。張惠言《詞選》作歐陽修詞。評曰：「『庭院深深』，閨中既以邃遠也。『樓高不見』，哲王又不寤也。『章臺游冶』，小人之徑。『雨橫風狂』，政令暴急也。『亂紅飛去』，斥逐者非一人而已，殆為韓（琦）、范（仲淹）作乎？」永叔，即歐陽修。參見卷一第二一則注❶。❹子瞻卜算子　蘇軾〈卜算子〉（黃州定慧院寓居作）：「缺月掛疏桐，漏斷人初靜。誰見幽人獨往來？縹緲孤鴻影。　驚起卻回頭，有恨無人省。揀盡寒枝不肯棲，寂寞沙洲冷。」《詞選》評：「此東坡在黃州作。鮦陽居士云：『缺月』，刺明微也。『漏斷』，暗時也。幽人，不得志也。『獨往來』，無助也。『驚鴻』，賢人不安也。『回頭』，愛君不忘也。『無人省』，君不察也。『揀盡寒枝不肯棲』，不偷安於高位也。『寂寞沙洲冷』，非所安也。此詞與〈考槃〉詩極相似。」子瞻，即蘇軾。參見卷一第二九則注❺。❺深文羅織　謂言辭苛細周密，卻是虛構編造，穿鑿附會的。文中指溫庭筠、馮延巳、蘇軾的詞，都是一時興到而寫成的，並無「寄託寓意」，而張惠言硬將己意附會其中（參見前幾則注中張氏評語），卻稱這是詞中的「寓意」。❻阮亭　即王士禎。參見卷一第九則注❼。❼坡公　即蘇軾。參見卷一第二九則注❺。❽命宮磨蝎　磨蝎，星宿名。宮，古代曆法以周天三十度為一宮（周天三百六十度，共十二宮），星宿依其所在位置，列某宮。命宮磨蝎意命運不佳，多受磨難。蘇軾在《東坡志林》中曾說：「退之詩云：『我生之辰，月宿直斗』，乃知退之磨蝎為身宮。而僕乃以磨蝎為命，平生多得謗譽，殆是同病也。」（據中華書局本）❾生前為王珪舒亶輩所苦　這是指蘇軾曾受王珪、舒亶誣陷遭貶之事。據《宋史・蘇軾傳》：「（軾）徙知湖州，……以事不便民者不敢言，以詩託諷，庶有補於國。御史李定、舒亶、何正臣摭其表語，並媒蘖所為詩以為訕謗，逮赴臺獄，欲置之死。鍛煉久之不決。神宗獨憐之，以黃州團練副使安置。」❿差排　差，此處通「詫」。使人詫異；出人意外。文中謂蘇軾生前命運不佳，死後還要受到這些令人詫異的編排歪曲（指張惠言硬解其詞事）。⓫語見王士禎《花草蒙拾》。王氏引用《詞選》中鮦陽居士對蘇軾〈卜算子〉的解釋後說：

「村夫子強作解事，令人欲嘔！」「僕嘗戲謂：坡公命宮磨蝎。湖州詩案，生前為王珪、舒亶輩所苦，身後又硬受此差排耶？」

【語　譯】張惠言論詞，實在是太牽強附會了！溫庭筠的〈菩薩蠻〉、歐陽修的〈蝶戀花〉、蘇軾的〈卜算子〉，本來都是一時興起而寫成的作品，有什麼寓意呢？可是都被張惠言編造出一些言外之意來。王士禎《花草蒙拾》中說：「蘇軾命屬磨蝎宮，生前就因王珪、舒亶之流的誣告而受磨難，死後還要硬受這類令人詫異的編造歪曲。」現在看來，受到歪曲誤解的，難道僅僅是蘇軾一個人嗎？

【評　介】張惠言論詞強調「意內言外」，注重內在意趣，以矯正浙西詞派偏重技巧之弊。但因其將「意內」解釋為「寓意」，認為詞中亦有「美刺」，所以往往忖度其寓意而加以詮釋，強作解人，以至於經常穿鑿附會。這在當時已受到批評。除本則所引王士禎語外，謝章鋌《賭棋山莊詞話》亦云：「〈張惠言所主張的『寄託』〉是固倚聲家之金鍼也。雖然詞本於詩，當知比興，固已究之，尊前花外，豈無即境之篇。必欲深求，殆將穿鑿。夫杜少陵非不忠愛，今抱其全詩，無字不附會以時事，將漫興、遣興諸作而皆謂其有深文，是溫柔敦厚之教而以刻薄譏諷行之。……故皋文之說，不可棄也，不可泥也。」（續編卷一）

三〇

賀黃公❶謂：「姜❷論史❸詞❹，不稱其『軟語商量』，而稱❺其『柳昏花瞑』，固知不免項羽❻學兵法之恨。」❼然「柳昏花瞑」，自是歐❽、秦❾輩吐屬，後句為勝。從吾白石❿，不能附和黃公矣。

【章　旨】「軟語商量」與「柳昏花瞑」都是史達祖詞中警句，歷代多次評說，王國維讚賞後者。

【注　釋】❶賀黃公　即賀裳。參見本卷第二一則注❶。❷姜　即姜夔。參見卷一第三一則注⓭。❸史　即史達祖。參見卷一第三八則注❷。❹詞　即史達祖〈雙雙燕〉（詠燕）。詞見卷一第三八則注❸。姜論史詞，《中興以來絕妙詞選》卷七引姜夔為史達祖（梅谿）詞所作序。後注云：「姜堯章極稱其『柳昏花瞑』之句。」❺稱　應為「賞」，王氏誤引。❻項羽　項籍（西元前二三二～前二〇二年），字羽。世為楚將。秦末從叔父梁在吳起兵。以後成為將領。在鉅鹿之戰中親自率軍擊敗秦軍主力。秦亡後，自立為西楚霸王。楚漢戰爭中，為劉邦擊敗。最後從垓下突圍到烏江，自殺。❼語見賀裳《皺水軒詞筌》：「《稗史》稱韓幹畫馬，人入其齋，見幹身作馬形，凝思之極，理或然也。作詩文亦必如此始工。如史邦卿詠燕，幾於形神俱似矣。……常觀姜論史詞，不稱其『軟語商量』，而賞其『柳昏花瞑』，固知不免項羽學兵之恨。」（據「詞話叢編」本）案：「學兵」，王氏誤作「學兵法」。❽歐　即歐陽修。參見卷一第二一則注❶。❾秦　即秦觀。參見卷一第三則注❷。❿白石　即姜夔。參見卷一第三一則注⓭。

【語　譯】賀裳說：「姜夔評史達祖的〈雙雙燕〉（詠燕）詞，不稱讚詞中的『軟語商量』句，而欣賞『柳昏花暝』句，由此可知，這與項羽學習兵法一樣，難免讓人感到遺憾。」然而，「柳昏花暝」，這本來便是歐陽修、秦觀等詞人的寫作手法與風格，後句寫得更好。我贊同姜夔的意見，不同意賀裳的看法。

三一

「池塘春草謝家春，萬古千秋五字新❶。傳語閉門陳正字❷，可憐無補費精神。」此遺山❸《論詩絕句》也。夢窗❹、玉田❺輩當不樂聞此語。

【章　旨】此則假元好問詩，言詩詞貴在自然清新，有真情，而不是「閉門覓句」，雕琢修飾。

【注　釋】❶萬古千秋五字新　這是指謝靈運〈登池上樓〉詩中千古傳頌的名句「池塘生春草」（全詩見卷一第四〇則注❻）。❷陳正字　陳師道（西元一〇五三～一一〇二年），北宋詩人。字履常、無己，號後山居士。曾任太學博士、祕書省正字等職。家境貧困，愛苦吟。當時有「閉門覓句陳無己」之稱（語出黃庭堅詩〈病起荊江亭即事十首〉之八），是江西詩派的代表作家之一。有《後山集》、《後山詩話》、《後山叢談》。❸遺山　即元好問。參見卷一第三則注❹。元好問寫過評論詩歌的《論詩三十首》，文中所引為其第二十九首。❹夢窗　即吳文英。參見卷一第三四則注❺。❺玉田　即張炎。參見卷一第四六則注❽。

【語　譯】「池塘春草謝家春，萬古千秋五字新。傳語閉門陳正字，可憐無補費精神。」這是元好問《論詩絕句》中的一首。想來吳文英、張炎等人是不樂意聽到這種話的。

【評　介】這是說吳文英、張炎詞過於修飾雕琢而無真趣。可參見本書中對吳、張詞作的其他評論，如卷一第五〇則，卷二第二一、二二、三三等則，以及有關言情寫景「隔」與「不隔」（卷一第四〇、四一則）等。

三二

朱子❶《清邃閣論詩》謂：「古人有句，今人詩更無句，只是一直說將去。這般一日作百首也得。」❷余謂北宋之詞有句，南宋以後便無句。如玉田❸、草窗❹之詞，所謂「一日作百首也得」者也。

【章　旨】此則假朱子語，言詩詞創作要注重練句。南宋以後的詞中已沒有佳句。

【注　釋】❶朱子　朱熹（西元一一三〇～一二〇〇年），南宋哲學家。字元晦，一字仲晦，號晦庵，晚號晦翁，別稱紫陽，諡文。徽州婺源人。他集北宋周敦頤、邵雍、張載、程顥、程頤等人理學之大成。主持白鹿洞書院、岳麓書院，教授五十餘年，弟子眾多。在經學、史學、文學、樂律等方面都有貢獻，影響極大。其學派被稱為「程朱學派」或「閩學」。著有《四書章句集注》、《伊洛淵源錄》、《周易本義》、《楚辭集注》等等。後人編有《朱文公集》、《朱子語類》等。❷語見朱熹《清邃閣論詩》：「古人詩中有句，今人詩更無句，只是一直說將去。這般詩一日作百首也得。」王國維引文有誤。❸玉田　即張炎。參見卷一第四六則注❽。❹草窗　即周密。參見卷一第四六則注❾。

【語　譯】朱熹《清邃閣論詩》說：「古人的詩中有佳句，今人的詩沒有佳句，只是一直說下去，這種詩一天可以寫一百首。」我以為北宋的詞有佳句，南宋以後就沒有了。像張炎、周密的詞，就是朱熹所說「一天可以作一百首」的那種作品。

三三

朱子❶謂：「梅聖俞❷詩，不是平淡，乃是枯槁。」❸余謂草窗❹、玉田❺之詞亦然。

【章　旨】此則言周密、張炎詞枯槁無生氣。

【注　釋】❶朱子　即朱熹。見前則注❶。❷梅聖俞　即梅堯臣。參見卷一第二三則注❶。❸語見《清邃閣論詩》。❹草窗　即周密。參見卷一第四六則注❾。❺玉田　即張炎。參見卷一第四六則注❽。

【語　譯】朱熹說：「梅堯臣的詩，不是平淡，而是枯槁無生氣。」我以為周密、張炎的詞也是如此。

三四

「自憐詩酒瘦，難應接，許多春色」❶，「能幾番游？看花又是明年」❷，此等語亦算警句耶？乃值如許費力。

【章旨】此則言史達祖、張炎詞中之句算不上「警句」。

【注釋】❶句出史達祖〈喜遷鶯〉：「月波疑滴，望玉壺天近，了無塵隔。翠眼圈花，冰絲織練，黃道寶光相直。自憐詩酒瘦，難應接，許多春色。最無賴，是隨香趁燭，曾伴狂客。　蹤跡。謾記憶。老了杜郎，忍聽東風笛。柳院燈疏，梅廳雪在，誰與細傾春碧。舊情拘未定，猶自學、當年游歷。怕萬一，誤玉人、夜寒簾隙。」（據《梅溪詞》）❷句出張炎〈高陽臺〉（西湖春感）：「接葉巢鶯，平波卷絮，斷橋斜日歸船。能幾番游？看花又是明年。東風且伴薔薇住，到薔薇、春已堪憐。更淒然。萬綠西泠，一抹荒煙。　當年燕子知何處？但苔深韋曲，草暗斜川。見說新愁，如今也到鷗邊。無心再續笙歌夢，掩重門、淺醉閒眠。莫開簾。怕見飛花，怕聽啼鵑。」（據《山中白雲》卷二）

【語譯】史達祖的「自憐詩酒瘦，難應接，許多春色」，張炎的「能幾番游？看花又是明年」，這種詞句也可以算是警句嗎？哪值得如此費力。

【評介】陸輔之《詞旨》中說詞中有「警句凡九十二則」，其中列舉史達祖「自憐詩酒瘦，難應接，許多春色」，和張炎〈高陽臺〉「見說新愁，如今也到鷗邊」，「莫開簾。怕見飛花，怕聽啼鵑」，王國維不以為然。

三五

文文山❶詞，風骨❷甚高，亦有境界，遠在聖與❸、叔夏❹、公謹❺諸公之上。亦如明初誠意伯❻詞，非季迪❼、孟載❽諸人所敢望也。

【章旨】此則言文天祥詞「風骨甚高，亦有境界」，遠在南宋、元時其他詞人之上。

【注釋】❶文文山　文天祥（西元一二三六～一二八三年），南宋政治家、文學家。字履善，一字宋瑞，號文山。吉州廬陵人。寶祐四年（西元一二五六年）進士第一。宋時曾任右丞相兼樞密使。元兵至，奉使軍前被拘，後於鎮江逃脫。至福建，與張世傑、陸秀夫等領導抗元。景炎三年（西元一二七八年）被俘，堅拒降，書〈過零丁洋〉詩以明志。後被殺害。遺著經後人輯錄為《文文山先生全集》。其中〈過零丁洋〉詩「人生自古誰無死，留取丹心照汗青」，以及〈正氣歌〉等，均表現了極高的民族氣節及臨危不懼的精神，成為千古傳頌的名作。❷風骨　指人的品格、精神。在文學批評理論中，也指作家、作品的特點。劉勰《文心雕龍‧風骨》云：「結言端直，則文骨成焉；意氣駿爽，則文風清焉。」又云：「練於骨者，析辭必精，深乎風者，述情必顯。捶字堅而難移，結響凝而不滯，此風骨之力也。」文中二義兼有。❸聖與　王沂孫（約西元一二三〇～約一二九一年），南宋詞人。字聖與，號碧山、中仙、玉笥山人。紹興會稽人。工詩詞。其詞多詠物之作，間寓身世之感，琢語峭拔。與周密、唐珏等有唱和。有《碧山樂府》（又名「花外集」）。❹叔夏　即張炎。參見卷一第四六則注❽。❺公謹　即周密。參見卷一第四六則注❾。❻誠意伯　劉基（西元一三一一～一三七五年），明初開國功臣、文學家。字伯溫，封誠意伯。詩歌雄渾，散文奔放，與宋濂齊名。有《覆瓿集》、《郁離子》、《誠意伯文集》。❼季迪　高啟（西元一三三六～一三七四年），元末明初詩人。字季迪，號青丘子。長洲人。明初，召修《元史》。後被明太祖借故腰斬。博覽群書，尤精於史。能詩文，詩風爽朗清逸。與楊基、張羽、徐賁齊名，時稱「吳中四傑」。有詩集《高太史大全集》，文集《鳧藻集》附詞集《扣舷集》等。❽孟載　楊基（西元一三三六～一三七八年），元末明初詩人。字孟載，號眉庵。吳縣人。元末曾入張士誠幕，明初被讒奪官，罰服勞役，死於工所。少年即負詩名，以〈鐵笛詩〉為楊維禎賞識，為「吳中四傑」之一。亦工書畫。有《眉庵集》。

【語　譯】文天祥的詞，品格、氣質都很高，也有境界，遠遠超過王沂孫、張炎、周密等人。如同明初劉基的詞一樣，不是高啟、楊基等所能企望相比的。

【評　介】後世推崇文天祥主要是其民族氣節和視死如歸的精神。這種品格氣概表現在他的作品中，因而呈現出極高的境界。劉熙載《藝概・詞曲概》即云：「文文山詞，有『風雨如晦，雞鳴不已』之意。……故詞當合其人之境地以觀之。」而王、張、周在宋亡後皆當了遺民，雖也有故國之思，終缺乏文天祥詞的氣概。

三六

宋《李希聲詞話》曰：「唐人❶作詩，正以風調高古為主。雖意遠語疏，皆為佳作。後人有切近的當、氣格凡下者，終使人可憎。」❷余謂：北宋詞亦不妨疏遠。若梅溪以降，正所謂「切近的當、氣格凡下」者也。

【章旨】此則假李希聲評唐詩之語論宋詞，以為北宋詞風調高古，而南宋則氣格凡下，面目可憎。

【注釋】❶唐人　應作「古人」。❷語見魏慶之《詩人玉屑》卷一〇所引（北京：中華書局本）。又見郭紹虞《宋詩話輯佚》（北京：中華書局，一九八〇年版）。

【語譯】宋代《李希聲詞話》說：「唐人寫詩，正是以風骨格調高雅古樸為主流，雖然意旨深遠，遣辭造句卻十分疏淺，都是佳作。後人寫詩，有的人寫景敘事非常逼真，但氣質格調則粗俗低下，終究令人感到面目可憎。」我以為，北宋的詞還稱得上疏遠高古，而到了史達祖以後，就正是前人所說的「雖然逼真，氣質格調卻粗俗低下」的了。

【評介】許文雨認為王國維對南宋詞有偏見，曰：「王氏以為北宋詞運語疏遠，而意境高超。南宋以降，構詞雖精，而未脫凡俗。此論當有所見。至貶薄梅溪，則亦隨評論家主觀之見，難以強同。陳廷焯《白雨齋詞話》卷二，嘗舉梅溪詞云：『如「碧袖一聲歌，石城怨，西風隨去，滄波蕩晚，菰蒲弄秋，還重到，斷魂處」。沉鬱之至。又「三年夢冷，孤吟意短，屢煙鐘津鼓。屐齒厭登臨，移橙後，幾番涼雨。」亦居然美成復生。又〈臨江仙〉結句云：「枉教裝得舊時多。向來簫鼓地，曾見柳婆娑。」慷慨生哀，極悲極鬱。』蓋求梅溪之佳製，而推崇備至。惟張鎡以為梅溪詞高過柳耆卿而與周邦彥、賀鑄並駕齊驅，則廷焯亦認為太過，故評騭南宋詞人次第道：『以白石、碧山為冠，梅溪次之，夢窗、玉田又次之，西麓又次之，竹屋又次之，竹山雖不論可也。』

《人間詞話講疏》

三七

自竹垞❶痛貶《草堂詩餘》❷而推《絕妙好詞》❸，後人群附和之。不知《草堂》雖有褻諢之作，然佳詞恆得十之六七。《絕妙好詞》則除張❹、范❺、辛❻、劉❼諸家外，十之八九皆極無聊賴❽之詞。甚矣，人之貴耳賤目❾也！

【章　旨】《草堂詩餘》屬下里巴人，雖有猥褻之作，但多數作品有真情實感，故佳。《絕妙好詞》雖雅正，但除少數作家外，皆為極無聊賴之詞。

【注　釋】❶竹垞　即朱彝尊。參見本卷第二三則注❶。❷草堂詩餘　參見卷一第五五則注❹。❸絕妙好詞　詞總集名。南宋末周密編。七卷。選錄南宋初年張孝祥至元初仇遠詞，共一百三十二家。所選偏重蘊藉雅正，所謂「采擷菁華，無非雅音正軌」。保存了許多沒有傳世詞集，甚至連作者姓名也罕為人知的作品。清代查為仁、厲鶚有《絕妙好詞箋》，考訂作者生平里居，並附諸家評語及作者名篇雋句。❹張　張孝祥（西元一一三二～一一七〇年），南宋詞人。字安國，號于湖居士。和州烏江人。紹興二十四年（西元一一五四年）狀元。善詩文，尤擅詞，風格豪邁，駿發踔厲。有《于湖集》、《于湖詞》。❺范　范成大（西元一一二六～一一九三年），南宋詩人。字致能，號石湖居士。吳郡人。曾奉命使金，抗爭不屈，幾被殺。晚年退居石湖。素有詩文名，列「南宋四大家」，田園詩樸素而精緻，獨具一格。亦工詞。有《石湖集》、《石湖詞》、《桂海虞衡志》等。❻辛　即辛棄疾。參見卷一第四三則注❺。❼劉　劉過（西元一一五四～一二〇六年），南宋詞人。字改之，號龍洲道人。吉州太和人。長於廬陵。多次應舉不中，放浪江湖，與陳亮、陸游、辛棄疾交游。工詩詞，風格峻拔，奔放淋漓，多抒發抗金襟懷。有《龍洲集》、《龍洲詞》。❽聊賴　依賴；寄託。指生活或情感上的憑藉。❾貴耳賤目　此謂因《絕妙好詞》雅正清醇，技巧成熟，協音律，聽起來非常美妙悅耳；而《草堂詩餘》粗俗猥褻，很不雅觀，故而士大夫們推崇前者而貶抑後者。

【語　譯】自從朱彝尊痛貶《草堂詩餘》而推崇《絕妙好詞》，後人群起而附和他的說法。他們不懂得《草堂詩餘》雖然有某些猥褻打諢之作，但佳詞卻要占到十分之六七。《絕妙好詞》則除了張孝祥、范成大、辛棄疾、劉過幾家之外，十分之八九都是些極其無聊，缺乏真情實感的作品。唉呀！世人是多麼注重外表的、形式的美觀，卻輕視看似不雅，而實有真情的詞作啊！

【評　介】朱彝尊〈書絕妙好詞後〉云：「詞人之作，自《草堂詩餘》盛行，屏去激楚、陽阿，而巴人之唱齊進矣。周公謹《絕妙好詞》選本雖未全醇，然中多俊語，方諸《草堂》所錄，雅俗殊分。」（據《曝書亭全集》）清代不少文人稱道《絕妙好詞》。錢曾《述古堂藏書題詞》云：「選錄精允，清言秀句，層見疊出，誠詞家之南董也。」柯煜〈絕妙好詞序〉云：「謝氏五車，未足方其名貴；田宏萬卷猶當遜其珍奇。得此一編，如逢拱璧。」《四庫全書總目提要》云：「去取嚴謹，猶在曾慥《樂府雅詞》、黃昇《花菴詞選》之上。又宋人詞集，今多不傳，並作者姓名亦不盡見於世，零璣碎玉，皆賴此以存。於詞選中最為善本。」宋翔鳳《樂府餘論》則謂：「南宋詞人繫情舊京，凡言歸路、言家山、言故國，皆恨中原隔絕。此周公謹氏《絕妙好詞》所由選也。」

《草堂詩餘》當時主要是供「說話人」使用的歌詞選本，為迎合市民口味，自然選入一些猥褻打諢的作品。但相當一部分作品真摯自然，有民間說唱的質樸之風。王氏論詞主張寫「真景物、真感情」，雖有「艷語」、「鄙詞」亦不妨（參見卷一第六、三二、六二則，以及卷二第四四則等），故認為《草堂詩餘》高於雅正而乏真情的《絕妙好詞》。當時持平而論者亦有，如宋翔鳳《樂府餘論》云：「《草堂》一集，蓋以徵歌而設，故別題『春景』、『夏景』等名，使隨時即景，歌以娛客。題『吉席』、『慶壽』，更是此意。其中詞語，間與集本不同。其不同者恆半俗，亦以便歌。以文人觀之，適當一笑；而當時歌伎，則必須此也。」《四庫全書總目提要》謂：「朱彝尊作《詞綜》，稱《草堂》選詞，可謂無目，甚詆之至。今觀所錄，雖未免雜而不純，不及《花間》諸集之精善，然利鈍互陳，瑕瑜不掩，名章俊句，亦錯出其間。一概詆排，亦未為公論。」不過，正因為這是供歌妓「歌以娛客」的詞，故士大夫們總體上評價甚低。如陳廷焯《白雨齋詞話》謂：「《花間》、《草堂》、《尊前》諸選，背謬不可言矣。所寶在此，詞欲不衰，得乎？」

三八

《提要》❶載「《古今詞話》六卷，國朝沈雄纂。雄字偶僧，吳江人。是編所述，上起於唐，下迄康熙❷中年」云云。然維見明嘉靖❸前古本《箋注草堂詩餘》林外❹《洞仙歌》❺下，引《古今詞話》云：「此詞乃近時林外題於吳江垂虹亭。」（明刻《類編草堂詩餘》亦同。）案：昇庵❻《詞品》云：「林外字豈塵，有《洞仙歌》書於垂虹亭畔。作道裝，不告姓名，飲醉而去。人疑為呂洞賓❼。傳入宮中，孝宗❽笑曰：『「雲崖洞天無鎖」，「鎖」與「老」叶韻，則「鎖」音「掃」，乃閩音也。』偵問之，果閩人林外也。」《齊東野語》❾所載亦略同。則《古今詞話》宋、明時固有此書。豈雄竊此書而復益以近代事歟？又，《季滄葦書目》❿載《古今詞話》十卷，而沈雄所纂只六卷，益證其非一書矣⓫。

【章　旨】此則言《古今詞話》宋、明時代已有，與清代沈雄編纂的《古今詞話》不是同一部書。

【注　釋】❶提要　即《四庫全書總目提要》。參見卷一第三五則注❿。❷康熙　清聖祖愛新覺羅・玄燁年號，自西元一六六二至一七二二年。❸嘉靖　明世宗朱厚熜年號，自西元一五二二至一五六六年。❹林外　字豈塵。福建晉江人。紹興三十年進士。官興化令。有《嬾窟類藁》，不傳。❺洞仙歌　林外〈洞仙歌〉：「飛梁壓水，虹影澄清曉。橘裡漁村半煙草。今來古往，物是人非，天地裡，惟有江山不老。　雨中風帽。四海誰知我。一劍橫空幾番過。按玉龍、嘶未斷，月冷波寒。歸去也、林屋洞天無鎖。認雲屏煙障是吾廬，任滿地蒼苔，年年不掃。」（據《全宋詞》）❻昇庵　楊慎（西元一四八八～一五五九年），明代文學家。字用修，號昇庵。四川新都人。正德六年（西元一五一一年）狀元。世宗時，因大禮儀被貶，後卒於雲南戍所。肆力古學，博覽群書，記誦之博，著述之富，為明代第一。亦長於詩文詞曲。各類著述多達百餘種。後人輯其要者，編為《昇庵集》。❼呂洞賓　民間傳說中的「八仙」之一。名嵒（一作岩），字洞賓，號純陽子。唐蒲州人。兩舉進士不第。年六十四，在長安遇雲房先生，授以上清秘訣而得道。胡仔《苕溪漁隱叢話》謂：〈洞仙歌〉「人亦為呂仙作。」（見前集卷五八）❽孝宗　趙眘（西元一一二七～一一九四年），南宋皇帝。西元一一六二至一一八九年在位。❾齊東野語　筆記。南宋周密撰。二十卷。所記多為南宋史事逸聞。❿季滄葦書目　季振宜撰。季振宜（西元一六三〇～?年），清代藏書家。字詵兮，號滄葦。江蘇泰興人。官至戶部郎中，浙江道御史。嗜書，錢曾述古堂珍本多歸其收藏。⓫以上諸語參見沈雄《古今詞話・凡例》云：「詞話者，舊有《古今詞話》一書，撰述名氏久矣失傳，又散見一二則於諸刻。茲仍舊名，而斷自六朝，分為四種。據舊輯及新鈔者，前後登之，一見製詞之原委，一見命調之異同，僭為纂述，以鳴一時之盛。」（據「詞話叢編」本）可知沈雄本人也言明他只是「仍舊名」而重新編纂的。

【語譯】《四庫全書總目提要》記載有「《古今詞話》，六卷。國朝沈雄纂。沈雄字偶僧，吳江人。此書所收錄記載，上起於唐，下迄至康熙中葉」等等。但是，刊刻於明代嘉靖年以前的古本《箋注草堂詩餘》中所收錄的林外〈洞仙歌〉，其下引用了《古今詞話》語，謂：「這是近時林外題在吳江垂虹亭上的一首詞。」（明代刻本《類編草堂詩餘》也有相同的注文。）案：楊慎《詞品》說：「林外，字豈塵。有〈洞仙歌〉一詞寫在垂虹亭畔。林氏身著道士裝束，不說姓名，喝酒至醉然後離去。人們懷疑是呂洞賓。這首詞傳入宮廷之中，孝宗笑著說：『詞中「雲崖洞天無鎖」句，「鎖」與「老」協韻，就是將「鎖」讀作「掃」音，這是閩人方言。』經過查詢，果然是閩人林外。」《齊東野語》也有大致相同的記載。由此可見，《古今詞話》一書宋、明時代就已經有了。難道是沈雄剽竊此書而又添加上近代的事情嗎？再者，《季滄葦書目》中記載《古今詞話》為十卷，而沈雄所纂只有六卷，更加證明二者不是同一部書。

三九

「君王枉把平陳業，換得雷塘數畝田」❶，政治家之言也。「長陵亦是閒邱壠，異日誰知與仲多」❷，詩人之言也。政治家之眼，域於一人一事；詩人之眼，則通古今而觀之。詞人觀物，須用詩人之眼，不可用政治家之眼。故感事、懷古等作，當與壽詞同為詞家所禁也❸。

【章　旨】此則言政治家與詩人，因其不同的職業、身分、氣質，對世事人生有不同的著眼點與處理方式。詩人不應為一人一事所拘，而要從藝術的角度通古今而觀之、寫之。

【注　釋】❶句出羅隱〈煬帝陵〉詩：「入郭登橋出郭船，紅樓日日柳年年。君王忍把平陳業，只換雷塘數畝田。」（據《全唐詩》）王氏引文中將「忍把」誤作「枉把」，「只換」誤作「換得」。（據「四部叢刊」本《甲乙集》卷三）平陳業，指隋文帝相繼滅後梁、後陳，結束自東漢末年以來數百年的戰亂、分裂局面，建立隋朝，統一全國的偉大事業。雷塘，據《隋書‧煬帝紀》：楊廣（煬帝）死後，宇文化及把他「葬吳公臺下」，「大唐平江南之後，改葬雷塘。」全詩是說由於隋煬帝的昏淫，致使完成統一全國大業的隋朝僅二世而亡，自己也只落得區區葬身之地。❷句出唐彥謙〈仲山〉（高祖兄仲山隱居之所）：「千載遺蹤寄薜蘿，沛中鄉裡舊山河。長陵亦是閒丘壠，異日誰知與仲多？」（據《全唐詩》）長陵，漢高祖劉邦的陵墓。在今陝西咸陽窯店。據史書記載，劉邦少時無賴游治，不能治產業，常被其父責之，以為不如其兄。劉邦當皇帝後，「置酒前殿。上奉玉卮為太上皇壽。曰：『始大人常以臣無賴，不能治產業，不如仲力。今某之業所就，孰與仲多？』殿上羣臣皆稱萬歲。」（據《漢書‧高帝紀》）將近千年之後，唐朝詩人又從另一個角度看待此事。詩意即言，由死後觀之，無論是作為帝王的劉邦還是其兄弟皆無差別，都只是一抔黃土，共同荒沒於丘壠之中而已。❸故感事懷古等作二句　因「感事」、「懷古」都是就一人一事及其成敗得失而發，壽詞更是純然阿諛逢迎，不合於「通古今觀之」的準則，故王氏認為當禁。

【語　譯】「君王忍把平陳業，只換雷塘數畝田」，這是政治家的語言。「長陵亦是閒邱壠，異日誰知與仲多」，這是詩人看問題的方式與見解。政治家的眼光集中於特定的人和事。詩人則不計利害得失，貫通古今，觀察、描述宇宙人生。詞人看事物，必須用詩人的眼光，不能用政治家的方法與角度。所以，感事、懷古這類作品，應當與壽詞一樣，是詞人所禁忌的。

【評　介】所謂「政治家之眼」、「詩人之眼」云云，是說政治家必須考慮現實的、具體的人與事以及相互之間錯綜複雜的利害關係，以確定自己的方針對策。而詩人則不局限於政治上、人事上的各種利害得失，作純粹的審美觀照，可參看本書卷一第三、四、五、六〇、六一等則。王國維在其他文論中也多次談及。如「美之為物，不關吾人之利害者也。吾人觀美時亦不知有一己之利害。」（〈孔子之美育主義〉）「故美術之為物，欲者不觀，觀者不欲。而藝術之美所以優於自然之美者，全存於使人易忘物我之關係也。」（〈紅樓夢評論〉）「美之性質，一言以蔽之，曰：可愛玩而不可利用者是已。雖物之美者有時亦足供吾人之利用，但人之視為美時，決不計其可利用之點。其性質如是，故其價值亦存於美之自身，而不存乎其外。」（〈古雅之在美學上之位置〉）「文學者，遊戲的事業也。……成人以後，又不能以小兒之遊戲為滿足，於是對自己之感情及所觀察之事物，而摹寫之，詠歎之，以發洩所儲蓄之勢力。故民族文化之發達，非達一定之程度，則不能有文學。而個人之汲汲於爭存者，決無文學家之資格也。」（〈文學小言〉）等等。

四〇

宋人小說❶，多不足信。如《雪舟脞語》謂：台州知府唐仲友眷官伎嚴蕊奴。朱晦庵❷繫治之，及晦庵移去，提刑❸岳霖行部至台，蕊乞自便。岳問曰：去將安歸？蕊賦〈卜算子〉詞云「住也如何住」云云。❹案：此詞係仲友戚高宣教作，使蕊歌以侑觴❺者，見朱子〈糾唐仲友奏牘〉❻，則《齊東野語》所記朱、唐公案❼，恐亦未可信也。

【章　旨】此則言宋代筆記小說中所載，多半是逸聞傳說，不可全信。

【注　釋】❶小說　此處泛指筆記、話本、傳奇等，所載多野史軼聞、街談巷語、奇事傳說等，不同於近代意義上的「小說」。❷朱晦庵　即朱熹。參見本卷第三一則注❶。❸提刑　官名。為「提點刑獄公事」的簡稱。宋代初年設於各路。主管各州的司法、刑獄和監察，兼管農桑。❹事見宋末邵桂子《雪舟脞語》。云：「唐悅齋仲友字與正，知台州。朱晦庵為浙東提舉，數不相得，至於互申。壽皇問宰執二人曲直。對曰：『秀才爭閒氣耳』。悅齋眷官妓嚴蕊奴，晦庵捕送囹圄。提刑岳商卿霖行部疏決，蕊奴乞自便。憲使問：『去將安歸』？蕊奴賦〈卜算子〉，末云：『住也如何住，去也終須去。若得山花插滿頭，莫問奴歸處。』憲笑而釋之。」（據陶宗儀《說郛》卷五七，涵芬樓本）嚴蕊〈卜算子〉：「不是愛風塵，似被前身誤。花開花落自有時，總是東君主。去也終須去，住也如何住。若得山花插滿頭，莫問奴歸處。」（據《全宋詞》）嚴蕊，字幼芳。天臺營妓。❺侑觴　勸酒；陪侍飲酒。❻朱子糾唐仲友奏牘　朱熹〈按唐仲友第三狀〉云：「仲友自到任以來，寵愛弟妓。嚴蕊稍以色稱，仲友與之媟狎，雖在公庭，全無顧忌。公然與之落籍，令表弟高宣教以公庫轎乘錢物津發歸婺州。」

（據《朱子大全》卷一八）又〈按唐仲友第四狀〉云：「每遇仲友筵會，嚴蕊進入宅堂，因此密熟，出入無間，上下合干人並無阻節。今年二月二十六日宴會，夜深，仲友因與嚴蕊踰濫，欲行落籍，遣歸婺州永康縣親戚家。說與嚴蕊，『如在彼處不好，卻來投奔我』。至五月十六日筵會，仲友親戚高宣教撰曲一首，名〈卜算子〉，後一段云：『去又如何去，住又如何住。但得山花插滿頭，休問奴歸處。』」（據《朱子大全》卷一九）❼齊東野語所記朱唐公案　周密《齊東野語》卷一七「朱唐交奏本末」條云：「朱晦庵按唐仲友事，或云呂伯恭嘗與仲友同書會有隙，朱主呂，故抑唐，是不然也。蓋唐平時恃才輕晦庵，而陳同父頗為朱所進，與唐每不相下。同父游台，嘗狎籍妓，囑唐為脫籍，許之。偶郡集，唐語妓云：『汝果欲從陳官人邪？』妓謝。唐云：『汝須能忍飢受凍乃可。』妓聞大恚。自是陳至妓家，無復前之奉承矣。陳知為唐所賣，亟往見朱。朱問：『近日小唐云何？』答曰：『唐謂公尚不識字，如何作監司？』朱銜之，遂以部內有冤獄，乞再巡按。既至台，適唐出迎少稽，朱益以陳言為信。立索郡印，付以次官。乃摭唐罪具奏，而唐亦作奏馳上。時唐鄉相王淮當軸。既進呈，上問王。王奏：『此秀才爭閒氣耳。』遂兩平其事。詳見周平園、王季海日記。而朱門諸賢所著《年譜》、《道統錄》，乃以季海右唐而並斥之，非公論也。」

【語　譯】宋人的筆記小說，大都不能相信。如《雪舟脞語》說：台州知府唐仲友眷戀官妓嚴蕊奴。朱熹把嚴抓進監獄，等到朱熹調離，提點刑獄公事岳霖到台州視察，嚴蕊奴懇求准許她自由。岳霖問她離開後將在哪裡安身？嚴蕊奴填〈卜算子〉詞答之。詞中說「住也如何住」等等。案：這首詩是唐仲友的親戚高宣教所寫的，叫嚴蕊奴歌唱以助酒興，此事可以參見朱熹〈糾唐仲友奏牘〉。由此，則《齊東野語》中有關朱、唐這段糾葛的記載，恐怕也是不能相信的了。

四一

唐、五代之詞，有句而無篇。南宋名家之詞，有篇而無句。有篇有句，唯李後主❶降宋後之作，及永叔❷、子瞻❸、少游❹、美成❺、稼軒❻數人而已。

【章　旨】此則言除極少數詞人外，絕大部分詞作或者有佳句而全篇一般（唐、五代），或者整體較好卻無佳句（南宋）。

【注　釋】❶李後主　即李煜。參見卷一第一四則注❸。❷永叔　即歐陽修。參見卷一第二一則注❶。❸子瞻　即蘇軾。參見卷一第二九則注❺。❹少游　即秦觀。參見卷一第三則注❷。❺美成　即周邦彥。參見卷一第三二則注❼。❻稼軒　即辛棄疾。參見卷一第四三則注❺。

【語　譯】唐、五代的詞，有佳句但全篇較為一般，無佳篇。南宋名家的詞，全篇就整體看較好卻無佳句。篇佳句也佳者，只有李後主亡國降宋以後的作品，以及歐陽修、蘇軾、秦觀、周邦彥、辛棄疾等幾個人的詞作而已。

四二

唐、五代、北宋之詞家，倡優❶也。南宋後之詞家，俗子也。二者其失相等。然詞人之詞，寧失之倡優，不失之俗子。以俗子之可厭，較倡優為甚故也。

【章旨】此則言詞人的作品，寧願為歌舞藝人之詞，也不能淺薄無聊。

【注釋】❶倡優　倡，樂人。優，諧戲者。即古代以樂舞戲謔為業的藝人。舊時這些人社會地位低下，被視之為與妓女相等，故也合稱為「倡優」。

【語譯】唐、五代、北宋的詞作家，是類同於歌舞藝人者。南宋以後的詞作家，則是淺薄無聊的俗人。這兩者的失誤相等。但是，詞人之詞，寧可有歌舞藝人的淫、鄙之病，也不能虛偽淺薄。因為凡夫俗子比歌舞藝人更加令人討厭。

【評介】唐、五代、北宋的詞作中常有「淫詞」、「鄙詞」，故以倡優比喻。雖「淫」、「鄙」，但因為它們情真意切，所以仍有欣賞的價值，王國維且認為高於南宋詞作。可參見本書中有關「淫詞」、「鄙詞」及寫情寫景「隔」與「不隔」的論述。

四三

〈蝶戀花〉（獨倚危樓）❶一闋，見《六一詞》❷，亦見《樂章集》❸。余謂屯田❹輕薄子，只能道「奶奶蘭心蕙性」❺耳，「衣帶漸寬終不悔，為伊消得人憔悴」❻，此等語固非歐公❼不能道也。

【章　旨】此則言柳永輕薄浪子，寫不出「衣帶漸寬終不悔」這樣情深意真的詞句。

【注　釋】❶蝶戀花獨倚危樓　詞見卷一第二六則注❸。這首詞既載歐陽修詞集，也見於柳永詞集，一般認為是柳永所作。❷六一詞　歐陽修詞集名。歐氏號「六一居士」，以之名集。❸樂章集　柳永詞集名。❹屯田　即柳永。參見本卷第一七則注❷。❺句出柳永〈玉女搖仙佩〉（佳人）：「飛瓊伴侶，偶別珠宮，未返神仙行綴。取次梳妝，尋常言語，有得許多姝麗。擬把名花比。恐旁人笑我，談何容易。細思算、奇葩艷卉，惟是深紅淺白而已。爭如這多情，占得人間，千嬌百媚。　須信畫堂繡閣，皓月清風，忍把光陰輕棄。自古及今，才子佳人，少得當年雙美。且恁相偎倚。未消得、憐我多才多藝。願奶奶、蘭心蕙性，枕前言下，表余深意。為盟誓。今生斷不孤鴛被。」（據《樂章集》卷上）❻句出柳永〈蝶戀花〉。參見卷一第二六則注❸。❼歐公　即歐陽修。參見卷一第二一則注❶。

【語　譯】〈蝶戀花〉（獨倚危樓）這首詞，載歐陽修的《六一詞》，也收錄於柳永的《樂章集》。

我認為柳永是個輕薄浪子，只能寫「奶奶蘭心蕙性」這種東西，「衣帶漸寬終不悔，為伊消得人憔悴」，這樣的詞句只有歐陽修才能寫出來。

【評 介】 據史書記載，柳永雖出身於儒學士宦家庭（其父官至工部侍郎），但經常出入於青樓妓館，以其「風流」、「才情」贏得無數歌妓的青睞，甚至為此被削落進士之榜。羅燁《醉翁談錄》丙集卷二云：「耆卿居京華，暇日遍游妓館。所至，妓者愛其有詞名，能移宮換羽，一品經題，聲價十倍。妓者多以金物資給之。」《避暑錄話》卷三云：「永為舉子時，多游狹邪，善為歌辭。教坊樂工，每得新腔，必求永為辭，始行於世。」柳永曾寫了一首〈鶴沖天〉詞，其中有句：「忍把浮名，換了淺斟低唱。」因為他的詞遍傳市井，以致達於宮中。在他考中進士將放榜時，宋仁宗特地削落，曰：「此人風前月下，好去淺斟低唱，何要浮名？且填詞去。」柳永（當時名「三變」）由此自稱「奉旨填詞」。以後改名永，才在晚年中進士，「磨勘轉官」。（見《能改齋漫錄》卷一六）柳永因長期流連妓院，接近社會下層，所以他的詞作中市民生活的烙印相當深，這在正統士大夫看來，自然是「出格」和「俗不可耐」的。但他畢竟出身於士宦家庭，本人天賦又很高，所以如果摒去偏見，柳詞的成就並不低，而且還有不少即使以「正統」觀念看，亦屬「雅詞」的作品。歷代對此也多有所品評。如周濟《介存齋論詞雜著》云：「耆卿為世訾謷久矣！然其鋪敘委婉，言近意遠，森秀幽淡之趣在骨。」宋翔鳳云：「柳詞曲折委婉，而中具渾淪之氣。雖多俚語，而高處足冠羣流，倚聲家當尸而祝之。」（《樂府餘論》）夏敬觀謂：「耆卿詞，當分雅、俚二類。雅詞用六朝小品文賦作法，層層鋪敘，情景兼融，一筆到底，始終不懈。俚詞襲五代淫詖之風氣，開金、元曲子之先聲，比於里巷歌謠，亦復自成一格。」(《手評樂章集》)鄭文焯在《與人論詞遺札》中曰：「屯田，北宋專家，其高渾處不減清真。長調尤能以沉雄之魄，清勁之氣，寫奇麗之情，作揮綽之聲。……私輯柳詞之深美者，精選三十餘解，更冥探其一詞之命意所注，確有層折。如畫龍點睛，神觀飛越，只在一二筆，便爾破壁飛去也。蓋能見耆卿之骨，始可通清真之神。不獨聲律之空積忽微，以歲世緜邈而求之至難。即文字之託於音，切於情，發而中節，亦非深於文章，貫於百家，不能識其流別。」此類見解甚多。王國維所說是其一家之言。

四四

讀《會真記》❶者，惡張生之薄倖❷，而恕其姦非。讀《水滸傳》❸者，恕宋江之橫暴，而責其深險。此人人之所同也。故艷詞可作，唯萬不可作儇薄語❹。龔定庵❺詩云：「偶賦凌雲偶倦飛，偶然閒慕遂初衣。偶逢錦瑟佳人問，便說尋春為汝歸。」❻其人之涼薄無行❼，躍然紙墨間。余輩讀耆卿❽、伯可❾詞，亦有此感❿。視永叔⓫、希文⓬小詞何如耶？

【章　旨】此則言有真情的艷詞可以寫，但萬萬不能寫輕浮淺薄的作品。

【注　釋】❶會真記　又名《鶯鶯傳》。唐代傳奇名作之一。元稹著。寫崔鶯鶯與張生互相愛慕，經侍女紅娘幫助而結合，後又為張生拋棄的故事。（唐人常以「真」稱「仙」，「會真」就是「遇仙」的意思。這裡的「仙」指美女，即崔鶯鶯。）其後董解元的《西廂記諸宮調》及王實甫的《西廂記》均取材於此。❷薄倖　薄情負心；品行不好。❸水滸傳　中國古典長篇小說。參見卷一第一七則注❷。❹儇薄語　輕薄浮滑的言辭。儇，巧佞。❺龔定庵　龔自珍（西元一七九二～一八四一年），清代思想家、文學家。一名鞏祚，字璱人，號定盦（也作「庵」）。浙江仁和人。少時從外祖父段玉裁（著名文字學家）習文字學，從經學家劉逢祿治《公羊春秋》，後成為清晚期今文經學派的重要人物。主張經世致用，「更法」、「改圖」，實行社會改革，開知識界「慷慨論天下事」的風氣。為文奧博縱橫，自成一家；詩詞瑰麗奇肆，有「龔派」之稱。對晚清梁啟超、譚嗣同等一代人有極大影響。著有《定盦文集》等。❻句出龔自珍《己亥雜詩三百十五首》中第一百三十五首。詩中借用前人詩、賦、文章中的辭句典故，極概括地寫了自己的前半生。看似諧謔，實則內心極度痛苦，是一種「慘笑」。（參見劉逸生《龔自珍己亥雜詩注》的有關注文）❼涼薄無行　才德微薄，品行不佳。作為舊時代的人，龔自珍難免有「失意才子」的言行舉止。❽耆卿　即柳永。參見本卷第一七則注❷。❾伯可　康與之，南宋詞人。字伯可，一字叔聞，號退軒、順庵。洛陽人。建炎年間，上《中興十策》，名著一時。工詞，風格婉麗。有《順庵樂府》、《昨夢錄》。❿亦有此感　張炎《詞源》論柳、康二家詞，曰：「詞欲雅而正，志之所之，為情所役，則失其雅正之音。耆卿、伯可不必論，雖美成亦有所不免。」（卷下）⓫永叔　即歐陽修。參見卷一第二一則注❶。⓬希文　即范仲淹。參見卷一第一〇則注❺。

【語　譯】讀《會真記》的人，往往憎惡張生的薄情負心，而寬恕他的淫亂行為。讀《水滸傳》的人，寬恕宋江的強橫粗暴，而指責他的陰沉奸險。這是人人都相同的。所以艷詞可以寫，但萬萬不能作輕薄浮滑之語。龔自珍的詩說：「偶賦凌雲偶倦飛，偶然閒慕遂初衣。偶逢錦瑟佳人問，便說尋春為汝歸。」他這個人的浮滑淺薄，缺少德行，充分顯現於字裡行間。我們讀柳永、康與之的詞，也有同樣的感覺。比照歐陽修、范仲淹的這類作品，其區別如何？

【評介】由於詞這種體裁是抒情的，且比詩更柔婉（參見卷二第一三則），難免出現「艷詞」，包括歐陽修、范仲淹這些大家都有這類作品。彭孫遹《金粟詞話》也曾論道：「詞以艷麗為本色，要是體制使然。如韓魏公（韓琦）、寇萊公（寇準）、趙忠簡（趙鼎），非不冰心鐵骨，勛德才望，照映千古，而所作小詞有『人遠波空翠』、『柔情不斷如春水』、『夢回鴛帳餘香嫩』等語，皆極有情致，盡態窮妍。」王國維反覆強調，只要有真情，可寫「艷詞」，如歐、范，但不可作浮滑輕薄語及不實在的「游詞」，不過他未脫以人品定詞品的俗套。可參見本書中有關各則。

四五

詞人之忠實，不獨對人事宜然。即對一草一木，亦須有忠實之意，否則所謂游詞❶也。

【章旨】此則言詞人對待人事自然，都必須有忠實的態度。

【注釋】❶游詞　虛浮不實之語。參見卷一第六二則注❼，及卷三第一三則。

【語譯】詞人的忠實，不僅對待人與事應當這樣。即使是對一草一木，也必須有忠實的態度，否則，他所寫的就是虛浮不實的游詞。

【評介】真實是藝術的生命，要說真話，這已為古往今來許多藝術家、評論家所強調。陳廷焯《白雨齋詞話》云：「無論詩、古文、詞，推到極處，總以一誠為主。杜詩、韓文，所以大過人者在此。求之於詞，其惟碧山乎？明乎此，則無聊之應酬，與無病之呻吟，皆可不作矣。」（卷八）吳世昌云：「填詞之道，不必千言萬語，只二句足以盡之。曰：說真話，說得明白自然，切實誠懇。前者指內容本質，後者指表達藝術。《易》曰：『修辭立誠』，要不外此。論古今人詞，亦不必千言萬語，只此二句足以衡之：凡是真話，深固可貴，淺亦可喜。凡游詞遁詞，皆是假話。『豈不爾思，室是遠而』，偽飾之情，如見肺腑，故聖人惡之。」（《羅音室詩詞存稿增訂本·詞跋》，商務印書館香港分館，一九八四年九月初版）

四六

讀《花間》❶、《尊前集》❷，令人回想徐陵❸《玉臺新詠》❹。讀《草堂詩餘》❺，令人回想韋縠❻《才調集》❼。讀朱竹垞❽《詞綜》❾，張皋文❿、董晉卿⓫《詞選》⓬，令人回想沈德潛⓭《三朝詩別裁集》⓮。

【章　旨】此則言歷代選編的詩、詞集，在選取準則、意趣、藝術風格上，有近似的類型。

【注　釋】❶花間　晚唐五代詞總集。參見卷一第一九則注❺。❷尊前集　詞總集名。編者不詳。二卷。宋人提及此書，多稱「唐尊前集」，以此書為唐末人所編。或云係五代或宋初本。與《花間集》並稱，久佚。今本係明萬曆年間顧梧芳所刻，不知其來源，或疑梧芳自編。共錄唐、五代作家三十九人，詞二六一首。包括張志和、白居易、李煜、馮延巳等人的作品，也雜有偽作。有清朱孝臧校輯本等。此集主要也是為歌伎伶人演唱提供的詞本。清紀昀謂：就詞論詞，《尊前》不失《花間》之驂乘，蓋二者實相類也。（詳參《四庫全書總目提要》「《尊前集》條」）❸徐陵　西元五〇七～五八三年，南朝陳文學家。字孝穆。東海郯人。有文才，文檄軍書，多出其手筆。駢文允稱大家，輯裁巧密，有新意。詩輕靡綺艷，為當時宮體詩重要作者之一。與庾信齊名，世稱「徐庾」。原有集，已佚。後人輯有《徐孝穆集》。所編《玉臺新詠》亦傳世。❹玉臺新詠　詩歌總集。選錄東周至南朝（主要為南北朝）時期詩六六九篇。十卷。南朝陳徐陵編。據徐陵序文，「玉臺」指「後庭」，《玉臺新詠》意為提供後庭歌詠的詩集，其旨在「撰錄艷歌」，故所收多宮體艷詩，但也有一些表現真摯情愛和反映婦女苦痛的作品。如著名長詩〈古詩為焦仲卿妻作〉（即〈孔雀東南飛〉），最初即見於此書。現存古詩總集中，《詩經》、《楚辭》之後，以此為早。《四庫全書總目提要》引劉肅《大唐新語》曰：「梁簡文為太子，好作艷詩，境內化之，晚年欲改作，追之不及，乃令徐陵為《玉臺集》，以大其體。」因其所錄多脂粉綺羅之作，故後人稱淫艷之詩為「玉臺體」。由於《花間集》、《尊前集》所錄多半也是香艷之詞，所以三者有近似之處。❺草堂詩餘　唐、宋詞總集。參見卷一第五五則注❹，本卷第三七則及有關注釋。❻韋縠　五代蜀文學家。❼才調集　唐代詩歌總集。韋縠編。十卷，每卷一百首。包括唐代各時期詩人，廣涉婦女及無名氏的詩作，編排不按時期。選詩準則是：「韻高而桂魄爭先，詞麗而春色鬬艷」，偏重閨情，風格穠艷。《草堂詩餘》與《才調集》雖一為詞集，一為詩集，然二者內容、風格近似。王士禎《花草蒙拾》亦云：「或問《草堂》之妙，曰：『采采流水，蓬蓬遠春』。」也即以「纖穠」目《草堂》。所以，「詞有《草堂》，亦同詩有《才調》矣。」（參見許文雨《人間詞話講疏》，頁二四九）❽朱竹垞　即朱彝尊。參見本卷第二三則注❶。❾詞綜　詞總集名。清朱彝尊編，汪森增定。三十卷，補遺六卷。選錄唐、五代、宋、金、元詞六百五十餘家，二千二百五十餘首。朱、汪為清代浙西詞派的創始者，論詞主張「醇雅」，推崇姜夔等格律派詞人，此書也反映出這一傾向，並力圖以此書「一洗《草堂》之陋，而倚聲者知所宗矣。」（見汪森《詞綜．序》）❿張皋文　即張惠言。參見卷一第一一則注❶。⓫董晉卿　應作「董子遠」。董毅，字子遠，張惠言外甥。繼張惠言《詞選》後，編成《續詞選》。⓬詞選　詞總集名。張惠言編。選錄唐、五代、兩宋詞四十四家，一百十六首。張是常州詞派的倡導者，論詞強調寄託、比興，反對「苟為雕琢曼詞」，但解詞往往深文羅織，牽強附會。（參見本卷第二九則）《詞選》及《續詞選》對詞的選錄和解釋體現了這種思想。（《續詞選》，三卷。收唐、五代、宋詞五十二家，一百二十二首。）⓭沈德潛　西元一六七三～一七六九年，清代詩人。字確士，號歸愚。江蘇長洲人。官至內閣學士兼禮部侍郎。論詩主張「溫柔敦厚」，創格調說，是正統派的代表者。有《沈歸愚詩文全集》。又選編有《古詩源》、《唐詩別裁》、《明詩別裁》、《清詩別裁》等書。⓮三朝詩別裁集　即《唐詩別裁》（二十卷，收詩一千九百餘首）、《明詩別裁》（十二卷，錄詩一千餘首）、《清詩別裁》（三十二卷，選清初至乾隆間二百七十五家詩）。選詩宗旨在「合乎溫柔敦厚之旨」，凡「徒辨浮華」，或「叫號」直露之作，或香奩詩均不取。所謂「別裁」，出自杜甫〈戲為六絕句〉之六中「別裁偽體親風雅」語，意書中已將其所認為的「偽體」剔除。

【語　譯】讀《花間集》和《尊前集》，使人聯想到徐陵的《玉臺新詠》。讀《草堂詩餘》，使人聯想起韋縠的《才調集》。讀朱彝尊的《詞綜》，張惠言、董毅的《詞選》、《續詞選》，使人聯想起沈德潛的《三朝詩別裁集》。

【評　介】從詞論來看，朱彝尊是浙派，推尊南宋，強調技巧；張惠言是常州派，推尊北宋，強調意內言外，且以此批駁浙派。但他們又有共同之處，即都主張雅正，合詩教，不悖「風、騷」之義。而這又與沈德潛詩論接近。許文雨謂：「朱彝尊編《詞綜》三十四卷，汪森為之增定。彝尊謂論詞必出於雅正，故推重宋曾慥之《樂府雅詞》，以《雅詞》盡去諧謔及當時艷曲，具有風旨，非靡靡之音可比，為足尚也。張皋文《詞選》及其外甥董毅子遠《續詞選》，均以『風、騷』之義，裁量詩餘。即《詞選》後鄭善長所附錄諸家詞，陳廷焯亦稱其大旨不悖於『風、騷』（《白雨齋詞話》卷六），是均存雅正之旨者。沈德潛崇奉溫柔敦厚之詩教，別裁偽體，故有唐、明、清《三朝詩別裁集》之選，與朱、張選詞，如出一轍。」（見《人間詞話講疏》）

四七

明季、國初諸老❶之論詞，大似袁簡齋❷之論詩，其失也，纖小而輕薄。竹垞❸以降之論詞者，大似沈歸愚❹，其失也，枯槁而庸陋。

【章旨】此則言明末清初及清中後期，詞論的兩種偏失之處。

【注釋】❶明季國初諸老　指明末清初陳子龍、李雯、宋徵輿、宋徵璧、吳偉業、王士禎、彭孫遹、沈謙、鄒祇謨、賀裳、陳維崧等人。❷袁簡齋　袁枚（西元一七一六～一七九八年），清代文學家。字子才，號簡齋。錢塘人。乾隆進士。曾任知縣，後辭官居江寧小倉山，築園曰「隨園」，故別號隨園老人。善詩文，工駢體。詩風空靈流利，清新自然，與趙翼、蔣士銓並稱「江右三大家」（存詩四千餘首），論詩反對擬古，主張抒寫性情，創「性靈說」。有《小倉山房詩文集》、《隨園詩話》等。❸竹垞　即朱彝尊。參見本卷第二三則注❶。❹沈歸愚　即沈德潛。參見上則注⓭。

【語譯】明末清初各位前輩論詞，十分接近袁枚的詩論，他們的失誤在於纖細柔弱而且輕浮淺薄。朱彝尊之後的各派詞論，大都與沈德潛相似，他們的失誤在於教條刻板而且庸俗淺陋。

【評介】此則是說朱彝尊之後的各家詞論都本著尚雅正、黜浮艷的宗旨，近似於沈德潛「溫柔敦厚」的詩論。可參見上則注⓭、⓮。

袁枚論詩主性靈說，意詩應抒寫胸臆，辭貴自然，強調獨創，反對以程朱理學束縛詩歌創作，批評沈德潛「溫柔敦厚」的「詩教」、「格調說」及王士禎的「神韻說」。前述明末清初諸家雖然並非一派，但彼此之間有氣脈相通之處，如或多或少都反對擬古、雕琢，推崇天然神趣等等。康乾時期較有影響的是浙西派（朱彝尊等）和陽羨派（陳迦陵等）。前者末流由講求清空醇雅而漸流於浮薄空疏，後者則由講求雄邁豪放漸至粗率叫囂。嘉慶初期，常州派張惠言等興起，強調意內言外，反對瑣屑飣餖與無病呻吟，但其弊在深文羅織、牽強附會。王國維所評有一定道理。

四八

東坡之曠在神❶，白石之曠在貌❷。白石如王衍❸口不言阿堵物❹，而暗中為營三窟之計❺，此其所以可鄙也。

【章旨】此則言蘇軾與姜夔的詞作看起來皆曠達，但前者是內在的、精神的，而後者僅是外貌的、現象的。

【注釋】❶東坡之曠在神　蘇軾詞作的豪放曠達與他的性格、氣質有密切關係，純粹是自然率真之情發而為詞，他又有相當高的文學天賦、才華，所以他的「曠」在「神」，是內在的、精神的。東坡，即蘇軾。參見卷一第二九則注❺。❷白石之曠在貌　周濟《介存齋論詞雜著》云：「白石詞，如明七子詩，看似高格響調，不耐人細思。」又曰：「白石放曠，故情淺。」白石，即姜夔。參見卷一第三一則注⓭。❸王衍　西元二五六～三一一年，字夷甫。西晉琅玡臨沂人。喜談老莊，所論義理，隨時更改，時人稱「口中雌黃」。趙王倫殺賈后，他因係賈氏戚黨，被禁錮。及倫誅，官至太尉。不顧中土已亂，而專謀自保。永嘉五年（西元三一一年）為石勒所俘，勸勒稱帝，以圖苟活，為勒所殺。❹阿堵物　即錢。劉義慶《世說新語》云：「王夷甫雅尚玄遠，常嫉其婦貪濁。口未嘗言錢字。婦欲試之，令婢以錢遶牀不得行。夷甫晨起，見錢閡行，呼婢曰：『舉卻阿堵物。』」❺三窟之計　據《戰國策．齊策》載：齊人馮諼替孟嘗君赴薛收債，把債務全部取消，並當眾燒毀債券。薛地民眾對孟嘗君感恩戴德。幾年後，當孟嘗君被罷官回到薛，民眾扶老攜幼歡迎他。馮諼對他說：「狡兔有三窟，僅得免死耳。今君有一窟，未得高枕而臥也。請為君復鑿二窟。」於是他又到梁國去勸說梁惠王請孟嘗君去當宰相。齊王聽到這個消息十分害怕，馬上恢復孟嘗君的官職。馮諼又讓孟嘗君請求齊王同意在薛建立宗廟。廟成後，馮諼說：「三窟已就，君姑高枕為樂矣。」

【語譯】蘇軾的曠達在其精神，姜夔的曠達則僅僅是外貌上的。姜夔如同王衍一樣，口頭上不談

「阿堵物」，而暗地裡卻做經營「三窟」的計策，這就是他之所以可鄙的地方。

【評　介】王國維借歷史上這兩件事喻姜夔之「曠」屬偽，沒有「內美」，只是表面的，有意為之的。不過，其他詞論中也有把姜夔推為歷代詞家之最者。參見卷一第四五、四六、三八則中的有關注釋。

歷代詞論對蘇軾也有類似的說法。如王若虛《滹南詩話》：「公（蘇軾）雄文大手……蓋其天資不凡，辭氣邁往，故落筆皆絕塵耳。」胡寅曰：「（詞）及眉山蘇軾，一洗綺羅香澤之態，擺脫綢繆宛轉之度，使人登高望遠，舉首高歌，而逸懷浩氣，超然乎塵垢之外。於是《花間》為皁隸，而柳氏為輿臺矣。」（據汲古閣本《向子諲酒邊詞序》）俞彥《爰園詞話》：「子瞻詞，無一語著人間烟火，此自大羅天上一種，不必與少游、易安輩較量體裁也。」（據「詞話叢編」本）《宋史・蘇軾傳》亦引蘇氏自道並評曰：「軾嘗自謂：『作文如行雲流水，初無定質，但常行於所當行，止於所不可不止，雖嬉笑怒罵之辭，皆可書而誦之。』其體渾涵光芒，雄視百代，有文章以來，蓋亦鮮矣。」

四九

「紛吾既有此內美兮，又重之以修能」，❶文學之事，與此二者，不可缺一。然詞乃抒情之作，故尤重內美。無內美而但有修能，則白石❷

耳。

【章　旨】此則言文學必須同時兼具「內美」與「修能」的特徵。

【注　釋】❶句出屈原〈離騷〉。內美，內在的美好品質，高尚的人格。修能，字面意義是修飾自己的容貌，即下文所說的佩帶香花香草，實際是指培養自己的德行、才能。王國維借此指文學中的表達能力，作家應通過學習鑽研，以不斷提高。❷白石　即姜夔。參見卷一第三二則注⓭。

【語　譯】「紛吾既有此內美兮，又重之以修能」，「內美」與「修能」二事對文學而言同樣不可缺一。不過，詞作為抒情文學，更注重作者人格之美。沒有「內美」，而只有高超的文字表達技巧的作家，僅姜夔一人而已。

【評　介】王國維認為詩詞皆抒發情感，作者的品德、人格高尚，其情感才能真誠、崇高，才能寫出聲情並茂的優秀作品，所以「尤重內美」。他在其他文論中也一再申言（參見〈導讀〉中有關部分）。

五〇

詩人視一切外物，皆游戲之材料也。然其游戲，則以熱心為之。故詼諧與嚴重❶二性質，亦不可缺一也。

【章　旨】此則言自然、社會的一切事物都是成人精神遊戲（文學創作）的素材；創作態度上須兼備詼諧與認真。

【注　釋】❶嚴重　嚴肅認真之意。

【語　譯】詩人把所有的外界事物，都看成是遊戲的材料。由於他們的遊戲是以滿腔熱情來進行的，因此，詼諧幽默與嚴肅認真這兩種特性並存，不能缺少其中任何一種。

【評　介】王國維受西方美學影響，認為「文學美術亦不過成人之精神的遊戲」（〈人間嗜好之研究〉）。這裡的「遊戲」不是通常所言之「玩耍」，而是指審美活動，是人，尤其是天才，擺脫了物質欲望和理性兩種「強迫」之後的藝術創造。正是這種出於「剩餘精力」（勢力）的「單純的遊戲」，使人達到人性的完美，得到真正的自由（參見〈導讀〉中有關分析）。

此則所言將外物視作「遊戲的材料」，意思是將自然、社會的一切事物視為審美活動的對象，藝術創作的素材。

卷三　人間詞話刪稿

一

雙聲❶疊韻❷之論，盛於六朝❸，唐人猶多用之。至宋以後，則漸不講，並不知二者為何物。乾嘉❹間，吾鄉周松靄❺先生（春）著《杜詩雙聲疊韻譜括略》，正千餘年之誤，可謂有功文苑者矣。其言曰：「兩字同母謂之雙聲，兩字同韻謂之疊韻。」余按：用今日各國文法通用之語表之，則兩字同一子音者謂之雙聲。（如《南史・羊元保傳》之「官家恨狹，更廣八分」，「官、家、更、廣」四字，皆從k得聲。《洛陽伽藍記》之「獰奴慢罵」，「獰、奴」二字，皆從n得聲；「慢、罵」二字，皆從m得聲是也。）兩字同一母音者，謂之疊韻。（如梁武帝❻之「後牖有朽柳」，「後、牖、有」三字，雙聲而兼疊韻。「有、朽、柳」三字，其母音皆為u。劉孝綽❼之「梁皇長康強」，「梁、長、強」三字，其母音皆為ian❽也。❾）自李淑❿《詩苑》偽造沈約⓫之說，以雙聲疊韻為詩中八病⓬之二，後世詩家多廢而不講，亦不復用之於詞。余謂苟於詞之蕩漾⓭處多用疊韻，促節⓮處用雙聲，則其鏗鏘可誦，必有過於前人者。惜世之專講音律者，尚未悟此也。

【章　旨】此則言中國古典詩詞中的雙聲疊韻問題，並試圖以近代西方音標表示之。

【注　釋】❶雙聲　指兩個漢字的聲母相同，這兩個漢字一般都是雙音節詞。如此則中所引的「慢罵」，聲母都是m，「獰奴」，聲母都是n。❷疊韻　指兩個漢字的韻母相同或相近，這兩個字一般都是雙音節詞。如「葫蘆」hulu的韻母都是u，「逍遙」xiao iao的韻母都是iao。古人把韻腹、韻尾相同而韻頭不同的字也算是疊韻，如此則「梁長強」liang chang qiang，「長」字的韻母無韻頭i。❸盛於六朝　中國古典詩詞中使用雙聲疊韻，由來已久。據考，《詩經》中共運用七十四個雙聲疊韻聯綿詞，其中雙聲詞二十六個，疊韻詞四十一個，雙聲疊韻詞七個。《楚辭》中也多處運用雙聲疊韻。❹乾嘉　乾隆（西元一七三六～一七九五年），清高宗弘曆年號；嘉慶（西元一七九六～一八二〇年），清仁宗顒琰年號。❺周松藹　應作「周松靄」。周春（西元一七二九～一八一五年），清代學者。字芚兮，號松靄，晚號黍谷居士。浙江海寧人。博學好古，精通韻學。著有《十三經音略》、《爾雅補注》、《杜詩雙聲疊韻譜括略》等。❻梁武帝　蕭衍（西元四六四～五四九年），南朝梁的建立者，西元五〇二至五四九年在位。字叔達。齊末任雍州刺史，後起兵入京，廢齊和帝自立，改國號梁。初政崇尚儒學與文學，改定「百家譜」，設謗木等，非常可觀。後重用士族，放縱宗室。迷信佛教，大建寺院，曾三次捨身同泰寺。中大同三年（西元五四八年），侯景引兵攻破都城，飢病而死。博學，精樂律，善書法，著述甚多。原有集，已佚。明人輯有《梁武帝御製集》。❼劉孝綽　西元四八一～五三九年，南朝梁文學家。原名冉，小字阿士。年十四，代父起草詔誥，目為「神童」。曾任祕書丞等職。能詩文，善草隸，頗受昭明太子重用，曾為《昭明太子集》作序。原有集，已佚。明人輯有《劉祕書集》。❽ian　應為iang。❾以上諸語參見葛立方《韻語陽秋》卷四引〈陸龜蒙詩序〉：「疊韻起自梁武帝，云：『後牖有朽柳』，當時侍從之臣皆唱和。劉孝綽云：『梁王長康強』，沈休文云：『偏眠船舷邊』，庾肩吾云：『載碓每礙磑』。自後用此體作為小詩者多矣。如王融所謂『園蘅炫紅蘤，湖荇曄黃葉』，溫庭筠所謂『棲息消心象，檐楹溢艷陽』，皆效雙聲而為之者也。」❿李淑　字獻臣，北宋人。有《詩苑類格》，已佚。王應麟《玉海》（《寶元詩苑類格》條）載：「二年（西元一〇三九年），翰林學士李淑承詔編為三卷。上卷首以真宗御製八篇，條解聲律為常格，別二篇為變格，又以沈約而下二十二人評詩者次之。中卷敘古詩雜體三十門。下卷敘古人體制別有六十七門。」⓫沈約　西元四四一～五一三年，南朝梁文學家。字休文。吳興武康人。博通群籍。與蕭衍、謝朓等同為竟陵王蕭子良的「西邸八友」。擅詩賦。其詩浮靡，著意雕飾，注重聲律，時號「永明體」。所創「四聲八病」之說，有過於刻板處，但對五言古體詩向律詩的轉變有一定影響。有《宋書》、《四聲譜》、《沈約集》等，皆佚。明人輯有《沈隱侯集》。⓬八病　即作詩應避忌的八項弊病，即平頭、上尾、蜂腰、鶴膝、大韻、小韻、旁紐、正紐。周春《杜詩雙聲疊韻譜括略》引李淑《詩苑》中沈約的八病後，案曰：「正紐、旁紐，皆指雙聲而言。」許文雨《人間詞話講疏》注曰：「八病中有傍紐病，謂一句之內，犯兩用同紐字之病也。亦即劉勰所謂雙聲隔字而每舛。又有小韻病，謂一句之內，犯兩用同韻字之病也。亦即劉勰所謂疊韻雜句而必暌。」一般而言，大韻、小韻都指犯兩用同韻字之病。如五言詩以「新」為韻，大韻即指上九字中不得更安「人」、「津」、「鄰」、「身」、「陳」等同韻字；小韻指除韻以外而有疊相犯者（即九字之間互犯）。旁紐、正紐皆指雙聲。旁紐一名大紐，即五字句中如有「月」字，不得更安「魚」、「元」、「阮」、「願」等與「月」字同聲紐之字。正紐一名小紐，即以「壬」、「衽」、「任」、「入」為一紐，五言一句中已有「王」字，不得更安「衽」、「任」、「入」字，致犯四聲相紐之病。⑬蕩漾　曲調舒展緩慢。⑭促節　也稱「繁聲促節」、「促拍」。節拍急、快之意。由於快，字數往往比原來多。如〈促拍采桑子〉，五十字或六十二字，比原來四十四字的〈采桑子〉多。

【語　譯】雙聲、疊韻的理論，盛行於六朝，至唐代仍不斷倡說使用。但是宋朝以後，就漸漸地不再被提起，而且已經不知道雙聲、疊韻究竟是怎麼回事。清代乾嘉年間我的同鄉周春先生著《杜詩雙聲疊韻譜括略》一書，糾正了近千年的謬誤，真可以說是有功於文學界的人了。他說：「兩字母音相同稱為雙聲，兩字同韻就稱作疊韻。」我對此加按語說明之：如果用今天各國通用的國際音標來表達，那就是，兩字的聲母相同稱為雙聲。（例如，《南史・羊元保傳》中的「官家恨狹，更廣八分」一句，「官、家、更、廣」四字，都從k得聲。《洛陽伽藍記》中的「獰奴慢罵」一句，「獰、奴」二字，都從n得聲；「慢、罵」二字，都從m得聲。）兩字的韻母相同稱為疊韻。如梁武帝的詩句「後牖有朽柳」，「後、牖、有」三字，既是雙聲又是疊韻。「有、朽、柳」三字的韻母都是u。劉孝綽詩句「梁皇長康強」，其中「梁、長、強」三字，它們的母音都是ian。自從李淑著《詩苑類格》，偽造沈約的理論，把雙聲疊韻看成詩中八項弊病中的二項，後世詩人多半廢棄不講，也不再將雙聲疊韻用於詞的創作。我以為，假如能在曲調舒展緩慢處多用疊韻，在節拍急快處用雙聲，那麼，這種鏗鏘可誦的詞作，必然有超過前人之處。可惜的是，歷代專門研究音律的人，還不懂得這個道理。

【評　介】清代詩人李重華曾與他的老師張大受（匠門）論及雙聲疊韻，謂：「匠門業師問余：『唐人作詩，何取於雙聲疊韻，能指出妙處否？』余曰：『以某所見，疊韻如兩玉相扣，取其鏗鏘；雙聲如貫珠相連，取其宛轉。』」業師歎賞久之。」（見《詩談雜錄》）與王國維意相近。

二

昔人但知雙聲之不拘四聲❶，不知疊韻亦不拘平、上、去三聲。凡字之同母音者，雖平仄有殊，皆疊韻也。

【章　旨】此則言雙聲疊韻不拘平仄，是對上則的補充。

【注　釋】❶四聲　漢語音韻學把古漢語的平、上、去、入四種聲調稱為四聲。現代國語的陰平、陽平、上聲、去聲四種聲調是從古四聲演化而來的。古平聲一分為二，其清聲母字現讀作陰平，濁聲母字讀作陽平；古入聲現在分別轉入陰、陽、上、去四聲裡。

【語　譯】以往人們只知道雙聲不受四聲的限制，不知道疊韻也不限定平、上、去三聲。但凡同韻母的字，雖然平仄不同，也都是疊韻。

三

詩詞之題目本為自然及人生。自古人誤以為美刺、投贈、詠史、懷古之用，題目既誤，詩亦自不能佳。後人才不及古人，見古名大家亦有此等作，遂遺其獨到之處，而專學此種，不復知詩之本意。於是豪傑之士出，不得不變其體格❶。如楚辭，漢之五言詩，唐、五代、北宋之詞，皆是也。故此等文學皆無題。

【章　旨】此則言詩詞的主題就是自然與人生，故無需標明題目。後人扭曲詩的本意，誤作阿諛諷刺、詠史懷古之用。豪傑之士不得不起而變之。

【注　釋】❶自古人誤以為美刺十句　王國維認為文學藝術是「成人之精神的遊戲」，無任何功利目的，純然是抒發對自然人生的所觀所感（抒情寫景）。詩詞一旦淪為政治附庸（羔雁之具），或有功利性，必定衰落。參見本書卷一第五四、五七則，卷二第二則等。

【語　譯】詩詞的題目就是自然與人生。自從古人將詩詞誤作頌揚、諷刺、交往、互贈、詠史、懷古的用處之後，題目既然錯了，詩自然也不能有佳作。後代人才華不及古人，見到古代名人、大家也有這類作品，於是遺忘了他們的精華獨到之處，而專門學習這些內容，不再追究詩的本意。於是才華出眾，有獨創精神的豪傑之士，不得不改變體裁。如楚辭，漢代的五言詩，唐、五代、北宋的詞，都是在這種情況下發展出來的。所以，這類文學作品都沒有具體的題目。

【評　介】王國維拓展德國詩人對詩歌所下的定義，謂：「詩歌者，描寫人生者也（用德國大詩人希爾列爾。〔案：今譯席勒〕之定義）。此定義未免太狹，今更廣之曰：描寫自然及人生，可乎？」（〈屈子文學之精神〉）此則內容與卷一第五五則相關，手稿中亦兩則相連，可參見該則及有關注釋。

四

昔人論詩詞，有景語、情語之別。不知一切景語，皆情語也。

【章　旨】此則言詩詞中一切寫景之句（景語）都是表達情感的情語。

【語　譯】前人論詩詞，有景語與情語的區別。實際上，這是不知道一切景語都是情語的道理。

【評　介】王國維在〈屈子文學之精神〉中亦有類似的見解：「詩歌之題目皆以描寫自己的感情為主，其寫景物也，亦必以自己深邃之感情為之素地，而始得於特別之境遇中，用特別之眼觀之。」王國維有關情景關係的論述中，明顯帶有王夫之等人的影響。如王夫之曾說：「情景名為二，而實不可離。神於詩者，妙合無垠。巧者則有情中景，景中情。」「夫景以情合，情以景生，初不相離，唯意所適。截分兩橛，則情不足興而景非其景。」「不能作景語，又何能作情語耶？古人絕唱句多景語，如『高臺多悲風』，『胡蝶飛南園』，『池塘生春草』，『亭皐木葉下』，『芙蓉露下落』，皆是也，而情寓其中矣。以寫景之心理言情，則身心中獨喻之微，輕安拈出。謝太傅於《毛詩》取『訏謨定命，遠猷辰告』，以此八字如一串珠，將大臣經營國事之心曲，寫出次第；故與『昔我往矣，楊柳依依；今我來思，雨雪菲菲』，同一達情之妙。」（均見《夕堂永日緒論・內編》）

五

「豈不爾思，室是遠而」❶，孔子譏之。故知孔門而用詞，則「甘作一生拚，盡君今日歡」❷等作，必不在見刪之數❸。

【章　旨】此則言孔子論詩亦主真實。因而，有真情之「情語」必定不會被刪除。

【注　釋】❶句出《論語・子罕》。參見卷一第六二則注❽。❷句出牛嶠〈菩薩蠻〉。全詞見卷二第一六則注❷。

❸必不在見刪之數　這是以孔子刪詩，編《詩經》，喻對詞的評定選編。

【語　譯】古詩云：「豈不爾思，室是遠而」，因其虛偽而被孔子譏諷。所以，如果通曉孔子的學說觀點，把它用在對詞的評定上，那麼，「甘作一生拚，盡君今日歡」等有真情的作品，必定不在被刪除的範圍內。

六

「暮雨瀟瀟郎不歸」❶，當是古詞，未必即白傅❷所作。故白詩云「吳娘夜雨瀟瀟曲，自別蘇州更不聞」❸也。

【章　旨】此則言〈長相思〉係古詞，不一定是白居易所作。

【注　釋】❶暮雨瀟瀟郎不歸　為〈長相思〉詞句。黃昇《花庵詞選》將其列白居易名下。全詞為：「深畫眉，淺畫眉，蟬鬢鬅鬙雲滿衣。陽臺行雨回。　巫山高，巫山低。暮雨瀟瀟郎不歸。空房獨守時。」❷白傅　即白居易。參見卷一第五八則注❻。❸句出白居易〈寄殷協律〉：「五歲優游同過日，一朝消散似浮雲。琴侍酒伴皆拋我，雪月花時最憶君。幾度聽雞歌白日，亦曾騎馬詠紅裙。吳娘暮雨瀟瀟曲，自別江南更不聞。」（據《白香山集》）案：王氏引文中，將「暮雨」誤作「夜雨」，「江南」誤作「蘇州」。據葉申薌《本事詞》載：「吳二娘，江南名姬也，善歌。白香山守蘇時，嘗製〈長相思〉『深畫眉』一闋云云。吳善歌之，故香山有『吳娘暮雨瀟瀟曲，自別江南久不聞』之詠，蓋指此也。」《樂府記聞》所載與《本事詞》同。明卓人月《古今詞統》則將此詞列吳二娘名下。

【語　譯】「暮雨瀟瀟郎不歸」，應當是古詞，不一定就是白居易所作。所以，白居易詩中才寫道

「吳娘夜雨瀟瀟曲，自別蘇州更不聞」吧。

七

和凝❶〈長命女〉詞：「天欲曉。宮漏穿花聲繚繞，窗裡星光少。冷霞寒侵帳額，殘月光沉樹杪。夢斷錦闈空悄悄。強起愁眉小。」❷此詞前半，不減夏英公❸〈喜遷鶯〉❹也。此詞見《樂府雅詞》❺，《歷代詩餘》❻選之。

【章旨】此則言和凝〈長命女〉詞，比得上夏竦的〈喜遷鶯〉。

【注釋】❶和凝　西元八九八～九五五年，五代詞人。字成績。鄆州須昌人。後梁貞明進士。好學。歷仕五代梁、唐、晉、漢、周各朝，後晉時曾為宰相。長於短歌艷曲，流傳汴、洛，號為「曲子相公」。有艷詞一編，名《香奩集》（即今世傳韓偓《香奩集》者）。洎入相，專託人收拾焚毀。其詞集《紅葉稿》等均不存，《花間集》收其詞二十首。❷句出王國維輯本和凝《紅葉稿》，題作「薄命女」。❸夏英公　即夏竦。參見卷一第一〇則注❼。❹喜遷鶯　詞見卷一第一〇則注❽。❺樂府雅詞　詞總集名。南宋曾慥編。三卷，拾遺兩卷。選錄宋代詞人三十四家作品七百十三首。曾慥以「雅」為選詞準則，捨去諧謔浮艷，故名「雅詞」。集中保存了「轉踏」的〈調笑〉、〈九張機〉和「大曲」的〈道宮薄媚〉等曲，是研究唐宋歌舞曲的重要資料。❻歷代詩餘　即《御定歷代詩餘》。詞總集名。清康熙時沈辰垣等奉敕編。一百二十卷，其中詞一百卷，「詞人姓氏」及「詞話」各十卷。輯錄唐至明詞共一千五百四十調，九千餘首，按詞調字數多寡排定次序。

【語　譯】和凝〈長命女〉詞寫道：「天欲曉。宮漏穿花聲繚繞，窗裡星光少。　冷霞寒侵帳額，殘月光沉樹杪。夢斷錦闈空悄悄。強起愁眉小。」這首詞的前半闋比之夏竦的〈喜遷鶯〉詞，並無遜色。《樂府雅詞》、《歷代詩餘》都選入了此詞。

八

《提要》❶：王明清❷《揮麈錄》❸載曾布❹所作〈馮燕歌〉，已成套數❺，與詞律殊途。毛西河❻《詞話》謂：「趙德麟❼（令時）作〈商調鼓子詞〉❽，譜西廂傳奇，為雜劇❾之祖。」然《樂府雅詞》卷首所載秦少游❿、晁補之⓫、鄭彥能（名僅）⓬之〈調笑轉踏〉⓭，首有致語⓮，末有放隊，每調之前有口號詩，甚似曲本體例。無名氏〈九張機〉⓯亦然。至董穎〈道宮薄媚〉⓰大曲⓱，詠西子事，凡十八曲，皆平仄通押，則竟是套曲。此可與《弦索西廂》⓲同為曲家之華路⓳。曾氏⓴置諸《雅詞》卷首，所以別之於詞也。穎字仲達，紹興㉑初人。從汪彥章㉒、徐師川㉓游，彥章為作《字說》，見《書錄解題》㉔。

【章　旨】此則言北宋詞中的「鼓子詞」、曲本〈轉踏〉、大曲〈薄媚〉等，是由「詞」到「曲」的過渡，開元代雜劇之先河。

【注　釋】❶提要　即《四庫全書總目提要》。❷王明清　西元一一二七～約一二〇五年，字仲言。南宋穎州汝陰人。曾任安豐軍判官、通判泰州、浙西參議官等職。熟悉宋朝掌故制度，尤注意搜集南渡以後軼事遺聞。有《揮麈錄》、《玉照新志》、《投轄錄》等。❸揮麈錄　筆記。王明清撰。二十卷，四百五十則。係有關宋代政事、制度等的札記。為當時史書《建炎以來繫年要錄》所採用，也曾被用作編修高宗實錄的資料。❹曾布　西元一〇三六～一一〇七年，字子宣。北宋建昌軍南豐人。曾鞏弟。嘉祐進士。參與王安石變法。後因附和太后，擁立徽宗，與章惇不合。徽宗時任尚書右僕射，主張調合新舊兩派，被蔡京排斥出朝，死於潤州（今鎮江）。❺套數　也叫「套曲」。劇曲或散曲（除小令）中，用多種曲牌相連貫，有首有尾，成為一套的，稱「套曲」，或簡稱「一套」。選用的曲牌大都屬於同一宮調，南北曲曲牌不能在同一套曲內使用，但南北合套則例外。套曲曲牌的排列大致有一定次序。在散曲中，每個套曲必須一韻到底，劇曲中則可有變化。❻毛西河　毛奇齡（西元一六二三～一七一六年），清代經學家、文學家。曾名甡，字大可、齊與，號初晴，亦以郡望稱「西河」。浙江蕭山人。康熙時薦舉博學鴻詞科，授翰林院檢討，充《明史》纂修官。旋假歸，以病不復出。通經史，善詩文，工音律。有《四書改錯》、《春秋毛氏傳》、《竟山樂錄》、《西河詞話》等。後人輯為《西河全集》。❼趙德麟　趙令時（西元一〇六一～一一三四年），宋宗室。字德麟，號聊復翁。因蒙蘇軾賞識，薦於朝。蘇軾被貶，亦入元祐黨籍。曾以唐元稹《會真記》為題材，作商調〈蝶戀花鼓子詞〉，對後來金董解元及元王實甫的《西廂記》皆有影響。還著有《侯靖錄》等。❽商調鼓子詞　指趙令時所作商調〈蝶戀花〉一套十二首（載《侯靖錄》卷五），其中十首，寫西廂傳奇故事（本元稹《會真記》），韻文（曲）、散語（傳）間出，情節相繼，有說有唱，已具雜劇雛型。王國維在《戲曲考原》中有專門論述。商調〈蝶戀花〉，文繁不錄。❾雜劇　戲曲名詞。中國戲曲史上有多種以雜劇為名的表演形式，其特點各有不同。晚唐已有雜劇之名，如何演出不詳。其後歷代均見此名。有宋雜劇、元雜劇、溫州雜劇、南雜劇等，包含內容不一。通常多以之指元雜劇，即元代用北曲演唱的戲曲形式。❿秦少游　即秦觀。參見卷一第三則注❷。⓫晁補之　北宋文學家。參見卷一第二則注❸。⓬鄭彥能　鄭僅，字彥能。彭城人。北宋詞人。⓭調笑轉踏　調笑，調笑令，詞牌名，單調仄韻。分兩體：一體三十二字，起句二字重疊；又一體三十八字，詞之前用七言古詩八句，並以詩的末句二字，為詞的首句二字，用於北宋「轉踏」中。（另：曲牌名中也有調笑令。字句格律與詞牌三十八字體相近。用在套曲中。）轉踏，北宋歌舞表演形式的一種。演出分為若干節，每節一詩一詞，唱時伴以舞蹈。開演前有「勾隊詞」，大都用駢體文數句，表演結束後有「放隊詞」，大都是七絕一首。現存「轉踏」曲詞有〈調笑集句〉（作者不詳），鄭僅〈調笑〉等，見曾慥《樂府雅詞》，都是一節演一事。也有合若干節而演唱一事的，如石延年〈拂霓裳傳踏〉，述開元、天寶遺事，今已失傳。王國維《戲曲考原》、《唐宋大曲考》中曾引用鄭僅的〈調笑轉踏〉，文繁不錄。⓮致語　古代戲曲、曲藝名詞。(1)宋代藝人表演前，先有一人上場致辭，多為頌讚詞。(2)宋元說話話本前的「入話」，略似近代曲藝中的書帽。此處用第一義。⓯九張機　宋「轉踏」詞名。今存兩篇，俱無名氏作。內容寫婦女織絲時的情景，由一張機至九張機，故名。每篇九首。其中一篇前有「口號」，後有「放隊詞」。⓰道宮薄媚　原載曾慥編《樂府雅詞》。王國維《唐宋大曲考》、《戲曲考原》、《宋元戲曲考》均曾引用，文繁不錄。⓱大曲　古代歌舞樂曲形式。(1)漢魏時的大曲，由「豔」、「趨」、「亂」三大段組成。演唱情況已難考知。(2)唐宋大曲。是宮廷宴會上表演的大型樂舞。一般認為全曲大致分三大段：第一段為序奏，無歌不舞，叫「散序」；第二段以歌唱為主，叫「中序」或「拍序」；第三段歌舞並作，以舞為主，節拍急促，叫「破」。唐代大曲多以詩詞入樂疊唱。宋代則為詞體，現存董穎〈薄媚．西子詞〉、曾布〈水調歌頭．馮燕傳〉等，均屬此。大曲體製宏大，歌舞結合，宋元戲曲音樂大都同它有淵源關係。⑱弦索西廂　即《西廂記諸宮調》，也稱「西廂搊彈詞」、「董西廂」。金董解元作。取材於元稹《會真記》，但在情節上有進一步發展。作品有白有曲，所用曲調介乎宋詞與元曲之間，為北曲的早期形式。對元代王實甫的雜劇《西廂記》有很大影響。⑲蓽路　即蓽路（露）藍縷。蓽露，柴車。藍縷，言衣敗壞，其縷藍藍然。形容創業之艱辛，亦指創業。⑳曾氏　曾慥（西元？～一一五五年），字瑞伯，號至游子。南宋泉州晉江人。曾收集道教修煉資料，編成《道樞》。還編有詞選《樂府雅詞》及漢以來小說選《類說》。著有《高齋漫錄》、《至游子》。㉑紹興　南宋高宗趙構年號。自西元一一三一至一一六二年。㉒汪彥章　汪藻（西元一〇七九～一一五四年），南宋文學家。字彥章。饒州德興人。崇寧進士。歷中書舍人兼直學士院、翰林學士，制詔皆出其手，文辭典雅。其詩初學江西派，後學蘇軾。擅四六文。有《浮溪集》、《浮溪詞》、《靖康要錄》等。㉓徐師川　徐俯（西元一〇七五～一一四〇年），南宋詩人。字師川，號東湖居士。洪州分寧人。少能詩，為舅黃庭堅所賞識。曾任翰林學士。詩風平易清麗。有《東湖集》。㉔書錄解題　即《直齋書錄解題》。南宋陳振孫撰。為宋代著名私家書籍提要目錄。

【語譯】《四庫全書總目提要》謂：王明清《揮麈錄》中記載了曾布所寫的〈馮燕歌〉，此詞已成套曲，與詞的格律不同。毛奇齡《西河詞話》說：「趙德麟（令畤）作〈商調鼓子詞〉，譜寫西廂傳奇故事，是雜劇的先導。」然而，曾慥《樂府雅詞》卷首所載秦觀、晁補之、鄭彥能（名僅）的〈調笑轉踏〉，開頭有「致語」，末有「放隊」，每調之前有「口號詩」，與曲本體例十分相似。無名氏的〈九張機〉也是如此。到了董穎的〈道宮薄媚〉大曲，敘述歌詠西施的故事，共十曲，平仄通押，則已經屬於套曲了。這類作品可以與《弦索西廂》一起，共同作為曲家的開路先鋒。

曾慥把它們安排在《樂府雅詞》的卷首，正是為了要與詞有所區別。董穎字仲達，紹興初年人，曾經師事於汪藻、徐俯，汪藻為他作《字說》，事見《直齋書錄解題》。

九

宋人遇令節、朝賀、宴會、落成等事，有「致語」❶一種，亦謂之「樂語」，亦謂之「念語」。宋人如宋子京❷、歐陽永叔❸、蘇子瞻❹、陳後山❺、文宋瑞❻集中皆有之。《嘯餘譜》列之於詞曲之間。其式：先「教坊致語」（四六文），次「口號」（詩），次「勾合曲」（四六文），次「勾小兒隊」（四六文），次隊名（詩二句），次「問小兒」、次「小兒致語」、次「勾雜劇」（皆四六文），次「放隊」（或詩或四六文）。若有女弟子隊，則勾女弟子隊如前。其所歌之詞與所演之劇，則自伶人定之。少游❼、補之❽之《調笑》❾乃並為之作詞。元人雜劇乃以曲代之。曲中楔子❿、科白、上下場詩，猶是致語、口號、勾隊、放隊之遺，此程明善⓫《嘯餘譜》所以列致語於詞曲之間者也。

【章　旨】此則言「致語」是詞、曲之間的一種過渡形式，並說明它的表演方式。

【注　釋】❶致語　可參見上則注⓮。❷宋子京　即宋祁。參見卷一第七則注❶。❸歐陽永叔　即歐陽修。參見卷一第二一則注❶。❹蘇子瞻　即蘇軾。參見卷一第二九則注❺。❺陳後山　即陳師道。參見卷二第三一則注❷。❻文宋瑞　即文天祥。參見卷二第三五則注❶。❼少游　即秦觀。參見卷一第三則注❷。❽補之　即晁補之。參見卷一第二一則注❸。❾調笑　參見上則注⓭。❿楔子　戲曲名詞。元雜劇在四折以外所增加的短的獨立段落。一般用在最前面，作為劇情的開端。有的用在折與折之間，銜接劇情，近似現代戲曲的過場戲。每本雜劇只用一楔子，少數劇本用兩個。⓫程明善　字若水。明末歙縣人。天啟（西元一六二一～一六二七年）中監生。所著《嘯餘譜》十卷。其書總裁詞曲之式，以歌之源出於嘯，故名曰嘯餘。首列嘯旨、聲音度數、律呂、樂府原題一卷。次詩餘譜三卷，致語附焉。次北曲譜一卷，中原音韻及務頭一卷。次南曲譜三卷，中州音譜及切韻一卷。此書並非善本，但因其通俗便用，故流傳至今。（詳見《四庫全書總目提要》「《嘯餘譜》條」）

【語　譯】宋代人遇到節日、朝賀、宴會、落成典禮等事項，常寫「致語」以示祝賀，一般也稱為「樂語」，或者稱作「念語」。宋人中如宋祁、歐陽修、蘇軾、陳師道、文天祥等人的集子裡都有「致語」。程明善在《嘯餘譜》中把「致語」列在詞與曲之間。它的表演方式是：先「教坊致語」（用四六文體），說吉利話；其次是「口號」（近體詩），概說今日節目；然後演奏「勾合曲」（四六文）。演奏完畢，小兒隊上場（四六文），演其「隊名」（詩二句），並問其入隊之來意，而後「小兒致語」，致語完畢，上演雜劇（皆四六文）。終場時，「放隊」（或詩，或者是四六文），表示演出結束。如果有女弟子隊，則女弟子隊從頭再演一遍。演出中所唱的詞曲及所演的雜劇，都由歌舞藝人自行確定。秦觀、晁補之都填寫過〈調笑〉詞。元代雜劇是用曲代替詞，曲中的楔子、科白、上下場詩，就好比是致語、口號、勾隊、放隊的演變。這就是程明善的《嘯餘譜》之所以把致詞列在詞與曲之間的原因。

【評　介】王文誥在蘇軾《帖子詞口號》六十五首下加有按語，闡釋「致語」、「口號」、「勾隊」、「放隊」等韻文樣式及搬演過程。大意是：這類韻文是為朝賀、宴會、慶典、令節等事而作的。在搬演過程中，致語、口號在前，為排場之始。致語一般為四六文，口號可作近體詩。致語、口號的作用主要是頌讚，敘說今日之樂，也含有報幕之意。口號既畢，而後「勾合曲」，也為四六文。所謂「勾」者，勾出之也。既奏勾合曲，而後教坊合樂，樂畢，「勾小兒隊」（四六文）。小兒入隊，而後演其隊名（詩二句），且問其入隊之來意（「問小兒」），故小兒又致語。既訖事，始勾雜劇（皆四六文）。雜劇出而無所不有，科諢戲謔，寓諷寓諫，皆教坊立之。及終，則「放小兒隊」（或詩或四六文），即「放隊」，謂放之使還，而樂終也。如果所勾為女童隊，就從頭搬演一遍。（詳見《蘇軾詩集》卷四六，北京：中華書局，一九八二年二月第一版）

一〇

明顧梧芳刻《尊前集》❶二卷，自為之引。並云：「明嘉禾顧梧芳編次。」毛子晉❷刻《詞苑英華》，疑為梧芳所輯。朱竹垞❸跋稱：吳下得吳寬手鈔本，取顧本勘之，靡有不同，因定為宋初人編輯。《提要》兩存其說❹。案：《古今詞話》❺云：「趙崇祚《花間集》❻載溫飛卿❼〈菩薩蠻〉甚多，合之呂鵬《尊前集》，不下二十闋。」今考顧刻所載飛卿〈菩薩蠻〉五首，除「詠淚」一首外，皆《花間》所有，知顧刻雖非自編，亦非復呂鵬所編之舊矣。《提要》又云：「張炎❽《樂府指迷》❾雖云唐人有《尊前》、《花間集》，然《樂府指迷》真出張炎與否，蓋未可定。陳振孫❿《書錄解題》『歌詞類』以《花間集》為首，注曰：『此近世倚聲填詞之祖』，而無《尊前集》之名。不應張炎見之，而陳振孫不見。」⓫然《書錄解題》「陽春錄」條下，引高郵崔公度語曰：「《尊前》、《花間》往往謬其姓氏。」公度公祐⓬間人，《宋史》有傳。則北宋固有此書，不過直齋未見耳。

又案：黃昇《花庵詞選》⓭李白〈清平樂〉下注云「翰林應製」，又云「案：唐呂鵬《遏雲集》載應製詞四首，以後兩首無清逸氣韻，疑非太白所作」云云。今《尊前集》所載太白〈清平樂〉詞有五首，豈《尊前集》一名《遏雲集》，而四首、五首之不同，乃花庵所見之本略異歟？又，歐陽炯⑭〈花間集序〉謂：「明皇⑮朝有李太白應製〈清平樂〉四首。」則唐末時只有四首，豈末一首為梧芳所羼入⑯，非呂鵬之舊歟？

【章旨】此則辨析《尊前集》的成書年代及其作者。

【注釋】❶尊前集　詞總集名。參見卷二第四六則注❷。❷毛子晉　即毛晉。參見卷二第三則注❻。❸朱竹垞　即朱彝尊。參見卷二第二三則注❶。❹提要兩存其說　《四庫全書總目提要》「尊前集」條云：「不著編錄者姓名。前有萬歷〔曆〕間嘉興顧梧芳序云：『余愛《花間集》，欲播傳之，而余斯編第有類焉』，似即梧芳所輯。故毛晉亦謂梧芳采錄名篇，厘為二卷。而朱彝尊跋，則謂於吳下得吳寬手鈔本，取顧本勘之，詞人之先後，樂章之次第，靡有不同，因定為宋初人編輯。考宋張炎《樂府指迷》曰：『粵自隋唐以來，聲詞間為長短句，至唐人則有《尊前》、《花間集》。』似乎此書與《花間集》皆為五代舊本。然《樂府指迷》一云沈伯時作，又云顧阿瑛作，其為真出張炎與否，蓋未可定。又，陳振孫《書錄解題》『歌詞類』以《花間集》為首，注曰：『此近世倚聲填詞之祖』，而無《尊前集》之名。不應張炎見之而陳振孫不見。彝尊定為宋本，亦未可盡憑。疑以傳疑，無庸強指。且就詞論詞，原不失為《花間》之驂乘。玩其情采，足資沾概，亦不必定求其人以實之也。」❺古今詞話　見卷二第三八則注⓫。❻花間集　參見卷一第一九則注❺。❼溫飛卿　即溫庭筠。參見卷一第一一則注❷。❽張炎　南宋詞人。參見卷一第四六則注❽。❾樂府指迷　詞論。⑴南宋沈義父撰。一卷。⑵南宋張炎著有《詞源》二卷。上卷論音律兼及唱曲方法；下卷論作詞原則。明人將下卷從全書分出，稱為「樂府指迷」。❿陳振孫　西元?～約一二六二年，初名瑗，避理宗諱改。字伯玉，號直齋。南宋湖州安吉人。官至寶章閣待制。過錄夾漈鄭氏、方氏、林氏、吳氏藏書五萬一千餘卷。仿晁公武《郡齋讀書志》，著《直齋書錄解題》，為宋代著名私家提要目錄。⓫見注❹。⓬公祐　應作「元祐」。北宋哲宗趙煦年號，自西元一〇八六至一〇九四年。⓭花庵詞選　詞總集名。參見卷一第五五則注❸。⓮歐陽炯　西元八九六～九七一年，五代蜀詞人。益州華陽人。曾任翰林學士。善吹長笛，工詞。其詞多寫艷情。《花間集》收其詞十七首，《尊前集》收三十一首。曾為《花間集》作序，表現了花間派詞人對詞的一般看法。⓯明皇　唐玄宗李隆基。因諡號為至道大聖大明孝皇帝，故又稱唐明皇。⓰羼　攙雜。

【語　譯】明代顧梧芳刻《尊前集》二卷，有梧芳自序，並寫明：「明嘉禾顧梧芳編次。」毛晉刻《詞苑英華》，懷疑此書就是顧梧芳編輯的。朱彝尊在此書的跋中寫道：我在江蘇南京時，曾經得到吳寬的手鈔本，將它與顧氏刻本校勘，無不相同，因此，斷定為宋代初年的人所編輯。《四庫全書總目提要》中兩種說法並存。案：《古今詞話》說：「趙崇祚的《花間集》收錄溫庭筠〈菩薩蠻〉詞甚多，加上呂鵬《尊前集》所載，不少於二十首。」查閱現今顧刻本中所收錄的五首溫庭筠〈菩薩蠻〉，除「詠淚」一首外，其餘的《花間集》中都有。由此可知，顧刻本雖然不是顧氏自己編的，但也不是呂鵬原來編輯的那個版本。《四庫全書總目提要》又說：「張炎的《樂府指迷》裡雖然說了唐人有《尊前集》、《花間集》，但《樂府指迷》是否真的出自張炎之手，還不能確定。陳振孫《直齋書錄解題》『歌詞類』把《花間集》列於首位，並注明，『這是近代倚聲填詞的開山祖』，卻沒有提到《尊前集》之名。不應有張炎見書而陳振孫反倒沒有見的情況。」然而，《直齋書錄解題》「陽春錄」條下，引用高郵人崔公度的話說：「《尊前集》、《花間集》往往搞錯作者的姓氏。」崔公度為元祐年間人士，《宋史》有傳。那麼，北宋就已經有了《尊前集》，只不過陳振孫沒有見到罷了。

又案：黃昇《花庵詞選》於李白〈清平樂〉下面注明「翰林應製」，又說「案：唐代呂鵬《遏雲集》刊載應製詞四首，因為後兩首缺乏清俊高逸的氣度風韻，故而懷疑不是李白所作」等等。今本《尊前集》收錄李白〈清平樂〉詞共五首，難道《尊前集》又名「遏雲集」，而四首與五首的不同，是因為黃昇所見到的刻本略有差異呢？再者，歐陽炯〈花間集序〉說：「唐明皇時期有李白應製的〈清平樂〉四首。」可見唐末只有四首，難道最後一首是顧梧芳所攙進去的，而不是呂鵬刻本中原有的？

【評 介】王國維〈庚辛之間讀書記〉「尊前集」條對此書的傳刻經過述之甚詳，可作此則之參考：「《尊前集》二卷，明刊本，題明嘉禾顧梧芳編次，東吳史叔成釋。前有萬曆壬午梧芳自序，蓋其自刊本也。梧芳序云：『余素愛《花間集》勝《草堂詩餘》，欲播傳之，曩歲刻於吳興茅氏，兼有附補，而余斲編第有類焉。』其意蓋以為自編也。毛氏《詞苑英華》重刊此本，跋曰：『雍熙間有集唐末五代詞命名「家宴」，為其可以侑觴也。又有名「尊前集」者，殆亦類此。惜其本不傳。嘉禾顧梧芳氏采錄名篇，厘為二卷，仍其舊名』云云，則毛氏亦以此為梧芳自編也。唯朱竹垞《曝書亭集》跋此本則云：『康熙辛酉冬，余留白下，有持吳文定公手鈔本告售，書法精楷，卷首識以私印。取刊本勘之，詞人之先後、樂章之次第，靡有不同，始知是集為宋初人編輯。』《四庫總目》亦采其說，而頗以其名不見宋人書目為疑。余按：《碧雞漫志》『清平樂』、『麥秀兩歧』條下，均引《尊前集》。《直齋書錄解題》『陽春錄』條下，引崔公度序云：『《花間》、《尊前》往往謬其姓氏』，則宋時固有此書矣。且《南唐二主詞》為高、孝間人所輯，而〈虞美人〉以下八首，〈蝶戀花〉、〈菩薩蠻〉二首，皆注：『見《尊前集》』。今此本皆有之，惟闕〈臨江仙〉一首（恐顧氏以有闕字刪去——王氏原注），則南宋人所見之本與此本略同。至編次出何人手，不見記載。唯《歷代詩餘》引《古今詞話》云：『趙崇祚《花間集》載溫飛卿〈菩薩蠻〉甚多，合之呂鵬《尊前集》不下二十闋（按：《古今詞話》一為宋楊湜撰，一為國朝沈雄撰。楊書已佚，頗散見於宋人書中。此係不知楊書或沈書，然當有所本——王氏原注），則以此集為呂鵬作。呂鵬亦罕見記載。黃昇《花庵詞選》李白〈清平樂〉下注：『按：唐呂鵬《遏雲集》載應製詞四首，後二首無清逸氣韻，疑非太白所作。』今此本載太白應製〈清平樂〉有五首，則與呂鵬《遏雲集》不合。又，歐陽炯〈花間集序〉云：『明皇朝有李白應製〈清平樂〉四首。』則唐末宋初只有四首，末首自係後人羼入。然則此本雖非梧芳所編，亦非呂鵬之舊矣。此本前有甌舫朱文長印，即竹垞舊藏。而竹垞跋此書乃云不著編次人姓氏。殆作跋時未檢原書，抑欲伸其宋初人編輯之說，故沒其事也？不知明人所題編次纂輯等語全不足據。此本亦題東吳史叔成釋，何嘗釋一字耶？拈出此事，可供目錄家一粲也。』（據《海寧王靜安先生遺書》）

一一

楚辭之體，非屈子❶之所創也。〈滄浪〉❷、〈鳳兮〉❸之歌已與《三百篇》❹異，然至屈子而最工。五、七律❺始於齊、梁而盛於唐，詞源於唐而大成於北宋。故最工之文學，非徒善創，亦且善因❻。

【章　旨】此則言最好的文學作品，不僅要善於創造，也必須善於繼承。

【注　釋】❶屈子　即屈原。參見卷一第一三則注❹。❷滄浪　《孟子・離婁上》有〈孺子歌〉，云：「滄浪之水清兮，可以濯我纓。滄浪之水濁兮，可以濯我足。」❸鳳兮　《論語・微子》：「楚狂接輿歌而過孔子曰：『鳳兮鳳兮！何德之衰？往者不可諫，來者猶可追。已而，已而！今之從政者殆而！』」案：《詩經》以四言詩為主，〈滄浪〉、〈鳳兮〉在形式上比《詩經》自由，且都用「兮」字作語助詞，這正是楚辭的特徵。❹三百篇　即《詩經》。參見卷一第二四則注❶。❺五七律　五言律詩、七言律詩。❻因　沿襲；繼承。

【語　譯】楚辭這種文學體裁，並不是屈原創造的。在他之前的〈滄浪〉歌、〈鳳兮〉歌已經與《詩經》有所不同，但這種體裁至屈原時發展得最為完備。五、七言律詩創始於南北朝的齊、梁時期而興盛於唐朝。詞起源於唐代，到了北宋才達到巔峰。所以，最完美的文學，不僅僅要善於創造，而且還要善於繼承。

一二

〈滄浪〉、〈鳳兮〉二歌❶，已開楚辭體格。然楚辭之最工者，推屈原、宋玉❷，而後此王褒❸、劉向❹之詞不與焉。五古❺之最工者，實推阮嗣宗❻、左太沖❼、郭景純❽、陶淵明❾，而前此曹❿、劉⓫，後此陳子昂⓬、李太白⓭不與焉。詞之最工者，實推後主⓮、正中⓯、永叔⓰、少游⓱、美成⓲，而前此溫⓳、韋⓴，後此姜㉑、吳㉒，皆不與焉。

【章　旨】此則言各種文學體裁都有初創、發展、衰變的過程，而最優秀的作家與作品只能出現於該文學發展的鼎盛時期。

【注　釋】❶滄浪鳳兮二歌　見上則注❷、❸。❷宋玉　生卒年不詳，戰國時辭賦家，楚國人。有說是屈原弟子。生平落寞，懷才不遇。與唐勒、景差「皆好辭而以賦見稱，然皆祖屈原之從容辭令，終莫敢直諫。」《漢書・藝文志》記其有賦十六篇，《隋書・經籍志》記有《宋玉賦》三卷。現原著多亡佚。今存作品中，唯〈九辯〉最可信。篇中抒發不得志文人在蕭瑟秋風中的哀怨、抑鬱之感。由於他把「楚辭」開拓發展為「漢賦」的先聲，故對兩漢文學有較大的影響。❸王褒　西漢辭賦家。字子淵。蜀郡資中人。宣帝時為諫大夫，以辭賦著稱，有名篇〈僮約〉。明人輯有《王諫議集》。❹劉向　約西元前七七～前六年，西漢經學家、目錄學家、文學家。本名更生，字子政。沛縣人。漢皇族楚元王四世孫。曾任諫大夫、宗正、光祿大夫等職。曾奉命領校祕書，所撰《別錄》，為中國最早的圖書分類目錄。治《春秋穀梁傳》。著〈九歎〉等辭賦三十三篇，大多亡佚。今存《新序》、《說苑》、《列女傳》等書。原有集，已佚。明人輯有《劉中壘集》。❺五古　五言古詩。❻阮嗣宗　阮籍（西元二一〇～二六三年），三國魏文學家、思想家。字嗣宗。陳留尉氏人。曾為步兵校尉，世稱「阮步兵」。性崇老莊，曠達不羈，蔑視禮教，嘗以「白眼」看待「禮俗之士」，後期則「口不臧否人物」，常縱酒昏酣，以在當時政治紛爭中保全自己。能詩善文，與嵇康齊名，為「竹林七賢」之一。其詩專長五言，〈詠懷〉八十餘首，表達嗟生憂時，苦悶徬徨的心情，對當時社會多所譏刺，辭語隱約。原有集，已佚。❼左太沖　左思（約西元二五〇～約三〇五年），西晉文學家。字太沖。齊國臨淄人。官祕書郎。所作〈詠史〉等詩，借古人以抒懷諷世，鍾嶸《詩品》列為上品。其構思十年，寫成〈三都賦〉，文思壯麗，士人競相傳鈔，洛陽為之紙貴。原有集，已佚。後人輯有《左太沖集》。❽郭景純　郭璞（西元二七六～三二四年），晉代學者。字景純。河東聞喜人。博學，訥於言詞。精天文、曆算、卜筮、訓詁等學。作〈江賦〉、〈南郊賦〉，均以辭藻為世所重。所作《爾雅注》等，集爾雅學之大成。《方言注》以晉代語詞解釋古語，可考見漢晉語言的流變。另有《山海經注》、《穆天子傳注》等。明人輯有《郭弘農集》（因其死後追贈弘農太守）。❾陶淵明　陶潛。參見卷一第三則注❸。❿曹　曹植（西元一九二～二三二年），三國魏詩人。字子建。曹操第三子。封陳王，諡思，世稱陳思王。因富於才學，早年受曹操寵愛，一度欲立為太子，及曹丕、曹叡相繼為帝，備受猜忌，抑鬱而死。善詩，作品多為五言，善用比興手法，詞采華茂，對五言詩的發展頗有影響。也擅辭賦、散文，其〈洛神賦〉十分著名。原有集，已散佚。宋人輯有《曹子建集》。⓫劉　劉楨（西元？～二一七年），東漢末詩人。字公幹。東平寧陽人。其五言詩在當時甚負重名，為「建安七子」之一。後人以他與曹植並舉，稱「曹劉」。今存詩十五首，多為贈答之作。原有集，已散佚。明人輯有《劉公幹集》。⓬陳子昂　西元六六一～七〇二年，唐代文學家。字伯玉。梓州射洪人。

少任俠。舉光宅進士，以上書論政，為武則天賞識。後解職回鄉，武三思指使縣令羅織成罪，入獄，憂憤而死。其詩標舉漢魏風骨，強調興寄，反對柔靡之風，作品沉鬱蒼勁，是唐代詩歌革新的先驅。文亦有重名。有《陳伯玉文集》，存詩一百二十餘首，文百餘篇。⑬李太白　即李白。參見卷一第一〇則注❶。⑭後主　即李煜（李後主）。參見卷一第一四則注❸。⑮正中　即馮延巳。參見卷一第三則注❶。⑯永叔　即歐陽修。參見卷一第二一則注❶。⑰少游　即秦觀。參見卷一第三則注❷。⑱美成　即周邦彥。參見卷一第三二則注❼。⑲溫　即溫庭筠。參見卷一第一一則注❷。⑳韋　即韋莊。參見卷一第一二則注❹。㉑姜　即姜夔。參見卷一第三一則注⑬。㉒吳　即吳文英。參見卷一第三四則注❺。

【語譯】〈滄浪〉、〈鳳兮〉兩首歌，已經初步具備了「楚辭」的體裁格式。不過楚辭中最優秀的作者，當推屈原、宋玉，此後的王褒、劉向的詞章均不能與之相比。五言古詩中最有成就者，實際應是阮籍、左思、郭璞、陶潛，在他們之前的曹植、劉楨，及以後的陳子昂、李白都無法相提並論。詞中最出色的，實為李煜、馮延巳、歐陽修、秦觀、周邦彥，在他們之前的溫庭筠、韋莊，以及晚於他們的姜夔、吳文英等，都不能相比。

一三

金朗甫作〈詞選後序〉，分詞為「淫詞」、「鄙詞」、「游詞」三種❶。詞之弊盡是矣。五代、北宋之詞，其失也淫。辛❷、劉❸之詞，其失也鄙。姜❹、張❺之詞，其失也游。

【章　旨】此則言五代、兩宋時期，詞作分別犯有「淫」、「鄙」、「游」之病。

【注　釋】❶金朗甫作詞選後序二句　指金朗甫〈詞選後序〉認為詞之弊有三，即「淫詞」、「鄙詞」、「游詞」。參見卷一第六二則注❺、❻、❼。❷辛　即辛棄疾。參見卷一第四三則注❺。❸劉　即劉過。參見卷二第三七則注❷。❹姜　即姜夔。參見卷一第三一則注⓭。❺張　即張炎。參見卷一第四六則注❽。

【語　譯】金應珪寫〈詞選後序〉，把詞分成「淫詞」、「鄙詞」、「游詞」三種。詞作的弊病盡在其中了。五代、北宋的詞，其弊病在過於淫蕩。辛棄疾、劉過的詞，病在過於粗鄙。姜夔、張炎詞的弊病是言不由衷，虛浮不實。

卷四　人間詞話附錄

一（趙萬里錄自《蕙風琴趣》評語）

蕙風❶詞小令似叔原❷，長調亦在清真❸、梅溪❹間，而沉痛過之❺。彊村❻雖富麗精工，猶遜其真摯也。天以百凶成就一詞人❼，果何為哉。

【章旨】此則言況周頤的詞有北宋詞人的風格意趣。朱祖謀詞富麗精工，卻欠真摯。

【注釋】❶蕙風　況周頤（西元一八五九～一九二六年），清末詞人。原名周儀，字夔笙，號蕙風。廣西臨桂人。清光緒舉人，官內閣中書。能詞，為晚清四大詞人之一。論詞發展常州詞派的觀點，主張「重、拙、大」。辛亥革命後寓居上海，以鬻文為生。有詞九種，合刊為《第一生修梅花館詞》，後又刪定為《蕙風詞》二卷。另有《蕙風詞話》。❷叔原　即晏幾道。參見卷一第二八則注❸。❸清真　即周邦彥。參見卷一第三二則注❼。❹梅溪　即史達祖。參見卷一第三八則注❷。❺沉痛過之　此處謂況詞有北宋周、史詞作的風格，但因閱歷、體驗的不同（主要指辛亥革命後況氏成為遺老，至貧之事，見注❼），況詞更多幾分沉鬱哀痛。況周頤的學生趙尊岳曾語及況詞的演變：「先生初為詞，以穎悟好為側艷語，遂把臂南宋竹山、梅溪之林。自佑霞進以重大之說，乃漸就為白石、為美成，以抵於大成。」（《蕙風詞史》）許文雨舉例說明況詞長調沉痛過於周、史者：「例如〈南浦〉（春草）云：『南浦黯銷魂，共春波，誤入江郎〈愁賦〉。金谷悄和煙，王孫去，猶自萋萋無數。愁苗艷種，夕陽消盡成今古。依樣東風依樣綠，人老翠雲深處。　憑闌無限芳菲，待輕陰薄暝，殷勤乞與。生意重低回，長亭路，爭忍玉驄輕去。春心似海，算來誰識紅心苦？何況深深深徑曲，猶有抱香蘅杜。』譚獻評之曰：『字字〈離騷〉屈、宋心！』周、史皆各有〈南浦〉詞，均無沉痛語。周詞云：『淺帶一帆風，向晚來，扁舟隱下南浦。迢遞阻瀟湘，衡皋迥，斜艤蕙蘭汀渚，危檣影裡，斷雲點點遙天暮。菡萏裡，風偷送，清香時時微度。吾家舊有簪纓，甚頓作天涯，經歲羈旅。羌管怎知情，煙波上，黃昏萬斛愁緒。無言對月，皓彩千里人何處？恨無鳳翼，身只待而今飛將歸去。』史詞云：『玉樹曉飛香，待倩他，和愁點破妝鏡。輕嫩一天春，平白地，都護雨昏烟暝。幽花露溼，定應獨把闌干凭！謝屐未蠟，安排共文鴛重遊芳徑。　年來夢雨揚州，怕事隨歌殘，情趁雲冷。嬌盼東風，無人會，鶯燕暗中心性。深盟縱約，盡同晴雨全無定。海棠夢在，相思過、西園秋千紅影。』」（《人間詞話講疏》，頁二五一～二五二）❻彊村　即朱孝臧。參見卷二第二六則注❷。❼天以百凶成就一詞人　意要成就一番事業，必須經過萬分艱苦危難的磨練才行。此處謂況周頤民國後，客居上海，至貧無以舉炊，以鬻文為生。他在清末就有文名，經此磨難，詞更成熟沉痛。這應該說是王國維從其「遺老」立場出發，看待辛亥革命及與己相似的況周頤等人，才視辛亥革命及一系列社會變革為「百凶」。

【語　譯】況周頤的詞，小令近似晏幾道，長調也在周邦彥、史達祖之間，而沉痛抑鬱之情則超過他們。朱孝臧的詞雖然富麗堂皇、精緻工巧，但在情感真摯方面則比較遜色。上蒼經常以許多災難來磨練造就大詞人，果真是這樣的啊！

【評　介】清末四大詞人中，一般認為朱孝臧成就最高，論者評之為「集清季詞學之大成」（葉恭綽《廣篋中詞》）。王國維對朱也甚推重，視為「學人之詞」的最高典範（參見卷二第二六則）。不過王國維論詞的基本準則之一是「真」，以之衡量，便認為朱不及況「真摯」。

二（趙萬里錄自《蕙風琴趣》評語）

蕙風❶〈洞仙歌〉❷〈秋日遊某氏園〉及〈蘇武慢〉❸〈寒夜聞角〉二闋，境似清真❹，集中他作，不能過之。

【章　旨】此則言〈洞仙歌〉、〈蘇武慢〉是況周頤最佳之作，意境類似周邦彥。

【注　釋】❶蕙風　即況周頤。參見上則注❶。❷洞仙歌　指況周頤〈洞仙歌〉（秋日獨遊某氏園）：「一鬟閒緣借。便意行散緩，消愁聊且。有花迎徑曲，鳥呼林罅。秋光取次披圖畫。迢遠眺，登臨臺與榭。堪瀟灑。奈眽斷征鴻，幽恨翻縈惹。　忍把。鬢絲影裡，袖淚寒邊，露草煙蕪，付與杜牧狂吟，誤作少年游冶。殘蟬肯共傷心話。問幾見，斜陽疏柳掛。誰慰藉？到重陽，插菊攜萸事真假。酒更貰。更有約東籬下。怕蹉跎霜訊，夢沉人悄西風乍。」（據「惜陰堂叢書」本《蕙風詞》卷下）❸蘇武慢　指況周頤〈蘇武慢〉（寒夜聞角）：「愁入雲遙，寒禁霜重，紅燭淚深人倦。情高轉抑，思往難回，淒咽不成清變。風際斷時，迢遞天街，但聞更點。枉教人回首，少年絲竹，玉容歌管。　憑作出、百緒淒涼，淒涼惟有，花冷月閒庭院。珠簾繡幕，可有人聽？聽也可曾腸斷？除卻塞鴻，遮莫城烏，替人驚慣。料南枝明日，應減紅香一半。」（據《蕙風詞》卷上）❹清真　即周邦彥。參見卷一第三三則注❼。

【語　譯】況周頤的〈洞仙歌〉（秋日遊某氏園）和〈蘇武慢〉（寒夜聞角）這兩首詞，意境類似周邦彥。《蕙風詞》集中的其他作品，沒有能夠超過它們的。

【評介】況周頤的這兩首詞，意境、構思、藝術手段均一般，並非佳作。王國維推重之，在很大程度上有同病相憐之意（由詞中表現的孤寂情緒而產生共鳴）。吳世昌《評人間詞話》中曾指出：「況氏二詞極勉強做作，且有不通之句。如翻《西廂》『倩疏林你與我掛住斜陽』，乃情人離別時『吾今羲和弭節兮』之意，今獨遊某園，何得謂『問幾見斜陽疏林掛』？其〈蘇武慢〉『遮莫城烏』云云，尚未通訓詁，瞎湊而已。」並謂：「此等標榜同人之話，皆誇張溢美，了不足取。」

三

（趙萬里自《丙寅日記》所記觀堂論學語中摘出）

彊村❶詞，余最賞其〈浣溪沙〉「獨鳥衝波去意閒」兩闋❷，筆力峭拔，非他詞可能過之。

【章旨】此則言朱孝臧的兩首〈浣溪沙〉詞是彊村詞中最佳之作。

【注釋】❶彊村　即朱孝臧。參見卷二第二六則注❷。❷余最賞其浣溪沙句　指朱孝臧〈浣溪沙〉。其一：「獨鳥衝波去意閒，瓌霞如赭水如牋。為誰無盡寫江天。　並舫風絃彈月上，當窗山髻挽雲還。獨經行地未荒寒。」其二：「翠阜紅厓夾岸迎，阻風滋味暫時生。水窗官燭淚縱橫。　禪悅新耽如有會，酒悲突起總無名。長川孤月向誰明？」（據「彊村叢書」本《彊村語業》卷一）

【語　譯】朱孝臧詞，我最欣賞他的〈浣溪沙〉「獨鳥衝波去意閒」二闋，這二首詞的筆力峻峭孤拔，是其他作品不能相比的。

四

（趙萬里自《丙寅日記》所記觀堂論學語中摘出）

蕙風❶聽歌諸作，自以〈滿路花〉❷為最佳。至〈題香南雅集圖〉諸詞❸，殊覺泛泛，無一言道著。

【章　旨】此則言況周頤有關聽歌的詞作中，〈滿路花〉是最好的一首。

【注　釋】❶蕙風　即況周頤。參見卷四第一則注❶。❷滿路花　況周頤〈滿路花〉（彊村有聽歌之約，詞以堅之）：「蟲邊安枕簟，雁外夢山河。不成雙淚落，為聞歌。浮生何益，儘意付消磨。見說寰中秀，曼睩修蛾。舊家風度無過。　鳳城絲管，回首惜銅駝。看花餘老眼，重摩挲。香塵人海，唱徹〈定風波〉。點鬢霜如雨，未比愁多。問天還問嫦娥。」（梅郎蘭芳以《嫦娥奔月》一劇蜚聲日下。）（據《蕙風詞》卷下）❸題香南雅集圖諸詞　諸詞已無從查考。據《蕙風詞史》，知《蕙風詞》卷下的〈戚氏〉為其中之一首，錄之以作參考。〈戚氏〉（漚尹為畹華索賦此調，走筆應之）：「佇飛鸞。萼綠仙子綵雲端。影月娉婷，浣霞明艷，好誰看？華鬘。夢尋難。當歌掩淚十年閒。文園鬢雪如許，鏡裡長葆幾朱顏。縞袂重認，紅簾初捲，怕春暖也猶寒。乍維摩病榻，花雨催起，著意清歡。　絲管。賺出嬋娟。珠翠照映，老眼太辛酸。春宵短。繫驄難穩，栩蝶須還。近尊前。暫許對影，香南笛語，偏寫烏闌。番（去）風漸急，省識將離，已忍目斷關山。（畹華將別去，道人先期作虎山之遊避之。）　念我滄江晚。消何遜筆，舊恨吟邊。未解〈清平調〉苦，道苔枝、翠羽信纏綿。劇憐畫罨瑤臺、醉扶紙帳，爭遺愁千萬。算更無、月地雲階見。誰與訴、鶴守緣慳。甚素娥、暫缺能圓。更芳節、後約是今番。耐清寒慣，梅花賦也，好好紉蘭。」（同上）

【語　譯】況周頤有關聽歌的詞作中，〈滿路花〉應當是最佳的一首。至於〈題香南雅集圖〉各詞，令人感覺十分空泛，沒有一句說到點上。

五

（錄自王國維《唐五代二十一家詞輯》中諸跋）

〈皇甫松❶〉詞，黃叔暘❷稱其〈摘得新〉二首❸「為有達觀之見」❹。余謂不若〈憶江南〉二闋❺，情味深長，在樂天、夢得上也❻。

【章　旨】此則言皇甫松〈憶江南〉詞情味深長，在白居易、劉禹錫同類詞作之上。

【注　釋】❶皇甫松　唐代詩人，字子奇，號檀欒子。睦州新安人。工詩，《全唐詩》存其詩十三首。亦能詞，《花間集》收其詞十一首，稱為「皇甫先輩」。❷黃叔暘　黃昇，南宋詞人。字叔暘，號玉林，又號花庵詞客。福州閩縣人。不事科舉，性喜吟詠。嘗編《唐宋諸賢絕妙詞選》及《中興以來絕妙詞選》各十卷，合為《花庵詞選》，附詞人小傳及評語，為宋人詞選之善本。另有《散花庵詞》。❸摘得新二首　指皇甫松〈摘得新〉。其一：「酌一卮。須教玉笛吹。錦筵紅蠟燭，莫來遲。繁紅一夜經風雨，是空枝。」其二：「摘得新。枝枝葉葉春。

管弦兼美酒，最關人。平生都得幾十度，展香茵。」（據觀堂自輯本《檀欒子詞》）❹為有達觀之見　黃昇評皇甫松〈摘得新〉云：「皇甫松為牛僧孺甥，以〈天仙子〉著名，終不若〈摘得新〉二首為有達觀之見。」（見沈雄《古今詞話・詞評》卷上引）❺憶江南二闋　指皇甫松〈憶江南〉。其一：「蘭燼落，屏上暗紅蕉。閒夢江南梅熟日，夜船笛吹雨瀟瀟。人語驛橋邊。」其二：「樓上寢，殘月下簾旌。夢見秣陵惆悵事，桃花柳絮滿江城。雙髻坐吹笙。」（據《檀欒子詞》）❻在樂天夢得上也　白居易有〈憶江南〉三首。其一：「江南好，風景舊曾諳。日出江花紅勝火，春來江水綠如藍。能不憶江南。」其二：「江南憶，最憶是杭州。山寺月中尋桂子，郡亭枕上看潮頭。何日更重遊？」其三：「江南憶，其次憶吳宮。吳酒一杯春竹葉，吳娃雙舞醉芙蓉。早晚得相逢。」（據《全唐五代詞》）劉禹錫有〈憶江南〉（和樂天春詞，依〈憶江南〉曲拍為句）二首。其一云：「春去也，多謝洛陽人。弱柳從風疑舉袂，叢蘭裛露似霑巾。獨坐亦含嚬。」其二：「春去也，共惜艷陽年。猶有桃花流水上，無辭竹葉醉尊前。惟待見青天。」（據《全唐五代詞》）樂天，即白居易。參見卷一第五八則注❻。夢得，即劉禹錫。參見卷一第三五則注❹。

【語　譯】在皇甫松的詞中，黃昇稱讚他的二首〈摘得新〉，認為表現了皇甫氏豁達自然的觀念。我以為〈摘得新〉不如兩闋〈憶江南〉。這兩首詞情味深長，超過了白居易、劉禹錫的同類作品。

六（錄自王國維《唐五代二十一家詞輯》中諸跋）

端己詞情深語秀，雖規模不及後主、正中，要在飛卿之上❶。觀昔人顏❷、謝❸優劣論可知矣。

【章旨】此則言韋莊詞情深語秀。雖不及李煜、馮延巳，但高於溫庭筠。

【注釋】❶端己詞情深語秀三句　此則論韋莊詞，並將其與五代其他著名詞人比較，卷一第一二、一四、一五等則有類似論述，可參看。端己，即韋莊。參見卷一第一二則注❹。後主，即李後主（李煜）。參見卷一第一四則注❸。正中，即馮延巳。參見卷一第三則注❶。飛卿，即溫庭筠。參見卷一第一一則注❷。❷顏　顏延之。參見卷一第四〇則注❸。❸謝　謝靈運。參見卷一第四〇則注❷。

【語譯】韋莊的詞感情深厚真摯，語辭秀美，雖然不如李煜、馮延巳詞那樣閎闊深沉，但在溫庭筠詞之上。只要看看前人對顏延之、謝靈運詩作優劣的評論，便可知道溫、韋的差異了。

【評介】《南史．顏延之傳》云：「延之嘗問鮑照己與靈運優劣，照曰：『謝五言如初發芙蓉，自然可愛；君詩若鋪錦列繡，亦雕繢滿眼。』延年終身病之。」又鍾嶸《詩品》：「湯惠休曰：『謝詩如芙蓉出水，顏如錯采鏤金。』顏終身病之。」王國維認為溫、韋詞的區別即類同於顏、謝詩之別，故借此喻之。用他本人的話說，即「畫屏金鷓鴣」與「絃上黃鶯語」之別（見卷一第一二則）。

七

（錄自王國維《唐五代二十一家詞輯》中諸跋）

（毛文錫❶）詞比牛❷、薛❸諸人，殊為不及。葉夢得❹謂：「文錫詞以質直為情致，殊不知流於率露。諸人評庸陋詞者，必曰：此仿毛文錫之〈贊成功〉❺而不及者。」❻其言是也。

【章　旨】此則假葉夢得語，謂毛文錫詞粗直淺露，是「庸陋詞」的代表。

【注　釋】❶毛文錫　五代詞人。字平珪。高陽人。年十四中進士。後至成都，仕前、後蜀。與歐陽炯等五人以小詞為蜀後主所賞，時號「五鬼」。所撰「巫山一段雲」詞，當世傳詠之。《花間集》錄其詞三十一首。有《前蜀記事》、《茶譜》。❷牛　牛嶠。參見卷二第一六則注❶。❸薛　薛昭蘊。唐末五代詞人。河東人。薛保遜之子。恃才傲物，亦有父風。唐末官侍郎。好唱〈浣溪沙〉詞。《花間集》錄其詞十九首。❹葉夢得　西元一〇七七～一一四八年，南宋文學家。字少蘊，號石林居士。蘇州吳縣人。紹聖進士，曾任翰林學士、福建安撫使等職。學問精博，尤嫻掌故。詞風頗近蘇軾。有《建康集》、《石林詞》、《石林詩話》等。❺贊成功　指毛文錫〈贊成功〉：「海棠未坼，萬點深紅。香包緘結一重重。似含羞態，邀勒春風。蜂來蝶去，任遶芳叢。　昨夜微雨，飄灑庭中。忽聞聲滴井邊桐。美人驚起，坐聽晨鐘。快教折取，戴玉瓏璁。」（據觀堂自輯本《毛司徒詞》）❻語見沈雄《古今詞話・詞評》卷上。

【語　譯】毛文錫的詞遠遠比不上牛嶠、薛昭蘊等人。葉夢得說：「文錫詞以質樸率直作為情趣韻致，卻不知流變為粗疏淺露。人們批評庸俗鄙陋的詞作時，必定說，這是模仿毛文錫的〈贊成功〉，不過還沒有毛詞那麼差。」他的話是對的。

【評　介】對毛文錫詞，前人曾評其「著意刻畫而缺生氣」，「意淺詞支」，「意淺辭庸，味同嚼蠟」。

（見李冰若《花間集評注》引栩莊語）但也有佳作。如〈更漏子〉寫閨情，「婉而多怨」，論者以為「壓卷之作」（同上）。可見不能一概而論。

八（錄自王國維《唐五代二十一家詞輯》中諸跋）

（魏承班❶）詞遜於薛昭蘊❷、牛嶠❸，而高於毛文錫❹，然皆不如王衍❺。五代詞以帝王為最工❻，豈不以無意於求工歟？

【章　旨】此則言五代詞人中，以幾位皇帝的詞作最為出色。

【注　釋】❶魏承班　約九三〇年前後在世，魏宏夫之子。宏夫為前蜀王建養子，賜姓名王宗弼，封齊王。承班為駙馬都尉，官至太尉。《花間集》錄其詞十五首。沈雄《柳塘詞話》卷四云：「魏承班詞較南唐諸公更淺而近，更寬而盡，盡人喜效為之。」（據「詞話叢編」本）況周頤云：「魏承班詞，沈偶僧言其有故意求盡之病。余謂不妨說盡，只是少味耳。」（李冰若《花間集評注》轉引）❷薛昭蘊　見上則注❸。❸牛嶠　見卷二第一六則注❶。❹毛文錫　見上則注❶。❺王衍　五代前蜀後主。初名宗衍，字化源。後唐同光四年（西元九二六年），舉國降。天成（西元九二六～九三〇年）中，追封順正公。有文才，能為浮艷之詞，有《烟花集》。《全唐詩・附詞》載其詞二首。論者以為「音節諧婉，有古樂府遺意。」❻五代詞以帝王為最工　五代時期，後唐莊宗李存勖、前蜀後主王衍、後蜀後主孟昶、南唐中主李景、後主李煜等皆能詞，有的成就甚高，如南唐後主李煜。

【語　譯】魏承班的詞比薛昭蘊、牛嶠差，而高於毛文錫。不過，他們都比不上王衍。五代時期的詞，幾位皇帝寫得最優秀。這難道不是他們原不追求工巧，卻自然而然地工巧出色的嗎？

九

（錄自王國維《唐五代二十一家詞輯》中諸跋）

（顧）夐❶詞在牛給事❷、毛司徒❸間。〈浣溪沙〉「春色迷人」一闋❹，亦見《陽春錄》❺。與〈河傳〉❻、〈訴衷情〉❼數闋，當為夐最佳之作。

【章　旨】此則言顧夐詞的水準在牛嶠、毛文錫之間。其〈浣溪沙〉、〈河傳〉、〈訴衷情〉等，為最佳之作。

【注　釋】❶顧夐　五代詞人。參見卷二第一六則注❹。❷牛給事　即牛嶠。參見卷二第一六則注❶。❸毛司徒　即毛文錫。見本卷第七則注❶。❹春色迷人一闋　顧夐〈浣溪沙〉：「春色迷人恨正賒，可堪蕩子不還家。細風輕露著梨花。　簾外有情雙燕颺，檻前無力綠楊斜。小屏狂夢極天涯。」（據《顧太尉詞》）❺陽春錄　即《陽春集》，馮延巳詞集。❻河傳　指顧夐〈河傳〉三首。其一：「燕颺。晴景。小窗屏暖，鴛鴦交頸。菱花掩卻翠鬟欹，慵整。海棠簾外影。　繡幃香斷金鸂鶒。無消息。心事空相憶。倚東風，春正濃。愁紅。淚痕衣上重。」其二：「曲檻。春晚。碧流紋細，綠楊絲軟。露花鮮□杏枝繁。鶯囀。野蕪平似翦。　直是人間到天上。堪游賞。醉眼疑屏障。對池塘。惜韶光。斷腸。為花須盡狂。」其三：「棹舉。舟去。波光渺渺，不知何處。

岸花汀草共依依。雨微。鷓鴣相逐飛。　天涯離恨江聲咽。啼猿切。此意向誰說。艤蘭橈。獨無憀。魂銷。小爐香欲焦。」（據《顧太尉詞》）❼訴衷情　指顧夐〈訴衷情〉兩首。其一見卷二第一六則注❹。其二：「香滅簾垂春漏永，整鴛衾。羅帶重。雙鳳。縷黃金。窗外月光臨。□沉沉。□斷腸無尋處。□□負春心。」（據《顧太尉詞》。《花間集》此數首無空格。）

【語　譯】顧夐詞介於牛嶠、毛文錫之間。〈浣溪沙〉「春色迷人」這首詞，也見於馮延巳的《陽春錄》。此詞與〈河傳〉、〈訴衷情〉等詞，應當說是顧夐最佳的作品。

【評　介】顧詞「艷」，「其艷乃入神入骨」（況周頤語），但認為是「五代艷詞之上駟」。〈浣溪沙〉「巧緻可詠」（栩莊《栩莊漫記》），〈河傳〉曾被譽為「絕唱」（湯顯祖評本《花間集》卷三），〈訴衷情〉中的「換我心，為你心，始知相憶深」，更被稱作「透骨情語」（王士禎《花草蒙拾》），是言情的典範。

一〇（錄自王國維《唐五代二十一家詞輯》中諸跋）

（毛熙震❶）周密❷《齊東野語》稱其詞「新警而不為儇薄」❸。余尤愛其〈後庭花〉❹，不獨意勝，即以調論，亦有雋上清越之致，視文錫❺蔑如也。

【章　旨】此則言毛熙震詞清新動人，是意境、格調俱佳的作品。

【注　釋】❶毛熙震　約西元九四七年前後在世，蜀人。曾為後蜀祕書監。善詞。《花間集》錄其詞二十九首。栩莊評毛詞曰：「毛熙震詞，《花間集》錄存二十九首，與周密所言之數相符。其詞濃麗處似學飛卿，然亦有清淡者。要當在毛文錫上，歐陽炯、牛松卿間耳。」（《栩莊漫記》）陳廷焯《白雨齋詞話》云：「閒情之作，雖屬詞中下乘，然亦不易工。蓋摹色繪聲，礙難著筆；第言姚冶，易近纖佻；兼寫貞幽，又病迂腐。然則何為而可？曰：根底於風騷，涵泳於溫、韋，以之作正聲也可，以之作艷體亦無不可。古人詞若毛熙震之『暗思閒夢，何處逐雲行』，……似此則婉轉纏綿，情深一往，麗而有則，耐人玩味。」（卷五）❷周密　南宋詞人。參見卷一第四六則注❾。❸新警而不為儇薄　周密曰：「蜀人毛熙震集止二十餘調，中多新警，而不為儇薄。」（見沈雄《古今詞話・詞評》卷上）案：周密《齊東野語》中並無此語，故有論者疑此非周密語，因沈雄書中的引文多無稽。❹後庭花　指毛熙震〈後庭花〉三首。其一：「鶯啼燕語芳菲節。瑞庭花發。昔時歡宴歌聲揭。管絃清越。　自從陵谷追遊歇。畫梁塵黦。傷心一片如珪月。閒鎖宮闕。」其二：「輕盈舞伎含芳艷。競妝新臉。步搖珠翠修蛾斂。膩鬟雲染。　歌聲慢發開檀點。繡衫斜掩。時將纖手勻紅臉，笑拈金靨。」其三：「越羅小袖新香蒨。薄籠金釧。倚欄無語搖金扇。半遮勻面。　春殘日暖鶯嬌嬾。滿庭花片。爭不教人長相見。畫堂深院。」（據王氏自輯本《毛祕書詞》）對此三詞評說亦見仁見智。如其第二首寫舞伎，栩莊就以為「堆綴麗字，羌無情致」（《栩莊漫記》）。❺文錫　即毛文錫。參見本卷第七則注❶。

【語　譯】周密《齊東野語》稱讚毛熙震的詞清新精練、深切動人，而且不輕佻淺薄。我特別喜愛他的〈後庭花〉，這幾首詞不僅僅意境甚佳，即使以音調、格律而論，也有雋永清越的韻味。相較之下，毛文錫的詞就顯得更遜色了。

一一（錄自王國維《唐五代二十一家詞輯》中諸跋）

閻選❶詞唯〈臨江仙〉第二首❷有軒翥❸之意，餘尚未足與於作者也。

【章　旨】此則言閻選詞作中唯有〈臨江仙〉第二首尚佳。

【注　釋】❶閻選　五代後蜀人。擅長小詞。與歐陽炯、鹿虔扆、毛文錫、韓琮合稱「五鬼」。其詞多側艷語，頗近溫庭筠一派，然意多平衍，與毛文錫不相上下。❷臨江仙第二首　閻選〈臨江仙〉：「十二高峰天外寒。竹梢輕拂仙壇。寶衣行雨在雲端。畫簾深殿，香霧冷風殘。　欲問楚王何處去，翠屏猶掩金鸞。猿啼明月照空灘。孤舟行客，驚夢亦艱難。」（王國維自輯本《閻處士詞》）❸軒翥　又作「鶱翥」。飛舉貌。《楚辭・遠遊》：「鸞鳥軒翥而翔飛。」

【語　譯】閻選的詞只有〈臨江仙〉第二首顯得意態飛動，其餘各首都不足以與之相比。

一二（錄自王國維《唐五代二十一家詞輯》中諸跋）

昔沈文慤❶深賞（張）泌❷「綠楊花撲一溪煙」❸為晚唐名句❹。然其詞如「露濃香泛小庭花」❺，較前語似更幽艷。

【章旨】此則言沈德潛欣賞張泌的〈洞庭阻風〉詩句，但張氏〈浣溪沙〉實更幽艷。

【注釋】❶沈文慤　即沈德潛。參見卷二第四六則注⓭。❷張泌　「泌」字一作「佖」。字子澄，五代南唐詞人。淮南人。官至內史舍人。後隨李煜入宋，以故臣在史館。工詩詞，善寫艷詞。《花間集》錄其詞二十七首。❸句出張泌〈洞庭阻風〉：「空江浩蕩景蕭然，盡日菰蒲泊釣船。青草浪高三月渡，綠楊花撲一溪煙。情多莫舉傷春目，愁極兼無買酒錢。猶有漁人數家住，不成村落夕陽邊。」（據《全唐詩》卷二七）❹晚唐名句　沈德潛語見《唐詩別裁》卷一六張蠙〈夏日題老將林亭〉一詩後評語。❺句出張泌〈浣溪沙〉：「獨立寒階望月華，露濃香泛小庭花。繡屏愁背一燈斜。　雲雨自從分散後，人間無路到仙家。但憑魂夢訪天涯。」（據王國維自輯本《張舍人詞》）

【語譯】往昔沈德潛曾極為欣賞張泌的詩句：「綠楊花撲一溪煙」，認為是晚唐詩作的名句。但是，張泌的詞句，如「露濃香泛小庭花」，比他的詩句似乎更顯得幽艷。

一三（錄自王國維《唐五代二十一家詞輯》中諸跋）

（孫光憲❶詞）昔黃玉林❷賞其「一庭花雨溼春愁」❸為古今佳句❹。余以為不若「片帆煙際閃孤光」❺尤有境界也。

【章　旨】此則言黃昇推孫光憲的「一庭疎雨」句為佳，王則謂「片帆煙際」更有境界。

【注　釋】❶孫光憲　約西元九〇〇～九六八年，五代宋初詞人。字孟文，號葆光子。貴平人。出身農家，少好學。事南平三朝。後歸宋，官黃州刺史。性嗜經籍，藏書數千卷，自鈔寫校讎。工詞。《花間集》收其詞六十首。但在風格上不同於該集多數作品的浮艷綺靡。另有《北夢瑣言》。❷黃玉林　即黃昇。參見本卷第五則注❷。❸句出孫光憲〈浣溪沙〉：「攬鏡無言淚欲流，凝情半日懶梳頭。一庭疎雨溼春愁。　楊柳只知傷怨別，杏花應信損嬌羞。淚沾魂斷軫離憂。」（據王國維自輯本《孫中丞詞》）案：王氏誤將「疎雨」引作「花雨」。❹古今佳句　黃昇謂：「孫葆光『一庭花雨溼春愁』，佳句也。」（見沈雄《古今詞話・詞評》卷上所引）❺句出孫光憲〈浣溪沙〉：「蓼岸風多橘柚香，江邊一望楚天長。片帆煙際閃孤光。　目送征鴻飛杳杳，思隨流水去茫茫。蘭紅波碧憶瀟湘。」（據《孫中丞詞》）

【語　譯】前人黃昇讚賞孫光憲詞中的「一庭花雨溼春愁」，認為是古今佳句，我以為這句詞不如「片帆煙際閃孤光」，後者更加有境界。

【評　介】「一庭疎語」句歷來被稱為「秀句」，栩莊謂之「含思縣渺，使人讀之，徒喚奈何」（《栩莊漫記》）。湯顯祖對孫光憲的幾首〈浣溪沙〉（包括「片帆煙際」一闋）評價甚高，謂：「樂府遺音，詞壇麗藻，好書不厭百回讀。如此數詞，也應爾爾。」（見湯評《花間集》）

一四（錄自王國維《清真先生遺事・尚論三》）

（周清真❶）先生於詩文無所不工，然尚未盡脫古人蹊逕❷。平生著述，自以樂府為第一。詞人甲乙，宋人早有定論。惟張叔夏❸病其意趣不高遠❹。然北宋人歐❺、蘇❻、秦❼、黃❽，高則高矣，至精工博大，殊不逮先生。故以宋詞比唐詩，則東坡❾似太白❿，歐、秦似摩詰⓫，耆卿⓬似樂天⓭，方回⓮、叔原⓯則大曆十子⓰之流。南宋唯一稼軒⓱可比昌黎⓲。而詞中老杜⓳，則非先生不可。昔人以耆卿比少陵⓴，猶為未當也。

【章　旨】此則高度評價周邦彥，比之為詞中杜甫。並且以唐詩的諸位名家，一一對喻藝術風格近似的宋代詞人。

【注　釋】❶周清真　即周邦彥。參見卷一第三三則注❼。此時王國維已較大程度上改變了他先前對周邦彥的一些看法，而予以較高的評價。可參看卷一第三二、三三、三四、三六、四八則，卷二第一五則，以及本卷第一四、一五、一六、一七、二〇、二一、二三、二六、二八則等。從中可看出王國維觀點的變化。❷蹊逕　小路、山路。亦用以指門徑、範圍。❸張叔夏　即張炎。參見卷一第四六則注❽。❹病其意趣不高遠　張炎《詞源》卷下：「美成詞只當看他渾成處，於軟媚中有氣魄。採唐詩融化如自己者，乃其所長，惜乎意趣卻不高遠。」❺歐　即歐陽修。參見卷一第二一則注❶。❻蘇　即蘇軾。參見卷一第二九則注❺。❼秦　即秦觀。參見卷一第三則注❷。❽黃　即黃庭堅。參見卷一第四〇則注❺。❾東坡　即蘇軾。參見卷一第二九則注❺。❿太白即李白。參見卷一第一〇則注❶。⓫摩詰　王維（西元七〇一？～七六一年），唐代詩人、畫家。字摩詰。河東人。開元進士。官至尚書右丞，世稱王右丞。以詩名盛於開元、天寶間，尤長於五言詩。前期的邊塞詩，風格雄渾，氣象開闊；後期詩作主要寫隱居生活的閒情逸致，多以山水內容為主，清幽精細，極見功力，又善繪畫。蘇軾稱其「詩中有畫，畫中有詩」，明董其昌推之為南宗山水畫之祖。有《王右丞集》。⓬耆卿　即柳永。參見卷二第一七則注❷。⓭樂天　即白居易。參見卷一第五八則注❻。⓮方回　即賀鑄。參見卷一第二八則注❽。⓯叔原　即晏幾道。參見卷一第二八則注❸。⓰大曆十子　唐代大曆（西元七六六～七七九年，唐代宗李豫年號）年間的十位詩人。《新唐書・盧綸傳》云：「綸與吉中孚、韓翃、錢起、司空曙、苗發、崔峒、耿偉、夏侯審、李端皆能詩，齊名，號大曆十才子。」他書所載，略有出入。計有功《唐詩紀事》謂：「大曆十才子……盧綸、錢起、郎士元、司空曉（曙）、李端、李益、苗發、皇甫曾、耿偉、李嘉祐。又云：吉頊、夏侯審亦是。或云：錢起、盧綸、司空曉、皇甫曾、李嘉祐、吉中孚、苗發、郎士元、李益、耿偉、李端。」⓱稼軒　即辛棄疾。參見卷一第四三則注❺。⓲昌黎　韓愈（西元七六八～八二四年），唐代文學家。字退之。河南河陽人。自謂郡望昌黎，世稱韓昌黎。貞元進士。官至吏部侍郎。諡文，世稱韓文公。他尊儒排佛，以堯舜孔孟的道統繼承人自居。文學上力反六朝以來的駢偶文風，與柳宗元同為古文運動的倡導者，其散文氣勢雄健，流暢明快，後世列為「唐宋八大家」之首。詩則新奇奔放，有時流於險怪。有《昌黎先生集》。⓳老杜　即杜甫。參見卷一第八則注❶。⓴少陵　杜甫自稱「少陵野老」。後世亦以「少陵」稱之。張端義《貴耳集》卷上：項平齋訓：「學詩當學杜詩，學詞當學柳詞。杜詩、柳詞皆無表德，只是實說。」（據「叢書集成初編」本）

【語　譯】（周邦彥）先生賦詩為文都十分出色，但還沒有完全脫離古人的樊籬。他一生的著述成果中，自然以樂府為第一。先生是詞人中數一數二者，早在宋代，就已有了定論。只有張炎認為其詞的弊病是意趣不夠高遠遼闊。不過北宋詞人中，如歐陽修、蘇軾、秦觀、黃庭堅，要說高妙，的確是高俊灑脫，但在嚴謹、工巧、博大、精深方面，則遠遠比不上周邦彥先生了。所以，如果將宋詞與唐詩相比較的話，那麼，蘇軾像李白，歐陽修、秦觀近似王維，柳永像白居易，賀鑄、晏幾道就屬於大曆十才子這類人。南宋只有一個辛棄疾可以比作韓愈。而詞中的杜甫，則非先生莫屬。前人曾以柳永比杜甫，實在是不妥當。

【評　介】陳振孫《直齋書錄解題》集部歌詞類《清真詞》二卷《續集》一卷，下云：「周美成邦彥撰。多用唐人詩語，檃栝入律，渾然天成。長調尤善鋪敘，富艷精工，詞人之甲乙也。」劉肅曰：「周美成以旁搜遠紹之才，寄情長短句，縝密典麗，流風可仰。其徵辭引類，推古夸今，或借字用意，言言皆有來歷，真足冠冕詞林。」（陳元龍集注本〈片玉集序〉）沈義父《樂府指迷》曰：「凡作詞當以清真為主。蓋清真最為知音，且無一點市井氣，下字運意，皆有法度，往往自唐、宋諸賢詩句中來，而不用經史中生硬字面，此所以為冠絕也。」

一五（錄自王國維《清真先生遺事・尚論三》）

（清真）先生之詞，陳直齋謂其多用唐人詩句檃栝入律，渾然天成❶。張玉田謂其善於融化詩句❷，然此不過一端。不如強煥云：「模寫物態，曲盡其妙。」❸為知言也。

【章　旨】此則言周邦彥詞的最大特點是「模寫物態，曲盡其妙」。

【注　釋】❶清真先生之詞三句　見上則「評介」。❷張玉田謂其善於融化詩句　見上則注❹。❸語見汲古閣本《片玉詞》強煥〈題周美成詞〉。

【語　譯】（周邦彥）先生的詞，陳振孫說其中有許多是將唐人詩句依照詞的體裁格律改寫而成的，其改寫不露痕跡，渾然一體，如天然生成的。張炎說他善於融化詩句入詞。他們所說只不過是一個方面的特點，且都不如強煥的評論，說「描摹事物的形態神情，能將其妙處表現的維妙維肖，淋漓盡致」，這才是知人之言。

一六（錄自王國維《清真先生遺事・尚論三》）

山谷❶云：「天下清景，不擇賢愚而與之，然吾特疑端為我輩設。」❷誠哉是言！抑豈獨清景而已，一切境界，無不為詩人設。世無詩人，即無此種境界。夫境界之呈於吾心而見於外物者，皆須臾之物。惟詩人能以此須臾之物，鐫諸不朽之文字，使讀者自得之。遂覺詩人之言，字字為我心中所欲言，而又非我之所能自言，此大詩人之妙祕也。境界有二：

有詩人之境界，有常人之境界。詩人之境界，惟詩人能感之而能寫之，故讀其詩者，亦高舉遠慕，有遺世之意。而亦有得有不得，且得之者亦各有深淺焉。若夫悲歡離合、羈旅行役之感，常人皆能感之，而惟詩人能寫之。故其入於人者至深，而行於世也尤廣。（清真）先生之詞，屬於第二種為多。故宋時別本之多，他無與匹❸。又和者三家❹，注者二家❺。（強煥本亦有注，見毛跋）自士大夫以至婦人女子，莫不知有清真❻，而種種無稽之言，亦由此以起❼。然非入人之深，烏能如是耶？

【章旨】此則言惟有詩人才能以不朽的文字，既寫下他對宇宙人生的永恆奧祕與變化無常的獨特感受，也能淋漓盡致地刻畫出世人皆知又難說清的悲歡離合、羈旅行役的心境感慨。周邦彥詞多屬第二種，因此既廣為人知，也遭種種誤解。

【注釋】❶山谷　即黃庭堅。參見卷一第四〇則注❺。❷語見釋惠洪《冷齋夜話》卷三。❸故宋時別本之多二句　關於周邦彥詞的宋代別本，王國維《清真先生遺事．著述二》云：「案先生詞集，其古本則見於《景定嚴州續志》、《花庵詞選》者，曰『清真詩餘』。見於《詞源》者，曰『圈法美成詞』。見於《直齋書錄》者，曰『清真詞』，曰『曹杓注清真詞』。又與方千里、楊澤民《和清真詞》合刻為《三英集》（見毛晉〈方千里和清真詞跋〉）。子晉所藏《清真集》，其源亦出宋本，加以溧水本，是宋時已有七本。別本之多，為古今詞家所未有。」（據《海寧王靜安先生遺書》）又，羅慷烈云：「宋刊詞家別集，亦以清真最多。自王鵬運〈清真詞後記〉、鄭文焯〈清真詞校後錄要〉、朱孝臧〈片玉集跋〉及《遺事》（王國維《清真先生遺事》）以次，至近時饒宗頤兄之《詞籍考》、吳則虞之《清真版本考辨》，可知者凡十二本矣。」（《兩小山齋論文集・清真詞時地考略》）❹和者三家　宋人和周邦彥全詞者有方千里《和清真詞》（汲古閣刻「宋六十名家詞」本）、楊澤民《和清真詞》（江標刻「宋元名家詞」本），及陳允平《西麓繼周集》（朱祖謀刻「彊村叢書」本）三家。❺注者二家　宋人注《清真詞》者，有曹杓、陳元龍兩家。曹注已佚，陳注即「彊村叢書」本《片玉集》。❻自士大夫以至婦人女子二句　陳郁《藏一話腴》云：「美成自號清真，二百年來，以樂府獨步。貴人、學士、市儇、妓女，皆知美成詞為可愛。」（據「豫章叢書」本）❼而種種無稽之言二句　宋人筆記中記周邦彥軼事者甚多。如張端義《貴耳集》、周密《浩然齋雅談》、王明清《揮麈遺話》、王灼《碧雞漫志》等書均有。王國維在《清真先生遺事・事迹一》中一一辨之，認為多無稽之言，乃好事者為之也。且又云：「先生立身頗有本末，而為樂府所累。遂使人間異事皆附蘇、秦，海內奇言盡歸方朔。」（《清真先生遺事・尚論三》）

【語　譯】黃庭堅說：「普天下的清秀景色，呈現於每個人的眼前，並不區分是賢慧還是愚笨。可我卻總是猜測，如此清秀美景是專為我們這類人設置的。」此話千真萬確。而且並不僅僅是清秀美景，所有的境界，全都是為詩人而設的。如果世界上沒有詩人，也就沒有這種境界。呈現於我們內心而又顯於外在事事物物的境界，都是轉瞬而逝的景象，惟有詩人才能捕捉住這一瞬間的景象，並以不朽的文字寫出來，使讀者也能有所感受，並由此覺得詩人的言語，字字句句都是我心中想說、卻又難以說清的話，這就是大詩人的奧妙所在。境界有兩種：一種是詩人的境界，另一種是普通人的境界。詩人的境界，只有詩人能夠感受到，並且能把它寫出來。所以讀他們詩作的人，也能隨詩人的情思遐想而浮想聯翩，追慕思索天地萬物，有超然獨立於人世之外的意趣。當然，並非人人都能達到這一境界，有達到的，也有達不到的。即使是有所得者，其所得也有深淺的不同。如果是悲歡離合、遊子行旅、勞苦困頓的情思感慨，那則是普通人都能夠感受到的，但只有詩人才能細緻入微淋漓盡致地表達它們。因此這一類詩篇更易深入人心，其在世間的流傳也更加廣泛。（周邦彥）先生的詞，多半屬於後一類。所以宋朝時期詞集版本就特別多，是其他詞人無法相比的。此外，還有三個人和清真詞，兩家注釋清真詞。（強煥本也有注釋，見毛晉跋）社會上從士大夫到一般婦女，沒有不知道周邦彥的，而種種毫無根據的流言蜚語，也由此而產生。不過，如果不是他的詞如此深入人心，又怎麼能有這樣的效果呢？

一七

（錄自王國維《清真先生遺事・尚論三》）

樓忠簡❶謂（清真）先生妙解音律❷。惟王晦叔❸《碧雞漫志》❹謂：「江南某氏者，解音律，時時度曲。周美成與有瓜葛。每得一解，即為製詞。故周集中多新聲。」❺則集中新曲，非盡自度。然「顧曲」名堂❻，不能自已，固非不知音者。故先生之詞，文字之外，須兼味其音律。惟詞中所注宮調，不出教坊❼十八調之外，則其音非大晟樂府❽之新聲，而為隋唐以來之燕樂❾，固可知也。今其聲雖亡，讀其詞者，猶覺拗怒❿之中，自饒和婉，曼聲促節，繁會相宣；清濁抑揚，轆轤交往。兩宋之間，一人而已。

【章旨】此則言周邦彥精通音律，填詞合樂律，故而極富音樂美，是兩宋詞人中，唯一有此成就者。

【注釋】❶樓忠簡　樓鑰（西元一一三七～一二一八年），南宋學者。字大防，號攻媿主人。明州鄞縣人。隆興進士。歷官翰林學士、參知政事等。通經史，善詩文。有《攻媿集》、《樂書正誤》、《范文正公年譜》等。❷清真先生妙解音律　樓鑰〈清真先生文集序〉云：「（周邦彥）風流自命，又性好音律，如古之妙解，顧曲名堂，不能自已。」（據「四部叢刊」本《攻媿集》）❸王晦叔　王灼，字晦叔，號頤堂。南宋遂寧人。紹興中，曾為幕官，寓成都碧雞坊，著《碧雞漫志》。還著有《糖霜譜》、《頤堂集》、《頤堂詞》。❹碧雞漫志　筆記，王灼撰。五卷。述上古至唐代歌曲的演變，考證唐樂曲得名的原因及其與宋詞的關係，品評北宋詞人的風格流派，並介紹民間藝人。是從音樂方面研究詞調的重要資料。❺語見《碧雞漫志》卷二。❻顧曲名堂　據《咸淳臨安志》、《人物傳》、《東都事略》、王明清《揮塵錄》等書記載：「邦彥能文章，妙解音律，名其堂曰『顧曲』。」❼教坊　古代管理宮廷音樂的官署。唐代開始設置。專管雅樂以外的音樂、歌唱、舞蹈、百戲的教習、排練、演出等事務。宋元兩代也有教坊，明代有教坊司，至清雍正時始廢。❽大晟樂府　宋徽宗崇寧中，創立大晟府，製作新樂，名曰大晟樂，並以周邦彥為提舉，會集詞人樂師，搜集審定古音古調，又增慢、引、近、犯等新的曲調，稱「大晟新聲」。詞作者多依其體格填詞，世稱大晟詞。❾燕樂　一作「宴樂」或「讌樂」。其名稱始見於《周禮・春官》，指天子及諸侯宴飲賓客時所用的音樂。一般採用民間俗樂，以別於廟堂典禮所用的雅樂。隋、唐時期，在漢族及少數民族音樂基礎上，吸取外來音樂成分，形成供宮廷宴飲、娛樂時用的九部樂、十部樂、坐部伎、立部伎等，統稱為「燕樂」，曾盛極一時，獲得高度發展。隨著民間音樂的演變，各代宮廷燕樂的形式也有所不同，如漢時有相和歌、百戲等，唐時有歌曲、舞曲、戲弄等，宋代以來有雜劇、傳奇等。❿拗怒　此處指詞句拗口生硬。

【語　譯】樓鑰說（周邦彥）先生精通音律。只有王灼的《碧雞漫志》說：「江南有個人懂音律，經常創作。周邦彥和他有某種關係。那人每創作一曲，周就填詞。所以，周氏集子中有許多新聲歌曲。」照他的說法，周氏集中的新曲，並不都是自己創製的。但是，周邦彥既然用「顧曲」作為堂名，常有抑制不住的創作欲望，可見並不是不懂音律的人。所以，讀先生的詞，除欣賞語言文字之外，還必須品味其中的音律。只是他詞中所註明的宮調，都不出教坊十八調的範圍，由此可知，他所採用的不是大晟府的「新聲」，而是隋唐以來的「燕樂」。現在，周詞的樂譜雖然已經失傳，但讀他的詞，仍然覺得曲折變化，在拗口生硬處，自然而然地另有和諧婉轉相調和。曲調的舒展和緩與急促快拍互相配合；清濁高低、抑揚頓挫，像轆轤轉動一樣，此起彼伏。兩宋詞人中，惟有他一人有此成就。

【評　介】中國古代戲曲、音樂術語中，一般不用「十八調」，此處的「十八調」疑為「十三調」或「二十八調」之誤。中國歷代稱宮、商、角、變徵、徵、羽、變宮為七聲，其中以任何一聲為主，均可構成一種調式。凡以宮聲為主的調式稱「宮」（即宮調式），而以其他各聲為主者稱「調」，如商調、角調等，統稱「宮調」。以七聲配十二律，理論上可得十二宮、七十二調，合稱八十四宮調，通稱「八十四調」。但在實際音樂中並不全用，如隋唐燕樂以琵琶四弦定為宮、商、角、羽四聲，每弦上構成七調，共得二十八宮調；南宋詞曲音樂僅七宮十一調；元代北曲用六宮十一調；明清以來，南曲用五宮八調，合稱「十三調」；而最常用者不過五宮四調，通稱「九宮」。周邦彥詞中所用十五宮調：大石、越調、商調、歇指、雙調、仙呂、小石、高平、黃鐘、般涉、中呂、正宮、林鐘、正平、道宮，都在「二十八調」範圍之內，故說他「不出教坊（二）十八調之外」。

一八（錄自《觀堂集林・唐寫本雲謠集雜曲子跋》）

《雲謠集雜曲子》❶〈天仙子〉❷詞特深峭隱秀，堪與飛卿❸、端己❹抗行。

【章　旨】此則言唐代民間詞曲中的〈天仙子〉詞可達溫庭筠、韋莊詞作的水準。

【注　釋】❶雲謠集雜曲子　詞總集名。敦煌石室藏唐人寫本。三十首。其中大部分為民間作品，清新流暢、樸素自然。❷天仙子　在《雲謠集雜曲子》內有〈天仙子〉二首。其一：「燕語啼時三月半，煙蘸柳條金線亂。五陵原上有仙娥，攜歌扇。香爛漫。留住九華雲一片。　犀玉滿頭花滿面。負妾一雙偷淚眼。淚珠若得似真珠，拈不散。知何限？串向紅絲應百萬。」其二：「燕語鶯啼驚覺夢。羞見鶯臺雙舞鳳。天仙別後信難通，無人問，花滿洞，休把同心千偏弄。 叵耐不知何處去。正是花開誰是主？滿樓明月夜三更，無人語。淚如雨。便是思君腸斷處。」（據王重民輯《敦煌曲子詞集》修訂本）另：任半塘《敦煌歌辭總編》則認為〈天仙子〉有三首，其一是雙調，其二、其三為單調，即後一首實為兩首。❸飛卿 即溫庭筠。參見卷一第一一則注❷。❹端己 即韋莊。參見卷一第一二則注❹。

【語譯】《雲謠集雜曲子》〈天仙子〉詞，特別深沉峻峭，含蓄秀美，足以與溫庭筠、韋莊的詞相抗衡。

一九（錄自《觀堂外集・桂翁詞跋》）

有明一代，樂府道衰❶。《寫情》❷、《扣舷》❸，尚有宋、元遺響。仁、宣❹以後，茲事幾絕。獨文愍❺以魁碩之才，起而振之❻。豪壯典麗，與于湖❼、劍南❽為近。

【章旨】此則言夏言重振明代詞壇。其詞接近張孝祥與陸游的風格。

【注釋】❶有明一代二句 陳廷焯《白雨齋詞話》亦言及明代詞壇衰落之狀：「詞至於明，而詞亡矣。伯溫（劉基）、季迪（高啟），已失古意。降至昇庵（楊慎）輩，句琢字煉，枝枝葉葉為之，益難語於大雅。自馬浩瀾（馬洪）、施閬仙（施紹華）輩出，淫詞穢語，無足置喙。明末陳人中（陳子龍），能以穠艷之筆，傳淒婉之神，在明代便算高手。然視國初諸老，已難同日而語，更何論唐宋哉。」（據唐圭璋編「詞話叢編」本）❷寫情　《寫情集》。明初劉基詞集。❸扣舷　《扣舷集》。明初高啟詞集。❹仁宣　明仁宗朱高熾（西元一四二五年在位）、明宣宗朱瞻基（西元一四二六～一四三五年在位）。❺文愍　夏言（西元一四八二～一五四八年），字公謹，號桂洲。明代江西貴溪人。正德進士，官至首輔。為嚴嵩所妒，遭誣陷殺害。後諡文愍。有《桂洲先生文集》、《南宮奏稿》、《賜簡堂稿》。❻起而振之　王國維在《庚辛之間讀書記・桂翁詞》中云：「（夏）一詞朝傳，萬口暮誦，同時名公皆摹擬其體格，門生故吏爭相傳刻。雖居勢使然，抑其風采文采，自有以發之者歟？」夏被殺之後，「不二十年，南都坊肆，乃復梓其遺集。……豈文章事業，自有公論，有不可泯滅者歟？」❼于湖　即張孝祥。參見卷二第三七則注❹。❽劍南　即陸游。參見卷一第四三則注❷。

【語　譯】整個明代，詞的創作處於衰微狀況。明初的《寫情集》、《扣舷集》，還有一些宋元時代的風格，明仁宗、明宣宗以後，就幾乎見不到有填詞這件事了。只有夏言，以他作為政界魁首的資望及碩學之士的才華，使詞業由衰復興。他的詞豪邁雄壯又典雅華麗，與張孝祥、陸游的風格相近。

【評　介】詞以兩宋為鼎盛，元以後漸衰。明初劉基、高啟等人由元入明，政治上屢遭挫折，詞作中抒其情感懷抱，各具特色（參見卷二第三五則），尚存宋元遺響。明中葉以後，詞風日下，至明末，才再現一線生機。但明詞是「中衰」，並非「中斷」，就數量而言，接近《全宋詞》（據張璋、饒宗頤編的《全明詞》，有作家一千三百餘，詞作一萬八千餘首），主要差在「質量」。晚明詞之復興，論者一般歸功於陳子龍、夏完淳、屈大均、王夫之、金堡等人，謂其作不僅挽救一代詞運，也為清詞中興開了風氣。王國維將「由衰復興」之功全歸於夏言，未必得當。

二〇（錄自《觀堂外集》）

王君靜安將刊其所為《人間詞》，詒❶書告余曰：「知我詞者莫如子，敘之亦莫如子宜。」余與君處十年矣，比年以來，君頗以詞自娛。余雖不能詞，然喜讀詞。每夜漏❷始下，一燈熒然，玩古人之作，未嘗不與君共。君成一闋，易一字，未嘗不以訊余。既而暌離❸，苟有所作，未嘗不郵以示余也。然則余於君之詞，又烏可以無言乎？夫自南宋以後，斯道之不振久矣！元、明及國初諸老，非無警句也。然不免乎局促者，氣困於彫琢也。嘉、道❹以後之詞，非不諧美也。然無救於淺薄者，意竭於摹擬也。君之於詞，於五代喜李後主❺、馮正中❻，於北宋喜永叔❼、子瞻❽、少游❾、美成❿，於南宋除稼軒⓫、白石⓬外，所嗜蓋鮮矣。尤痛詆夢窗⓭、玉田⓮。謂夢窗砌字，玉田壘句。一彫琢，一敷衍，其病不同，而同歸於淺薄。六百年來詞之不振，實自此始。其持論如此。及讀君自所為詞，則誠往復幽咽，搖動人心。快而沉，直而能曲。不屑屑於言詞之末，而名句間出，殆往往度越前人。至其言近而指遠，意決而辭婉，自永叔以後，殆未有工如君者也。君始為詞時，亦不自意其至此，而卒至此者，天也，非人之所能為也。若夫觀物之微，託興之深，則又君詩詞之特色。求之古代作者，罕有倫比。嗚呼！不勝古人，不足以與古人並，君其知之矣。世有疑余言者乎，則何不取古人之詞，與君詞比類而觀之也？光緒丙午⑮三月，山陰樊志厚⑯敘。

【章　旨】此則假樊志厚語，闡述了王國維詞論的一些主要觀點，並對王氏本人的詞作風格、藝術特點、成就，作了全面的分析，予以極高的評價。

【注　釋】❶詒　通「貽」。遺留；送給。文中指寫信。❷漏　即「漏刻」。古代滴水計時的器具。❸睽離　闊別；分別久遠。❹嘉道　嘉慶，清仁宗顒琰年號，自西元一七九六至一八二〇年。道光，清宣宗旻寧年號，自西元一八二一至一八五〇年。❺李後主　即李煜。參見卷一第一四則注❸。❻馮正中　即馮延巳。參見卷一第三則注❶。❼永叔　即歐陽修。參見卷一第二一則注❶。❽子瞻　即蘇軾。參見卷一第二九則注❺。❾少游即秦觀。參見卷一第三則注❷。❿美成　即周邦彥。參見卷一第三二則注❼。⓫稼軒　即辛棄疾。參見卷一第四三則注❺。⓬白石　即姜夔。參見卷一第三二則注⓭。⓭夢窗　即吳文英。參見卷一第三四則注❺。⓮玉田　即張炎。參見卷一第四六則注❽。⓯光緒丙午　即西元一九〇六年。⓰樊志厚　一般認為即《人間詞話》未刊稿第七則中所云「樊抗父」（參見本書卷二第七則注❶），王國維就讀東文學社時同窗知友。

【語譯】王靜安君即將刊行他所寫的《人間詞》，寫信給我，說：「沒有人能比你更加理解我的詞，也沒有人能比你更適合於為我寫序言。」我和靜安君相處已有十年了，近幾年來，他很喜歡以填詞來作自我消遣。我雖然不會填詞，但喜歡讀詞。每每剛入夜，在閃爍的燈光下，我們一起玩賞古人的作品。他每填成一首詞，每更換一個字，都要徵求我的意見。以後分離了，靜安君如果有新的作品，沒有不寄來給我看的。由此，我對靜安君的詞，又怎麼能夠毫無表示呢？自從南宋之後，填詞之道久已衰微不振了。元、明兩代以及國初各位前輩，並非沒有驚人之句，但終不免拘謹局促之弊，是因為他們的才氣被雕琢所束縛。嘉慶、道光之後的詞，並非不和諧佳美，但卻無助於改變詞作的淺薄，其原因是意趣與味枯竭於仿效摹擬。靜安君對於歷代詞作，五代時期喜歡李後主和馮延巳；北宋喜愛歐陽修、蘇軾、秦觀、周邦彥；南宋則除了辛棄疾與姜夔外，所愛讀的就極少了。最痛恨厭惡的是吳文英和張炎。曾謂吳文英堆砌辭藻，張炎疊疊詞句。一個過於雕琢，一個敷衍冗贅。弊病雖然不同，但都可歸之為淺薄。六百年來詞的衰落，實際上就是從他們開始的。這便是靜安君對詞的基本看法。如果讀靜安君自己所作的詞，則確實是往返起伏，幽咽婉轉，動人心弦。明快而又沉著，率直而又能曲折委婉，並不拘泥於雕琢詞句之末技，卻時時寫出名句，而且往往還超越前人。至於其詞文字淺近而寄寓深遠，意旨堅決果斷而言辭婉轉含著，這是自歐陽修以來，沒有人能比得上的。當然，靜安君開始填詞時，並未意識到自己能有這樣高的造詣，而終於能達到這個水準，一是因為天助，而不全是人力所能做到的。再者，觀察事物之細微、寓意寄興之深刻，這是靜安君詩詞的又一個特點。檢索古代眾多的作家、作品，極少有比得上的。嗚呼！不超越古人，就不能與古人相提並論，這是靜安君所知道的道理。世上如有人懷疑我說的話，那麼為什麼不拿古人的詞來與靜安君的詞作一番分析比較呢？光緒丙午年三月，山陰樊志厚序。

【評　介】《人間詞》甲、乙稿二序（即本則與下則）究係樊志厚著，還是王國維假託樊志厚名作，抑或「為觀堂手筆，而命意實出自樊氏」（王幼安校訂《人間詞話》附錄第二二則末按語），歷來聚訟紛紜。王國維入室弟子趙萬里在其所著《王靜安先生年譜》中言：「案此序與〈乙稿序〉，均為先生自撰，而假名於樊君者。」（臺灣：商務印書館，「新編中國名人年譜集成」本，頁八）徐調孚《校注人間詞話》和王幼安校訂《人間詞話》均將此二序作為王氏著作收入，近年來滕咸惠校注《人間詞話新注》、佛雛校輯《新訂人間詞話・廣人間詞話》以及多種版本的王國維文學、美學著作集、評論集都認為此二序係王氏手筆而收錄，不少研究者在論述分析王氏文學美學思想時亦常引用此二序立論，可知學術界基本公認它們是王國維的作品。本書亦取此說，將這兩篇序作為王氏著作收錄。近年來也有一些不同意見，認為此二序的作者是樊志厚（樊炳清）而非王國維，為節省篇幅不詳論，可參見〈人間詞序作者考〉（《文學評論》，一九八二年第二期）、林枚儀《晚清詞論研究》第九章〈王國維〉（國立臺灣大學中國文學研究所博士論文，一九七九年七月出版）

等文章、著作。

二一（錄自《觀堂外集》）

去歲夏，王君靜安集其所為詞，得六十餘闋，名曰《人間詞甲稿》，余既敘而行之矣❶。今冬，復彙所作詞為《乙稿》，丐余為之敘。余其敢辭？乃稱曰：文學之事，其內足以攄己，而外足以感人者，意與境二者而已。上焉者意與境渾，其次或以境勝，或以意勝。苟缺其一，不足以言文學。原夫文學之所以有意境者，以其能觀也。出於觀我者，意餘於境；而出於觀物者，境多於意。然非物無以見我，而觀我之時，又自有我在。故二者常互相錯綜，能有所偏重，而不能有所偏廢也。文學之工不工，亦視其意境之有無，與其深淺而已❷。自夫人不能觀古人之所觀，而徒學古人之作，於是始有偽文學。學者便之，相尚以辭，相習以模擬，遂不復知意境之為何物，豈不悲哉！苟持此以觀古今人之詞，則其得失，可得而言焉。溫❸、韋❹之精艷，所以不如正中❺者，意境有深淺也。《珠玉》❻所以遜《六一》❼，《小山》❽所以愧《淮海》❾者，意境異也。美成❿晚出，始以辭采擅長，然終不失為北宋人之詞者，有意境也。南宋詞人之有意境者，唯一稼軒⓫，然亦若不欲以意境勝。白石⓬之詞，氣體雅健耳，至於意境，則去北宋人遠甚。及夢窗⓭、玉田⓮出，並不求諸氣體，而惟文字之是務，於是詞之道熄矣。自元迄明，益以不振。至於國朝，而納蘭侍衛⓯以天賦之才，崛起於方輿之族。其所為詞，悲涼頑艷，獨有得於意境之深，可謂豪傑之士，奮乎百世之下者矣。同時朱⓰、陳⓱，既非勁敵；後世項⓲、蔣⓳，尤難鼎足。至乾、嘉⓴以降，審乎體格韻律之間者愈微，而意味之溢於字句之表者愈淺。豈非拘泥文字，而不求諸意境之失歟？抑觀我、觀物之事自有天在，固難期諸流俗歟？余與靜安，均夙持此論，靜安之為詞，真能以意境勝。夫古今人詞之以意勝者，莫若歐陽公㉑；以境勝者，莫若秦少游㉒。至意境兩渾，則惟太白㉓、後主㉔、正中㉕數人足以當之。靜安之詞，大抵意深於歐，而境次於秦。至其合作，如《甲稿·浣溪沙》之「天末同雲」㉖，〈蝶戀花〉之「昨夜夢中」㉗，《乙稿·蝶戀花》之「百尺朱樓」㉘等闋，皆意境兩忘，物我一體。高蹈乎八荒㉙之表，而抗心乎千秋之間。駸駸㉚乎兩漢之疆域，廣於三代；貞觀之政治㉛，隆於武德㉜矣。方之侍衛㉝，豈徒伯仲㉞。此固君所得於天者獨深，抑豈非致力於意境之效也？至君詞之體裁，亦與五代、北宋為近。然君詞之所以為五代、北宋之詞者，以其有意境在。若以其體裁故，而至遽指為五代、北宋，此又君之不任受。固當與夢窗、玉田之徒，專事摹擬者同類而笑之也。光緒三十三年㉟十月，山陰樊志厚敘。

【章旨】此則對王國維詞論的基本理論——「境界」，及其主要觀點，作全面而又精練扼要的闡述說明；並高度評價了王國維本人詞作的特點與成就。

【注釋】❶去歲夏五句　指《人間詞甲稿·序言》，即丙午年（西元一九〇六年）樊志厚敘，全文見上則。

❷上焉者意與境渾二十句　此數句總括「境界說」的主要理論，可與卷一第一至第九則互相參看。❸溫　即溫庭筠。參見卷一第一一則注❷。❹韋　即韋莊。參見卷一第一二則注❹。❺正中　即馮延巳。參見卷一第三則注❶。❻珠玉　晏殊詞集名，《珠玉詞》。❼六一　歐陽修晚號六一居士，名其詞集為《六一詞》。❽小山　晏幾道詞集名，《小山詞》。❾淮海　秦觀號淮海居士，有詞集《淮海居士長短句》。❿美成　即周邦彥。參見卷一第三二則注❼。⓫稼軒　即辛棄疾。參見卷一第四三則注❺。⓬白石　即姜夔。參見卷一第三一則注⓭。⓭夢窗　即吳文英。參見卷一第三四則注❺。⓮玉田　即張炎。參見卷一第四六則注❽。⓯納蘭侍衛　即納蘭性德。參見卷一第五一則注❺。⓰朱　即朱彝尊。參見卷二第二三則注❶。⓱陳　即陳維崧。參見卷二第二五則注❺。⓲項　即項鴻祚。參見卷二第二〇則注❹。⓳蔣　即蔣春霖。參見卷二第二〇則注❷。⓴乾嘉　乾隆，清高宗弘曆年號，自西元一七三六至一七九五年。嘉慶，清仁宗年號，自西元一七九六至一八二〇年。㉑歐陽公　即歐陽修。參見卷一第二一則注❶。㉒秦少游　即秦觀。參見卷一第三則注❷。㉓太白　即李白。參見卷一第一〇則注❶。㉔後主　即李煜。參見卷一第一四則注❸。㉕正中　即馮延巳。參見卷一第三則注❶。㉖甲稿浣溪沙之天末同雲　全詞見卷二第七則注❷。㉗蝶戀花之昨夜夢中　全詞見卷二第七則注❸。㉘乙稿蝶戀花之百尺朱樓　全詞見卷二第七則注❹。㉙八荒　八方荒忽極遠之地。這是古代中國的地理概念。《說苑．辨物》：「八荒之內有四海，四海之內有九州。」即今日所謂五洲四海、全世界。㉚駸駸　馬速行貌。引申為疾速。也比喻時間迅速消逝。㉛貞觀之政治　貞觀，唐太宗李世民年號。自西元六二七至六四九年。唐太宗即位後，以隋二世而亡為鑒戒，任賢納諫，休養生息，農業生產、社會經濟得以迅速恢復發展，是中國歷史上少數幾個政治開明、經濟發展、社會安定時期之一，史稱「貞觀之治」。㉜武德　唐高祖李淵年號，自西元六一八至六二六年。㉝侍衛　即納蘭性德。他曾官一等侍衛。參見卷一第五一則注❺。㉞伯仲　指兄弟的次第。以後引申為比喻不相上下的事物。㉟光緒三十三年　即西元一九〇七年。

【語譯】去年夏天，王君靜安彙集刊行他的詞作，共六十餘首，名為《人間詞甲稿》，我為他寫了一篇序言。今年冬天，靜安君再次彙集他的詞作作為《乙稿》，請我寫序言，我怎麼能推辭呢？於是寫了以下這些：所謂文學創作，就作者而言，應當要充分抒發情志；對於讀者，則必須有強大的感染力，其關鍵就在意與境兩個方面。最優秀的作品意與境渾然一體，其次則或是在「境」的方面較出色，或者在「意」的方面比較好。如果缺少其中任何一方面，那就談不上文學。文學之所以要有意境，是因為它是對自然人生的觀察和反映。從「我」的角度出發，著眼於觀察、抒寫自我和人生的作品，往往「意」多於「境」；而主要從客觀物境的角度觀察、描述自然物態時，則「境」多於「意」。然而「我」與「非我」是相對而言的，沒有「物」也就不能體現出「我」；而當我在觀察、思考人生、自然時，又必然有作為觀察主體的「我」的存在。所以，二者經常是互相交織在一起的，可以有所側重，但不能偏廢其中任何一方。文學作品的優秀與否，也是看它是否有意境，以及意境的深淺如何來評定的。現代人已經不能再觀察、體驗古人所看到、所感受到的物境、情感，如果一味模擬仿效古人的作品，於是便出現了「偽文學」。一些士子不願進行艱苦的創作，貪圖模仿之便利，互相崇尚文采辭藻，並且相互學習，模擬外在形式，於是不再明瞭「意境」是怎麼回事，這難道不是很可悲的嗎？如果以這樣的觀點來閱讀、品評從古至今詞人們的作品，其中得失也就能說清了。溫庭筠、韋莊的詞精工艷麗，之所以不如馮延巳，是因為意境有深淺。晏殊的《珠玉詞》之所以比歐陽修的《六一詞》遜色，晏幾道的《小山詞》之所以比不上秦觀的《淮海集》，也是因為意境的差異。周邦彥出生較晚，此時詞的技巧已有很大進步，所以他的詞開始以辭藻文采見長，但終究不愧為北宋人的詞作，也是因為有意境的緣故。南宋詞人的作品中有意境的，只有辛棄疾一人，但他的本意似乎又不在以意境取勝。姜夔的詞，氣度體態典雅雄健而已，至於意境，則與北宋詞人相去甚遠。待到吳文英、張炎等人時，連氣度體態都不講求，而僅僅雕琢文字，於是詞道衰落了。從元代到明代，均衰微不振。至於國朝，則有納蘭性德以其天賦之才，崛起於剛剛興盛，尚未受「文明」汙染的民族。他的詞悲愴淒涼，婉艷秀麗，意境之深為當時僅見，真可以說是在千百年衰弊之後所振奮的豪傑之士。與其同時代的朱彝尊、陳維崧，已不是他的對手，後世的項鴻祚、蔣春霖，就更不能相提並論了。到了乾隆、嘉慶之後，人們在體裁、格律、音韻上下功夫的越來越少，而意蘊越來越浮淺，流於字句表面，一覽無遺。這難道不是拘泥文字而不講求意境所造成的失誤嗎？還是因為觀察描述自然人生之事自有天意安排，很難指望期待那些庸人俗子呢？我與靜安君歷來都持這個看法。靜安君的詞，真是以意境取勝的。古往今來的詞作中以意取勝者，沒有人比得上歐陽修；而以境取勝的，沒有能超過秦觀者。至於意境俱佳，渾然一體的，則只有李白、李後主、馮延巳等幾個人才能做到。靜安君的詞，大體上意深於歐陽修，而境稍次於秦觀。在他的代表作中，例如《甲稿》中的〈浣溪沙〉「天末同雲」、〈蝶戀花〉「昨夜夢中」，《乙稿》中〈蝶戀花〉「百尺朱樓」等闋，都達到了意境兩忘、物我一體的程度。他的作品突顯於世界之上，能與古往今來千秋不朽之作相匹敵。歷史上都是後勝於先，兩漢的疆域比夏、商、周三代更為寬廣，貞觀之治也遠強盛於武德時期。靜安君的詞如與納蘭性德詞相比，那就不僅僅是伯仲之間了。這固然是靜安君有著得天獨厚的傑出的才華稟賦，但難道不是他致力於意境創造而獲得的成果嗎？至於靜安君詞作的體裁，也近似於五代、北宋時期。但是，他的詞之所以能近似於五代、北宋詞者，是因為有意境。如果僅僅看它的體裁格式，而隨意認定為五代、北宋詞，那麼，靜安君也不會同意的。這就類同於吳文英、張炎之流，專事模仿，不會創新，受到人們的嘲笑。光緒三十三年十月，山陰樊志厚敘。

【評　介】第二〇與二一則是對王國維詞論與詞作的全面概述，可互相參看，亦可看本書其餘各則的具體論說。

二二（陳乃乾錄自觀堂舊藏《六一詞》眉間批語）

歐公❶〈蝶戀花〉「面旋落花」❷云云，字字沉響，殊不可及。

【章　旨】此則言歐陽修的〈蝶戀花〉成就極高。

【注　釋】❶歐公　即歐陽修。參見卷一第二一則注❶。❷句出歐陽修〈蝶戀花〉：「面旋落花風蕩漾。柳重煙深，雪絮飛來往。雨後輕寒猶未放，春愁酒病成惆悵。　枕畔屏山圍碧浪。翠被華燈，夜夜空相向。寂寞起來褰繡幌，月明正在梨花上。」（據《歐陽文忠公近體樂府》卷二）

【語　譯】歐陽修〈蝶戀花〉「面旋落花」詞，字字沉鬱悲愴，常人很難企及這個境界。

二三（陳乃乾錄自觀堂舊藏《片玉詞》眉間批語）

《片玉詞》❶「良夜燈光簇如豆」❷一首，乃改山谷❸〈憶帝京〉詞❹為之者，似屯田❺最下之作，非美成❻所宜有也。

【章　旨】此則言〈青玉案〉一詞係改寫，並依據詞風斷定是羼入《片玉詞》中的偽作。

【注　釋】❶片玉詞　周邦彥詞集。❷句出周邦彥〈青玉案〉：「良夜燈光簇如豆。占好事，今宵有。酒罷歌闌人散後。琵琶輕放，語聲低顫，滅燭來相就。　玉體偎人情何厚。輕惜輕憐轉唧嚁。雨散雲收眉兒皺。只愁彰露，那人知後，把我來僝僽。」（據《清真集補遺》）❸山谷　即黃庭堅。參見卷一第四〇則注❺。❹憶帝京詞　指黃庭堅〈憶帝京〉（私情）：「銀燭生花紅如豆。占好事，而今有。人醉曲屏深，借寶瑟輕招手。一陣白蘋風，故滅燭教相就。　花帶雨冰肌香透。恨啼鳥轆轤聲曉，岸柳微涼吹殘酒。斷腸時至今依舊。鏡中消瘦。那人知後，怕夯你來僝僽。」（據「彊村叢書」本《山谷琴趣外編》卷之二）❺屯田　即柳永。參見卷二第一七則注❷。❻美成　即周邦彥。參見卷一第三三則注❼。

【語　譯】《片玉詞》中的〈青玉案〉「良夜燈光簇如豆」，是改寫黃庭堅的〈憶帝京〉一詞而成的。這首詞近似於柳永最差的作品，不是周邦彥所應有的。

二四（陳乃乾錄自觀堂舊藏《詞辨》眉間批語）

溫飛卿❶〈菩薩蠻〉：「雨後卻斜陽，杏花零落香。」❷少游❸之「雨餘芳草斜陽。杏花零落燕泥香」❹，雖脫胎於此，而實有出藍之妙。

【章　旨】此則言秦觀〈畫堂春〉詞句雖脫胎於溫飛卿詞，但比溫詞寫得更好。

【注　釋】❶溫飛卿　即溫庭筠。參見卷一第一一則注❷。❷句出溫庭筠〈菩薩蠻〉：「南園滿地堆輕絮，愁聞一霎清明雨。雨後卻斜陽，杏花零落香。無言勻睡臉，枕上屏山掩。時節欲黃昏，無聊獨閉門。」（據《金荃詞》）❸少游　即秦觀。參見卷一第三則注❷。❹句出秦觀〈畫堂春〉（春情）：「東風吹柳日初長。雨餘芳草斜陽。杏花零落燕泥香。睡損紅妝。寶篆暗消龍鳳，畫屏縈繞瀟湘。夜寒微透薄羅裳。無限思量。」（據《全宋詞》）

【語　譯】溫庭筠〈菩薩蠻〉詞寫道：「雨後卻斜陽，杏花零落香。」秦觀的詞句「雨餘芳草斜陽。杏花零落燕泥香」雖然脫胎於此，但實際上則有「青出於藍而勝於藍」的佳妙之處。

二五（陳乃乾錄自觀堂舊藏《詞辨》眉間批語）

白石❶尚有骨，玉田❷則一乞人❸耳。

【章　旨】此則論姜夔、張炎詞，謂張如乞人。

【注　釋】❶白石　即姜夔。參見卷一第三一則注⓭。❷玉田　即張炎。參見卷一第四六則注❽。❸乞人　意張炎詞無風骨，如乞討之人，卑躬屈膝，厚顏無恥。

【語　譯】姜夔的詞還可以說有內在的氣度意蘊，而張炎，則不過是一個乞丐罷了。

二六（陳乃乾錄自觀堂舊藏《詞辨》眉間批語）

美成❶詞多作態，故不是大家氣象❷。若同叔❸、永叔❹雖不作態，而一笑百媚生❺矣。此天才與人力之別也。

【章　旨】此則言周邦彥詞不及晏殊、歐陽修詞的原因之一在其矯揉造作。這也是天才與人力的區別。

【注　釋】❶美成　即周邦彥。參見卷一第三二則注❼。❷大家氣象　王國維謂：「大家之作，其言情也必沁人心脾，其寫景也必豁人耳目。其辭脫口而出，無矯揉妝束之態。以其所見者真，所知者深也。」（本書卷一第五六則）周詞多作態（矯揉妝束），故非「大家氣象」。❸同叔　即晏殊。參見卷一第二四則注❺。❹永叔　即歐陽修。參見卷一第二一則注❶。❺一笑百媚生　白居易〈長恨歌〉中有形容楊貴妃天生麗質之句：「回眸一笑百媚生，六宮粉黛無顏色」，此處借以喻晏、歐詞作之佳美乃自然天成，而非人工雕飾。

【語　譯】周邦彥的詞多有矯揉造作之弊，所以缺乏大家手筆的氣度規模。而晏殊、歐陽修雖然並不刻意雕飾，卻自然而然地寫出佳美之作。這就是天才與人力的差別。

二七（陳乃乾錄自觀堂舊藏《詞辨》眉間批語）

周介存❶謂：「白石❷以詩法入詞，門徑淺狹，如孫過庭❸書，但便後人模仿。」❹予謂近人所以崇拜玉田❺，亦由於此。

【章　旨】此則假周濟語，謂近人崇尚玉田，是因為他門徑淺狹，便於模仿。

【注　釋】❶周介存　即周濟。參見卷一第一五則注❹。❷白石　即姜夔。參見卷一第三一則注⓭。❸孫過庭　西元六四八?～七〇三年以前，唐代書法家、書學理論家。字虔禮（一說名虔禮，字過庭）。陳留人，自署為吳郡。工正、行、草書，尤擅草書，筆勢堅勁。宋代米芾認為「凡唐草得二王法，無出其右」。撰《書譜》，述正、草二體書法，見解精闢，是一部書、文並茂的書法理論著作，為歷代書家重視。❹語見周濟《介存齋論詞雜著》。❺玉田　即張炎。參見卷一第四六則注❽。

【語　譯】周濟說：「姜夔用作詩的方法來填詞，淺顯易學卻十分偏狹，就好像孫過庭的書法一樣，便於後人模仿。」我以為近人之所以崇拜張炎，其原因也在於此。

二八（陳乃乾錄自觀堂舊藏《詞辨》眉間批語）

予於詞，五代喜李後主❶、馮正中❷，而不喜《花間》❸；宋喜同叔❹、永叔❺、子瞻❻、少游❼而不喜美成❽；南宋只愛稼軒❾一人，而最惡夢窗❿、玉田⓫。介存⓬《詞辨》所選詞，頗多不當人意，而其論詞則多獨到之語。始知天下固有具眼人⓭，非予一人之私見也。

【章旨】此則概述王國維本人對五代、兩宋名家的看法。並認為清人周濟選詞不當，但論詞多獨到之語。

【注釋】❶李後主　即李煜。參見卷一第一四則注❸。❷馮正中　即馮延巳。參見卷一第三則注❶。❸花間　即《花間集》。參見卷一第一九則注❺。❹同叔　即晏殊。參見卷一第二四則注❺。❺永叔　即歐陽修。參見卷一第二一則注❶。❻子瞻　即蘇軾。參見卷一第二九則注❺。❼少游　即秦觀。參見卷一第三則注❷。❽美成　即周邦彥。參見卷一第三二則注❼。❾稼軒　即辛棄疾。參見卷一第四三則注❺。❿夢窗　即吳文英。參見卷一第三四則注❺。⓫玉田　即張炎。參見卷一第四六則注❽。⓬介存　即周濟。參見卷一第一五則注❹。⓭具眼人　具有獨到的識別鑒賞能力的人。

【語　譯】我對於詞，五代時期喜愛李後主、馮延巳的作品而不喜歡《花間集》；北宋喜愛晏殊、歐陽修、蘇軾、秦觀，而不喜周邦彥；南宋只愛辛棄疾一人，而最厭惡吳文英、張炎。周濟編纂《詞辨》，所選錄的詞中有許多不能令人滿意，但他的詞論卻有不少獨到的見解。由此，我知道了世間還是有獨具慧眼、識見的人，並不是我個人的偏好之見。

附錄

一　自編《人間詞話》選

余於七、八年前，偶書詞話數十則。今檢舊稿，頗有可采者，摘錄如下。

一

詞以境界為最上。有境界則自成高格，自有名句。五代、北宋之詞所以獨絕者在此。

二

言氣格，言神韻，不如言境界。境界，本也；氣格、神韻，末也。境界具，而二者隨之矣。

三

有造境，有寫境，此理想與寫實二派之所由分。然二者頗難區別。因大詩人所造之境，必合乎自然，所寫之境，必鄰於理想故也。

四

境非獨謂景物也，情感亦人心中之一境界。故能寫真景物、真感情者，謂之有境界，否則謂之無境界。

五

「紅杏枝頭春意鬧」，著一「鬧」字而境界全出。「雲破月來花弄影」，著一「弄」字而境界全出矣。

六

境界有大小，然不以是而分優劣。「細雨魚兒出，微風燕子斜」，何遽不若「落日照大旗，馬鳴風蕭蕭」？「寶簾閒挂小銀鉤」，何遽不若「霧失樓臺，月迷津渡」也？

七

《詩・蒹葭》一篇，最得風人深致。晏同叔之「昨夜西風凋碧樹。獨上高樓，望盡天涯路」，意頗近之。但一灑落，一悲壯耳。

八

「我瞻四方，蹙蹙靡所騁」，詩人之憂生也，「昨夜西風凋碧樹。獨上高樓，望盡天涯路」似之。「終日馳車走，不見所問津」，詩人之憂世也，「百草千花寒食路，香車繫在誰家樹」似之。

九

成就一切事，罔不歷三種境界：「昨夜西風凋碧樹。獨上高樓，望盡天涯路」，此第一境也。「衣帶漸寬終不悔，為伊消得人憔悴」，此第二境也。「衆裡尋他千百度，回頭驀見，那人正在，燈火闌珊處」，此第三境也。此等語均非大詞人不能道。然遽以此意解諸詞，恐為晏、歐諸公所不許也。

一〇

太白詞純以氣象勝。「西風殘照，漢家陵闕」，寥寥八字，遂關千古登臨之口。後世唯范文正之〈漁家傲〉、夏英公之〈喜遷鶯〉，差堪繼武，然氣象已不逮矣。

一一

溫飛卿之詞，句秀也。韋端己之詞，骨秀也。李後主之詞，神秀也。詞至李後主而境界始大，感慨遂深，遂變伶工之詞而為士大夫之詞。宋初晏、歐諸公，皆自此出，而《花間》一派微矣。

一二

馮正中詞除〈鵲踏枝〉、〈菩薩蠻〉數十闋最煊赫外，如〈醉花間〉之「高樹鵲銜巢，斜月明寒草」，雖韋蘇州之「流螢渡高閣」、孟襄陽之「疏雨滴梧桐」，不能過也。

一三

「畫屏金鷓鴣」，飛卿語也，其詞品似之。「弦上黃鶯語」，端己語也，其詞品亦似之。若正中詞品欲於其詞求之，則「和淚試嚴妝」，殆近之歟？

一四

歐陽公〈浣溪沙〉詞「綠楊樓外出秋千」，晁補之謂：只一「出」字，便後人所不能道。余謂：此本於正中〈上行杯〉詞「柳外秋千出畫牆」，但歐語尤工耳。

一五

少游詞境最為淒婉。至「可堪孤館閉春寒，杜鵑聲裡斜陽暮」，則變而淒厲矣。東坡賞其後二語，猶為皮相。

一六

東坡之詞曠，稼軒之詞豪。無二人之胸襟而學其詞，猶東施效捧心也。

一七

讀東坡、稼軒詞，須觀其雅量高致，有伯夷、柳下惠之風。白石雖似蟬蛻塵埃，終不免局促轅下。

一八

昭明太子稱：陶淵明詩「跌宕昭彰，獨超眾類。抑揚爽朗，莫之與京」。王無功稱：薛收賦「韻趣高奇，詞義晦遠。嵯峨蕭瑟，真不可言」。詞中惜少此二種氣象。前者東坡詞近之，後者惟白石略得一二耳。

一九

白石寫景之作，如「二十四橋仍在，波心蕩，冷月無聲」，「數峰清苦，商略黃昏雨」，「高樹晚蟬，說西風消息」，雖格韻高絕，然如霧裡看花，終隔一層。梅溪、夢窗諸家寫景之作，其病皆在一「隔」字。北宋風流，過江遂絕，抑真有風會存乎其間耶？

二〇

東坡、稼軒，詞中之狂。白石，詞中之狷。若梅溪、夢窗、草窗、玉田、西麓、竹山之詞，則鄉愿而已。

二一

問「隔」與「不隔」之別，曰：「生年不滿百，常懷千歲憂。晝短苦夜長，何不秉燭游？」「服食求神仙，多為藥所誤。不如飲美酒，被服紈與素。」寫情如此，方為不隔。「採菊東籬下，悠然見南山。山氣日夕佳，飛鳥相與還。」「天似穹廬，籠蓋四野。天蒼蒼，野茫茫，風吹草低見牛羊。」寫景如此，方為不隔。詞亦如之，如歐陽公〈少年游〉詠春草云：「闌干十二獨凭春，晴碧遠連雲。千里萬里，三月二月，行色苦愁人。」語語皆在目前，便是不隔。至換頭云：「謝家池上，江淹浦畔，吟魄與離魂。」使用故事，便不如前半精采。然歐詞前既實寫，故至此不能不拓開，若通體如此，則成笑柄。南宋人詞，則不免通體皆是「謝家池上」矣。

二二

國朝人詞，余最愛宋直方〈蝶戀花〉「新樣羅衣渾棄卻，猶尋舊日春衫著」，及譚復堂之「連理枝頭儂與汝，千花百草從渠許」，以為最得風人之旨。

二三

近人詞如復堂之深婉，彊村之隱秀，當在吾家半塘翁上。彊村學夢窗，而情味較夢窗反勝，蓋有臨川、盧陵之高華，而濟以白石之疏越者。學人之詞，斯為極則。然於古人自然神妙處，尚未夢見。《半塘丁稿》和馮正中〈鵲踏枝〉十闋，乃〈鶩翁〉詞之最精者。「望遠愁多休縱目」等闋，鬱伊倘恍，令人不能為懷。《定稿》只存六闋，殊為未允。

（原刊《盛京時報》）

案：這是王國維於一九一六、一九一七年間從當年刊於《國粹學報》的六十四則及未刊稿中選出的，文字稍加改動後，發表於《盛京時報》上。因係王氏自選，且所選各條的確概括了《人間詞話》的主要內容；就其文字更動處看，表述較之原作更明晰，故可視為《人間詞話》的精選。讀者可與原作各條（即本書卷一、卷二）一一對照參閱。其對應如下：一—一（卷一，以下同），二—卷二之一四，三—二，四—

六，五—七，六—八，七—二四，八—二五，九—二六，一〇—一〇，一一—一四、一五，一二—二〇，一三—二二，一四—二二，一五—二九，一六—四四，一七—四五，一八—三二，一九—三九，二〇—四六，二一—四〇，二二—卷二之二七，二三—卷二之二六、二八。

二　戲效李英作口號詩

一

舟過瞿塘東復東，竹枝聲裡杜鵑紅。白雲低渡滄江去，巫峽冥冥十二峰。

二

朱樓高出五雲間，落日憑欄翠袖寒。寄語塞鴻休北度，明朝飛雪滿關山。

三

夜深微雨灑簾櫳，惆悵西園滿地紅。儂李夭桃元自落，人間未免怨東風。

四

雙闕凌霄不可攀，明河流向闕中間。銀燈一隊經馳道，道是君王夜宴還。

五

雨後山泉百道飛，冥冥江樹子規啼。蜀山此去無多路，要為催人不得歸。

六

十年腸斷寄征衣，雪滿天山未解圍。卻聽鄰娃講故事，封侯夫婿黑頭歸。

（此為《人間詞話》原稿卷首的題詩）

《人間詞話》的主要版本及研究書目

《人間詞話》		《國粹學報》第四七期、四九期、五〇期，一九〇八～一九〇九年。
《人間詞話》	俞平伯點校	一九二六年五月樸社版。
《人間詞話箋證》	靳德峻	一九二八年元月上海文化出版社印行。
《人間詞話・人間詞》	沈啟无編校	一九三三年十二月上海人文書店出版。一九三五年北平人文書店再次出版《人間詞話及人間詞》合刊本。
《人間詞話講疏》	許文雨	一九三七年南京正中書店本。一九八三年成都古籍書店影印。
《校注人間詞話》	徐調孚	一九四〇年上海開明書店刊行。一九四七年增補後重印。一九五五年北京中華書局據開明紙型重印。
《人間詞話》	徐調孚注，王幼安校訂	（與《蕙風詞話》合訂為一冊）人民文學出版社，一九六〇年版。一九八〇年河洛圖書出版社影印該合刊本。

《人間詞話》	徐調孚注，王幼安校訂	一九六一年香港商務印書館印行。
《人間詞話箋證》	靳德峻箋注，蒲青補箋	一九八一年四川人民出版社出版。
《人間詞話新注》	滕咸惠校注	齊魯書社一九八一年印行。一九八六年出版修訂本。一九八七年里仁書局翻印出版（初版本）。
《人間詞話》		金楓出版公司一九八七年排印出版三卷本，前附導讀，錄自林枚儀《晚清詞論研究》第九章〈王國維〉。
《人間詞話平議》	饒宗頤	自印本。
《新訂人間詞話．廣人間詞話》	佛雛校輯	一九九〇年六月華東師範大學出版社出版。
《人間詞話譯注》	施議對譯注	一九九〇年廣西教育出版社印行。
《王忠慤公遺集》	羅振玉編	
《海寧王靜安先生遺書》	王國華、趙萬里編	一九六八年臺北文華出版公司印行《王觀堂先生全集》、周錫山編《王國維文學美學論著集》均收有《人間詞話》，惟各本卷數、則數不一。
《王國維文學及文學批評》	蔣英豪	一九七四年四月香港中文大學崇基學報華同學會發行。

《人間詞話研究匯編》	何志韶編	一九七五年臺北巨浪出版社出版。
《苕華詞與人間詞話述評》	王宗樂	東大圖書公司，一九七六年初版，一九八六年再版。
《論王國維人間詞》	周策縱	一九八〇年臺灣時報出版事業有限公司出版。
《王國維及其文學批評》	葉嘉瑩	一九八二年九月廣東人民出版社出版。一九八二年源流出版社出版。
《王國維詞論研究》	葉程義	一九九一年文史哲出版社印行。
《人間詞話及評論匯編》	姚柯夫編	一九八三年書目文獻出版社印行。
《王國維詩詞箋注》	蕭艾	一九八四年六月湖南人民出版社出版。
《王國維人間詞話研究》	陳茂村	一九七五年政治大學中文研究所出版。
《王國維文學美學思想述評》	聶振斌	一九八六年四月遼寧大學出版社出版。
《王國維詩學研究》	佛雛	一九八七年六月北京大學出版社出版。
《王國維文藝美學觀》	盧善慶	一九八八年二月貴陽人民出版社出版。
《王國維與人間詞話》	祖保泉、張曉雲	一九九〇年三月上海古籍出版社出版。
《王國維境界說之研究》	李炳南	臺灣師範大學中文研究所。
《王國維詞學研究》	金鍾賢	國立臺灣大學中文研究所。

古籍今注新譯叢書

書種最齊全
注譯最精當

【哲學類】

新譯四書讀本　謝冰瑩等編譯
新譯學庸讀本　王澤應注譯
新譯孝經讀本　賴炎元等注譯
新譯論語新編解義　胡楚生編著
新譯易經讀本　郭建勳注譯
新譯周易六十四卦經傳通釋　黃慶萱注譯
新譯乾坤經傳通釋　黃慶萱注譯
新譯易經繫辭傳解義　吳　怡著
新譯禮記讀本　姜義華注譯
新譯儀禮讀本　顧寶田等注譯
新譯孔子家語　羊春秋注譯
新譯老子讀本　余培林注譯
新譯帛書老子　趙　鋒注譯
新譯老子解義　吳　怡著
新譯莊子讀本　黃錦鋐注譯
新譯莊子讀本　張松輝注譯
新譯莊子本義　水渭松注譯
新譯莊子內篇解義　吳　怡著
新譯列子讀本　莊萬壽注譯
新譯管子讀本　湯孝純注譯
新譯墨子讀本　李生龍注譯
新譯公孫龍子　丁成泉注譯
新譯晏子春秋　陶梅生注譯
新譯鄧析子　徐忠良注譯
新譯荀子讀本　王忠林注譯
新譯尹文子　徐忠良注譯
新譯尸子讀本　水渭松注譯
新譯鶡冠子　趙鵬團注譯
新譯鬼谷子　王德華等注譯
新譯韓非子　傅武光等注譯
新譯呂氏春秋　朱永嘉等注譯
新譯韓詩外傳　孫立堯注譯
新譯淮南子　熊禮匯注譯
新譯春秋繁露　朱永嘉等注譯
新譯新書讀本　饒東原注譯
新譯新語讀本　王　毅注譯
新譯潛夫論　彭丙成注譯
新譯論衡讀本　蔡鎮楚注譯
新譯申鑒讀本　林家驪等注譯

新譯人物志　吳家駒注譯
新譯張載文選　張金泉注譯
新譯近思錄　張京華注譯
新譯傳習錄　李生龍注譯
新譯呻吟語摘　鄧子勉注譯
新譯明夷待訪錄　李廣柏注譯

【文學類】

新譯詩經讀本　滕志賢注譯
新譯楚辭讀本　林家驪注譯
新譯楚辭讀本　傅錫壬注譯
新譯文心雕龍　羅立乾注譯
新譯六朝文絜　蔣遠橋注譯
新譯世說新語　劉正浩等注譯
新譯昭明文選　周啟成等注譯
新譯古文觀止　謝冰瑩等注譯
新譯古文辭類纂　黃　鈞等注譯
新譯樂府詩選　溫洪隆注譯
新譯古詩源　馮保善注譯
新譯千家詩　邱燮友等注譯
新譯詩品讀本　成　林等注譯
新譯花間集　朱恒夫注譯
新譯南唐詞　劉慶雲注譯

新譯絕妙好詞　聶安福注譯
新譯唐詩三百首　邱燮友注譯
新譯宋詩三百首　陶文鵬注譯
新譯宋詞三百首　汪　中注譯
新譯宋詞三百首　劉慶雲注譯
新譯元曲三百首　賴橋本等注譯
新譯明詩三百首　趙伯陶注譯
新譯清詩三百首　王英志注譯
新譯清詞三百首　陳水雲等注譯
新譯唐人絕句選　卞孝萱等注譯
新譯唐才子傳　戴揚本注譯
新譯拾遺記　石　磊注譯
新譯搜神記　黃　鈞注譯
新譯唐傳奇選　束　忱等注譯
新譯宋傳奇小說選　束　忱注譯
新譯明傳奇小說選　陳美林等注譯
新譯容齋隨筆選　朱永嘉等注譯
新譯明散文選　周明初注譯
新譯明清小品文選　鄭　婷注譯
新譯人間詞話　馬自毅注譯
新譯白香詞譜　劉慶雲注譯
新譯幽夢影　馮保善注譯
新譯菜根譚　吳家駒注譯

新譯小窗幽記　馬美信注譯
新譯圍爐夜話　馬美信注譯
新譯郁離子　吳家駒注譯
新譯歷代寓言選　黃瑞雲注譯
新譯賈長沙集　林家驪注譯
新譯揚子雲集　葉幼明注譯
新譯曹子建集　曹海東注譯
新譯建安七子詩文集　韓格平注譯
新譯阮籍詩文集　林家驪注譯
新譯嵇中散集　崔富章注譯
新譯陸機詩文集　王德華注譯
新譯陶淵明集　溫洪隆注譯
新譯江淹集　羅立乾等注譯
新譯庾信詩文選　歸　青注譯
新譯初唐四傑詩集　李福標注譯
新譯駱賓王文集　黃清泉注譯
新譯王維詩文集　陳鐵民注譯
新譯孟浩然詩集　楊　軍注譯
新譯李白詩全集　郁賢皓注譯
新譯李白文集　郁賢皓注譯
新譯杜甫詩選　張忠綱等注譯
新譯杜詩菁華　林繼中注譯
新譯高適岑參詩選　孫欽善等注譯

新譯昌黎先生文集　周啟成等注譯
新譯劉禹錫詩文選　閻　琦注譯
新譯柳宗元文選　卞孝萱等注譯
新譯白居易詩文選　陶　敏等注譯
新譯元稹詩文選　郭自虎注譯
新譯李賀詩集　彭國忠注譯
新譯杜牧詩文集　張松輝注譯
新譯李商隱詩選　朱恒夫等注譯
新譯范文正公選集　王興華等注譯
新譯蘇洵文選　羅立剛注譯
新譯蘇軾文選　滕志賢注譯
新譯蘇軾詞選　鄧子勉注譯
新譯蘇轍文選　朱　剛注譯
新譯曾鞏文選　高克勤注譯
新譯王安石文選　沈松勤注譯
新譯唐宋八大家文選　鄧子勉注譯
新譯柳永詞集　侯孝瓊注譯
新譯李清照集　姜漢椿等注譯
新譯陸游詩文集　韓立平注譯
新譯辛棄疾詞選　聶安福注譯
新譯歸有光文選　鄔國平注譯
新譯唐順之詩文選　馬美信注譯
新譯徐渭詩文選　周　群等注譯

新譯薑齋文集　平慧善注譯
新譯顧亭林文集　劉九洲注譯
新譯納蘭性德詞　馮　乾注譯
新譯方苞文選　鄔國平等注譯
新譯鄭板橋集　朱崇才注譯
新譯袁枚詩文選　王英志注譯
新譯李慈銘詩文選　潘靜如注譯
新譯聊齋誌異選　任篤行等注譯
新譯閱微草堂筆記　嚴文儒注譯
新譯浮生六記　馬美信注譯
新譯弘一大師詩詞全編　徐正綸編著

歷史類

新譯史記　韓兆琦注譯
新譯漢書　吳榮曾等注譯
新譯後漢書　魏連科等注譯
新譯三國志　吳樹平等注譯
新譯資治通鑑　張大可等注譯
新譯史記—名篇精選　韓兆琦注譯
新譯尚書讀本　吳　璵注譯
新譯尚書讀本　郭建勳注譯
新譯周禮讀本　賀友齡注譯
新譯逸周書　牛鴻恩注譯

新譯左傳讀本　郁賢皓等注譯
新譯公羊傳　雪　克注譯
新譯穀梁傳　顧寶田注譯
新譯春秋穀梁傳　周　何注譯
新譯戰國策　溫洪隆注譯
新譯國語讀本　易中天注譯
新譯說苑讀本　左松超注譯
新譯說苑讀本　羅少卿注譯
新譯新序讀本　葉幼明注譯
新譯吳越春秋　黃仁生注譯
新譯西京雜記　曹海東注譯
新譯列女傳　黃清泉注譯
新譯越絕書　劉建國注譯
新譯燕丹子　曹海東注譯
新譯東萊博議　李振興等注譯
新譯唐六典　朱永嘉等注譯
新譯唐摭言　姜漢椿注譯

宗教類

新譯金剛經　徐興無注譯
新譯高僧傳　朱恒夫等注譯
新譯碧巖集　吳　平注譯
新譯百喻經　顧寶田注譯

新譯楞嚴經　賴永海等注譯
新譯梵網經　王建光注譯
新譯圓覺經　商海鋒注譯
新譯法句經　劉學軍注譯
新譯六祖壇經　李中華注譯
新譯禪林寶訓　李中華注譯
新譯維摩詰經　陳引馳等注譯
新譯經律異相　顏洽茂注譯
新譯阿彌陀經　蘇樹華注譯
新譯無量壽經　邱高興注譯
新譯無量壽經　蘇樹華注譯
新譯妙法蓮華經　張松輝注譯
新譯景德傳燈錄　顧宏義注譯
新譯大乘起信論　韓廷傑注譯
新譯釋禪波羅蜜　蘇樹華注譯
新譯八識規矩頌　倪梁康注譯
新譯永嘉大師證道歌　蔣九愚注譯
新譯華嚴經入法界品　楊維中注譯
新譯地藏菩薩本願經　李承貴注譯
新譯悟真篇　劉國樑等注譯
新譯无能子　張松輝注譯
新譯坐忘論　張松輝注譯
新譯列仙傳　張金嶺注譯

新譯抱朴子　李中華注譯
新譯神仙傳　周啟成注譯
新譯性命圭旨　傅鳳英注譯
新譯老子想爾注　顧寶田等注譯
新譯周易參同契　劉國樑注譯
新譯道門觀心經　王　卡注譯
新譯養性延命錄　曾召南注譯
新譯樂育堂語錄　戈國龍注譯
新譯沖虛至德真經　張松輝注譯
新譯長春真人西遊記　顧寶田等注譯
新譯黃庭經・陰符經　劉連朋等注譯

軍事類

新譯司馬法　王雲路注譯
新譯尉繚子　張金泉注譯
新譯三略讀本　傅　傑注譯
新譯六韜讀本　鄔錫非注譯
新譯吳子讀本　王雲路注譯
新譯孫子讀本　吳仁傑注譯
新譯李衛公問對　鄔錫非注譯

教育類

新譯爾雅讀本　陳建初等注譯
新譯顏氏家訓　李振興等注譯
新譯聰訓齋語　馮保善注譯
新譯曾文正公家書　湯孝純注譯
新譯三字經　黃沛榮注譯
新譯百家姓　馬自毅等注譯
新譯幼學瓊林　馬自毅注譯
新譯增廣賢文・千字文　馬自毅注譯
新譯格言聯璧　馬自毅注譯

政事類

新譯商君書　貝遠辰注譯
新譯鹽鐵論　盧烈紅注譯
新譯貞觀政要　許道勳注譯

地志類

新譯山海經　楊錫彭注譯
新譯水經注　陳橋驛等注譯
新譯佛國記　楊維中注譯
新譯大唐西域記　陳　飛等注譯
新譯洛陽伽藍記　劉九洲注譯
新譯徐霞客遊記　黃　珅注譯
新譯東京夢華錄　嚴文儒注譯

◎新譯白香詞譜

劉慶雲／注譯

《白香詞譜》收常用詞調一百種，每首詞皆標明前人習用的平仄與句讀、韻腳，對於想倚聲填詞的初學者，十分方便。書中所選作品涵蓋唐五代至清，多為有代表性的名作，在依譜作詞的同時，對詞作也可鑒賞其內在的情感美、意境美及文辭的音樂美，因此它既是實用的詞譜，又具有選本功能。本書「導讀」詳細說明詞的特性、詞律詞譜的沿革等，各篇注譯明白曉暢，研析深入淺出，能帶領讀者領略詞作之美，並進一步填詞創作。